魅丽文化
桃天工作室

U0944113

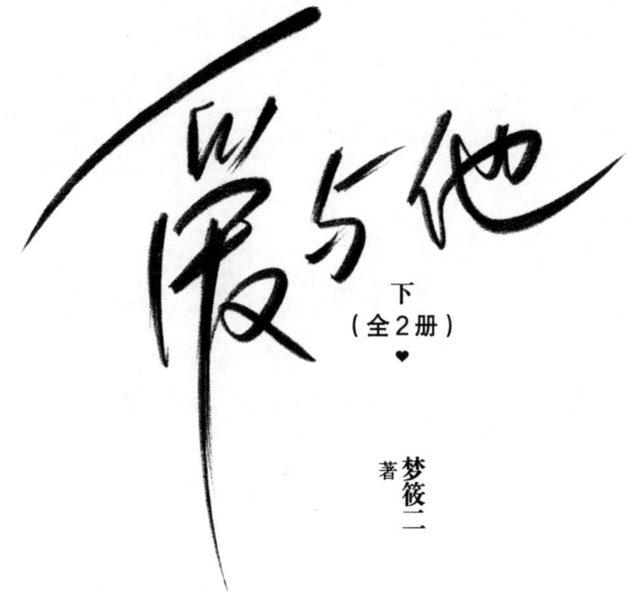

下

（全2册）

❤

梦筱二 著

江苏凤凰文艺出版社
JIANGSU PHOENIX LITERATURE AND ART PUBLISHING

目录

C O N T E N T S

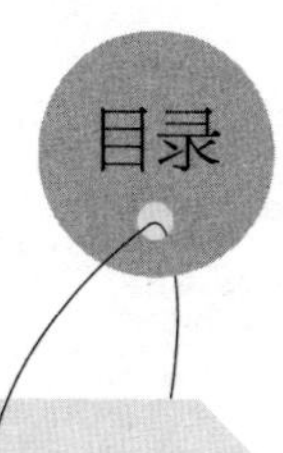

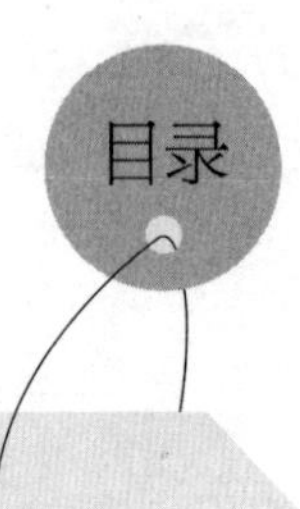

目录

C O N T E N T S

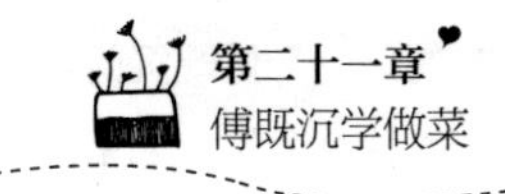

第二十一章 傅既沉学做菜

最先开进来的是傅既沉的车，季清远的排最后。

这是傅既沉安排的顺序，说是按照年龄来，最小的人优先。

车停稳，几人下来，没急着进屋，到俞璟择那辆车的后备厢里拿打包盒。刚才那一桌子菜，他们全打包回来了。

屋里，俞倾跟俞璟歆眸光幽幽，盯着父亲上下打量，眼神耐人寻味。

俞邵鸿把手放在心口："我保证，我没有跟他们串通好，我跟你们说的那些话，是真心话。"

他自己也郁闷："谁知道他们几个兔崽子就随着我回来了。"

这一秒是郁闷的，下一瞬，俞邵鸿的大脑被喜悦占领。

他从包里拿出卡夹，里面有两张商场购物卡，两个女儿一人一张。

"你们随便买，花完了我再往里头充钱。"

看在卡的分上，两人决定暂时不跟父亲计较。

他们几人进来，每人手里都提着好几个打包盒。

季清远转移目光去找俞璟歆，还没来得及和她对望，她已经别过脸。

他讪讪地收回视线，往餐厅去。

俞璟歆拿着卡，借口去看宝宝睡没睡，上楼。

俞邵鸿看着她的背影："这都几点了，宝宝还没睡？不是有人照顾着吗？"

不管俞邵鸿说什么，俞璟歆头也没回。

她住三楼，直接坐室内电梯上去。

俞邵鸿叹气，跟俞倾吐槽："你说你姐，她怎么比天津麻花还拧呢？"

俞倾把玩着手里的购物卡，寻思着周六逛街要买什么，心不在焉地回父亲："她可能是想跟麻花刚一下。"

俞邵鸿："……"

傅既沉过来了，俞邵鸿自觉回避，去了餐厅。

"要不要吃夜宵？我让厨师加了你喜欢吃的菜。"傅既沉问。

俞倾摇头，她不饿，现在只想回房睡觉。她伸个懒腰，起来。

"我跟你一块儿上去。"傅既沉道，"看看我住的地方。"

俞倾听说他要上楼，立马又坐回去。

傅既沉知道她是什么心思，故意逗她："脚抽筋了？"

俞倾一副很好说话的模样："你说抽筋就抽筋，我听傅总的。"

傅既沉瞅着她："那我现在觉得你好了，可以自己上楼。"

俞倾："我的大脑中枢系统有点失灵，你的话翻译过来都是相反的意思。傅总你要抱我上去是吗？好的呀。"

傅既沉兀自一笑："脚抽筋怎么把脑子都抽坏了？"

他贴在她耳边："再说一个让我把你抱上去的理由。"

俞倾用购物卡敲敲他的头："我想你的怀抱了，就是想让你抱我。这两个行不行？"

傅既沉把衣袖挽起，将衣摆从皮带里稍稍往外拽，衬衫宽松许多，然后他弯腰，把她给抱起来。

俞倾住二楼，傅既沉走了楼梯上去。

他把俞倾放床上，示意她把腿跷起来："坐了一天，我给你按摩会儿，等下你睡觉舒服。"

俞倾两手枕在脑后："傅既沉，你跟我在一块儿累不累？"

傅既沉给她放松小腿，抽空看她一眼："你跟钱一样。赚钱很累，可又要拼了命去赚，没有还不行。"

这个比喻倒是挺贴切。

俞倾想了想，说他："你就是一片我从没踏足过的水域，有可能很浑浊，我会被呛死，但我还是义无反顾地往你那儿游去了。"

“放心来吧。水质还不错。”

“你怎么知道水质不错？你那片水域，有别的鱼去过？”

“从前没有，以后也只许你来。”

傅既沉俯身，把她的腿架在他肩头，隔着衣物，低头亲了她两下。

俞倾浑身一个激灵，她要是再不修炼，马上就要撩不过他。

傅既沉克制住自己的想法。他看了书，说前三个月是危险期，不能在一起。

他起身，定定神，接着给她放松小腿。

“等到怀孕中后期，你的脚有可能会抽筋。”

“你怎么知道？”俞倾盯着他脸看，就跟看到有钱进账一样，百看不厌。

“查资料，我今天看了一中午。”他还打算找书看，到时去跟季清远借。

俞倾看手表，他上来有一会儿了：“你下去吃饭吧。”

傅既沉不着急，征求她意见：“我能不能参观一下你的衣帽间？”

“可以。”俞倾随口问道，“你们男人对衣帽间也有兴趣？”

“没兴趣。”傅既沉解释自己的用意，“我想照着你喜欢的布局把我们以后的家提前装修。”

俞倾想做个好人：“我建议你别看了，看完你可能连装修都不想了。”

“我给你半分钟考虑时间。”

“不用。”

“那你等一下，我给你把衣帽间的灯打开。”俞倾拿过手机，登录智能系统，调试灯光。

傅既沉怀着好奇之心推开衣帽间的门，看到眼前的一幕，他怔了怔，还以为到了某奢侈品鞋子的旗舰店。

各式高跟鞋，而且都是新的鞋子，看得他眼花缭乱。

可她给人的印象就是，她只有那一双几百块钱的黑色平底鞋，天天穿着，感觉鞋底都快要被磨破。

摆放鞋子的区域跟另一个区域之间有感应门隔着。

傅既沉走过去。这是箱包区域，架子上堆得满满的，少说也得有五六百个包，各种颜色，各种款式让他差点看花眼。

第三个区域放的是香水、珠宝和手表。

傅既沉感觉自己到了一个展览会，名品云集。

珠宝台里，她收藏的彩色钻石有很多颜色。

最里面那个区域放的应该就是衣服，他没进去。

这个所谓的衣帽间，是打通了二楼这一排的房间，做了动线设计，真正的步入式。

难怪俞倾不建议他过来，太奢华，看过之后很容易让人怀疑人生，然后自闭。

很快，傅既沉出来了。

俞倾调侃他："傅总，你还要不要按照这个布局装修了？要装修成这样，你还得给我买那么多东西摆满。"

傅既沉关了灯："睡觉吧。寝不语。"

"哈哈。"

"晚安，我的傅总。"

"嗯。我吃过饭就来陪你，你先睡。"傅既沉关上门去楼下。

翌日，周五。

庞林斌到北京，冷文凝去接机。她正被琐事烦心时，闺密发来语音："听说，季清远跟俞璟歆快离婚了，俞璟歆搬回娘家住了。"

冷文凝："本来就不是她的东西，她偏要肖想，她以为靠孩子就能套牢男人？也有意思，守着支离破碎的婚姻，她也过得下去。"

闺密："你想没想过跟季清远再续前缘？"

沉默几秒后，冷文凝说："除非他来主动求和。"

闺密："文凝，不是我说你，你别那么犟行吗？好好的感情都被你作没了。季清远那个人你还不清楚？他能主动道歉求和？当初你们吵架，他都不愿主动让步，别说……"

有些话，到了嘴边，闺密又觉得戳心，咽了下去。

"该退一步的时候，你也退一步。"

冷文凝觉得扫兴："不聊了，我到机场了。"

没想到，更让她扫兴的是，在到达厅，她看到了俞倾，两人相隔不到五米。

这是两人第一次正面遇到，她眼神冷淡，俞倾更是。

庞林斌一行人出来了，他走在最前面，身后还有四人。

冷文凝收拾好表情，快步走过去："庞叔叔，您好。"

俞倾不紧不慢，等他们寒暄过了，她才走到庞林斌边上。

庞林斌望了她一眼："我马上就说完，说完就走。你怎么还跟小时候一样，一点耐性都没有？"

冷文凝眨了眨眼，觉得哪里不对。

庞林斌从助理那儿拿过一个礼盒，是从国外带来的咖啡，他递给冷文凝："你舅舅就喜欢这个牌子，托人才买到。"

冷文凝感激道："谢谢庞叔叔，您破费了。"

"客气。"庞林斌淡淡一笑，"替我向你舅舅问好，这次行程匆忙，下次有机会一定拜访。"

他点点俞倾，语气无奈："我给她买了香水，这就迫不及待要看了，失陪。"

一行人从她跟前经过。

冷文凝脸色僵住了。

她来接机，结果接了一盒咖啡？

俞倾今天来接庞林斌，开了两辆车，排场不算小。

庞林斌那边有车。分公司负责人知道他的行程，给他安排了车。助理一行人坐了分公司的车回去，他跟俞倾同车。

算了算，他跟俞倾四年多没见，上次见她，还是在她毕业典礼上。那时他跟厉冰已经离婚，结束了七年的平淡婚姻。

他受校方邀请，在大会上有段演讲。

他知道俞倾在那所大学，也知道她是那届毕业生，便打电话祝福了一下。

那时他才知道，没人参加她的毕业典礼，而她是优秀毕业生代表之一，要上台发言。

那一刻，没人跟她分享这份人生中不会再有的喜悦。

厉冰那会儿在国内。至于俞邵鸿为什么没过去，他也没多问俞倾，应该是公司忙，抽不开身。

那天他行程真的很满，好不容易抽出二十分钟跟她见了一面。

他问她想要什么毕业礼物，之后补给她。

她说，不用了，没什么想要的，都买齐了。

前一天，她花了三千多万，自己给自己庆祝。

她成长这一路，金钱不曾缺席，大多时候也只有金钱陪伴。

他跟厉冰婚姻存续那几年，每到节日，他也是转笔钱给她。

后来，他跟俞倾也没再联系。

“庞叔叔，品尝一下我们乐檬今年的新品。”俞倾递一瓶饮料给他。

庞林斌收收思绪，接过饮料：“你跟冷文凝，到底怎么回事？”

“没那么复杂。一个字，钱。让她赚那么多，她还不知足。我想换一家公司，她就来威胁我。她有背景、有人脉不错，但乐檬用不上。”

俞倾自己也拧开一瓶饮料，刚放唇边又想起来——她最好不要喝。

庞林斌接过话：“有意思的是，你要不是跟她合作，她就用这些背景、人脉让你不痛快，后期乐檬的广告和宣传，也有可能被压。”

俞倾想过这个后果：“也没什么，我都有预案。”

庞林斌点点头：“那就行。尽量和气生财。”

“我也想。”俞倾自我评价，“我觉得我还算通情达理。”

工作四年，各种职场潜规则，同事间的钩心斗角，上司给的不公和“小鞋”，她能受的受，能忍的忍。毕竟谁都不容易，都是为了讨生活。

“冷文凝跟我以前共事的同事和上司都不一样。

“她骄纵跋扈，又理所当然。关键她是从我这里赚钱，不仅不配合，还摆出一副我奈何不了她的样子。”

庞林斌打了一个比方：“虽然条条大路通罗马，但你跟冷文凝命好，直接出生在罗马，是大多数人这辈子都到不了的终点。她出生在罗马的贵族家庭，你出生在罗马的富豪家庭。你有商人的眼界，亦有商人的本性。她有贵族的傲气，却少了贵族的绅士风度。”

“矛盾就出来了。”

“不聊这么扫兴的。”他从包里拿出一个精美小巧的礼物盒，“很荣幸，再次跟你成为一家人，也希望以后一直是一家人。”

俞倾接过来：“还真给我准备了香水？”

庞林斌：“你妈妈替我准备的。”

俞倾有点不可置信，但也没多说什么，只说了一句：“谢谢。”

庞林斌点到为止，说多了反倒会没效果。

俞倾之前就已经让陈言帮忙订好了餐厅。

他们到了餐厅，天色已黑。

陈言给她预留了观看夜景位置最好的一个包间。

俞倾让服务员出去忙，她亲自给庞林斌倒上茶："太仓促，没想到要送什么礼物给您，到时候我会好好挑一份。"

"你有这个心就够了。"庞林斌说起跟厉冰领证的事，"我们也是临时决定的。一月份我跟你妈妈还没在一起。"

俞倾道："我也挺惊讶，你们竟然复婚了。"

"是我联系了你妈妈。"

"一定是什么事感动了她，不然她应该不会轻易再跟同一个人在一起。"

庞林斌也不知道是什么感动了厉冰，他跟厉冰两年前就开始联系，断断续续，都是他找她。

起因是他做的一个梦，算是噩梦。

离婚两年后，他梦到厉冰，她病了，得了很严重的、治不好的病。

那种真实感，直到梦醒了，过去大半个小时，还是让他心有余悸。

那会儿是半夜，他没顾得上考虑会不会打扰厉冰休息，就给她打去电话。

厉冰显然很意外。她表示感谢，说自己挺好。

他还是不放心，让她去做体检。

厉冰在电话里沉默了好一阵。

后来等平静下来，他在想，她那时是不是在暗暗骂他神经病。

两天过去，他心头仍旧隐隐不安。

梦里的一幕幕太过清晰，他忘不掉。

周末，他飞去了厉冰定居的那个城市，带她去体检。她盯着他看了半晌，一言未发，最后还是同意去医院。

等她所有体检项目都结束，她带他挂了精神科的号。

他跟她说："厉冰，我没病，我很正常，不用去看医生。"

说完，他自己也感到深深的无奈，因为这话听上去就让人很怀疑。

那时他才后知后觉，厉冰之所以答应去医院，其实是要带他去看医生，以为他精神出了问题。

听到这里，俞倾突然笑出来，赶紧拿手遮脸：“庞叔叔，您继续。”

庞林斌：“……”

他自己也失笑。

喝口茶，他继续说。

在排队等看病时，厉冰跟他说，真要有问题也没什么，夫妻一场，她会替他保守秘密，陪他看病。

后来，他去拿她的体检报告，她等他的检查结果。两人都正常，没任何问题。

厉冰看着她的体检报告单，说了句：“庞林斌，结婚七年，离婚两年，你这是第一次关心我。”

之后她驾车离开，没送他，也没再管他。

在那之后，他经常会给她打个电话，出差到她所在的那个城市时，会去看看她。偶尔不忙，他也专门飞过去。

“差不多就是这样，没什么轰轰烈烈的。”庞林斌看着俞倾，“还有什么想知道的？”

俞倾问：“是什么，让您决定第三次踏入婚姻这座围城？”

庞林斌双腿交叠，靠在沙发里，呈放松状态，认真想了想：“我的答案对于你可能没什么参考意义，改天，你跟你妈妈聊聊。”

俞倾淡淡一笑，没再接话。

简单用过餐，庞林斌还要回分公司，晚上有个会。临别时，他把分公司负责人的联系方式给俞倾。

不管是新建科技还是地王项目，他都会认真考虑一下。

楼下，庞林斌的座驾已经在那里等候。

庞林斌上车前，又转身跟俞倾说：“你妈妈天天发朋友圈，你记得给点个赞。”

俞倾：“……”

她挥挥手：“庞叔叔再见。”

汽车消失在夜色里。

俞倾没坐车，一路散步回去，这样不犯困，能集中精力考虑工作上的事。

“那就是庞林斌啊？”另一辆车也发动。

闺密问冷文凝。

冷文凝“嗯”了声，兴致不高。

从机场回来后，她心情跌至谷底。在俞倾跟前，她颜面扫地。

她找闺密出来吃饭，谁知冤家路窄，又看到俞倾。

闺密还在絮叨：“身价千亿，到底气场就是不一样。”之前只闻其名，今晚终于见到了真人。

“听说追他的女人，趋之若鹜。没想到他又吃回头草，跟俞倾妈妈复婚了，看不懂。”

冷文凝也越发看不懂庞林斌。他是商人，本该利益为先。他跟厉冰的感情也好不到哪里去。

不知道哪个环节出了差错。

这次庞林斌回国，是商务需要。舅舅请庞林斌帮忙做俞倾工作，有钱一起赚，别伤了情分。庞林斌就把行程提前了两天。

结果局面演变成现在这样。

庞林斌一点面子没给舅舅，一盒咖啡就把她打发了。庞林斌驳了舅舅的面子，就基本等于放弃了舅舅那边，包括他们冷家的所有关系。

闺密见冷文凝走神，心不在焉，宽慰道：“一个大客户而已，少了也没什么，你又不是只有他们乐檬这一家。”

冷文凝：“我只是单纯看不惯俞倾那么嚣张。”

虽然只是少了一个大客户，但谁会跟钱过不去？

没人会嫌钱多，她也是。

今晚庞林斌这一番操作，打乱了她所有计划，不知道俞倾接下来会出什么招。

闺密把手机递给她：“给你来点高兴的。”

“什么？”说着，冷文凝拿过手机。

是一个叫“凝静致远”的微博号。她知道这个号，是闺密注册的，以她的口吻发一些矫情的文案。

注册日期是四年前，她结婚那天。

闺密下巴微扬：“心情不好时，用文字疗伤。俞倾给你带来的坏心情，你加倍还给俞璟歆。”

闺密注册这个微博，也是为了哄冷文凝开心。

冷文凝自己拉不下面子，就由她来代劳。

她跟冷文凝之间也有利益往来。她没什么关系网，全靠着冷文凝给她项目，她的广告公司都是承接冷文凝外发下来的工程。

冷文凝什么都不缺，为了维护关系，她就送个微博号让冷文凝偶尔高兴一下。她想方设法，通过俞璟歆的朋友，让俞璟歆知道这个微博小号是冷文凝的。

以她对女人的了解，俞璟歆不可能不私下关注这个微博的动态。

冷文凝这段时间事情多，没关注这个微博的动态，她看到前两个月有一条：我们的纪念日，你还记得吗？

冷文凝蹙眉，她自己都不记得，那一天是她跟季清远的什么纪念日。她问闺密："这条是你自己的纪念日？"

闺密瞅了手机一眼："哦，不是。我那天听季清远的生活秘书说，她替老板订了一束玫瑰送到家里，应该是他跟俞璟歆要庆祝什么纪念日吧，我就发了一条。俞璟歆跟季清远好像一直在冷战，应该快要离了。"

冷文凝没吱声。

闺密示意她："今晚你自己发一条，文案你自己想。"

冷文凝对着手机失神，许久后，只打了三个字：想你了。

她把手机还给闺密，而后看向窗外。

闺密退出微博："偶尔发个这样的也不错。等以后有机会，你让季清远看看，这四年你对他是怎样的感情，可他呢？"

冷文凝思绪飞远。

闺密："反正这个微博账号里除了对他的想念还是想念，没有任何挑拨。当时俞璟歆的朋友透露这个账号给俞璟歆时，也是几人闲聊说到'凝静致远'，俞璟歆本人都不会怀疑是你故意想让她知道。

"至于纪念日，你到时随便编一个，反正季清远也记不得。这个微博账号记录的点点滴滴是你的一张底牌，男人从来都不嫌女人对他的爱和崇拜多。我给你好好存着。"

闺密侧脸看冷文凝："心情好点没？"

冷文凝："请你去喝酒。"

闺密笑笑："那我今晚得点最贵的。"

俞家别墅，季清远已经把带来的行李都整理好，傅既沉还没到。

院子里有汽车声，俞邵鸿的车跟傅既沉的车一前一后进来。

季清远快步走到院子里，他示意俞倾："你姐在那儿坐了一晚上，说是忙工作。"但他感觉她就是不想跟他同处一室。

俞倾点点头，沿着小径去了湖边观水平台。

平台上有木桌木椅，俞璟歆正看电脑。

闻声，俞璟歆转头对她笑笑。

俞倾在她对面坐下，也没说话，安静地趴在桌上。

二月的夜风，有点凉，拂过湖面，波光粼粼。

过了好一会儿，俞璟歆催她："进屋吧，外头冷。"

俞倾摇摇头，目光从湖面收回，换个姿势，继续趴在那儿："姐，你把手给我。"

俞璟歆一头雾水，还是把手伸过去。

俞倾坐直，一脸严肃，开始给她把脉。

俞璟歆："……"她无奈一笑，把手缩回来。

俞倾撑着下巴："我诊断出你的问题出在哪里——冷文凝身上。"

俞璟歆脸色变了变，但她背着光，脸上僵硬的表情一闪即逝。

俞倾也没刻意盯着她看："不管你跟我姐夫离还是和，你都得把你的心结给打开。这个结是冷文凝，你面对了，也就解开了。"

俞璟歆点着鼠标，一遍遍刷新页面。

"姐，你跟我说说吧。"

"不知道从哪里说起。"

"那就从这里说起，就从你今天晚上为什么坐在观水平台，不愿进屋说起，行不行？"她猜测，"冷文凝又给你找不痛快了，是不是？"

俞璟歆摇头："她从来没联系过我，都是我自己给自己找不痛快。我明知道是坑，还往里跳，怪谁？"

挣扎片刻后，她打开手机，登录微博，找到那个"凝静致远"的微博："这是冷文凝的小号。"

俞倾看了几条，若有所思："那她知不知道你的微博号？"

俞璟歆不确定："她应该知道，但也不好说。"

俞倾不明白："你都知道她是故意来恶心你，你怎么不反击回去？"

俞璟歆沉默片刻："我的婚姻，从开始就是个笑话，所有人都等着看我离婚的笑话。我不甘心，不想离。"

"季清远之前在国外，七个月没回来。他所有朋友都知道，我们的婚姻，名存实亡。"

"季清远跟她有那么多情侣物品，一起过过很多节日，我都没有，我拿什么去反击？我何必再自取其辱？"

俞倾握握她的手："我开始给你治病了。"

俞璟歆："……"

俞倾起身："走吧，你的微博以后交给我打理，晚上回来我就搞这个事业。"

俞璟歆犹豫了几秒，便随俞倾怎么折腾去。反正婚姻都已经这副死样子，她也被人看了四年笑话，无所谓面不面子。

她关了笔记本电脑，跟俞倾进屋。

俞倾宽慰她："情侣的东西，也就是女人在意，男人没那个耐心，也不会关注，特别是季清远那种性格的人。你想要情侣的物件，直接列清单给季清远。你怎么就知道冷文凝那些不是她自己买了送给季清远的？"

别墅的厨房里，俞邵鸿正教傅既沉和季清远做菜。

他说了说番茄炒蛋为什么叫国民菜："这个不需要任何厨艺，西红柿是红的，鸡蛋炒出来是黄的，出锅前再加点葱花，红黄绿，色香味里的色是不是有了？"

傅既沉和季清远点头，觉得很有道理。

俞邵鸿接着道："这道菜不需要放酱油，不需要放醋，不需要其他调料，只要放盐，要是盐放多了，我们就加点糖。"

"……"

"要是糖一不小心也放多了，我们再加点番茄酱。"

"……"

"反正一句话，这道菜就是为了男人而存在的。"

"……"

俞邵鸿感觉说得差不多了："你们开始炒吧。今晚要是实战结果差不多，明天中午的菜，你们俩来做。"

季清远拿围裙系上，傅既沉学着季清远的样子。

俞倾和俞璟歆进来时，他们俩已经忙开了。

“什么情况？”俞倾不明所以，问俞璟择。

俞璟择：“爸开了一个免费的厨师培训班。”

“……”

俞倾来不及吐槽，决定就地取材，用俞璟歆的手机拍下季清远炒菜这一幕，然后发个微博回应冷文凝。

她放下包，快步走去厨房那边，找到合适的角度，不过这个角度傅既沉也入了镜头：“傅既沉，你让开一下，我给姐夫拍张照。”

傅既沉转头就看到俞倾拿着手机对准季清远拍，他纹丝不动：“我不介意给他当背景板。”

俞倾：“……”

季清远闻声也转过身：“怎么了？”

“没什么，姐夫你接着炒菜。”俞倾示意他，“你跟傅既沉之间隔远一点，再往右边微侧一下，转三十度这样。”

季清远沉浸在西红柿炒蛋的世界里，无法自拔，话没经过脑子就说出来了：“是不是炒菜还要讲究站姿？”

“……”

俞倾“扑哧”一声笑出来。

其他人没忍住，都笑场了。

俞倾拍了十多张照片，回看时删掉几张效果一般的，然后把手机给俞璟歆，让她自己选她眼里最帅的一张。

季清远认出那是俞璟歆的手机壳，刚才拍照时格外配合。

他因为紧张，菜里糖放多了。

他谨记岳父那句“糖多了就放番茄酱”，结果，番茄酱也倒多了。

这菜怕是没法吃。

这道国民菜出锅，俞倾让俞璟歆拍几张菜的照片，配着一块儿发。

俞璟歆犹豫，站在那里没动。她不想太主动，显得她有多稀罕他一样。

季清远端着盘子，顺手拿了筷子过来，夹了一块西红柿。菜刚出锅，烫，他吹了吹，然后送到俞璟歆嘴边：“尝尝好不好吃。”

受宠若惊之余，俞璟歆更多的是不自在，被家里人看着喂食，有种说不出的诡异感，她的耳郭微微发热。

俞璟歆给了季清远面子，吃下那块西红柿，至于好不好吃，她一开始没尝出来，咽下去时却不由得皱眉。

糖和番茄酱放太多，腻得发苦。

季清远问："怎么样？"

俞璟歆很难违心地说好吃，只勉强点了点头。

俞倾用自己手机捕捉到了这个经典的瞬间，发给俞璟歆。

她冲俞璟歆招招手，两人去了客厅忙"事业"。

俞倾做参谋，选定两张照片，一张是季清远做菜的背影照，还有一张是季清远喂俞璟歆吃西红柿的照片。

"这样是不是太高调了？"俞璟歆心里是排斥的，因为没那么多底气。

"你就是太低调，别人才觉得你婚姻不幸。"俞倾催促她写文案，"你要是写不出来，我帮你。但尽量你自己来，说说你的心里话。"

俞璟歆考虑片刻，写道：真的不好吃。

俞倾："……姐，这不是真心话大冒险。"

俞璟歆默不作声，把编辑的文案一字一字删去，想了半天，还是毫无头绪。

俞倾戳戳她脸颊："你是不是天津小麻花吃多了，拧不回来了？"

俞璟歆又气又笑，她心里死结太多，四年过去，千缠万绕，结成一张困住了她自己的网。

"我跟季清远从认识到决定结婚，才不过一个星期。我那时刚从国外回来，并不知道他的感情经历。他提出结婚，我高兴了好几天，觉得自己很幸运，我喜欢的男人，他也喜欢我。我还跟我朋友分享了我当时那种无以言表的喜悦。"

她自嘲地笑笑："后来才发觉自己闹了个笑话。我欢欣雀跃时，别人像看跳梁小丑一样看着我一个人表演。"

俞倾又戳戳俞璟歆另一侧脸颊。她知道俞璟歆的顾忌——总怕自己自作多情，被拆穿后会很难堪。

"你不需要刻意迎合谁，也别压抑自己，你就说你现在最真实的想法。"

俞璟歆："不好吃，他明知道，他还让我夸。"

俞倾又问："还有呢？就算不好吃，你以后还想不想吃？说实话。说谎会变胖，脸肥腰粗胳膊胖。"

俞璟歆："……"

好狠的诅咒。

她过了半天才挤出一个"嗯"字。

俞倾下巴一扬："写吧，把两个想法都写上去。"

俞璟歆思忖着怎么写这种矫情又像发神经一样的文案，绞尽脑汁想了半天，才写道：不好吃，还非让我夸。P.S. 明天还想吃。

她递给俞倾看："感觉有点无病呻吟。"

俞倾给她略作修改：不好吃，还非让我夸。P.S. 明天还想吃。我就是一个口嫌体正直的宝宝。

她直接点击发送。

"哎，哎。"俞璟歆想阻止俞倾，为时已晚，"我头皮发麻，趁人没看到，赶紧删除重新写。"

俞倾把手机藏在背后："你说哪里不合适？"

"我都是孩子的妈了，还宝宝？"

"每个女人都是宝宝，跟年龄无关。"

俞倾没收了她手机："一个小时后还你。姐，你得学会撒娇，比你生闷气的威力强万倍。不信你可以试一下。"

她去找傅既沉。

傅既沉在给新鲜的西红柿去皮，衣袖卷到小臂上边，戒指和手表上沾了水，灯光下，闪着细细碎碎的亮光。他动作略显笨拙，格外认真。

俞倾看看他刚才炒菜的锅，里头干干净净，几颗水珠流到锅底。

"你炒的菜呢？"

"吃完了。"傅既沉漫不经心道。

"你怎么也不留点给我？"

"太好吃了。"

"……"俞倾笑了，肯定是难以下咽，他自己吞了下去。

她靠在料理台上，看着他干活。他实在吃力，给西红柿去个皮都要半天。

"傅总，你别为难自己了。"

傅既沉："熟能生巧。想给你好好做道菜。"

那边，季清远又从冰箱里拿了几个鸡蛋出来。

俞倾迈着悠闲的步子走过去："姐夫，还要继续练手呢？"

季清远转头："嗯。"他好奇，"你跟你姐拍照片干什么？"

"记录生活呀。"俞倾若无其事道，"我姐别扭，想拍你又不想原谅你，我就代劳了。"

她顺手拿了一个洗好的西红柿吃，酸酸的，味道恰好。

"我姐应该是快要原谅你了，都发了微博。姐夫，加油呀。"

说完，她转身就走。

"俞倾，你回来。"

"怎么了？"俞倾转头。

季清远难为情地问："你姐微博号是什么？"

"你不知道？"

"不知道。我问过她，她说没有。"

俞倾把俞璟歆的微博昵称告诉了季清远："姐夫，能帮你的，我们家里人尽量帮，但主要还在于你怎么做。"

其他的话，她没多言。

季清远擦擦手，迫不及待地去搜这个号，想知道俞璟歆发了什么。

还不到一个小时，俞倾把手机还给了俞璟歆。俞璟歆想来想去还是感觉不妥，登录进去，打算重新编辑一下，结果发现有留言。

季清远：嗯，明天再给你这个口嫌体正直的宝宝做一盘。

俞璟歆看完，竟然面红耳赤。

那种微妙的感觉，落在心坎，就像一颗小石子投在湖面，涟漪一圈圈荡漾开来。

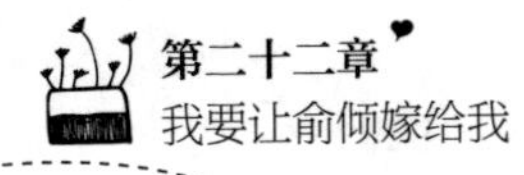

第二十二章 我要让俞倾嫁给我

美好的周末，被一通电话彻底搅乱。

俞倾还在睡梦里，秦墨岭的电话打进来。

“傅既沉？”

没人应声，电话铃还在不依不饶地响。

俞倾懊恼地睁开眼。梦里，她在欺负傅既沉，还没欺负够，就被打断。

床上早没人，傅既沉不在屋里，她捞过手机。

秦墨岭开口就道：“看邮件，我现在在去公司的路上。”

“怎么了？”俞倾立刻清醒，坐起来。

“一句话说不清，你看邮件就知道。”

俞倾切断通话，以最快的速度登录邮箱。

邮件是公司一位董事发的，抄送了公司所有高管还有股东，征求大家意见，特别询问她是什么看法。

邮件正文篇幅很长，还有不少附件，跟朵新有关，确切地说，跟卓华商贸和钱老板的合同有关。

之前，她让于菲帮着钱老板打官司，结果在搜集证据上碰壁，一时无法查找到肖以琳欺骗钱老板签合同的有力证据。

结果就在一筹莫展之际，他们这位董事发来了证据。

有音频证据，音频来自朵新法务部的袁雯雯，她修改了不合规的合同，包括肖以琳是怎么暗箱操作改了钱老板的市场区域。现在重点是，公司几位高层一致决定，用舆论打击朵新，因为走法律程序对朵新来说无关痛痒。

俞倾出神几秒，随后掀被子下床，以最快的速度洗漱，化妆，换了裙子下楼。

楼下餐厅，傅既沉站在营养师身侧，营养师趴在中岛台上，在纸上写着什么。

俞倾脚步匆匆，惊动了他。

傅既沉看手表，这才七点半："怎么不多睡儿？"

"去公司，开会。"俞倾走近，"你做什么呢？"

傅既沉："我看一下你的营养餐食谱，哪些是我能做的。"

俞倾来不及吃早饭，傅既沉给她打包一份在路上吃。她让他多装一点："吃饱了有劲打你。"

傅既沉把早餐装好给她："等晚上你回来，那道菜我就练得差不多了。"

俞倾看着他，心道：怕是没心思也没时间去练。

那封邮件是公司的机密，她不能告诉他。

她抱了抱他："晚上见，我的傅总。"

去公司路上，俞倾已经把事情的前因后果捋清楚。

乐檬会议室，她倒数第二个到，还有副总裁没来。

秦墨岭看了她一眼，把手里的纸质资料推给她，铅笔也给她一支。

资料不是重点，旁边有他用铅笔手写的一段话。

——猜没猜到是谁干的？你有什么打算？这事肯定会影响到你跟傅既沉的关系，你做决定前，慎重。

俞倾早就猜到是谁：冷文凝团队干的，这应该是她给我送的大礼中的其中一份，赶鸭子上架。这么好的一个机会，我要是不赞同利用舆论打压朵新，给乐檬争取市场机会，会被我们的董事会问责。我要是同意了打压朵新，这种背后捅刀的竞争手段，必然会戳傅既沉的心。

来的路上，她问了自己两遍，要是不认识傅既沉，她会怎么做。

答案自然是：打击对方。

没办法，商场就是弱肉强食，有市场才能活下来。而且她当初在傅氏法务部任职时，提醒过朵新的副总裁还有赵树群，别给竞争对手留下把柄，凡事在法律框架内进行，不然会被对方往死里黑，他们置若罔闻。

副总裁来了，人到齐，会议开始。搁在以前，秦墨岭都不可能犹豫半秒，连这个会都省去，直接让冷文凝的公关公司策划怎么制造舆论。

今天，他把决定权给了俞倾。

要是她不赞成这个做法，被董事会问责，他担着。

俞倾找橡皮把两段话都擦干净，所有人都看着她。

今天与会的人，除了她，没有人会反对。

“我们跟文凝策划还有文凝公关的合同不是还没到期吗？交给冷文凝团队去做。舆论的关键点，朵新仗势欺人，翻脸无情，经销商诉求无门。钱老板卖房进货也是个博取网友同情的点。”

俞倾语气平和，语速缓慢：“钱老板在朵新产品无人问津时就跟朵新一块儿打市场，结果却落了这样一个下场。这也是一个打击朵新的点。”

其他人都愣了愣，没想到俞倾会如此冷静。

还不等别人发表看法，俞倾宣布：“散会吧。”

其实今天这个会完全没必要开，不过那个董事的意思很明显——需要她当众宣布，并形成一个会议记录，证明打压朵新是她的意思。

她如冷文凝所愿。

散会了，秦墨岭跟俞倾回她办公室。

“不是让你慎重？”

俞倾把资料扔桌上：“冷文凝之前肯定做足了准备，就算我不同意，她照样会把事情闹大，我还会落个不作为的骂名。到时董事会都能以此罢免我，毕竟让利给竞争公司，这种行为不可原谅。我要是被开了，傅既沉肯定会愧疚。我想来想去，不划算。”

秦墨岭给她倒杯温水：“你跟冷文凝，这回要撕破脸了。她不是省油的灯，谁都敢得罪，反正对她来说最坏的结果就是拿不到单子。”

俞倾：“我怎么可能让她这么好过。”她看向秦墨岭，“知道我微博昵称叫什么吗？”

“什么？”

“兴风作浪的小魔鱼。”

“……”

还没到中午，“傅氏集团包庇纵容合同欺诈”“朵新饮品坑害经销商”“卖房进货，一夜间倾家荡产”“糟糠之妻惨遭渣男算计，诉求无门”四个话题，登上了各媒体平台的热搜榜，并以光速升到热搜榜顶端。

最后那个话题把钱老板比喻成了糟糠之妻，而卓华商贸成了小三。

从朵新到傅氏集团，还没人反应过来，负面新闻已经铺天盖地。

闺密看到热搜后，心里犯嘀咕，给冷文凝打去电话：“这是什么情况？”

冷文凝正在办公室看评论，一溜到底，全是声讨傅氏集团，替钱老板打抱不平，甚至还殃及了朵新的广告代言人。

朵新广告代言人，是庞林斌跟前妻生的儿子。

策划舆论时，她让团队把代言人也算上了，所谓的粉丝跑到这位明星微博下留言，质问其怎么能跟这样黑心的企业合作！

现在代言人也上了热搜——被一路骂上去的。

“喂？文凝？你听到我说话没？”

冷文凝回神：“在听。”她直言不讳，“这是我送给俞倾的第二份大礼，让她长长记性，知道自己姓什么。”

闺密担心：“你这样会不会得罪不少人？”

冷文凝：“没事，我这是听俞倾的指示，替她忙活。”她让团队连夜策划，就等乐檬那边的消息。

九点钟，乐檬高层给她发来邮件，她这才吩咐下去。

闺密用平板电脑刷热搜，全是跟傅氏集团有关的。今天正好是周末，估计他们公关部还没反应过来，被打了个措手不及。

“这样一闹，傅氏集团股价肯定受影响，傅家老爷子还能有好脸色对俞倾？俞倾现在是傅氏集团所有股东的眼中钉，她跟傅既沉怕是要黄了。”

“哦，还有庞林斌儿子也受牵连了。”

冷文凝揉揉眉心，忙得一宿没睡，这会儿头疼欲裂：“那还能怨谁，我之前给过她机会了。”

此时，傅氏集团会议室，声音嘈杂，众人正七嘴八舌地议论。

乔洋不时看向门口，傅既沉还没到。

她转头问赵树群：“你有什么对策？”

赵树群焦头烂额，他没想到这个雷爆了。

门开了，傅既沉和潘秘书先后进来，傅既沉还穿着酒红的衬衫。他是从商场直接赶过来的。当时他在给俞倾买一些孕期用品，接到了潘正的电话，衣服都没来得及回去换。

瞬间，偌大的屋内鸦雀无声。

乔洋默默看了眼傅既沉，要不是现在傅氏集团遇到了前所未有的舆情危机，他今天的穿着，会让公司的那些花痴女人更死心塌地地迷恋。

性感，男人味十足。

可偏偏，这个危机是俞倾造成的。他之前还暗中为俞倾出气，结果俞倾转身就捅了他一刀，那么绝情。她不知道他现在是什么心情。

陆琛也随后赶到，他的公关公司一直为傅氏集团提供服务。

傅既沉看向陆琛："你什么意见？"

陆琛在看邮件，都是团队发来的跟这次舆情危机有关的。他抽空才回傅既沉："先让官博发个通告，说明集团已经成立了调查小组，彻查此事，届时会将结果公布，若属实，不会包庇任何人，会给钱老板一个说法。其他先别多说。"

顿了下，他又道："看乐檬那边后续还有什么招数，我们静观其变。我在想，能不能把这次舆情危机化解成朵新的免费广告。"

傅既沉颔首，让公关部负责人现在就编辑文案。他交代潘秘书几句，拿着手机走出会议室。事发到现在，他没联系俞倾，俞倾也没给他打电话。

傅既沉单手插兜，在窗前站了会儿，然后拨了俞倾的号码。很快，那边接听了电话。

"傅总。"

跟舆论有关的，傅既沉只字未提。他知道，做这个决定，她心里也不舒服。他低声问她："想不想我？"

电话里，俞倾明显顿了一下："想。"

傅既沉："嗯。晚上回去我抱抱你。"

俞倾心头的那根弦已经许久没被拨动了，上次被拨动是他在食堂门口公开她的身份。他的魅力大概就是，在不正经时还会透着理性，在理智时又会把仅有的那点感性给她。

在他打这通电话前，她没时间想他。今天的舆情，她先发制人，但也相当于兵临城下。他不会任人宰割，更不会坐以待毙。她得想对策。

就因为他问她想不想他，想念便跟潮水一样，一浪高过一浪。

俞倾定定神，回到冷静状态。

“傅既沉。”

“你说。”

也没什么要说的。

“晚上早点回家。”

“好。”

电话切断。傅既沉两手撑在窗台上，揣测俞倾接下来会怎么对付朵新。他们这边急着公关，而俞倾，在想着怎么拆台。

身后急促的脚步声传来。陆琛和潘正来找他，两人边走边商量。陆琛手里拿着一张纸，上面写得密密麻麻，跟潘正商讨时，把纸放在掌心往上面添加着什么。

笔尖戳破了纸，戳到手心，他也顾不上。

傅既沉转身，背靠窗台，此刻，他这边也考虑得差不多了。

潘正汇报：“公司的声明发出去了。”

傅既沉点点头，看向陆琛：“二十四小时过后再公关。先让冷文凝往里砸钱，闹得越大越好。”

他跟陆琛说了说他想要的舆情效果，又说：“借此把公司内部整顿一下。”

有几个人是集团另一个董事安排进来的，包括周允莉。

以前他们犯的错，不足以让公司开除他们，这次师出有名。

最重要的一点：“我要让俞倾嫁给我。”

他们两人不约而同地对视一眼。

这个堪称梦想了，哪容易实现。

陆琛看着手里那张“千疮百孔”的纸，把公关计划看了一遍又一遍，脑仁都想疼了，还是不知道傅既沉的第二个诉求要怎么圆满实现。

他直接问了：“你是不是打算把事情闹大，影响了傅氏集团的股价，让俞倾愧疚，然后你求婚？”

傅既沉反问了一句：“你觉得她会愧疚？”

好像也对。既不是求婚，也不是逼着俞倾同意，陆琛发蒙："那你给点提示，我这边怎么配合？"

傅既沉："我再好好计划一下。"

目前最要紧的事情是让冷文凝长记性。他安排潘秘书："把冷文凝公司所有大客户老板的电话号码整理给我。"

舆论在午后彻底发酵，傅氏集团只发了一份声明，之后再无动作。

因为没压制舆论，现在热搜榜前十里，有五个跟傅氏集团有关。

与此同时，冷文凝控股公司的大多数单子被截流。

秦墨岭也知道了冷文凝的单子大部分被断掉，他去找俞倾。

俞倾桌子上铺了几张白纸，她埋头在画图，边上已经画好写满一张。她手里还拿着三明治，想起来就吃一口。

"你在忙什么？"秦墨岭走过去。

俞倾心不在焉道："画导图，分析傅既沉接下来会怎么出招。还有冷文凝，不让她一败涂地、一无所有，我对不起我自己。"

秦墨岭看着她手里的三明治："你中午没吃饱？"

"我就是忘了我吃没吃饱才吃的，宁可多吃，不能少吃。"

"……"

为了对付冷文凝，她真的废寝忘食。秦墨岭把冷文凝那边的事说给她听："你能不能猜测一下冷文凝接下来会干什么？"

俞倾没搭腔，换了一支红色笔，推出最后结论。她把纸上的橡皮屑吹去，将刚完成的这张导图递给秦墨岭："你的疑惑都能在这里找到答案。"

秦墨岭从头看起来，看到最后，鸡皮疙瘩起了一身。

他不由得看一眼俞倾，她津津有味地吃着三明治，一副"天塌下来，她会躲桌底，有高个子顶着"的悠闲模样。她竟然推测出，傅既沉会把冷文凝所有的大客户都断掉。她还分析出，冷文凝接下来不会反击，只会借傅既沉这一番操作，去博取季清远的同情。

另一条支线，她分析了陆琛的公关策略。

秦墨岭问俞倾："你都知道冷文凝接下来会去找季清远，你要怎么应对？"

俞倾指指脑袋："今天超负荷运行了，明天再说。"

她关电脑，回家去。

秦墨岭看出她疲惫不已，到了嘴边的话又被咽了下去。

俞倾在路上做了一个简易牌子，到家下车后，一路举着，牌子上写道：走火入魔中，请勿搭理。

她累到一个字也不想多说。

俞璟歆想给她倒杯牛奶送上楼，被俞璟择拦下："你让她睡会儿吧，等傅既沉回来，她就痊愈了。"

俞倾从六点睡到十点半，醒来，房间里只亮着一盏微弱的壁灯，身边是傅既沉。睁眼就看到他的感觉，还不错。

傅既沉早就回来了，眯着眼靠在床头想事情，一直陪着她。

他手搭在她肩头，她动了动，他睁眼："醒了？"

"嗯。"俞倾抬手要抱他。

傅既沉半躺下来，将她揽在怀里。

没有过多的言语，两人贴着彼此，用唇舌交流。

傅既沉生怕压着她，手肘撑在她身侧。

俞倾在他脖颈间亲了一口："要好几个月不能拥有你，你是不是考虑一下，搬到对面房间住？也是为了你好。"

傅既沉："谢谢。我不需要你这么善解人意。"他抱她在怀里才觉得踏实，"饿不饿？爸说你回来就睡了。"

俞倾摇头。她没什么想吃的，睡过一觉舒服不少。

傅既沉有点饿——晚饭没吃。

俞倾陪他一块起来："我给你做夜宵。"

傅既沉半信半疑地看着她："你会做饭？"

俞倾裹上外套："有什么能难到我？我上得厅堂，下得厨房。"

傅既沉受宠若惊，突然很期待她的夜宵。

两人一道下楼。

俞倾找条围裙系上，像模像样。

她想了想以前俞璟择给她做的夜宵："我给你做葱油拌面。"

傅既沉不挑，她做什么都行，只是提醒她："这个很复杂。"厨艺一般的话，调不出来那个味道。

俞倾一边烧热水，一边切葱。

一棵小葱切了半天，葱段切得有点长，她又使劲剁了几刀。

傅既沉：“……”

一看也不像会做饭的样子。

“俞倾，我突然又不饿了。”

俞倾疑惑地转头。

“咚咚咚！”

俞倾盯着傅既沉看时，手上没停，还在那儿剁葱。

“怎么不饿了？”

“怕你累着。”

最终，傅既沉没敢说实话。

水开了，翻腾起来。

俞倾转过身忙活，她没注意观察傅既沉的表情，脑子累了一天，也没多想，以为他是心疼她。

她放了不少面条到锅里：“我给你做两碗，保证让你吃饱。”

傅既沉：“……”

半碗他都不一定吃得下去。

他赶紧阻止她：“不用做那么多，吃多了不消化。”

但为时已晚，面条已经进锅了。

俞倾“厨兴大发”，虽然是第一次下厨。她认真想象了一番，一会儿要怎么调佐料：“放心，我煮的面，你两碗都不一定够吃。”

傅既沉刚才捕捉到了她歪着脑袋思考的样子。可是她想出来的味道，跟她做出来的味道，有什么关系？

这不是项目和案子，靠脑袋想就能解决。但她这么有兴致，不能扫了她的兴。傅既沉移步到中岛台边，在三个人的小群里发消息：下楼吃夜宵。

俞璟择：你做的？

傅既沉：不是。

但他也没说是谁做的。

俞璟择：马上。

季清远一看不是傅既沉做的，就猜想是厨师或阿姨做的，因为岳父不可能下厨，俞璟歆还在加班。

路过书房门口时，他脚步顿了下。

俞璟歆正埋头看风投方案，没注意门口有人。

“咚咚”，他轻轻敲了两下门。

自从有了那条微博留言，俞璟歆对季清远的态度明显改善不少：“有事？”

季清远：“等会儿再忙，去吃夜宵。”

俞璟歆摇头：“太晚了，吃了发胖。”

“你太瘦了，得多吃点。”他记得她产检报告上，快生宝宝时才一百零九斤，现在也就九十多斤。

俞璟歆还是拒绝了。在保持身材上，她向来对自己残忍，从来没吃饱过。

季清远现在是想方设法跟她多待一会儿：“那你陪我下楼，我想吃点。”

俞璟歆默不作声，又翻了一页报告书。季清远明白了，她还不是很想原谅他。他没像以往那样，她冷着脸，他就转身离开，而是亲了她一下，没离开。

他左手暗暗掐着自己大腿，硬着头皮说了句：“那我们家口嫌体正直的宝宝接着加班，我下楼吃夜宵，一会儿来陪你。”

俞璟歆：“……”

季清远说完，大步走出书房。走到楼梯口，他双手叉腰，大口呼吸。

第一次把这么肉麻的话说出口，大伤元气。

手机又震动，傅既沉在催促。

季清远和俞璟择差不多时间到楼下，看到厨房里正忙着的那个身影，他们突然却步，就说傅既沉哪会那么好心。

还不等他们转身上楼，俞倾转过来了：“哥，姐夫，夜宵马上好，先坐吧。”

既来之，则安之。

餐桌前，傅既沉倒了三杯红酒。

他们坐过去，觑他。

傅既沉给他们每人一杯：“喝得半醉不醉的，就尝不出面条味道了。”

“……”

季清远不知道俞倾厨艺怎样，他问傅既沉：“就这么难以下咽？”

傅既沉：“不知道，我也没吃过。”

他解释自己为什么配着酒一起吃：“她已经用煮面的汤把碗里的面条洗了两遍，第一遍是盐放多了，第二遍是酱油放多了。”

季清远突然不说话了，默默喝了半杯酒。来都已经来了，他要是不吃，俞倾会不高兴。在这个家里，得罪谁都不能得罪俞倾，不然日子会很难过。

面来了，光看样子，就知道有多不好吃。

俞璟择吃了一口面。俞倾把葱油拌面的字面意思理解得格外到位，葱就是小葱，油就是酱油，然后把煮好的清水面用这两样拌一拌。

俞倾把自己辛苦一晚的成果拍下来，发了个朋友圈。

傅既沉刚才开红酒，趁着等面的间隙，把瓶身上的瓶标揭下来，给俞倾做了一个小皇冠。

“俞厨师，过来。”

俞倾小跑着过去，趴在他背上：“干吗？”

傅既沉把那个小皇冠戴在她头上：“祝贺你成为米其林三星级大厨。”

俞倾按着小皇冠防止它掉下来：“谢谢我的傅总。”顺势，她在他侧脸上亲了一口。

季清远和俞璟择生怕俞倾让他们评价厨艺，一直小声聊天，纯粹没话找话说，反正让俞倾插不进话就行。

俞倾贴着傅既沉后背，下巴搁在他肩头。她没顾得上他们俩，只顾刷手机，看看有谁点赞评论。

母亲点赞了。

庞林斌不仅点赞，还留言：长大了。

还有一个昵称“亘古不变”的留言：有机会品尝一下。

俞倾蹙眉，暗忖：怎么又出现了一个没有备注的人？

上次冯麦也是，没有用真名备注。那么这个人又是谁？

她翻看“亘古不变”的朋友圈，什么都没有，仅三天可见。

资料上也看不出任何跟身份有关的信息。

俞倾回复：我现在在北京哦。

应该是她在国外认识的，这人还以为她在国外。

亘古不变：过几天我回北京，到时联系你。我忙了。

俞倾：“……”

今天用脑过度，明天还要继续用，她瞅了瞅傅既沉，这男人就等着收拾她，她不能输。

现在她也没精力关注这个“亘古不变”是谁，那就等对方联系自己吧。

又有新的点赞，是表哥厉炎卓。上次她做梦梦到的就是他。他们已经许久许久不曾联系。

那么久之后，那个家的破碎带来的伤害，记忆犹新。

如果大舅和二舅念点手足情分，外公或许不会被气得早早离开，外婆也能多活几年。

无论怎么说，反正都回不去了。

俞倾正走神，有语音电话进来，是厉炎卓。

“家里没厨师？”这是厉炎卓的第一句话。

“有啊，米其林三星级大厨，刚评上的，姓俞，名倾。”

厉炎卓笑笑，电话里有数秒的沉默。

厉炎卓道：“我在北京。”

“我知道。”

“等你不生气的时候来找我。晚安。”

“晚安。”

俞倾切断通话，恍若一场梦。

“谁啊？”俞璟择问，他隐约猜到了。

“厉炎卓。”俞倾把手机搁桌上，两手抱着傅既沉的脖子，整个人都紧挨着他。

俞璟择缓缓点了点头，就知道是他。

“你少跟他联系。”

俞倾：“……”

俞璟择对厉炎卓没什么好印象。刚出国读书时，俞倾经常会给厉炎卓打电话，俞璟择不是很高兴，让她省点电话费。

有时她在电话里说到俞璟择，厉炎卓就说能不能聊点让人高兴的事。

这大概就是哥哥们之间的敌意——互相吃醋。

傅既沉幽幽道：“我都还没吃醋了，你酸个什么劲儿？”

只有季清远没插话，他在看手机。一个十多人的小群里，一直刷屏，还有人艾特他。这是他跟冷文凝共同的朋友圈，分手后，冷文凝就退群了。

这些朋友里，一部分是冷文凝的朋友，有几个是他的朋友，后来玩得多了，又一起投资过项目，全熟络起来。

——文凝的事你听说了没？傅既沉也是狠，把她公司所有客户都截了。她也是为了帮你岳父家。

——她跟我们喝了一晚上的闷酒，也没说什么事。

——后来喝多了，她闺密把她给接走，还是她闺密跟我们说了说。

——刚才她闺密打电话过来报平安，说到家了，还说文凝去洗手间自己偷偷哭了。你什么时候见她哭过？

——不是指责你的意思。

——你结婚了，我们不该跟你说这些，你看这四年，我们从来不在你跟前提她，在她跟前也不提你。

——我们聚会，叫你就不会叫她。

——当然，有时候碰巧了，你们都过来，但我们从来不开你们玩笑，她也主动回避，没跟你说过话，能离你多远就离你多远。

——毕竟你有老婆有孩子，该避讳的还是要避讳。但今天这事儿，对她是不是有点不公平？

季清远继续往下翻看。

——之前四年她跟乐檬合作得好好的，结果俞倾刚上任就要换掉文凝策划，意思多明显你看不出来？

——俞倾更狠的是把她当枪使，在合约期满前，让她给傅既沉公司制造舆论，借傅既沉的手报复她。

——你别说这不是俞璟歆的意思。

——我们也理解俞璟歆，可不能因为文凝是你前任，她就该被往死里整。

——有个前任，不是很正常吗？再说，文凝这四年里找没找你，破没破坏你们婚姻，你最清楚。她都已经这样避嫌了，你还想让她怎样？

——说句可能不合适的话，你有老婆有孩子了，她还是一个人，她对你什么感情，你心里没数？

——俞璟歆这样对文凝，未免有点过分！

——你给句话，这事到底怎么解决，总不能让她公司破产吧？@季清远

季清远：这不是一句话就能解决的。你们明晚叫上冷文凝还有她闺密，到会所当面解决。你们也都到场。

放下手机，季清远再抬头时，餐厅只剩他一人。

边上还有张字条：吃完洗碗，把厨房也收拾干净。

俞璟择和傅既沉的碗也放在那儿，等着他洗。

傅既沉和俞倾回到卧室，各忙各的。俞倾之前补了一觉，这会儿毫无困意，她打开笔记本电脑并搬到床上。

“傅总，我陪你加班。”

傅既沉见她坐上床，自己赶紧把平板电脑壳合上。

他在写明天的公关文案，不能让她看到。

俞倾哼了声：“小心眼。”

傅既沉瞅着她：“你不小心眼，那你把你们乐檬准备的方案给我看看。”

俞倾转过身，背对着他。

房间里安静下来，只有两人敲键盘的声音。

傅既沉边写，边在工作群里分派任务给潘秘书和乔洋。

他插上耳机，看他们发过来的视频。

看完，他告诉陆琛，要截取多少秒到多少秒之间的部分视频。

陆琛：看样子，我们能打个漂亮的翻身仗。看在我亲力亲为的分上，你帮我问问俞倾，于菲还有没有可能原谅我。

傅既沉：会不会原谅，你心里没数？

他毫不留情地提醒陆琛：以后你尽量少给我发消息，也别表现得跟我很熟，俞倾会以为我跟你是一丘之貉。

陆琛：“……”

陆琛：今晚是你主动找我的！

傅既沉：我利用你的时候除外。

陆琛气了半晌，接着说于菲：她之前还把我和赵树群放一起比。我跟赵树群哪里一样了？我身心清白！

傅既沉忙着做公关方案，偶尔看眼手机，回复他：身清白，心就不好说了。

陆琛：行了，不提了。

明天公关舆情的方案准备得差不多，傅既沉发给陆琛，叮嘱：明早九点前，这几条必须出现在热搜上。

陆琛：你这个骚操作，一般人学不来。

翌日。

天气很好，难得的晴空万里。

北京的天，有时蓝得让人看了心旷神怡，今天就是。

俞倾站在办公室窗边，远眺碧空下的CBD。

朵新的舆论已经过去了二十四小时，公关舆情的最佳时间，他们仿佛错过了，一点动静都没有。她想了一早上他们会出什么招，未果。

桌上手机响了，俞倾收回思绪，大步走过去。

打电话的是秦墨岭，只有简单的一句："看热搜。"

俞倾没多问，挂了电话，迅速点开微博。

傅既沉以她怎么都没想到的方式公关了。一个自称是傅氏集团工作人员的人，在微博上发布了三段视频。

第一段视频，镜头里是她、傅既沉还有肖以琳，时间就是她和肖以琳在食堂门口争执那天。

视频里，肖以琳在跟傅既沉解释她们为何争执：

"我想把钱老板换掉，换成有实力的卓华商贸，但我们跟钱老板的合同还没到期，我就想先跟卓华签了，钱老板那边我慢慢解决。俞律师不同意，说我是违规操作，让我必须先跟钱老板解除合同，然后我们俩就吵起来了。"

第二段视频，还是在食堂门口，傅既沉公开她的身份。

第三段视频，傅既沉吩咐潘秘书："让朵新总裁下午三点到我那儿汇报工作。让他着重汇报他平时是怎么管理朵新的，公司的规章制度是不是落实到位。"

视频里，傅既沉满足了女人对男人的所有幻想。

他有袒护她时的霸气，有宣示主权的强势，也有严肃起来的不怒自威。

这三段视频也足以证明，所谓的傅氏集团包庇合同欺诈行为，是子虚乌有，那完全是朵新大区经理的个人行为。

而且在几个月前，集团总裁就已经敲过警钟，可肖以琳依旧对此置若罔闻。

今天视频的主角，除了她、傅既沉、肖以琳，还有傅氏集团的食堂招牌，每个视频里都有。

这应该是傅氏集团那些花痴女人录下来的，没想到几个月后，挽救了傅氏集团。

评论里炸开了锅，更多讨论的是她。

就在十分钟前，傅氏集团官博发了第二条声明：

一、朵新的“一见倾心”，讲的是老板和其未婚妻的爱情故事。我们朵新只追求柠檬的酸甜，绝不容忍“合同欺诈”的苦涩。

二、公司已与朵新京津冀大区经理肖以琳以及法务部几名参与此事的职工解除劳动合同。

三、朵新将重新与钱老板签订经销合同。

秦墨岭敲门进来了：“傅既沉怎么这么无耻！他们的‘一见倾心’广告投放时，他跟你还不认识，用你做了回免费广告，你看把那些网友给感动的。”

俞倾：“我搞他的公司，他不利用我一下，他心里难受呀。”

但不得不说，傅氏集团这次公关，可以打一百零一分。

在危急时刻，傅既沉力挽狂澜，既化解了公司的舆论危机，又趁此做了一次撒狗粮式的产品广告，广告效果比几个亿的冠名广告还强。

俞倾给傅既沉发去消息：恭喜啊，傅总，公关得漂亮。

紧跟着，她以私人语气又发了一条：傅渣渣！你竟然利用我给你们傅氏集团公关洗白！

傅既沉：嗯，利用你洗白，顺便秀恩爱，让所有人都知道，你是我的。

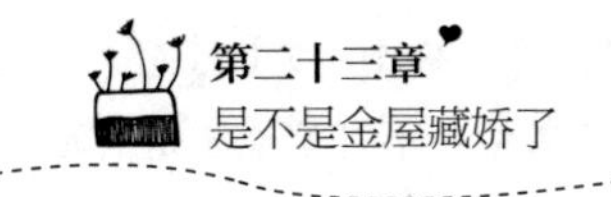

第二十三章 是不是金屋藏娇了

俞倾盯着“一见倾心”这句广告词看。这回的舆论战，朵新花了不少钱公关，乐檬也砸进去不少钱。

现在朵新做了一波广告，算是赚了。

但乐檬的钱打了水漂，血亏。

思考片刻后，俞倾把车钥匙给秦墨岭：“你让信息部的人把我行车记录调出来，元旦下午，还有二号一整天，截取我跟傅既沉牵手逛市场的画面，还有我和他喝饮料的片段。他喝的是我们乐檬的饮品，我喝的是朵新的柠檬茶。”

“你要跟傅既沉学？”秦墨岭问。

“嗯，蹭他一波热度，不然我们乐檬不是亏大了？”俞倾坐到电脑前，“视频截取后，给营销号，他们肯定喜欢这样的爆料。”

俞倾还有一个想法——趁这个热度，把之前乐檬销量走下坡路的几款饮料重新包装，做成跟朵新的情侣款，今年夏天冲销量。

秦墨岭把玩着车钥匙，心想把两家公司的饮品做成情侣款，前所未有，也是一个卖点。

“我这就召集开会。”

“我就不去了。”俞倾亲自写宣传方案，“你那边赶紧催促设计团队设计瓶身广告，到时我在我微博上首发，文案我都想好了。”

秦墨岭问："什么文案？"

俞倾："暂时保密。"

秦墨岭也没那么八卦，他忙着去开会，走了几步又回头。

他提前跟她打个招呼："我家老爷子又催我相亲，这回不知道是谁家的千金，我懒得见，跟他们说，我喜欢上你，非你不娶。"

俞倾正打字，缓缓抬头："秦总，我孩子的爸爸是傅既沉，不是你，你追我干什么？"

秦墨岭："我脑子坏了也不是一两天了，你不用大惊小怪。"

他经过深思熟虑，这么做自有他的考量。不管是他还是俞倾，坐在现在的这个位置，都太累。昨天看她累成那样，他于心不忍。

他也知道，她喜欢她的律师职业，只是被俞爷爷施压，逼得没办法，才像现在这样做。

要是他"痴迷"俞倾，时间久了，他家老爷子就会想办法把他跟俞倾调开来，那时俞爷爷也不好再阻拦，俞倾就能回到律所。

"今年十二月份，我们乐檬的董事任期满三年，要换届选举，到时公司人事会有一定变动，你那会儿离开就行了。正好你也生完孩子了，再回硕与吧。"

他听秦与说，她即便从硕与离职，也还是想尽办法把手头的案源给硕与，跟硕与保持良好的往来关系。她大概也是想着，也许有天还能回硕与呢。

俞倾打量着他："你善心大发，我心里不踏实呀。"

秦墨岭："不是全为你。你在乐檬，影响我，我做什么决定都得瞻前顾后。我要是对朵新下手太狠，又怕影响你跟傅既沉的感情，让别人觉得我是有意拆散你们。虽然我一直也想拆散你们俩。"

俞倾："……"

"等你不在乐檬，我们不共事了，我就可以光明正大地拆散你们。"

秦墨岭不给俞倾吐槽的机会，真心实意地感谢她一番："你来乐檬，可能是俞爷爷除了投资乐檬外，做得最正确的一个决定。"

这两年，乐檬的发展已经到了瓶颈期。

就如她说，其实乐檬已经开始走下坡路。她带来了全新的思路，不管是管理还是宣传，为乐檬省了不少广告支出，却达到了前所未有的宣传效果。

关于文凝策划，他之前跟其中两个董事也考虑过换掉，但碍于冷文凝的各种关系网，他不好驳了她的面子，就这么搁置下来。

结果她上任后，无所顾忌，强行换掉。因为惹恼了冷文凝，接连而来的麻烦，她全部自己扛着，一次次地化解危机。

公司前几年畅销的几款饮品，因为这两年的宣传和瓶身设计没什么创新，销量一年年锐减。他正头疼这件事，她又带来了机会，要把这几款跟朵新的包装成情侣款，重新推出。

她来乐檬不到三个月，大概死掉了她三年的脑细胞，伤身，伤神。

“以后乐檬聘你做名誉顾问，战略上你给意见，我来执行。”

秦墨岭又想了想，还有什么没说。

他夸了她这么多，也不能让她太嘚瑟。

“你来乐檬，对你的职业生涯来说，有着里程碑式的意义。以前你做并购，没法设身处地地站在老板和股东的立场去考虑事情，有了在乐檬任职的经历，以后你做项目，会更得心应手。”

俞倾没打断，认真听他说完这席话。

她伸手：“很高兴认识你。”今天，她认识了一个不一样的秦墨岭。

秦墨岭象征性地跟她握握手：“我肯定比傅既沉了解你。你赶紧把孩子生了，生完就给傅既沉，我们好在一起。”

俞倾：“……”

这个人吧，还没给他阳光，他就迫不及待地要灿烂。

秦墨岭言归正传：“对了，冷文凝那边，你想好该怎么接招，她不会善罢甘休。”

提醒过她，他就忙着去开会了。

俞倾现在听到冷文凝这个名字，就生理性反胃，还脑壳疼。

她拿出一张废纸，在上面列出几种可能。

冷文凝要是找季清远，也不会堂而皇之地去找。

冷文凝的手段，一般人招架不住，不然不会四年里，俞璟歆一直是哑巴吃黄连——有苦说不出。

季清远 vs 冷文凝，她打了一个大大的“×”，不用想，季清远完败。

俞倾给秘书打电话，让秘书尽快把冷文凝控股的、参股的所有公司资料还有最新动态都整理给她，越快越好。

短短几天，冷文凝元气大伤，不管是公司，还是身体。昨晚她喝了一瓶多红酒，睡到现在才醒。爬起来后，她口干舌燥，头疼欲裂。

闺密昨晚没回去，怕冷文凝受不了要去医院。她没敢去客卧睡，就在主卧沙发上凑合了一夜，方便照顾冷文凝，到现在脑袋昏昏沉沉。

听到动静，闺密转头："醒了？"

冷文凝缓了缓："昨晚不是让你回家的吗？"她撑着坐起来。

闺密："你醉成那样，我不放心。"

她起来，把茶几上的苏打水递给冷文凝。

"昨晚的事，你还记得多少？"

冷文凝喝断片了，脑海里的片段零零碎碎。她想了半天，摇摇头："忘了，就记得你接我，我让你回家。"

闺密对着她手机，下巴微扬："你看一下我发给你的截图。"

"什么？"

"你跟季清远那个朋友群里的。"

冷文凝一头雾水："你哪来的那个群里的聊天截屏？"

"你一个朋友发给我的，让我们俩今晚去会所一趟。"顿了下，闺密又道，"季清远也去。"

冷文凝一怔："你们都干什么了？"可别打乱了她之前的计划。

她赶紧看聊天记录，一共七八张截图。

看完，她脸色彻底冷下来。

"不是……"她气到说不出话。

闺密小心翼翼地问："是不是我……说错什么了？"

冷文凝扶额，用力揉着突突直跳的太阳穴："你把季清远当成弱智了是不是？你编的这个……"

成事不足，败事有余！

闺密不由得屏息，她也发蒙。

她跟冷文凝朋友说的那些，有一条是假的，就是冷文凝回来哭了。

其实冷文凝没哭，回来趴床上就睡了。她这么说就是为了博同情，毕竟女人的眼泪是武器。

没想到效果还不错，比她想象中的更有杀伤力。她不知道冷文凝现在气成这样又是为哪般。

“文凝，怎么了？”

冷文凝做个深呼吸：“季清远是嘉时集团的掌管者，他能坐到那个位置，你真以为他是傻子？他最讨厌别人消遣他。”

她把手机直接丢一边，眼不见心不烦。

“你以为今晚他去会所是给我撑腰，收拾俞璟歆？”

她无奈地看着闺密：“姐姐，昨晚你是不是也喝醉了？”

闺密小声说了句：“你那些朋友，不是都信了吗？”

沉默须臾，冷文凝说：“所以他们不是季清远，也成不了季清远。”

她深深叹口气：“退一万步来讲，就算是俞璟歆的错，季清远也不可能当众替我出气，给俞璟歆难堪。”

她被闺密气得心口疼：“俞璟歆不是飞上枝头做了凤凰的麻雀，人家本来就是凤凰，只不过择梧桐而栖。季清远跟俞璟歆是联姻，他们两家那么多合作，他不管做什么决定都会三思而后行，他不可能明晃晃地给前任撑腰，懂吗？！”

闺密点了点头，幡然醒悟。

冷文凝拢拢头发：“我确实打算找季清远，但不是现在，还没到时候。”她准备等公司揭不开锅，融资又无门，彻底被傅既沉逼得走投无路时，再去找他。现在她名下还有不少投资，有几家控股公司，怎么去博得真正的同情？

她名下的传媒公司正在寻求融资，之前有几家投资公司蛮感兴趣，现在怕是也黄了。

她原本打算利用这个机会，去找季清远。

不是找他续前缘，只是求他帮个忙，到时他肯定不会眼睁睁地看着她破产而置之不理。

他帮了她，就是在俞璟歆心里插一把刀。她想要的是这个效果。

哪知道，在这个节骨眼上，会出这样的纰漏。

闺密这才发觉自己惹了麻烦。事态严重，她怕连累了冷文凝，这样也等于毁了她自己的公司和事业。

她六神无主：“怎么办？要不你都推我身上，反正本来你就喝醉了，不省人事。”

冷文凝挥挥手：“你先别吱声，我想想。”

她也烦，就怕季清远不高兴，彻底跟她朋友断了合作，不划算。

她思虑片刻，终于有了主意。也算歪打正着，她到季清远面前先刷一波好感。

闺密把今天上午网上的事简单跟她说了说：“没想到傅既沉这么出其不意，彻底赢了，还强行秀了一波恩爱。”

这次的事她不仅没离间成功，反倒给了他跟俞倾做广告的机会。

冷文凝心里更堵，现在喝凉水都塞牙缝。

闺密私下问过身边的人，傅既沉没有感情黑历史，这样就没法彻底让俞倾跟傅既沉之间有隔阂。但傅既沉实力在那里，又不能正面跟他硬碰硬。

“你有什么法子没？”她问冷文凝。

冷文凝：“他那么狠的人，自有天收。”

闺密不懂：“什么意思？”

“昨晚听说，邹行长家宝贝女儿邹乐箫学成归来，就在北京这边上班。”

闺密问：“邹行长女儿喜欢傅既沉？”

冷文凝摇头：“不喜欢。要是情敌的话，这事就简单了。”

情敌的话，傅既沉会主动划清界限。就怕是邹乐箫那种，是世交家的妹妹，人家又对他没非分之想，有点脾气的话，他也不好说什么。

邹乐箫才二十一岁还是二十二岁，一直把傅既沉当哥。

邹乐箫锋芒外露，有种张扬的美。她也是学法律专业的，回来后应聘到了硕与律所上班。

午休时间早已过去，傅既沉多睡了会儿。从昨天到现在，他的体力和精力严重透支，现在舆论公关下来，终于松了口气。

他正睡着，被私人电话给吵醒了。

“二哥，开门，是不是金屋藏娇了呀？敲门敲到现在你都不应声，潘秘书说你在办公室呢。”

傅既沉清醒过来：“你什么时候回来的？”

“早上。巧了，赶上你在网上撒狗粮，差点被撑死在机场。你能不能给我开个门呀？”

傅既沉：“二十分钟后。”

他挂了电话，冲澡换衣服。

邹乐箫没走远，就在总裁办公室门口踱来踱去，低头刷手机。

潘秘书见她这么久还没进去，走过来：“傅总在开会？”

邹乐箫摇头：“听声音他可能是在午睡了，现在在洗漱，让我等二十分钟。”

潘秘书解释：“为了应对舆论，他昨晚应该通宵了。”

邹乐箫笑笑：“听我爸说，俞律师可厉害了呢。”

潘秘书但笑不语，对老板娘，他不予置评，这是老板的私事。

没多会儿，门从里面被打开来。

傅既沉把袖扣给扣上：“你怎么突然回来了？”

邹乐箫关上门，盯着他上下打量一番：“谈恋爱的人就是不一样呀，酒红衬衫都穿上了。”然后才回答他，“我爸最近太忙，没时间去看我，我就回来看看他，正好到律所见见以后带我的师父，等论文答辩完我就回来上班。”

邹乐箫把一个礼物袋放他桌上，坐在他的转椅上转了几圈：“猜猜我应聘到了哪家律所？”

傅既沉瞅她一眼：“你忙不迭地到我这儿来嘚瑟，那肯定是硕与。”

邹乐箫强调：“我自己应聘进去的，没靠我爸找关系。”

她指指带来的那个礼物：“送给你未婚妻的礼物。”

傅既沉打开来，是一瓶香水。

邹乐箫悠闲地转着椅子：“之前我爸跟我说，在饭局上你自己弄了个纸糊的戒指，我还不信，又怕打击到你，就没跟你求证。恭喜你守得云开见月明。”

她说起这瓶香水：“好不容易淘来的，没舍得送我妈，也没给叶阿姨。还是我对你好吧。”

她母亲跟叶阿姨有一样的爱好，就是收藏香水。以前叶阿姨在她家跟她妈妈聊到一款香水，她妈妈有，叶阿姨没有，据说叶阿姨回家哭了，说自己也想拥有。后来，这一招被她妈妈拿来用。

香水有毒。

傅既沉对香水不了解，不过看这个瓶子应该有些年头：“我替俞倾谢谢你。”

“你跟我能不能不见外？”邹乐箫站起来，“不耽误你了，我回家倒时差，困得要死。对了，明晚我请客，也算庆祝我被硕与录用，没外人，就我爸妈、傅伯伯、叶阿姨，还有你，另外，特别邀请你的未婚妻。餐厅都订好了，一会儿我发给你。”

傅既沉：“我没问题，俞倾明晚不一定有时间。”

邹乐箫想了想：“那就凑她的时间，她哪天有空我就哪天请，反正我下周一才回学校。拜。”

她挥挥手离开。

晚上，季清远如约去了会所。他到的时候，其他人早就到齐。冷文凝拿了杯饮料，正看他们打牌。闺密坐在冷文凝旁边，不时看一眼门口。她忐忑不安，就怕把冷文凝原本的计划给搞砸。

“你飞过来的呀？”有个朋友看到季清远进来，不可置信道。之前有人问季清远到哪儿了，他说刚把儿子送到家，稍后过来。

从季清远家别墅到这边至少要四十分钟，还是在不太堵车的情况下。

“我住我岳父家。”

所有人惊讶到连手里的牌都忘了出。

因为冷文凝在这儿，他们不便聊太多跟俞璟歆有关的，这个话题到此打住。

冷文凝扫了季清远一眼，三四个月没见，不知道自己是不是因为最近太过想念他，觉得他比以前更有魅力。她犹豫着要不要过去跟他打声招呼，就像以前那样，大方一点。最终，作罢。

季清远把西装纽扣解开，没脱，直接坐下来。

几人扔了牌，移步这边。冷文凝挑了一个离季清远最远的位子坐下，不等其他人说话，她先开腔：“给大家带来了麻烦，我很抱歉，你们先听我说。”

她目光匆匆从季清远脸上掠过，没看清他眼底的情绪。

“这里边有误会，她不知道事情细节，胡乱猜测。”

这个“她”，指她的闺密。

“我跟俞倾还有傅既沉之间，是纯粹的利益战，哪来那么多恩怨情仇，赚钱都忙不过来。”

冷文凝说了说事情起因："俞倾嫌我们公司要价高，不想跟我们合作，我为了利益自然想方设法要留住这个客户。傅既沉也让傅氏集团断了跟我的合作，我一生气，就威胁了俞倾。这才有了这两天的舆论战。我昨天喝多了，是被俞倾给气的。真的，她能把人活活给气死。"

这一点，季清远最清楚，他知道俞倾的厉害。

冷文凝接着道："让朵新跟乐檬闹起来，目的就是让俞倾继续跟文凝策划合作。这件事，真的跟俞璟歆一点关系都没有。"

朋友们目瞪口呆。季清远目光深幽，不时会看一眼冷文凝。

冷文凝早就打好了腹稿，这会儿也冷静下来。她视线顺着朋友们扫了一圈："我跟季总保持距离，本来就是应该的。分了手的情侣，都会这么做。"

她又望向季清远那边："公司的事情，还涉及商业机密，我没跟闺密说，她小女人心思，就自己脑补了一番。我到中午醒了才知道，本来想进群解释一下，但觉得还是应该当大家的面说清楚，免得以后再误会。"

她顿了一下，接下来这番话，她是说给朋友听的。

"我跟俞倾肯定还没完，没有私人恩怨，纯粹是为了公司利益。

"俞倾这个人，你们可能不了解。她公私分明，下手从不心软，就算是对傅既沉也不例外。我嘛，你们知道的，赚起钱来，也是不念情分的主。以后我们不管怎么闹，你们都别曲解了。"

听冷文凝这么一说，他们沉默了几秒。原来是他们误会了俞璟歆。于是每人都拿起酒杯自罚一杯，让季清远别介意，说自己昨晚那么激动，可能也是酒喝多了。

冷文凝再次看着季清远："季总，这几年我一直感激，你没因为我，跟他们断了合作。我觉得大家都是成年人，还是应该把利益放在首位。"

她转向那个朋友群的群主："你把群解散了吧，反正大家都有联系方式，没必要弄个群。你看我没在群里，还不是照样找你们玩。季总现在是有家室的人，得避嫌。"

群主点头："也是。"

他知道冷文凝是为季清远着想，便解散了群，省得季清远自己退出，伤了原本的情分。

该说的都说了，冷文凝站起来："我们俩逛街去了，你们的牌局继续。"

闺密原本还提心吊胆，现在终于松了一口气。她没想到冷文凝把所有的话说尽，就连季清远也挑不出她一点毛病。

冷文凝离开，包间里安静了片刻。

季清远也不打算久留，临走前，他多说了几句："我跟璟歆，因为是联姻，之前不认识、不了解，感情没那么深。其实是她心里没我，一直要跟我离婚。为了不离婚，我都追到我岳父家了。"

之前他们聚一块儿从不讨论私事，都聊生意，既然有了这样的误会，今天，他就特别表明一下。

"季清远还真去了？"俞倾看完傅既沉给她的聊天截图后，盯着傅既沉看。

傅既沉点头："说要去解决事情。"

俞倾捏了一粒生瓜子，放嘴里嗑："他去了也白去。"

"嗯？"

"冷文凝不会允许自己犯那么低级的错误。昨天那波，一看就是她闺密的操作。冷文凝今天去会所，是给自己救场，说不定还说得季清远哑口无言，感觉自己错怪了她。"

傅既沉最头疼去揣测女人的心思："然后呢？"

"然后就该我收拾冷文凝了。"

"……"

俞倾拿着一小把生瓜子，边吃边去楼上找俞璟歆。

俞璟歆正哄儿子玩，抬头看她一眼："核桃吃了没？"

"吃了。"俞倾在旁边坐下，"姐，你知不知道我这几天累得会少活好几年，是为了什么？"

俞璟歆自然知道，这场舆论战，起因估计也是她。

俞倾："我说出来就是让你内疚。"

"……"

俞璟歆无言以对。

俞倾剥了一粒瓜子给她："冷文凝那个女人，你要是不自己主动收拾，你一辈子都会被她硌硬。我姐夫在公司忙一天，再回来哄你，一天、两天、三天还行，也许一个月、两个月也还有耐心，但他能哄你多久？一辈子？不可能。"

俞璟歆没吱声，亲了儿子一口。

俞倾这几天深有感触，知道作为公司管理者有多累，况且她跟秦墨岭只管一个饮品公司，季清远是要操心一个集团的事情。

“你跟我姐夫都是刺猬，现在他愿意把没刺的肚皮面向你，又想着法子缓和矛盾，挽救这段婚姻，你也别再把背留给他，不然他遍体鳞伤后，也就离开你了。如果你还喜欢他，你试着也转过身，彼此把最柔软的地方留给对方。”

俞璟歆抬头：“你现在成了爱情专家。”

俞倾：“谬赞。”她说重点，“你要学会撒娇，让男人变成你的武器，这样对冷文凝的杀伤力才足够大。”

俞璟歆实话道：“我不会撒娇。”

“那你自己想办法，对自己狠一点，情话没什么说不出口的。”

俞倾已经想好了对策：“冷文凝控股的一家传媒公司现在正在融资，你让姐夫以私人名义投资。”

俞璟歆一时没明白俞倾的用意：“她缺钱，我让季清远给她送钱？”

俞倾点头：“然后让姐夫把这个公司的股权当成六一儿童节礼物送给你。现在二月份，我找团队给你做，五月底能完成投资手续。你是宝宝，自然要过六一节。你说到时冷文凝心里是什么滋味？她要是尽心尽力经营公司，是为你赚钱；要是破罐子破摔，她自己的钱也打了水漂。打蛇打七寸，让她情场和商场一块失意。”

俞璟歆眨了眨眼。

“姐夫应该快回来了，你记得，撒娇，撒娇，先改善夫妻关系。为了把你四年的痛苦还回去，加油。”俞倾拿着瓜子，悠闲自得地下楼去。

俞璟歆走神了很久，一想到撒娇，就浑身起鸡皮疙瘩。可俞倾说得对，季清远不可能哄她一辈子，而冷文凝，会硌硬她一辈子。

还不到十点钟，季清远到家。宝宝早就睡了，俞璟歆在书房，看似在加班，实际上一直盯着电脑屏幕出神。

季清远敲了几下门：“几点回来的？”

俞璟歆：“有一会儿了。”

“饿不饿？”季清远顺口问了句。

挣扎几秒后，俞璟歆点头：“你会做夜宵吗？做什么都行。”

季清远受宠若惊："我给你烤面包，热量不高。"

他伸手牵着她，还好，这一次她没甩开他，两人一道走下去。

俞璟歆的手酥酥麻麻，时间久了，出了汗。季清远牵着她，从客厅那边绕到厨房，多走了一段路。她没吱声，随着他过去。

季清远从冰箱里拿了一片面包，打算再给她洗几片生菜："凑合吃一点。"

俞璟歆耳边回荡着俞倾那句"撒娇"。

可她真不知道娇要怎样撒。看着他在水池边认真洗生菜，她走到他身后，试着抬了好几次手臂，最终又落下。后来她一狠心，对着自己大腿拧了几下，疼得她眯了眯眼。忍着疼痛感，她从他身后抱住他，侧脸贴在他背上。

季清远差点没站稳，手掌撑住洗菜池。他以为是做梦，可被她用力抱着的感觉，又如此真实。

他站好："要几片生菜？"

"随便。"

季清远把整棵生菜都洗了。水一直流着，菜叶子都快被洗烂了，他还在冲洗。

二楼露台上，俞倾还在嗑瓜子。一小把瓜子，她吃了快一个小时。

傅既沉一直瞅着她："你别不舍得吃，吃完我再给你买。"

俞倾无语："我这是细嚼慢咽，让我的小鱼苗好好吸收里面的营养。"

傅既沉看看手表，又到楼梯口望了一眼，那两人还在洗菜池前，依旧是之前那个姿势。

俞倾："他们还抱一起呢？"

"嗯。"傅既沉饿得不行，就等他们离开，他到楼下简单吃点。晚上他回来后又去超市给俞倾买坚果，回来没赶上晚饭。

"得好好教育一下季清远，要节约用水。明天我跟爸说一声，这个月家里的水费让季清远出。"

俞倾："……"

她笑："你幼不幼稚！"

傅既沉反问："不然你会笑？"

他略一犹豫，还是回房把下午邹乐箫让他转送的礼物拿出来。

俞倾看到香水就开心，一天的疲劳不见踪影。“谢谢。”她抱了抱傅既沉。

傅既沉如实道：“这不是我给你的，我这几天也没时间找香水。”

“叶阿姨给我的？”

“不是。”

俞倾抬头，猜不到是谁了。

傅既沉：“是邹行长家闺女。不知道她哪根筋搭错了，要来讨好你。本来她订了明晚的餐厅请客，我说你不一定有时间，她竟然说你哪天有空她哪天请。”

就连他都不曾有过这个待遇。他心里不踏实，总感觉这是坑。

“你考虑一下这瓶香水你敢不敢收。你要是不敢，我给你退回去。”

俞倾把香水揣兜里：“我不管，就算是坑，你也得给我填平。”

傅既沉：“……”

俞倾这几天在忙乐檬那几款饮品的宣传策划，要是跟朵新今年最畅销的饮料凑成情侣款，销量肯定不错。她一直埋头忙到天黑，才被傅既沉的电话给打断。他们今晚要跟邹乐箫吃饭，不知道是不是鸿门宴。

“傅总，查看你的微博，我马上下楼。”

电话挂断后，傅既沉登录他的私人账号，看到俞倾发了一条微博。

——我和你的“倾心一夏”@傅既沉。

还有两张配图，一张是朵新今年的新品海报，另一张是乐檬的老产品海报，不过产品换了外包装，竟然跟他们朵新的新品是情侣款。

“倾心一夏”是乐檬的广告词。

她公开他了，竟然是以广告的形式。

没一会儿，俞倾下楼来。她看到他时，想跑向他，抬起脚步后又意识到什么，赶紧捂着小腹，慢慢悠悠地走向他。

“恭喜俞律师，跟我打了个平手。”在舆论战上，她一点亏都没吃，借着他又给乐檬的产品打了免费广告，还和朵新的弄成情侣款。

俞倾笑笑：“过奖，过奖。”

她搂着他脖子：“是你给我的灵感。”

她跟他一开始就站在了对立面，好不容易走出了第三条路的第一步。

傅既沉抱抱她："走吧，去给你填坑。"

今天的饭局，大哥没赶得上，他有应酬，实在抽不开身。不过邹乐箫无所谓他来不来，只要俞倾来了就行。

其他人最好都不来，这样还能帮她省银子。

除了邹乐箫，在场的其他几人俞倾都认识。他们简单寒暄过，入座。

俞倾暗暗打量了邹乐箫一番，对方对她好像真有什么企图。从她进包间到现在，邹乐箫一直对她献殷勤，不仅主动给她倒水，还给她把风衣挂起来。

邹乐箫没坐父母旁边，坐在了俞倾身侧："今晚的菜都很清淡，适合孕妇的口味，我特意吩咐了营养师给你安排的菜谱。"

所有人都看向邹乐箫，感觉她一夜之间长大了，有点会说话了。她以前可是骄纵跋扈，说话从来不顾旁人感受的。

邹乐箫拿了一双公筷，用来给俞倾夹菜。傅既沉的长臂从俞倾身后绕过去，推推邹乐箫，意思是用不着她献殷勤，有他。主要是，他看着不踏实。

邹乐箫没搭理他："俞倾，这个鱼片你多吃点。"

邹行长干咳一声，提醒女儿："乐箫，俞倾比你大，在律师行业是你前辈，在家里，你不喊声嫂子，至少也得称呼一声姐，别没大没小的。"

邹乐箫撇撇嘴，有些话不能当面怼她爸，于是她阳奉阴违："知道啦，知道啦，我不是想跟俞倾像朋友一样相处嘛。"

她转过来对着俞倾时又变了一副嘴脸，笑意盈盈："你不介意我喊你名字吧？"

俞倾不介意，要是喊她嫂子，她才别扭。

邹乐箫不时看一眼俞倾的侧脸——果然是兄妹，神似，眼睛也像。

邹太太在桌下踢了邹行长一脚，让他闭嘴。她觉得女儿这么喜欢俞倾，可能是有崇拜的心理在里头。毕竟俞倾自己那么厉害，还能把男人收拾得服服帖帖，智商、情商都高，她也希望女儿能多跟俞倾学学。

至于称呼什么的，真没必要讲究。

叶瑾桦跟傅董很欣慰俞倾能跟他们一块儿参加朋友家的饭局，给足了他们面子。他们尽量少提跟孩子和结婚有关的话题，开始跟邹行长夫妇聊他们朋友圈里的事。

饭桌上，分成了两拨，互不干扰，也不冷场。

邹乐箫自己顾不上吃，每上来一道菜，她都先夹给俞倾：“你是孕妇，你最大，我是你的小跟班。”

俞倾瞅着这个五官精致的小姑娘，以开玩笑的口气说：“说说吧，你到底图我什么？香水的话，我不可能还给你的。”

邹乐箫也笑，她放下筷子，两手托腮：“你做的酱油拌面，我也挺想吃的。”

俞倾眼睛半眯：“你是‘亘古不变’？”

邹乐箫点头：“嗯哼。”

俞倾惊诧：“你什么时候加我的？”她一点印象都没了。

邹乐箫：“你之前不是跟券商做新建科技那个项目吗？我有一次就冒充券商负责人助理，要给你发资料，然后加了你。她是我家一个亲戚。”

俞倾那会儿估计正忙着做资料，加过微信之后就给忘了。

俞倾到现在还没明白：“你搞得这么神秘，为了什么？”

邹乐箫叹了一口气，然后如实跟俞倾说了：“为了一个我得不到但是又想得到的男人。我就打算等我毕业了，回来后，我先打到他家内部去。也不是要打到内部，就是想多了解他的生活。”

她想要认识俞倾，还有一个原因：“你这么聪明，这么厉害，这么能搞定男人，我要好好跟你学。”

俞倾：“……”

邹乐箫竟然喜欢她哥。

傅既沉消化半晌，然后小声劝俞倾：“你把香水还她，这个坑，我真的填不平，就算我跟季清远两人都躺里头，也填不平。”

俞倾：“……”

她不打算还。

第二十四章 撒娇成功

三月中旬，乐檬跟文凝策划的合作到期，乐檬换了一家策划公司。

乐檬那几款情侣饮料，经重新包装后推出，市场反应不错。

跟冷文凝的恩恩怨怨，看似尘埃落定。

很难得，俞倾过了几天平静顺心的日子。

俞倾下午抽空去医院做检查。等所有检查报告单出来，知道胎儿发育一切正常，她才彻底松口气，然后告诉傅既沉，她在医院。

傅既沉：怎么不让我陪你去？你在医院等着，我马上去接你。

俞倾坐在医院走道的长椅上，周围所有嘈杂的声音仿佛被隔绝在外，她沉浸在自己的世界里，盯着彩超单又看一遍，随手拍下来。

俞倾突然想到了母亲，不知道二十五年前，母亲拿着第一张她的B超单，心中是一种怎样的喜悦。可那种喜悦，在几个月后彻底破灭。

她犹豫着要不要告诉母亲。

上次她跟母亲间接的一次联系是她做了酱油拌面发到朋友圈，母亲点了赞。

俞倾把手机里刚才拍下来的彩超单照片发给母亲：妈，想跟您分享一下我即将做妈妈的喜悦，也有点彷徨。

十几分钟过去，母亲还是没有回复。

俞倾把检查单子收到包里，去医院门口等傅既沉。

手机震动，是母亲发来了消息，只有简单的两个字：恭喜。

和母亲也没别的可聊的，俞倾退出聊天界面。

母亲又发来一张图片，说道：我也有。

俞倾不明白“我也有”是什么意思，她赶紧点开来，竟然是二十五年前，她还是胎儿时的一张B超单。

单子的边角都破了，还有折痕。母亲紧跟着又发来一张照片，照片中是一个黄色的手环，上面的字已经模糊。这应该是她出生时在医院戴的手环。

没想到母亲还留着这些。

母亲：不聊了，我要跟庞帅哥去晨跑了。

俞倾刚才太兴奋，忘了时差，现在才想起来，母亲那边现在是清晨五点半。

回家路上，傅既沉把她所有的检查单据收到他那里，一张张仔细叠好。

俞倾这段时间越来越困，她打了个哈欠，靠在傅既沉肩头。

傅既沉垂眸，唇贴着她额头：“难不难受？”

俞倾摇头：“除了困，我没其他反应。”

傅既沉保证：“下次去医院提前给我打电话，只要我不出差，即使我再忙，陪你做产检的时间还是有的。”

还不等俞倾说话，手机响了，她接听，那边只有简单的一句话：“冷文凝约了季总。”

“好，谢谢。”

傅既沉抬眸：“你又干什么了？”

俞倾给俞璟歆发消息：今晚别加班了，早点回家。

她这才回傅既沉：“冷文凝去季清远那儿融资了，我要利用这个机会好好打击她。”

冷文凝已经四年没来嘉时集团。

以前这里她出入自由，不用登记，不用预约，她还有季清远乘坐的专梯的密码。

现在，她提前跟他约了。

下午他有高层会议，会议刚刚结束。

她没乘坐专梯，也不知道他密码改了没。

等她到了他办公室所在的那层，秘书早就在那里等着。

这个生活秘书是她跟季清远分手后进来的，跟她闺密认识。

在公司，秘书并未表现得多热络，只是露出职业性的微笑："季总在办公室，您直接过去就好。"

秘书给她刷了门禁卡，她点头，以示谢意。

这算是故地重游吧，然而景依旧，人已非。

季清远办公室的门敞开着，冷文凝微诧，但还是敲敲门："季总。"

"请进。"随后，季清远又加了一句，"门不用关。"

冷文凝的手已经落在了门把手上，她讪讪一笑，收了回去。

她明白他的用意——避嫌。

外面就是秘书办公区。毕竟他已婚，她又是他前女友。她理解他。

他愿意见她，对她来说已经足够，其他的，她不强求。

冷文凝坐在他办公桌对面，把融资计划书给他："你看看。"

季清远把计划书接过去，没说话，认真翻看着。

冷文凝端起咖啡，不时会看一眼他，视线总是不自觉地落在他修长的手指上，无名指上那枚戒指太扎眼。

如果当初他们没分手，如果当初她愿意回头找他复合，现在，跟他戴情侣戒指的，应该是她，而他们也早有了孩子。

后来他们各自结婚后，她遇到他，很想问一句："季清远，你后悔过吗？"

季清远没有一页页翻看，那么厚一本，他只挑了他关注的利益回报条款："嘉时集团投资的条件是，必须签对赌协议。"

冷文凝点头："嗯，我知道。"他之前在电话里说过，她同意了，他才安排了今天下午的见面。

她找他融资，没打感情牌，而且把融资的条件降得很低。

他投资的条件更是苛刻。但他这么做，她也理解。

要是利益输送给她，到时候流言蜚语四起，他没法跟俞家交代，而她要的投资，说不定也会泡汤。

季清远说了说对赌协议的要求："协议三年期，文凝传媒的年复合增长率不低于40%，其间，不得股权转让。要是没达到40%，三年后，你们公司要以现金形式赎回我们嘉时集团持有的股份。具体赎回条件，到时投资部有专人跟你对接。"

冷文凝愣了愣，不低于40%的年复合增长率？

这个投资条件，比她想的还要苛刻。

她又跟他简单聊了聊公司目前的状况以及这个行业的前景，还有公司可能会面临的瓶颈，希望他能稍微降低一点条件。

季清远："我这里不谈价。"

冷文凝："……"

他以前也这样，谈投资时，只谈利益，不谈人情。这种情况到了她自己身上，还是会觉得有点残酷。她再次表示理解他的处境。

她是他前女友，他没法利益输送。

他只要给她投资，她的目的就达到了。

季清远合上融资计划书："具体投不投、投多少，等风险部评估过再给你答复。如果投了，就是我刚才说的那个条件。"

冷文凝抿口咖啡："行啊。"她语气似有埋怨，"我现在走投无路，还不得任人宰割。"

直到这一刻，事情聊得差不多，她才说了几句题外话。

"之前在会所，我说我跟俞倾之间的矛盾纯粹是因为利益，就是堵那些人的嘴，不想给你带来麻烦。其实你心里清楚，俞倾对我这么狠，一点后路都不留，还有一部分原因是你。"

她借题发挥："我什么都没做，就被她误解，还要被这么打压，我冤不冤？"

"我要是破坏你跟俞璟歆了，我认栽。"她看着他，"可我没有。你结婚后，我找过你吗？我给你打过电话吗？麻烦过你吗？要死要活过吗？季清远，你摸着良心说一说，行吗？"

她呼口气。

"就因为我是你前任，我就活该被这样对待吗？俞倾太狠了。这一个月里，我公司是什么情况，你随便问问就知道。你要懒得问别人，你直接问傅既沉。她根本就不给我活路，不然……"

她平复了下心情：“不然我不可能厚着脸皮来找你。分手时我都没来求你……她这样对我，你全当看不见。我不要求你对我怎么怎么样，但至少你适当阻止一下这样的行为吧？”

季清远接过话：“你跟俞倾之间，是你们的事，我没立场过问。我没把你公司拉入嘉时集团投资的黑名单，也是有自己的考虑。可能会因为我，俞倾对你公司的打击从八分力道加到九分力道，多出来的那一分力道造成的损失，就是我给你公司投资的机会。投资的前提是，能赚到钱。仅此。”

冷文凝见好就收：“知道你难为情，我刚才就是发通牢骚。不打扰你了，你忙吧。”她放下咖啡杯，拿上包就走。

楼下，闺密在车里等冷文凝。她拧开瓶盖，把水递给冷文凝。她也期盼着好消息，要是冷文凝公司彻底垮了，她也没法再靠着冷文凝赚钱。

“谈妥了吗？”

冷文凝过了半晌才说了句：“我不知道是我变了，还是他变了。”

闺密：“别想那么多了，他现在有老婆有孩子，还能对你怎样？除非离婚，他说话才不会有顾忌。”

冷文凝没吱声，转脸看窗外。

天色暗下来，俞倾已经写了两页纸，把每句话的语气都标了出来。

俞璟歆看完第一张纸，抚抚额：“我说不出来，这也太肉麻了。”

“冷文凝段位那么高，你只有撒娇这一条路可走。”俞倾又写完一句，还画了一个表情上去。

“四年里，她私下没联系过季清远，对你做的那些事全是绵里藏针，你之前也从来没跟季清远说，季清远没有任何理由找她算账。这一个多月里她公司的情况，大家都看在眼里，确实就是我打压她。”

俞倾把写好的这张又递给俞璟歆：“赶紧背。我好不容易制造了这个机会可以给你出气，又能彻底断了冷文凝的离间心思，还能缓和你们夫妻的关系，你可别给我浪费掉。行了，你专心背吧，我到楼下找傅既沉去。”

八点钟，院子里有汽车进来，季清远回来了。

俞璟歆把那两张纸放在碎纸机里，几秒后，多了一堆碎纸屑。

季清远的脚步声近了，她发现，她刚才背的都忘记了，只能临场发挥。

书房的门半掩，刚才碎纸机工作的声音他在楼梯口就听到了。一般需要放碎纸机里处理的纸张，都是一些商业机密文件。

季清远识趣地没去打扰俞璟歆，把西装挂起来，在客厅找了本书看。

俞璟歆左等右等，没等来敲门声。

可能有点做贼心虚，她脑子里现在一团糨糊，她打算趁这个空隙去楼下，再问问俞倾还记不记得刚才纸上写的那些话。

她拉开门，和客厅里的男人四目相对。

季清远没收回视线："忙完了？"

俞璟歆还算淡定："没。去楼下找俞倾请教个问题。"

季清远不知道她是真的请教问题，还是找借口要躲开他，于是骗她："俞倾和傅既沉在一楼，应该在他们自己房间，你现在去找，合适？"

他放下书："什么问题？你问我，说不定我知道。"

俞璟歆："……哦，法律方面的。"

季清远一点都不谦虚："我懂一些，要不，帮你看看？"

"算了。"俞璟歆略笨拙地找了一个借口，"涉及商业机密。"

季清远提醒她："我是你老公，我们所有财产都共同持有。"

俞璟歆无言以对，她恨自己没有俞倾那样能颠倒黑白的口才，如果换成俞倾，肯定把他怼得哑口无言。

季清远站起来，给她倒水。

他们两人之间，现在连互相靠近都得找个道具，不然双手会无处安放。

他把水杯送到她手里："今天怎么又开始躲着我？"

她哪是躲，就是下楼求助而已。

俞璟歆喝水，用水杯做掩饰。

季清远单手环住她的腰，轻轻把她往怀里带了半步："怎么了？"他察觉到她满腹心事，但又猜不出是何事。

确切地说，他从来就没猜准过她心里到底在想什么。

俞璟歆抬眸，她实在回忆不起俞倾给她量身定做的指导手册，不过还记得为何要撒娇——因为嘉时集团决定投资文凝传媒。

她迎着他熟悉又陌生的目光："你要投资冷文凝的传媒公司？"硬

邦邦、冷冰冰的一句话，语气像极了质问。

说出来后，她也懊恼不已。

季清远并不惊讶她消息如此灵通。这一个多月里，俞倾时刻盯着冷文凝，不给对方公司半点喘息的机会。

其他资本顾及着傅既沉的面子，纷纷婉拒了冷文凝的融资请求。

他用不着给傅既沉面子，因为现在他们同住一个屋檐下，都是一家人。

“俞倾跟你说的？”

“不是，圈里有人想看我笑话，自然就忙不迭地让我知道了。”俞璟歆暗暗呼口气，“你还是见不得她受半点委屈，是吗？”

话落，彻底冷场，这不是她本意。

俞璟歆突然推开季清远，往后退了几步：“我们重来一遍。都被我搞砸了，我不是要质问你，我是想跟你撒娇的，不知道怎么就成了这样。刚才的那些话你就当没听到，我重新说一遍。”

季清远满头雾水，而后心疼地看着她，一把又将她揽回来，低头亲着她的眼：“你不用重说，我知道。”

“你不知道！”俞璟歆着急了，这句反倒像撒娇的语气。

季清远哄着她：“好、好、好，重来一遍。”

他问她：“我是把车开出去，再假装刚回到家，还是直接坐到沙发上，问你‘忙完了’？”

俞璟歆失笑，觉得自己从没有这么丢人。季清远把她手里的杯子拿过去，又去添了一点水递给她。他决定就从这个地方重新开始，配合她演。

他把水杯给她，说了句跟之前一字不差的话：“今天怎么又开始躲着我？”

说完，两人都笑出来。

季清远感觉自己像个精神病，但气氛也因此彻底缓和过来，也算值得。

俞璟歆把水杯放在茶几上，背对着季清远做了个深呼吸。要是再搞砸，她没法跟俞倾交代。

等她转过脸，季清远顺势把她抱怀里：“文凝传媒融资的事，你接着说。”

俞璟歆咬了咬唇，豁出去了，抬手扣住他脖子，两人的呼吸均是一滞，靠这么近，鼻息交缠。

“我知道投资传媒公司，你有你的考量，我就是有点吃醋，没生气。”

就在这个时候，她脑子里出现了俞倾魔幻一般的声音：“把鞋子甩掉，直接站在他脚上，再哼唧两声，问他想没想你、有多想。”

俞璟歆实在哼唧不出来，不过这句话她照做了一半——她甩掉拖鞋，踮脚踩在季清远脚背上，主动亲了他一下。

她撒娇撒得太过生涩，却又极力想跟他亲密，他最终没招架住，浑身血液翻腾，兵败如山倒。他抱起她，直奔卧室。

俞璟歆：“……”

事情还没谈呢。

眩晕间，她被季清远压在了身下。她想要说话，季清远的吻攻城略地。她脑袋一片空白，就跟刚才忘了俞倾给她的稿子时是一个状态。

后来，她索性什么都不想。

俞璟歆不记得上次跟季清远这样亲密是什么时候，自从闹别扭，她连床事都有些排斥。

“璟歆。”季清远喊她，示意她看他。

俞璟歆侧脸，没搭理。

季清远的唇贴着她耳郭，声音低沉而沙哑：“宝宝。”

俞璟歆：“……”

酥麻感和悸动从她心尖蔓延开来。

俞璟歆没办法，只能缴械投降，转过脸跟他面贴面，两人再次深吻。

待一切平静下来，是在九点一刻。

俞璟歆眯了眯眼，心想美色误事。她还没完成撒娇的任务，结果阵地先失守。

季清远抱着她，缓了会儿，谁都没吱声。

俞璟歆的脑袋渐渐清醒，她再度抬起手臂环住季清远的脖子。

她暗示自己，抬手臂就当是在做瘦胳膊的运动。俞倾手臂纤细，应该就是每天挂在傅既沉脖子上的缘故。

两人的身体还没分开。

季清远看着她：“还想要？”

俞璟歆连忙摇头，短时间内禁不起第二次折腾。

她在脑子里打个草稿，尽量让说出口的话既委婉，又有艺术感，还能把责任都甩在他头上。

她跟他对视："嘉时集团投资文凝传媒，到时那些不明真相的人，还有我们家亲戚，背后不知道要怎么议论。他们可不管你是不是为了赚钱才投资，只会对八卦感兴趣。

"四年了，很多人都在看我笑话，你能不能……宠着我一回？

"不是不许你投资文凝传媒，你以个人名义投资，然后跟冷文凝签个隐名股东协议，这样别人就不知道是你投资的，我也不用再被议论，冷文凝的公司也能正常运营。

"万一还是被你那些朋友知道，议论的人多了，你到时把公司股权赠送给我，这样谁都说不出什么，他们就会以为你是纯粹为利。"

让自己老婆跟前女友持有同一家公司的股权，以后还有安稳日子过？脑子进了水的男人才会这样干。

可俞璟歆在吃醋，也难得跟他撒娇，他实在不忍心拒绝，只好答应她。他低头亲她，想再要她一次。

俞璟歆拍拍他："起来，压死我了，我洗澡去。"

季清远："……"

楼下，湖边。

俞倾陪着俞邵鸿钓鱼，木桌上摆了烧烤、啤酒，还有一堆零食。

月光倾泻，晚风拂面。

湖边的灌木丛里，不知名的小虫叫一阵停一阵。

俞邵鸿许多年不曾享受过这样惬意的生活，大半个小时过去，一条鱼没钓到，却丝毫不影响愉悦的心情。

"小王八蛋，有没有跟你妈妈联系？"

俞倾点头："嗯。"

她剥了一粒生瓜子丢嘴里。生瓜子一点香味没有，但俞璟歆说，这个比炒熟的有营养，所以她每天都会吃上几十粒。

她们联系了就好，俞邵鸿没再煞风景。

院子大门缓缓开了，有汽车进来。

其他人都在家，那应该是俞璟择出差回来了。

俞倾侧身探头，朝院子停车坪看，看到俞璟择下车。

"哥，这边。"不管他看不看得见，她挥手。

俞璟择风尘仆仆，脸上挂着倦色。

“我去冲个澡。”他直接进了别墅。

傅既沉在厨房给俞倾榨果汁，从剥山竹到榨汁，他一个人完成。

已经榨好一杯，他打算再给岳父榨一杯。

直到今晚，他才学会用榨汁机，动作稍慢。

俞璟择见他在那里忙活，抬步过去，顺便到冰箱拿瓶水。

傅既沉瞅他一眼：“终于回来了。”

俞璟择细细品着“终于”二字，感觉用得很微妙：“怎么，有人找我？”

“你惹了谁，你心里没数？”傅既沉把刚榨好的山竹汁倒进另一个空杯子里。

俞璟择若有所思地看着傅既沉，明白了是怎么一回事：“你跟邹乐箫说，别在我身上浪费时间。”

傅既沉：“我没空，你自己说去。”

俞璟择也觉得让傅既沉传这样的话不合适，这个扫兴的话题就此打住，他指指杯子里：“这是什么果汁？”

“山竹。”

“给我一杯。”

“没有了，一杯给俞倾，一杯给爸，家里山竹都用完了。”

俞璟择到橱柜里拿出一个杯子，把父亲那杯倒了半杯给自己，然后给父亲那杯里加了点冷水，兑成一杯。

傅既沉：“……”

这人比他还坑爹。

即便加了水勾兑，山竹特有的酸甜感也依旧在唇齿间留香。

俞璟择喝了半杯果汁，回屋洗澡，走了几步又回头：“邹乐箫回国了？”

傅既沉：“又回学校了，六月初回来上班，在硕与律所。”

俞璟择点点头，欲言又止，抬步离开。

傅既沉手机响了，是潘秘书。

“傅总，庞董那边有合作意向，他秘书问您的时间安排。”

傅既沉想了想，说：“订明早的航班飞过去。”

他又吩咐潘秘书联系乔翰，让乔翰跟他一块儿去。

新建科技的具体业务，他不是很了解，还需要乔翰决定合作方式是否可行。

挂了电话，傅既沉拿着两杯果汁去湖边。

俞倾吃了不少，此时正沿着观水平台散步。她不时瞅一眼三楼，不知道俞璟歆有没有撒娇成功。

傅既沉把果汁递给她："我明天要出差。"

很突然，俞倾问："去哪儿？"

傅既沉："找庞林斌，谈新建的合作事宜。之前你牵线，现在有了下文，我刚刚接到电话。"

庞林斌是长辈，他总不能让庞林斌飞过来找他谈。

他差不多要在那边待三天，再加上来回路上的时间，要五六天。

"我尽量早点结束行程。"

两人正聊着，季清远跟俞璟歆出来，他们在露台上闻到了烧烤的香味。

俞倾冲俞璟歆扬眉，俞璟歆回了一个 OK 的手势，两人心照不宣地笑了笑。

傅既沉和季清远陪俞邵鸿喝酒，俞倾跟俞璟歆靠在护栏边小声聊天。

"我担心了一晚。"俞倾道。

俞璟歆："差点被我搞砸。"还好，结果不算坏，"季清远同意跟冷文凝签隐名投资合同。"

"下次撒娇时间我会提前通知你。"俞倾又好生相劝，"平时你也要多撒撒娇。"

俞璟歆转移话题："别光说我，你呢？怎么打算？"

"婚姻这种高风险期货，我还是不想投。"俞倾趴在栏杆上，望着平静的湖面，垂眸，能看到自己的影子，只有一个黑色轮廓。

她跟俞璟歆说了说为何对婚姻这种期货不感兴趣："等投资后，你就一心希望它赚，就算跌停，你快要倾家荡产了，你也依旧不甘心，借钱也想再豪赌一把，心想着，也许，明天就涨停呢。然后明日复明日，最后被彻底套牢。"

那种日子太糟心。

俞璟歆："等着它涨停的那个过程，也是一种幸福。你自己不是都说吗，生活本身就是苦中作乐。虽然婚姻里，痛苦成双倍，但快乐也是双倍的。”

俞倾转脸看姐姐，忽而笑了。看来撒娇的效果不错，姐姐都开始劝她进围城了。

俞璟择换了衣服过来。

木桌那边，俞邵鸿喊她们过去。

这是全家人首次坐一块儿吃着夜宵，吹着湖风闲聊。

俞倾紧挨着傅既沉坐，旁边是父亲。

俞璟歆打算坐在父亲和俞倾中间，虽然地方不宽敞，但要是挤挤的话，勉强还能坐下一个人。还不等走过去，她就被季清远拽过去，差点跌坐在他怀里，赶紧扶着他大腿，坐好。

季清远看她一眼，她刚才在床上那么黏着他，下了床就想装不认识。

傅既沉明天要出差，安排任务给俞璟择：“我明天一早的航班，下周才能回来，这几天你早点回家，陪俞倾说说话。”

俞璟择拿了一串烤翅：“你还怕她没人说话会自闭？放心，她一个人也能自嗨。”

俞倾晃晃父亲胳膊，俞邵鸿意会，直接把俞璟择手里那串烤翅夺下来：“晚上少吃点，小心‘三高’找上你。”

其他人笑了。

俞璟择无语半天。

傅既沉开了一罐啤酒，原本要给俞璟择，转个弯，给了季清远。

他接着刚才那个话题说：“让你陪俞倾，不是为了纯聊天，主要是她想怼人的时候，得给她找个人怼，我不在家，你就替我值班。”

俞倾往他这边坐，靠在他肩头：“谢谢傅总。”

关于陪聊，季清远有个建议：“你不是有科技公司？让科技公司给她研发一款专门陪聊的机器人，什么问题都迎刃而解。”

俞倾特别感兴趣，主要是她想挑战一下机器人：“我可以适当投钱，专门给我定制一款，要是聊天效果不错的话，可以量产。”

现在宅在家不愿出门的人太多，不过时间长了不讲话也是个问题，那就是没人陪着解闷。

傅既沉觉得也不错，但不知道能不能生产出来：“等明天我问问乔翰。”

俞璟择插话：“别忘了添加幸福恋情和婚姻这个板块，多让她听听。”

说到恋情，俞倾突然想到了邹乐箫，她坐直，示意俞璟择：“哥，你把手给我。”

俞璟择打量着她：“干什么？”

俞倾：“你把手给我就行。”

俞璟择知道是陷阱，还是伸手过去。

俞倾手指搭在他手腕上，做着号脉的动作：“哥，你最近是不是多梦？”

俞璟择拿了一串烤蔬菜吃：“我现在就在做噩梦。”

笑声又在湖边传开。

俞倾对着他手背拍了一巴掌：“等以后来找我看病，十瓶香水起步。”

嬉闹间，已快十一点，桌上的烧烤吃得差不多，几扎啤酒也已喝完。

俞邵鸿还有半罐啤酒，酒精上头后，他就比平时话多：“今天我要跟既沉和清远喝一杯，感谢你们，家里现在特别热闹，特别有趣。我从来没这么佩服过谁，你们俩是例外。”

“爸，您抬爱了。”

俞倾抬手挠挠父亲的鬓角，没有一根白发，但岁月还是在他帅气的脸上留下了痕迹。曾经那个风流倜傥的豪门花花公子哥，在很多很多年后，过上了接地气的日子。

俞邵鸿侧脸看向俞倾：“我更要感谢我的小王八蛋。你从小，除了钱，基本上没享受过父爱。有一回，我忙得太长时间没去看你，你不认识我了……你现在回报给我这么多，太多了，爸爸受之有愧。”

说着，他红了眼眶。

俞璟歆想缓和一下气氛，打开音乐播放器，搜出一首歌，很应景：“满天都是谁的眼泪在飞。”

歌声在湖边荡漾开。所有人无言半晌，最终没忍住，扑哧一声笑场。

俞邵鸿被气到，质问：“谁放的？”

他看了一圈，发现声音是从俞璟歆那边传过来的：“璟歆，你……”话没说完就被季清远打断：“爸，是我不小心按到的。”

俞邵鸿：“你还真会按。”

“……”

俞邵鸿又突然想起来：“清远，之前有人匿名举报你洗生菜洗了一晚上，浪费水，你有什么想说的没？”

季清远："……"

他看向傅既沉，心想，肯定是傅既沉匿名举报他的。

关于季清远浪费水这件事，俞邵鸿对他进行了批评教育，让他再写三百字检讨，下次家庭聚会上读一读，让所有人引以为戒。

俞邵鸿罚完了还问季清远："你会不会不太乐意写检讨？"

季清远睁着眼说瞎话："……不要太乐意。要不是禁放烟花，我都想放鞭炮庆祝一下。"

所有人哄堂大笑。

俞邵鸿虽然酒精上头，但理智尚存。他惩罚季清远写检讨，不过是跟他们开玩笑，纯粹是为了活跃家庭气氛。

即便同住一个屋檐下，他们晚上能聚一块儿吃饭闲聊的机会也少之又少，不是这个要加班，就是那个要出差。

这一个多月里，也才有这么一次欢聚。

有了这个检讨，仿佛下次湖边聚餐又有了期待。

时间不早，众人散了，各自回房。

"你还真把姐夫举报了？"俞倾坐在衣帽间沙发上，看傅既沉收拾行李。

傅既沉："不然生活多无趣。要不是我举报，你们有机会看他写检讨？三百字呢。"

俞倾双手抱膝，笑着说："我下次也举报你。"

"嗯，举报我什么？"傅既沉拿了几件衬衫放到行李箱里。

"举报，我好几天看不到你。"

"到时每天跟你视频。"傅既沉走过来，把一条领带递到她手里，"帮我放进行李箱，就约等于是你给我整理的行李。"

俞倾看看手里的领带，她有印象。当初钱老板卖房，钱老板儿子接她去出租屋，她跟钱程背了一个系列的包，在路上遇到傅既沉时，他就是打的这条领带。

当时是深秋，刚下过大雨，她被树上的雨滴淋了一身，他还把他西装脱给她穿。那时，他们互不关心，不管去哪儿、多晚回家，从来不报备。他们心里都有一个准备——也许今天还在一起，明天说不定就各走各的路。

谁能想到，几个月后，他们共同孕育了一个小生命。

翌日中午，俞倾接到电话，得知嘉时集团已经回复冷文凝：因为冷文凝跟老板的关系特殊，存在利益输送的嫌疑，所以嘉时集团决定不投资。

“谢谢。麻烦你了。”俞倾挂了电话。

嘉时集团的这个回复，也是够清奇，却又让人无以反驳。

冷文凝是半小时前接到嘉时集团投资部的回复的，到现在还没缓过劲来。她不敢相信，季清远就这样拒绝了她的请求。

饭菜吃了一半，桌上的菜早就冷掉。

闺密已经看了冷文凝不下一百回，依旧欲言又止。

她知道冷文凝接的是嘉时集团的电话，从冷文凝表情便知，融资黄了。

冷文凝找出季清远的电话号码，手指快要碰触到拨打键时，颤抖了一下又缩回。

他的态度已经如此明白，她何必再自讨没趣。

“文凝。”闺密屏着呼吸，给她递过去一杯温水。

冷文凝没搭理，心情就跟当初知道他公开婚期一样灰暗，甚至是绝望。

她知道，他气她跟别的男人去相亲，不顾他男人的颜面与自尊。

四年过去，她以为他不怪她了。她也以为，或许她这次主动找他帮忙，他也能退一步。但他没有，他嘴上说着要给她融资，转身就翻脸。

她真想问问他，是不是还在怨她。

“嗡嗡嗡”，手机震动。

冷文凝回神，赶紧看号码，还以为是季清远，没想到是朋友打来的。

对方大概也知道了她被嘉时集团拒绝，打电话宽慰她。

她舒口气，接听。

“我长话短说，季清远给我打电话，说他私人投资文凝传媒，资金的话，从我这边账户过，到时跟你签隐名投资协议，还有保密协议。”

冷文凝突然很委屈，也突然间特别想季清远，这种心情说不出地矛盾、复杂。他为了顾及俞璟歆的面子，直接让嘉时集团打她的脸，然后以这种见不得人的方式投资，还要签保密协议。保密协议还不知道有多苛刻。

本来她还想让俞璟歆被人看笑话，现在这把刀插到了她自己身上。

朋友叹口气：“好了，别难过，至少，他还愿意帮你的公司融资。

他有他的难处，你理解一下。”

“那我的难处还不是他造成的？俞倾这么对我，他视而不见！”

通话结束，冷文凝情绪还没平复。隐名股东协议就算了，还要签保密协议。她揉揉心口，隐隐泛着疼。

闺密心口的大石头落了地，想着只要有投资就行。

她劝冷文凝：“别难过，不是季清远的错，是俞倾太强势，他没办法明着投资。现在俞倾有傅既沉那边的背景，我们拿她没办法。她那样的性格跟傅既沉长不了，我们再忍一下。”

下午快下班时，于菲到乐檬大厦找俞倾。

关于“乐檬群星演唱会”，俞倾让她出具一份法律意见书。

她跟秦与那个团队前后忙活了一个月，尽调后，赶了几个通宵，中午时意见书终于出炉。

俞倾打个哈欠，把意见书收到保险柜里，打算等明早清醒时再研究。

于菲打趣她：“一天二十四小时，你现在还有不犯困的时候吗？”

俞倾很一本正经地回答：“有啊，睡着的时候。”

于菲被噎后，兀自失笑，自己累了一天，到她这里就能彻底放松。

二人闲扯几句，话题又回到群星演唱会上。

于菲担心：“你现在跟冷文凝闹得这么僵，她名下的传媒公司掌握了不少媒体资源，到时还不知道要怎么黑被乐檬邀请的明星。一旦哪个人的黑料被爆，就算你有预案，损失也不可估量。”

俞倾给她吃颗定心丸：“没事，她的文凝传媒，六月一号后，就不是她一个人说了算了。”

六月份，俞璟歆会成为文凝传媒的第二大自然人股东，获得的股份有对应的投票权，到时冷文凝就没法一意孤行。

于菲恍然大悟，为什么俞倾把文凝传媒的融资渠道都断了，逼着冷文凝去找季清远融资，原来，俞倾的最终目标是入主文凝传媒。

这样一来，不管冷文凝想怎么兴风作浪，都掀不起大的风浪。

这是从根源上永绝后患。

于菲道：“我之前还不是很理解，你就为了替你姐出气，竟然不惜下人情血本来围追堵截冷文凝的融资渠道。”

反正在她的认知里，俞倾不该这么没理智。

“原来你早有打算。”她感慨，“你姐也挺理智，选这样的方式打击冷文凝。”

“因为我跟我姐都明白，俞家的家业是我们真正的后台，只有它不断强大，我们才能真的随心所欲。冷文凝这几年赚我们家的钱，还想用赚到的钱再来破坏乐檬的演唱会，哪有那么多好事。”

现在她入主文凝传媒，既能给乐檬赚钱，又能打击到冷文凝，何乐而不为？

下班时间到，俞倾关电脑。

于菲也起身：“冷文凝没想到会遇到你这个强劲对手。”她好奇，“你遇到过对手吗？”

俞倾：“我从没战败过。”

“厉害。”于菲给她竖个大拇指。

俞倾一副认真模样：“一般般吧。我没输过是因为，我遇到强者会秒认㞞。不 PK，不就没有失败吗？”

“哈哈。”于菲没忍住，笑出声。

俞倾拿上包，跟于菲一同离开。

她问于菲晚上要不要加班，如果不忙，她们可以一起去陈言上班的那家餐厅吃大餐。

于菲挺长时间没看到陈言，不知道她最近怎么样，于是说：“吃完了回家再加班。”

陈言给她们订了位子。她们电话打得有点晚，几个观看夜景的最好的位子都订出去了。

就是现在这个位子，还是经理手头的桌子，经理给了她一个人情。

俞倾和于菲到得早，这会儿餐厅里没几个客人。

陈言放下手头的活，亲自端茶过去，借此时机聊几句。

于菲支着下巴，盯着陈言看：“嗯，更美了。”

陈言不好意思地笑笑：“哪有！”

她说了说近况：“我实习期通过了，转正快一周，工资和绩效几乎翻倍。经理对我挺好，一直都蛮照顾我。”

她赶紧解释：“我们经理是女的，跟我差不多大。”

她和经理都是已婚，但她们俩都没戴戒指，无名指上还有印痕。

她猜测着，经理可能遇到了跟她一样的情况。但她和经理，不曾互相打听对方的隐私。她觉得自己还挺幸运，遇到了于菲、俞倾这样的朋友，还遇到了经理这样的同事。

“不过我们这几天也担心工作不保，听说我们集团要把餐饮这一块转让出去，全国连锁的SZ餐厅都转让。”

也不知道买家是谁，换了老板后会不会裁员。俞倾跟于菲对望一眼，她们最近没太关注餐饮行业，不知道SZ餐饮公司要出售。

“SZ”是“山珍”的首字母缩写，也是餐厅的招牌，全国有两百多家连锁店，走的是高端路线。

俞倾给陈言宽心：“不管SZ是不是要换老板，业务能力过硬的员工，是一定会被留下来的。”

她斟酌一下才说出来：“你看赵树群，之前傅氏集团的舆论风波，就是他管理不善造成的，他被降级了却还管理整个销售部。因为朵新一旦把他开了，他就会被竞争对手挖走。职场残酷又现实，你能给企业创造价值，企业自然会留你。”

陈言把茶给她们：“我今晚回家接着看书。”

她穿着工作服，不能一直在这里聊天，做了个打电话的手势：“等我调休找你们吃饭。”

陈言去忙了，于菲跟俞倾聊起SZ餐饮公司：“据我所知，SZ的资产结构太复杂，自然人股东又多，想要资产打包出售，困难不小。”

她说了说她知道的一个股东的情况：“邹行长家的闺女，就是SZ的第三大自然人股东。她那个任性的脾气，又不缺钱，听说当初纯粹是因为入股后吃饭不用预约排队。要是她不乐意把手头的股份转出去，谁能怎么着？并购很难进行。”

俞倾：“……”

原来邹乐箫自己就是个小富婆。

聊到SZ并购案，于菲跟券商打听了一下，看消息是否属实。要是真的，她可以替硕与争取参与这个项目的机会。

越复杂的项目，他们拿到的管理费越可观。

挂了电话，于菲跟俞倾说：“SZ有这个计划，目前券商那边正在成立项目组，准备参与这个项目。目前对 SZ 感兴趣的公司是思源控股。”

俞倾对思源控股不是很熟悉，让于菲跟她说说。

于菲惊讶：“你不知道思源控股？”

俞倾一头雾水，反问：“是不是跟我有什么关系？”

于菲想了想，算是，也不算是。

“思源控股的老板是周思源，一个男性化名字，却是一个漂亮女人，气质温婉，是俞璟择异父异母的妹妹。我还以为你认识周思源呢。”

俞倾好好捋了捋关系，异父异母，那就是没有任何血缘关系，但法律上有关系。

“我哥的母亲的现任丈夫跟前妻的孩子？”

“嗯。”于菲笑着说，“挺绕吧。俞璟择母亲再婚的时候，周思源很小，不过她跟俞璟择关系不错，跟俞璟歆就一般般了，好像都没什么往来。”

俞倾若有所思，点点头。她跟俞璟择很少聊家里那些事，他也从来不提及他母亲那边的事情。

她来北京前，跟俞璟歆都不熟悉，就别说跟她没任何关系的周思源了。

吃过饭，俞倾跟于菲没多聊，各自回家加班去。

俞倾到家，不见俞璟择的身影，这个人，说好了回来陪她聊天，结果放她鸽子。

——佳人有约了？

几分钟过去，俞璟择也没回她。她在楼下等了会儿，看样子是等不到俞璟择了，于是她回了自己房间。

以往这个时候，傅既沉早回来陪着她了。

他出差后，她感觉这座城都好像少了点什么。

俞倾陷在沙发里，算了下时间，傅既沉还在飞机上。

——傅总，俞璟择没回来陪我，下次你匿名举报他吧，让他知道你的厉害。

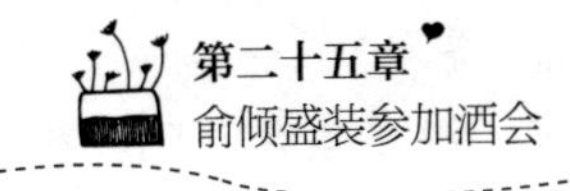

第二十五章 俞倾盛装参加酒会

俞倾没等到傅既沉的消息，洗过澡，手机还是安安静静的，俞璟择也还没回来，于是她窝在沙发里迷迷糊糊睡着了。

醒来已经十点半，她到露台看看，只有俞璟歆的车在停车坪。

季清远也没回，于是她去楼上找俞璟歆。

俞璟歆在衣帽间，试穿新入手的几条长裙。

“姐。”俞倾的声音从走廊传来。

俞璟歆随手抄件浴袍裹上去开门，她瞅着俞倾：“睡饱了？”

俞倾拿了两盒酸奶，给俞璟歆一盒：“你怎么知道我睡了一觉？”

俞璟歆：“你头发翘起来了。”

俞倾：“……”她赶紧拿手按。

“按错地方了，左边。”

“……”

俞倾放弃补救形象：“在你跟前我就不用一直冒仙气，毕竟我下凡来找你玩了，要接地气。”

俞璟歆看看酸奶，是她一直喝的那个牌子。她对吃喝格外挑剔，这些酸奶是季清远用私人飞机空运过来的。

“你也喜欢这个牌子？”她问俞倾。

俞倾指指她这边客厅一角的冰箱：“从那儿顺过来的。”

俞璟歆：“……”

她示意俞倾：“进来帮我看看哪条长裙好看。”

俞倾略犹豫：“我进去不合适吧？”

这不是俞璟歆的闺房，而是他们两口子的卧室。

“进来吧。”俞璟歆推开门，“季清远不住这里，我一个人住。”

“他这么惨？到现在还没混进主卧？”

“嗯。过段时间再说。”

俞璟歆把几条长裙拿出来：“帮我选一条。”

季清远有个朋友的公司下周十周年庆，要举办晚会，请了不少明星，结束后还有酒会。估摸着冷文凝也会出席，她想来想去，还是决定陪季清远参加。

俞倾靠在沙发扶手上：“你都穿给我看看，有些裙子虽然看着一般，但上身效果好。”

俞璟歆这才想起来问：“你找我什么事？”肯定不是单纯过来串门闲聊。

俞倾也认真起来：“你记得提醒季清远，和冷文凝签隐名投资合同时，别忘了多加一条，他有权转让或赠予手里的股权，而不需要经过公司其他股东同意。”

俞璟歆想着今晚又要跟季清远撒娇，头皮发麻。

俞倾：“至于增加这个合同条款的理由，你让姐夫自己想，反正他提出来的，冷文凝不会不答应。”

如果不在合同里提前明确，季清远想要转让股权给她姐姐的话，冷文凝完全可以不同意，谁也没办法。到时就算走法律途径，季清远也没法把股份转给她姐姐。

趁季清远还没回来，俞璟歆打算给他榨一杯山竹汁。无事不献殷勤，看到山竹汁，季清远就该明白她什么意思，她也不用再说些肉麻的话。

“走吧，下楼去，我给你姐夫榨果汁，顺便给你榨一杯。”

这几天俞倾爱上吃山竹，管家今天专门进了一批新鲜的回来，放在冷库里备用。

俞倾问：“你会用榨汁机？”

“会啊，不会不就傻了吗？”

俞倾没吱声，其实她就不会。

俞倾没陪俞璟歆去厨房，她喝了酸奶，暂时喝不下果汁。现在不困，头脑也算清醒，她坐到电脑前，开始加班。

因为怀孕的关系，秦墨岭把公司大部分事情揽了过去，留给她的并不多，目前只把产品宣传策划这一块交给她分管把关。

等搞定文凝传媒，接下来就是要确定演唱会场地，邀请哪些明星，还要跟电视台谈合作。

她打算把演唱会安排在八月份，那会儿正好是暑期，收视率高，她在生产前还能赶上去现场。还有五个月时间，必须准备起来，不然到时说不定邀请的嘉宾档期会有冲突。

思虑片刻，俞倾给表哥厉炎卓打电话。

“不生气了？”这是厉炎卓的第一句话。

俞倾从来没气过，亲人之间的伤害，不是气不气的问题，她只是难过而已，难过于亲人之间的无情和冷漠。

“今天找你，不谈家事，跟你谈个合作，你能赚不少，有没有兴趣？”

电话里安静了一瞬。

厉炎卓：“就算没兴趣，我也得假装有兴趣，因为我想见你一面。”

俞倾把见面地点就选在他们别墅区门口，这边安静，沿路散散步，还能省下去咖啡馆的钱。

通话结束，俞倾换衣服。镜子里，她美丽的卷发因为没吹干，又因为睡姿，侧边有一缕翘起来，影响美感。她找发圈把头发扎起来，束成一个马尾辫，将那几根翘起来的长发用力往后拉，尽量弄平了。

俞倾出门时，季清远和俞璟择还没回来。

厉炎卓住的地方离这边不远，跟俞倾差不多时间到小区门口。

等他把车停好，俞倾也已走近。

俞倾看到车前那个笔挺的人影时，脚步微顿。她时常会想，要是外公外婆还在，大舅二舅没有为家产反目，她跟厉炎卓应该还会像小时候那样，在外婆家说说笑笑。

许久不见了，厉炎卓关上车门，大步迎过去，没仔细盯着她看，先给了她一个拥抱。

谁都没说话。

厉炎卓放开她，看着她的脸时，突然笑了，抬手给她摁住有点不听话的头发：“翘起来了。”

俞倾：“……”形象全毁了。

尴尬又诡异的气氛总算因为这撮头发缓和下来。

俞倾把扎头发的皮筋拽掉，长发瞬间散下，这样看起来，也许翘得没那么明显。

厉炎卓揉揉她头发：“在我跟前就不用注意形象了，你小时候吃巧克力冰激凌糊满嘴的样子……”

俞倾打断他的话：“再说，绝交。”

厉炎卓笑笑，没再惹她不高兴。

两人沿着人行道漫无目的地朝前走，其间安静了好一会儿。

还是俞倾先打破沉默：“我妈二月份回上海的，你知不知道？”

厉炎卓不知道：“姑妈没跟我联系，也没回家。”

那个地方，也不叫家了。

他侧目：“在俞家怎么样？”

“挺好的。”

“那就好。你跟姑妈……”

俞倾及时打住：“先不聊家事。”

厉炎卓点点头：“那俞总说说是什么合作，我洗耳恭听。”

“我想举办‘乐檬群星演唱会’，在卫视直播。”

“就这一次？”

“不是，想做成一个品牌演唱会。”

厉炎卓缓缓颔首，明白了。

现在有很多集团都开始举办周年庆晚会，找明星助阵，走红毯。还有的公司直接赞助做真人秀节目。这个群星演唱会只是形式略有不同，实质没区别，都是为了宣传产品，提升品牌形象。

俞倾把自己的想法还有诉求都说给他听：“到时你们公司出个方案和报价给我。”完全是一副公事公办的口吻。

厉炎卓应下来，之后他们又没什么可聊的了。

俞倾也没打算回家，陪着他继续往前走。

“俞倾，奶奶虽然尊重你的想法，但她临走前跟我说过，还是希望你能有一个小家。她说，你没有家的话，等你老了，会很孤单的，到那时候你没人可牵挂，也没人牵挂你，她放心不下。”

俞倾想到外婆就心里难受，但她现在有小鱼苗在肚子里，不能让她的悲伤传给孩子。

她看向厉炎卓：“放心，我已经开始养小鱼苗了，不会孤单。”

厉炎卓没反应过来她说的“小鱼苗”是指孩子，只理解成字面意思：“那你老了之后也不能天天在鱼塘钓鱼呀。”

俞倾：“……”

她指指自己的肚子：“在这里养的鱼苗。”

厉炎卓目瞪口呆半晌，然后问：“孩子是谁的？”

“……你说呢？”

厉炎卓失笑，这个消息让他猝不及防，脑子一下不够用了。

他先恭喜一番，而后沉浸在即将做舅舅的喜悦里。

俞倾的手机响了，是俞璟择打来的。这个鱼精，现在才想起来有个需要照顾的妹妹。

“你跟于菲的饭局散了没？”

“这都几点了？再吃下去不得把人家餐厅给吃垮？”

俞璟择刚才忘了时间：“我这就回家陪你。”

他喊来服务员，埋单。

晚上加过班，他本来打算回家陪她，哪知路上接到周思源的电话，陪周思源吃了夜宵，结果时间被耽搁。

周思源似是漫不经心地问了句：“谁啊？俞璟歆？”

俞璟择扫码支付：“不是，俞倾。”

等他付完款，服务员离开，周思源这才说话：“做你妹妹可真幸福啊，这么大了，你还赶回去陪着她。我都想做你妹妹。”

俞璟择看着她：“你不就是？”

“不一样的。”

“没什么不一样。”俞璟择起身，拿上西装，“走吧。”

周思源背上包，跟他并肩离开餐厅：“忘了跟你说，我打算全资收购SZ餐饮。”

俞璟择对SZ餐饮了解一些，SZ在他们银行有贷款，股权结构复杂。他说："全资收购有难度。"

周思源："我就喜欢挑战有难度的事，实在不行，不是还有你嘛，到时你帮我。"

俞倾跟厉炎卓道别，回家等俞璟择。

院子的停车坪上，季清远的车回来了。厨房里，俞璟歆还在忙着榨汁。

俞倾拧眉："我出去的时候你就在榨汁，我都谈完事回来了，你怎么还在这儿忙活呢？"

俞璟歆："挺好喝的，刚才那杯被我自己喝了。"

"……"

俞璟歆端着刚刚倒出来的这杯，关了厨房的灯，去楼上找季清远。

季清远已经洗过澡，在客厅等俞璟歆。她说要给他榨果汁喝，他忐忑不安到现在，不知道她又要干什么。

"忙完了？"俞璟歆若无其事道，把杯子给他。

"嗯。"季清远没问她怎么突然对他这么好，他赶紧喝果汁，免得待会儿哪里让她不高兴，她又把果汁给收回去。

俞璟歆在他旁边坐下："下周的酒会，我陪你去。"

季清远受宠若惊。

以前不管有什么应酬，她从来不理会，跟她说了，她就找借口不去，说公司忙，约了人。渐渐地，他也不再自讨没趣，不管什么应酬都不会再跟她说。

这次，她竟然这么主动。

他更坚定了"前面有个大坑等着他"的想法。他接着喝果汁。

俞璟歆："你慢点喝。"事情还没说呢。

季清远喝了一半，停下："是不是有事？"

俞璟歆发现，不管是她还是季清远，都不是能拐弯抹角地把生活过得很有意思的人，不管什么都直来直去。

他都这么直接了，她就开门见山："你跟冷文凝签合同时，别忘了加一条，可以随时转让股权，不需要经过其他股东同意。"

季清远松了一口气，他还一直以为是其他难题。

他故意难为她："你要是跟我撒娇，我就考虑一下。"

俞璟歆看出他是故意的了，因为他嘴角带着笑意。她起身就要走，被他给拽回去，跌坐在他旁边。他把杯子放一边，拉着她，让她跨坐在他腿上，双臂紧收。她第一次这么坐他身上，姿势暧昧。

他眼神专注地看着她，身上还有淡淡的红酒味，她别过脸不看他。

"答应你也不是不行，"季清远亲着她下巴，"但以后不能下床就装不熟悉。我为了你，检讨都写了，以后你能不能每天都像那晚那样抱我一回？"

这种问题，她怎么好回答？

俞璟歆默不作声，也等于默认。

酒会那天，傅既沉还没回。这是他出差的第六天。俞倾怕自己忘了他是哪天出差的，还特意在日历上做了标记。

昨天，于菲跟她联系过，沟通"群星演唱会"的法律意见书细节，后来聊到SZ的收购案。

硕与律所参与了这个项目，于菲找关系拿到案源，跟秦与联手。这两天，律所团队就要进驻项目组，接下来于菲连休息的时间都没有，要跟秦与共同梳理项目情况。

于菲感慨，SZ内部比她想象中的还要复杂。到底有多复杂，于菲没具体说，她也没问，因为那会涉及机密。

俞倾今天正常下班，回家准备赴宴。

她没约化妆师，打算自己简单化个生活妆。

晚会要进行到十点半左右，俞倾没去现场看节目，到时直接参加晚上十一点钟的酒会。

精心打扮一番后，十点钟，她出门。

院子里，俞邵鸿的车回来了。

他很少见女儿穿得这么正式，奢华的晚礼服像是有无数星光闪烁，璀璨耀眼。他不知道女儿有什么活动："你这是要去哪儿？"

俞倾说了是哪家集团的周年庆。

俞邵鸿也收到了邀请函。他很少出席那种热闹的酒会，都是由俞璟择出面。他多说了句："你姐也去。"

俞倾接过话："就是她去我才决定去。"她不放心姐姐一个人，怕姐姐受委屈。

俞邵鸿虽不知道大女儿两口子之间的崎岖坎坷，但明白俞倾此番的用意，他拍拍女儿肩膀："爸爸真要感谢你。"

"没什么。"

俞倾始终记得父亲那晚跟她和姐姐说的那番话："我们一家人努力一下，好不好？把我们从来没过过的日子，给过一遍，说不定也能把日子给过好呢，是不是？"

俞倾到酒店时，晚会已经结束，现场的嘉宾转场到宴会厅。

厅内，衣香鬓影，觥筹交错，奢华热闹。

今晚俞璟歆和季清远成了焦点之一，这是他们结婚四年来第一次合体出现在社交场合。就算是私下的小范围聚会，也从来不见俞璟歆身影。

圈子里关于他们俩婚变的传闻，从结婚到生孩子前，传了不下十八个版本。

今晚他们手牵手出现，让人大跌眼镜。

有人打趣他们俩，说是今晚要有财媒在场，他们俩的牵手照明天肯定出现在新闻首页，到时嘉时集团的股价估摸着要涨停。

季清远低头，附在俞璟歆耳边说："他们不少人想投资嘉时集团，又担心你跟我离婚，会分掉我个人的一半家产甚至是股份，最后会影响嘉时集团的战略发展方向，进而影响股价。"

俞璟歆抬眸，小声问他："所以你才不想离婚？"

季清远今天比以往耐心多了不少："那你想没想过，为什么结婚时我就递交了资料给交易所，跟你共同持有我所有的财产？"

俞璟歆："因为我也不是很穷，也有些身家。"

季清远无奈地笑笑。

这会儿正好没人过来打扰他们，他趁她不备亲了她一下。

"俞璟歆跟季清远是什么情况？"

不远处，周思源收回视线，问旁边的俞璟择，顺便给了他一杯红酒。

俞璟择："就是你看到的情况。"

家里的事，他没必要跟旁人说太多。

口袋里的手机震动，俞璟择拿出来，是俞倾打来的。

“哥，我到楼下了。”

“我这就下去接你。”俞璟择挂了电话，把杯子里的酒一饮而尽。

周思源拿了几块甜品。从中午到现在她都没吃饭，饿得胃疼，一会儿免不了要喝酒，先吃一些东西垫垫肚子。

她转身看向俞璟择：“你去接谁啊？”

“俞倾。”

周思源微怔：“她怎么也来了？”

俞璟择：“我带她见见世面。”

周思源微笑：“你还真把她当小孩子了，她直接坐电梯上来不就行了？”

俞璟择没多说什么，放下酒杯离开。

周思源忽然没了胃口，但还是端着盘子去了休息区。

不少人在吃东西，大家都心里有数，今晚还不知道要喝到几点，不能空着胃喝。

冷文凝也在休息区，跟一个朋友边吃边聊。

她看到了周思源，假笑着打声招呼。

周思源也笑笑，坐过去：“好长时间没看到你了。”

她跟冷文凝之间都是虚情假意，是最薄的那种“塑料友情”，表面上和气一片，私下都等着看对方笑话，谁都不服气谁。

冷文凝和季清远还有俞璟歆之间的爱恨情仇，每次小姐妹们聚一块儿，都能从饭前聊到饭局结束。即便聊上几个钟头，她们也还是意犹未尽，下次见面接着八卦。四年了，这个“连续剧”的“收视率”居高不下。

她跟俞璟歆虽说在某种意义上还算得上是一家人，但没有来往。她看不惯俞璟歆那副假清高的样子。至于冷文凝，她们那个小圈子里更没人看得惯。

今天又来了一波高能“预告片”，季清远竟然牵着俞璟歆来酒会，冷文凝当众被打脸。今夜八卦，怕是要聊到天明。

“你今天怎么一个人啊？”冷文凝慢悠悠地问道。

周思源知道冷文凝是什么意思——俞璟择陪俞倾去了，没陪着她。她故作叹气：“我哪天不是一个人？是得找个人谈恋爱了。你呢？”

冷文凝没应声，她看到了人群里的俞璟择和俞倾。之前她不觉得俞倾像俞璟择，此时，两人站一块儿，一看就是兄妹，神似。

“哎，你哥带着他亲妹妹来了。”她加重了那个“亲”字。

周思源知道，冷文凝就是暗讽她。她也不甘示弱：“嗯，他两个亲妹妹今天都来了。”她故作不知，“对了，你刚看到俞璟歆没？”

冷文凝扫了周思源一眼，嘴角的淡笑还挂在那儿：“我一直在这儿跟朋友聊天，没注意。”

周思源心道，就算眼瞎的人也看到了呀。她嘴角扬起：“也不用注意。就算她跟季清远手牵手，季清远亲了她又怎样，说不定就是秀给别人看的呢。”

冷文凝：“……”她一点食欲也没了。

周思源就是嘴欠，非得提什么牵不牵手、亲不亲。

不过，就算吃不下，她也得假装吃得津津有味。

今晚季清远带俞璟歆过来，让她始料未及。要是提前知道，她肯定会找个男伴一同出席，也不至于被人看尽笑话。她不知道季清远最近哪根神经搭错了，又是住到俞家，又是跟她签隐名投资协议，现在还带着俞璟歆高调出席酒会。

“对了，听说你的传媒公司在融资，怎么样了啊？”周思源借着关心，又看了一回她的笑话。

冷文凝：“还行，朋友给我找到了渠道。”因为跟季清远签了保密协议，她没法说是谁。

周思源：“我要是你，早就找家里帮忙了，佩服。”她敬了冷文凝一杯，在冷嘲热讽后，再挽救一下塑料情，留着下次见到面再拿来嘲笑。

“不想给家里添麻烦。”冷文凝轻抿一口红酒。这次她只找了舅舅，没让她父母和家里帮忙。

因为傅既沉那边有他姥爷家的背景，她就算找了家里，最后说不定还是会输给傅既沉，何必多此一举？

“对了，”她装作刚想起来的样子，“听说邹行长家的千金在追你哥，真的假的呀？我也八卦一次。”

不回踩周思源，她心里不舒坦。

周思源：“我哥看不上她。”

俞倾的担心是多余的。俞璟歆始终跟着季清远，寸步不离，不管季清远到哪儿，她都挽着他手臂。

俞璟择跟俞倾说："现在放心了吧？"

俞倾拿手掩面，打个哈欠。她不是担心俞璟歆跟冷文凝迎面遇到后会呛起来，毕竟都是有脑子的人，不会在公共场合连这点分寸都没有。

不过要是冷文凝绵里藏针地说两句什么，也足够让俞璟歆堵心。

现在俞璟歆慢慢学会了要怎么把男人当成她的盔甲，而不再一味地把关注点放在冷文凝身上。

"哥。"周思源过来了。

俞倾闻声转身，只见一个仿佛柔情似水的女人姿态婀娜地走来。凭着这声"哥"，她猜测出这个女人应该就是周思源。

她长相柔美，没有丝毫攻击性，让人很难把她跟思源控股的老板画上等号。

俞璟择给她们简单做介绍，两人虚情假意地一阵寒暄。

俞璟择听不出里面的虚与委蛇，还以为她们聊得来。

"等你有空，我找你逛街。"周思源跟俞倾满怀歉意道，"先失陪一下，我去找几个前辈取取经。"

她把一杯酒递给俞璟择，搭着他手臂："走吧，陪我一块儿去，替我挡挡酒。"

俞璟择转头交代俞倾两句："你先吃点东西，等那边结束了我就过来找你。"

"你忙，我又不是小孩。"

俞倾望着周思源的背影，这会儿她突然理解，为什么俞璟歆不喜欢这个周思源。

懒得搭理俞璟择和周思源，她来这里是守护俞璟歆的。

俞璟歆正陪季清远应酬，感觉身后总有个人注视自己。

她转脸，看到了不远处的俞倾。这是她第一次陪季清远参加应酬，俞倾肯定是怕她在酒会受什么委屈。

一转身，家人就在的感觉，她从小到大，这么多年来，也是第一次感受到。

俞璟歆另一只手里还拿着杯子，她松开季清远的手，对着俞倾隔空比了一个心。

季清远正跟朋友说话，突然手空了，他赶紧转身把她的手攥住，心里这才踏实，然后接着跟朋友聊。

那边，俞倾冲俞璟歆莞尔，然后扬扬眉。

随后，她又给俞璟歆比一个心，朝对方发起爱心攻击。

俞璟歆也浅浅一笑。今晚她当了一回妹妹，成为一个被守护的小孩。

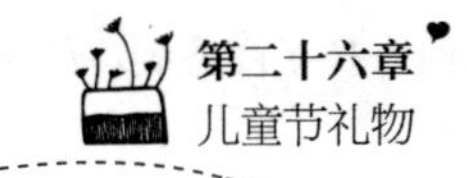

第二十六章 儿童节礼物

俞倾忍着困意，一个人吃了半小时美食，俞璟择还没回来。

她手托腮，特别想打个盹。如果她现在趴桌上，不用十秒钟，保准能睡着。她家小鱼苗，是个小瞌睡虫宝宝。

俞倾强撑着站起来，想到窗口去散散困意，刚走几步，跟厉炎卓迎面遇到。

“找你半天，还以为你回去了。”厉炎卓听说俞家的姐妹都来了酒会，原本已经从晚会现场离开，又半路返回。

俞倾挽着他：“我们到外面找个安静的地儿，你给我挡拐杖，我站着睡会儿，快要困死。”她又想起来问，“晚会是直播？”

厉炎卓：“嗯，视频直播。”今晚集团的十周年庆晚会由他们公司承接并策划，包括直播事宜。

俞倾想了想：“到时我们乐檬的演唱会既要上卫视，也要在视频平台直播。”

“你困成这样还在想工作？”

“不想工作的话更困。”就是脑子里一直想工作，她也差点睡着。这种困靠意志力根本就克服不了。

厉炎卓不明白她为什么宁愿在这里受罪也不回家，猜测道：“你在这儿等这么长时间，是等傅既沉过来？”

俞倾摇头：“他出差还没回来。我跟俞璟择一起，他陪周思源去了。”

厉炎卓对俞璟择向来有敌意，听说俞璟择撇下俞倾不管，他忍不住落井下石：“你找谁跟你一块儿来不好，偏要找那种不靠谱的人。”

见她眼皮直打架，厉炎卓也没再多指责俞璟择，等她清醒了，他再好好给她上上人生教育课——信谁，也别信俞璟择。

两人还没走到门口，那边嘈杂起来，有人到来，欢迎的阵势还不小，酒会主人亲自过去迎接。

视线穿过人群，挺拔的身影闯入眼帘，俞倾看到了那个她不犯困时偶尔才会想念的男人。他下飞机后应该特意回去换了商务装，黑西裤配白色衬衫，脸上丝毫没有长途飞行后的疲惫。

他正跟酒会主人握手寒暄。

看不到他人时，想念很淡。人在眼前，那种思念才具体而深刻。

傅既沉没跟他们聊太久，他一点都不避讳自己在这段感情里的地位：“我去找我们家俞律师，有几天没见，怕她不认识我了，我去混个脸熟。”

众人笑，知道他情路坎坷。之前他们只是在网上爆出的视频里看到过俞倾，都是侧面，又穿着工作服，想象不出有多令人惊艳，刚才见到真人，才知当真是人如其名。

当众，俞倾给足了傅既沉面子。

她主动迎上前，给他一个拥抱：“怎么改成今晚回来？”

傅既沉：“机票打折，能省不少钱。”

俞倾：“……”

望着他的眼，她不由得扬起嘴角：“还以为你想我才迫不及待地回来。”

傅既沉旁若无人般揽着她的腰：“你都不想我，谁还没有个脾气了。”

俞倾笑出来，跟他在一块儿时，她才是有灵魂的那个她，被他身上熟悉的气息包围，困意淡了不少。之于她，今晚的北京城，才是完美的。

厉炎卓在旁边，比空气还没存在感，他干咳两声。

傅既沉这才放开俞倾。即便厉炎卓是俞倾表哥，他也还是表示感谢：“今天麻烦你了。”

厉炎卓：“一家人就不用这么见外了。”

他如实道：“我也刚过来。”说着，不忘踩一脚俞璟择，“俞倾是跟俞璟择过来的，俞璟择一晚上不知道在忙什么，她差点睡着。”

俞倾："……"

傅既沉在宴会厅环顾一周，人多，没看到俞璟择。

厉炎卓看看手表，跟傅既沉说："你过来我就放心了，我公司还有事，我们改天有空聚。"

两人再次握手，厉炎卓匆匆离开。

俞倾一直待到酒会快结束，俞璟歆跟季清远回去，她才撤。其间，她趴在傅既沉怀里睡了一觉。回家路上，她活力满满。

"傅总，此行收获还不错？"

傅既沉颔首："跟庞董谈得还算投机。"他把庞林斌让他捎带的礼物给她，"厉阿姨送你的。"

俞倾错愕不已。从她有记忆开始，母亲好像就没正儿八经地送过她礼物，全是给她钱。她小心翼翼地拆开档案袋，里面是一本硬皮笔记本，看上去有些年头。

她翻开来，纸张陈旧的味道扑鼻而来。

扉页处还有一张便笺，上面写着：只是借给你看，九个月后再还给我，这是我的私人财产——厉冰。

俞倾打开主页看内容。这是一位母亲的孕期笔记，从知道怀孕那天开始记，记录了每天的妊娠反应，当天心情，还有一些碎碎念。

——我跟俞邵鸿激动了一夜，没怎么睡。我感觉自己还没长大，就要做妈妈了，很神奇。我问俞邵鸿，想要个女儿还是儿子，他说，希望是个小公主。我也希望是个小公主。我生的小丫头肯定倾国倾城、貌美如仙、俏皮聪明，就像我一样，哈哈。如果真是个女孩儿，就叫俞倾。

俞倾合上笔记本，收到档案袋里。

傅既沉："怎么不看了？"

"留着每天看一点。"

俞倾回忆她印象中母亲年轻时的性格，完全想象不出会是笔记本里呈现出来的灵动。

她跟母亲曾经是彼此生命里最重要的人，现在，母亲有了庞叔叔，她有了傅既沉和小鱼苗，各自过着自己想要的日子。好像也不错。

俞倾决定："从明天开始，我也要记孕期笔记，等我老了，拿出来回忆，应该挺好玩。”

她不由得惆怅：“我心情好像都和我妈差不多。”

傅既沉接过话：“嗯。明天写，困。后天写，很困。大后天，还是困。”

俞倾：“……”

傅既沉失笑，把她抱在怀里：“你不用写，我都给你记下来了。”

俞倾环着他的腰，期待着，很多年后，有幸跟他坐在一起回忆年轻时光的某天。她靠在傅既沉怀里，那种困劲渐渐又袭来。

一直到五月底，俞倾的妊娠反应才慢慢缓解，恢复到了以前的正常作息，白天也没有之前那么嗜睡了。

演唱会在筹备中，其间她接到了邹乐箫的电话，对方说自己已经回国了，正在办理入职手续，等忙完这段时间，找她逛街。

临近六月，俞邵鸿在家庭群里发消息。为了补偿俞倾和俞璟歆小时候的遗憾，这个儿童节，他打算送她们礼物，问她们俩想要什么。

俞倾和俞璟歆秒回。

——钱。

——支票。

俞倾：爸爸，给现金的话，最好是能数到手软那种。您争取利用这个机会，把我小时候的遗憾一次性补齐，免得有裂痕，对我造成二次伤害。

俞璟歆：爸，要是给我转账支票，数字最好顶格写，数字越大，我被治愈的希望也就越大。

俞邵鸿：行，爸爸肯定会满足你们的心愿。

他又点名季清远和傅既沉：三十一号晚你们有没有空？三个多月过去了，你们虽然没有完成既定目标，但还算小有成绩，给你们庆祝一下，接下来再接再厉。

距离上次湖边消夜，不知不觉又过去两个多月了。

每个人都忙，一日三餐，基本没人在家吃。他们各自查看了下日程安排，都在群里表示，会把那晚空下来，就当给俞倾和俞璟歆庆祝儿童节。

今天周五，俞倾下班前接到俞璟歆电话，约她逛街。俞璟歆让她就在公司等着，自己过去接她。

不犯困的日子对俞倾来说，就像获得了新生。

秦墨岭敲门进来，给她一份推介会邀请函。

下周四，券商给 SZ 做定向推介，组织路演。

虽然周思源有意向全资收购 SZ，但 SZ 餐饮那边还是希望有更多买家参与，这样可以竞价。

俞氏银行是 SZ 的债权人，这点，俞倾一早就知道，不过秦墨岭拿推介会邀请函给她看，她猜测："你也对 SZ 感兴趣？"

秦墨岭："不是。你现在清醒了，我可以跟你说说。"

乐檬早前投资了 SZ。

当初SZ开业不久，只在几个一、二线城市开了分店，想要扩张就得融资。

SZ 是高端餐饮集团，不是小钱就能支撑的。老板跟他是朋友，找他帮忙。乐檬毕竟是大企业，要是乐檬也投资了 SZ，能给其他资本信心。

经过风险评估，乐檬对 SZ 进行了股权投资，并且是长期持有。

俞倾眨了眨眼，她每个月也会看财报，不过对公司的长期股权投资明细不清楚，也没多过问。难怪于菲说，SZ 的股权比想象中的还复杂。

她又想起来，跨年夜，秦墨岭找人订了SZ餐厅，原来就是找了SZ老板。

俞倾问秦墨岭："你是打算接手 SZ 还是怎么？"

秦墨岭对餐饮行业没什么兴趣，不打算进入。

"到时看看谁接手 SZ，价位不合适的话，我不打算出让股权。而且 SZ 之前在我们银行有不少贷款，到时债权问题怎么明确和处理，也挺让人烦。那天我跟你去听听他们的项目投资价值分析。"

俞倾颔首："行啊。"

她家的银行跟秦家的集团是互相持股，战略合作关系。

SZ 欠俞氏银行的钱，涉及秦墨岭切身利益，而且是他牵线给 SZ 做的贷款，他是要上心了。

正事儿聊完，秦墨岭盯着她看："你怎么一点都没胖？你确定怀孕了？"

俞倾："……"

她忍不住想笑。他生怕他曾经吃的那两粒维生素是避孕药，到现在都耿耿于怀，成天关心她怎么还不孕吐。

她虽然怀孕四个多月，可四肢纤瘦，穿着稍宽松的长裙，别人看不出她小腹已经微微隆起。从身材上，完全看不出她是孕妈妈。

俞倾从来没跟俞璟歆逛过街，俞璟歆也很难得放弃加班时间去闲逛。“是不是今天收到了爸的钱，决定去 happy 一下？”

俞璟歆摇头，她本来就打算今晚逛街，只是凑巧父亲今天给了她们儿童节礼物。

“我今晚问季清远要儿童节礼物，买件新衣服，给他养养眼。”

俞倾支着下巴，笑笑：“不错，知道恃美行凶了。”

她这段时间迷迷糊糊，回到家就睡觉，没顾得上问俞璟歆最近的婚姻状况：“看到希望没？”

俞璟歆认真考虑一番，然后点头。

她说：“撒娇真好使。”

比冷战，比跟他争执管用一万倍。

撒娇之后，所有诉求得到满足，他还觉得是他做错了，不该那样。

“不过我的撒娇还只学到皮毛，你现在孕反应基本结束，有空我就跟你请教。”她略一沉默，然后接着说，“以前我不知道跟谁说，什么事都闷在心里，后来就懒得去计较，然后日子就过成这样了。”

她也知道自己这种别扭的性格很讨厌，她也讨厌自己怎么就成了这样的人，可她就是拉不下面子去靠近季清远。

俞倾建议她：“有些话，你可以跟你妈妈说说，她是过来人，肯定比我更懂婚姻。我只是看到了身边的一些情况，善于反思，但毕竟我没进到那座围城里，不知道里面是不是我想的那样。我的意见也不见得特别适合围城里面的生活。”

关于母亲，俞璟歆只道：“重组家庭的日子，更是一地鸡毛，她没时间顾及我。”

俞倾就没再多聊，毕竟不是每对再婚的夫妻都能像她妈妈和庞林斌那样，跟前任的孩子都不在身边。不只如此，他们各自的前任都是通透之人，忙着赚钱都来不及，从来都互不打扰。不管是她还是庞林斌的儿子，也都支持父母寻找幸福。

“打算买裙子？”俞倾岔开话题。

俞璟歆：“嗯，性感一点的。”

两人心照不宣地笑了。

姐妹俩逛了两个多小时，收获满满。

结账时，俞璟歆犹豫片刻，还是拿了季清远给她的卡埋单。

这是四年来，她第一次用他的钱。

季清远接到消费通知时，总算有了被需要的感觉，也有了作为男人的一点点成就感。有时他都怀疑，除了床上有用，俞璟歆大概也没看好他的其他方面。

今天他回来得早。俞璟歆之前给他发消息，说要跟俞倾逛街，他就提前回来陪儿子玩。

宝宝快一岁了，勉强会走路，不太稳；也会喊爸爸了，不过大多时候是“爸爸爸”地连着喊。

今天天气不错，清风习习。季清远带着儿子在院子里玩，他亲了亲儿子，然后说：“再喊一声爸爸。”

宝宝抱着他的脖子：“爸爸。”

季清远接着教儿子：“妈妈爱爸爸。”

宝宝：“……”

宝宝扑扇着长睫毛，憋了半天：“妈妈，爸爸。”

季清远：“爱。”

宝宝看上去很努力地学：“啊。”

季清远：“妈妈爱爸爸。”

宝宝被难住了——这句话太长。他委屈巴巴地撇着嘴，转头四处找人。

有车进来，是傅既沉的座驾。

宝宝赶紧挥着小手，他以为是妈妈回来了，嘴里兴奋地喊着：“妈妈，妈妈！”

看到下来的人时，他表情瞬间垮了，眼睛眨巴眨巴。

傅既沉大步走过来，半蹲下，揉揉他的脸。

宝宝从季清远腿上挣脱下来，靠近傅既沉。他的想法很简单——跟傅既沉在一起，就不用说那么长的话。

傅既沉抱起宝宝，看他一脸无助的样子，问季清远：“你惹他了是不是？”

“我都多大的人了，我惹他做什么？”季清远解释，“在教他说话。”

傅既沉：“我教，你方法可能不对。”他看着宝宝，“小姨夫爱小姨。”

宝宝整个人都是蒙的。

季清远抱过孩子，一把推开傅既沉：“你有多远滚多远。”

天快黑了，俞倾和俞璟歆才到家。

管家和司机帮着拎购物袋，来回三趟才搬完。

她们一共开去了两辆车，后面那辆专门用来放东西，连副驾驶座上都堆满了。

俞璟歆只买了三条长裙、几双鞋子，剩下的都是俞倾的战利品。

俞倾给家里每人都买了礼物，给小鱼苗也准备不少。她到了母婴店恨不得把整个店都搬回家。

傅既沉帮着她整理："怎么买这么多？"

俞倾："太长时间没逛街，怕自己不会花钱了，试着花了花，没刹住。"

傅既沉无言以对。

俞倾站在衣帽间门口，幻想着："要是有个机器人替我打理就好了，有什么需要我只要告诉它，分分钟给我搞定。"

衣帽间连着卧室，家里阿姨不方便经常出入。

傅既沉："会实现的。"他没多透露。

"你说放哪儿，我来整理。"

他们在二楼忙活，俞璟歆拿着自己的购物袋去三楼。

季清远正在茶水柜前给宝宝兑奶粉，他闻声转头："怎么就买这几件？"

"家里不缺，也没看到合适的。"俞璟歆把衣服放在沙发上，走过去，一开始站在季清远侧边，之后挪到他身后。

季清远看不到她人，刚转脸，就感觉腰间一紧，她从身后抱住了他。虽然她撒娇依旧很僵硬，但至少她愿意撒娇。有大小要求，她都会撒娇。

"璟歆，能不能跟你商量一下，以后每天都抱我？"

俞璟歆"嗯"了一声，闷了一会儿才喊道："老公。"

季清远正往奶瓶里倒温水，偏了，水倒在了手上。

自结婚以来，她是第一次喊他老公。

他没再让她难为情，也猜到她为何撒娇。

"我给你准备了儿童节礼物，想提前给你。"

俞璟歆把脸埋在他背上，嗅着他的气息。现在，他属于她一个人。

她问："什么礼物？"

季清远："文凝传媒的股权。"

俞璟歆手上的力道又大了一些："谢谢老公。"

翌日上午，季清远的律师就联系了俞璟歆，要陪她到文凝传媒去签协议。

冷文凝接到季清远的电话时，脑袋有片刻的空白。

她希望自己幻听，却又清醒地知道，他在说什么。她之前以为他要在协议上加一条说明随时可以转让股权，是因为要是俞璟歆知道他投资，他好转给别人，撇清关系。哪知道，他是为了转给俞璟歆。

抱着最后一丝希望，冷文凝问他："是不是俞璟歆查到了你投资文凝传媒，逼你这么做的？"

季清远没有丝毫犹豫："不是。"

冷文凝差点把手机攥碎："你一开始就有这个打算？"

他依旧回答得很干脆："嗯。"

冷文凝保持最后一分理智，问："为什么？"

"想让她高兴。"

冷文凝单手环臂，即便他看不见，她还是用力点头，轻笑一声。

她没以私人立场发泄不满，这个时候再质问他，无异于自取其辱。她以公司的立场声讨他："季总，您这样对文凝传媒是不是太不公平？"

"我老婆本来就是做风险投资的，在她眼里，既然投了，就一定要赚钱。放心，文凝传媒有她入主，只会更好。"

冷文凝突然不知道要怎么反驳，只能哑巴吃黄连——有苦说不出。他应该是知道了些什么，没摆在台面上说，大概是还想给她留最后一点尊严，不想闹得不可收拾。

虽然心如刀绞，但她还是说了句："那谢谢季总了，给我找到这么好的合作搭档。"

季清远没再多说什么，结束通话。

冷文凝把手机直接摔在办公桌上，因用力过猛，手机跌落地面，屏幕裂开。

她本来还想用传媒公司压制、要挟俞倾，哪知道俞倾却来了个釜底抽薪，这让她防不胜防。这一系列操作，想想也不是俞璟歆那个段位的人能做出的。

不得不承认，这一局，她彻底输给俞倾。

秘书敲门进来，说季清远的律师和俞璟歆到了，在会客室。

冷文凝整理好表情，说："知道了，十分钟后我过去，你们先接待。"

她捡起手机，屏已坏掉，没法再用。

又缓了片刻，冷文凝拿出化妆镜补妆。她已经输了里子，面子上不能再输掉。

这是俞璟歆跟冷文凝正儿八经第一次私下见面，之前都是在社交场合，远远看两眼，知道彼此是谁，连擦肩都不曾有过。

有律师在场，她们客气两句，开始签字。

周围空气几乎凝固，气氛剑拔弩张。

没用半小时，她们俩之间该签的所有协议和各种手续办妥。

冷文凝送俞璟歆到电梯那边，也是想借此说几句话："季太太对我是不是多心了？毕竟，是我不要季清远的。"

俞璟歆微笑："冷总放心，我只爱钱。至于季清远，我当初是出于环保考虑，把他这片小垃圾给回收，变废为宝。"

冷文凝："……"

她伸手，皮笑肉不笑："接下来，合作愉快。"

俞璟歆跟她轻握："愉快。"

季清远在俞璟歆和冷文凝签好协议的第一时间收到消息。

律师短信告知：季总，一切顺利，季太太下楼了。

季清远怕以俞璟歆那个性格，看到冷文凝时，她又要自己别扭半天，如果冷文凝再说上几句什么，她还不得难过？也不知道她有没有受委屈。

他问律师：她们聊了什么？跟我说详细点。

律师："……"

这个太让人难为情。被两个女人嘴上嫌弃成那样子，实属少见。

——就是打个招呼，场面话。临走时，冷文凝还送季太太去坐电梯，季太太说会好好配合冷文凝运营传媒公司，还说，毕竟只爱钱跟您。

他勉为其难，编造谎言替老板"挽尊"。

季清远看到那句只爱钱跟他，嘴角透着浅浅的笑意，考虑要再送俞璟歆一个什么礼物。

俞璟歆从文凝传媒出来，手心布满一层细细密密的汗。直面冷文凝时，她也紧张，就怕自己在气势上输掉。但内心深处，她是不甘心的。还好，冷文凝也没再咄咄逼人，她赢了一局。

坐上车，俞璟歆忙给俞倾打电话。

俞倾今天没加班，正坐在观水平台上赏景，手机时刻放在手边，就等着俞璟歆的电话。

“很顺利，冷文凝没占到任何便宜。”

俞倾问：“内涵你没？”

“嗯。”俞璟歆更加佩服俞倾。冷文凝嘲讽她的那句话，俞倾想到了，虽然内容不一样，不过意思差不多。

俞倾给她列了冷文凝有可能会针对她的几个点，让她自己想着要怎么应对。她在去文凝传媒的路上考虑一路已有对策，不过“小垃圾”“变废为宝”是她临场发挥的，怼完后，特别有成就感。

她想了想自己的底气来自哪里，是季清远。

俞倾：“恭喜啊，从大拧巴变成了小拧巴，努力向小可爱迈进。”她把喜欢的一句话送给姐姐，“不积跬步无以至千里。”

周日那天，俞倾原本想痛快地睡个午觉，不料被邹乐箫的电话搅乱。

邹乐箫约她逛街，问她有没有时间。她没什么要买，那晚跟俞璟歆血拼了不少，暂时没有购物欲。她知道邹乐箫“醉翁之意不在酒”，是想从她这里多了解俞璟择。邹乐箫盼这天盼了好几个月，她实在不忍心让邹乐箫失望。忍着困意，她放弃了午休时间，和邹乐箫约好见面的地方。

院子里，管家和用人正在草坪上搭烧烤架。这块草坪靠湖边，走几步就到观水平台。平台上原本的休闲小木桌换成了长桌。

俞倾想起来，今晚家里要聚餐，庆祝明天的儿童节。

停车坪上，爸爸的几辆车都在。很难得，爸爸周末回来得这么早。

她问管家，父亲是不是在楼上。

管家：“俞董亲自去买烧烤食材，坐了商务车。”

俞倾点点头，父亲真的开始改变，对她跟俞璟歆的付出不再是一味给钱。

当然，钱还是要给的。这一点，她跟俞璟歆早已达成共识。

俞倾和邹乐箫约在商场咖啡馆见面。她到那边时，邹乐箫杯子里的咖啡快见底，应该是等了她不短的时间。

咖啡厅内，属于咖啡特有的香气四溢。

她已经四个多月没喝咖啡，馋得不行。为了小鱼苗，她戒掉很多习惯。

邹乐箫给她点了两杯饮品，一杯咖啡和一杯冰镇柠檬汁。她指指咖啡："这个是给你闻的，解解馋，然后打包给二哥喝。"

俞倾笑："谢谢。"

现在她只能靠着闻咖啡香续命。

邹乐箫双手托腮盯着俞倾看："你一点都没胖。"而且她眉目间有俞璟择的影子，让人移不开眼。

"可能是我吃饭比较挑，吃得也不多。"

闲聊几句后，俞倾问她在律所的情况，跟哪个律师团队。

"于菲。"邹乐箫问俞倾，"你跟她熟悉吗？"硕与律所有几百位律师，俞倾只在那儿待了很短的时间，都不一定跟她打过照面。

俞倾一听是于菲，就说："何止熟悉，她还是我们乐檬的法律顾问。"

跟着于菲团队，不愁没案源，不过于菲对团队里的人要求严苛。

巧的是，于菲接了 SZ 的并购案。

"你进去后跟什么案子？"

邹乐箫："我就是一个小助理，大的项目还轮不到我，被于律安排跟进一个标的额特别小的劳动纠纷案。"

她的汽车油耗高，几趟跑下来，还要贴钱进去。

于菲建议她挤地铁，省钱，还能在路上想想案子的情况。

她以为于菲是觉得她的汽车太招摇，让她低调，后来于菲又道："一般上午开庭的案子，我就会选择地铁出行，因为万一开车路上堵了，庭审不会等你。"

邹乐箫说起挤地铁："知道我今天为什么早到了吧？我坐地铁来的，还真是比开车快，也不用到处找停车位。"但有一个不好的地方，就是看不到俞氏银行大厦，也看不到俞氏银行营业网点的标牌，仿佛跟俞璟择的距离远了不少。

她看着俞倾，打着小算盘："今天周日，你跟你家里人都没加班？"

俞倾笑了，心想这人的意图这么明显。她故意逗邹乐箫：“有的家人加班了，有的家人没加班。”

邹乐箫“哦”了一声，很是关心道：“哪些家人这么勤快呀？”

俞倾忍着笑说：“比如，傅既沉啊，俞璟歆呀，我姐夫呀，等等。”

邹乐箫：“……”

这个“等等”，不知道包不包括俞璟择。

“那么哪些家人没有加班呢？”

俞倾：“我爷爷呀，我奶奶啊，还有我啊，等等。”

邹乐箫：“……”

她失笑，做投降状：“我认输。”她直接问道，“俞璟择在家吗？他天天那么忙，应该给自己放个假，好好休息休息。”

俞倾不是很清楚俞璟择今天是在加班，还是跟朋友有约，见邹乐箫如此渴望知道，她决定帮忙问一问。

她拿出手机：“我看看你的男神在哪儿。”

邹乐箫连忙伸手按住她胳膊，跟她商量：“能不能开免提？我想听听他声音，就当他是在跟我说话。我快四个月没见到他了。”

俞倾没饱受过相思之苦，不明白邹乐箫的想念到底有多深，不过她内心还是起了波澜，被触动了。这是爱得多卑微，竟然想听听对方的声音，还要幻想成是在跟自己打电话。

她没什么理由拒绝，再者，也不是什么机密对话。

邹乐箫从对面移到她边上坐，紧挨着她。

俞倾把音量调小，拨出电话。邹乐箫趴在桌面上，嘴角上翘，凑近手机。

俞倾望着这个明媚张扬的女孩，从她这个角度看，邹乐箫是恨不得自己钻进手机，顺着电波到达俞璟择那头。

电话接通，那头的人说道：“睡醒了？”

再正常不过的一句话，落在邹乐箫耳朵里却让她悸动不已。虽然这几个字不是对她说的，但悦耳又带着关心的声音，胜过世界上任何一首美妙的曲子。

作为他的家人，该有多幸福。要是以后跟他在一起了，他也会用这么宠溺的口吻跟她说话的吧。她天马行空地想象。

俞倾若无其事地问他：“还在公司呢？”

俞璟择："嗯，在忙，什么事？"

俞倾听到他那边有杂音，不像在公司。当着邹乐箫的面，她没戳穿他："没什么，家里烧烤架已经搭好，早点回去啊。"

"嗯。"

没再多聊，俞倾挂了电话。

邹乐箫很满足，坐回对面。本来她还要给自己挑个儿童节礼物，现在不需要了，没什么礼物能比听到他的声音更让她开心。

她想着俞璟择认真工作的样子，幸福洋溢。

俞倾见状，问道："就听个声音，你至于这么高兴？"

"你是饱汉不知饿汉饥。"邹乐箫喊来服务员埋单，"走吧，我们逛街去。"

俞璟择没加班，正跟周思源喝下午茶。

午休后，周思源给他打电话，问他忙不忙，说想请教他几个跟 SZ 有关的问题。周思源带了不少资料，连电脑都带过来了。

"你再看看这个。"她把手头一沓文件递给俞璟择。

SZ 在俞氏银行有几个亿的贷款，它的下家也事关俞氏银行利益，俞璟择接过来，认真翻看。

周思源喝咖啡提神。昨晚她加班到凌晨三点，早上又去公司开项目讨论会，严重缺觉。

微信群里，被冷文凝跟俞璟歆的消息刷屏。她中午也吃了一会儿瓜，感到不可思议。听说俞璟歆在季清远律师的陪同下去了文凝传媒，冷文凝还接待了俞璟歆，两人在会客室待了不少时间。

然后各种揣测都出来了。

就在刚刚，她们不知道从哪里得知，俞璟歆持有文凝传媒 32% 的股份，仅次于冷文凝的持股份额。她们不是对文凝传媒感兴趣，只是八卦季清远、冷文凝还有俞璟歆的爱恨情仇何时落幕，结局谁赢。

她知道，冷文凝那个小圈子里的女人也在等着看冷文凝的笑话。

邹乐箫回来了，要追俞璟择，偏偏邹乐箫又持有 SZ 的股权。要是邹乐箫不愿转让手里的股权，到时她会跟冷文凝一样，跟讨厌的人共同持有一家公司的股份。她坚决不允许冷文凝的笑话在她身上重演。

她跟冷文凝比起来，优势又多了不少。俞璟择不喜欢邹乐箫，而她能随时找俞璟择帮忙。

俞璟择看到一半，说："听说SZ那边近期有推介会。"

周思源回神，"嗯"了声："他们走他们的流程，我已经提交了保密承诺函，接下来就要展开尽职调查。"

她要"近水楼台先得月"。

她看着俞璟择："SZ那边说，他们跟几个自然人股东沟通过，大部分都愿意出让股份，只要价格合适。也有的很刚，一律免谈。"

俞璟择的注意力在项目资料上，他心不在焉道："正常。"

周思源两手捧着咖啡杯。

现在难缠的有两个股东，一个是邹乐箫，还有一个是法人股东——乐檬饮品。全资收购SZ成败的关键就在邹乐箫和俞倾两人身上。

以前她不担心搞不定乐檬饮品，现在换成俞倾负责运营，她心里突然没了底。

冷文凝最近这么倒霉，都是因为俞倾。要是指着俞璟歆去争取季清远，她这辈子都不是冷文凝的对手。

既然跟俞倾正面刚不划算，那她要吸取经验教训，可以完全避开俞倾，让俞璟择来。

"哎。"她喊俞璟择。

"说。"

周思源："我不太擅长谈判，到时遇到棘手的问题，你帮着我去谈。"

俞璟择抬眸："你当我天天闲着没事干？"

周思源笑了笑："等你不忙时。根据你的时间安排来，我可是什么都好说的。"

既然邹乐箫不愿意转让手里的股份，那就让俞璟择找她谈，看她要怎么选择。

就SZ存在的问题，收购过程中会出现哪些矛盾，俞璟择跟周思源讨论了快两个小时。不知不觉已经五点钟，太阳西沉。

俞璟择把资料整理好，归还给周思源，看眼时间，说："我回去了。"

"还约了人呀？"周思源看他一眼。

俞璟择："回家。"

"那也没什么重要的事，早回晚回都一样。"周思源提出，"我请你吃饭。"

俞璟择拒绝了，简单解释一句：“家里聚餐。”

俞倾也准备打道回府。

父亲在群里呼唤所有人，说六点半就开始烧烤，趁着宝宝不困，多陪他玩会儿。宝宝才是今晚的主角，是最有资格过儿童节的人。

逛了好几个小时，俞倾只给小外甥买了几件衣服，邹乐箫则挑了一套玩具，让她带给宝宝。

她看完群消息，对邹乐箫抱歉道：“我得回去了，改天有空我们再逛。”

“没关系的。”邹乐箫挽着她，“陪了我一下午，累不累？”

俞倾摇头：“这点运动量算什么，我平时要游泳，还要练孕妇瑜伽，天天有忙不完的工作，习惯了。”

商场外面，汽车已经在路边等候。

俞倾跟邹乐箫挥挥手：“案子上有不懂的尽管请教于菲，她是要忙的话，你可以给我打电话，我现在工作量不算大。”

邹乐箫恋恋不舍地摆摆手。

看着俞倾朝汽车走去，她挣扎了几秒后快步追上去：“俞倾，你等下。”

“怎么了？”俞倾转身。

邹乐箫心里头有个疙瘩，考虑了一下午，还是决定问问俞倾：“思源控股想要收购SZ，你肯定知道吧？”

俞倾点头，示意她往下说。

邹乐箫说心里话：“我不想转让。我在国外上学时都没想着要转出去，更别说我决定在北京工作，要长期去那家餐厅吃饭。”她微微叹气，“我感觉，周思源会找俞璟择帮忙，让俞璟择来找我。”

说到这里，她心里不禁难过起来。她喜欢的人，帮助她讨厌的人打拼事业，让她很不爽。她承认，自己特别特别小心眼，就是不想把股份转让给周思源。周思源跟俞璟择走得那么近，她吃醋。

要是她不转让股份，到时周思源还不知道要在俞璟择面前怎么添油加醋地诋毁她。她感觉自己太难了。

“俞倾，如果你是我，俞璟择找来时，你会怎么办？”

俞倾都没考虑：“既然周思源用这一招，那你把皮球踢给俞璟择。你就跟他说，看在他的面子上，转让股份也不是不行，但有条件。你不是一直想得到他吗？让他跟你约会一整天，还要给你一个法式深吻，你问他愿不愿意。”

邹乐箫：“……”

这招好狠啊。不过她喜欢，觉得特别解气。想到法式深吻，她羞得耳朵泛红。

“我现在竟然很期盼转让股权是怎么回事？希望周思源赶紧逼着你哥来跟我谈判。”

俞倾：“……”

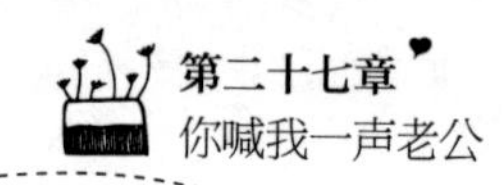

第二十七章 你喊我一声老公

傅既沉也看到了家庭群里的消息。他还在公司，等着乔翰最后一次调试机器人，调试完毕，他就要把它带回家送给俞倾。

这是一款专门为俞倾量身定做的聊天机器人，兼职打理她的衣帽间。

乔翰算是将功赎罪。因为之前新建隐名投资那事，乔翰可能良心发现了，觉得愧对于他。这两个多月，乔翰放弃了业余赛车时间，把所有娱乐活动都推掉，带着团队通宵达旦地研发机器人。

之前俞倾在处理新建科技一事上，没为难乔翰。

她跟他说过，要是把乔翰往正道上引一引，这会是个不可多得的人才。

今天潘秘书也过来加班。一年三百六十五天，他不是上班就是加班。今天女儿参加同学的生日派对去了，他在家也没事可做，直接来了公司。

他把跟庞林斌公司的合作协议拿给老板过目，看哪些细节需要修改。

历时两个多月，合作协议终于敲定。

“庞董秘书说，近期，庞董可能会来北京一趟，要待上一段时间。”

傅既沉颔首：“行，到时我亲自招待。”

他看着协议，忽然抬头问潘秘书：“明天是儿童节，你不提前给你女儿庆祝？”

潘秘书先是感谢老板记挂，然后解释：“女儿跟同学玩去了。”

傅既沉“哦”了声，看似漫不经心地问潘秘书：“你给你女儿准备的第一份礼物是什么？”

他特别强调：“出生时的礼物。”

潘秘书不明白老板为什么关心到这么具体的事情，连细枝末节都问。

“我没想起来要准备礼物，天天只盼着她早点出生。”

傅既沉：“那我再想想给我家孩子准备什么出生礼物，他现在十八周零两天。”

潘秘书震惊到目瞪口呆，惊诧于俞倾竟然跟老板有孩子了，更不可思议的是，即便有了孩子，当初的舆论战他俩也是谁都不让谁。

他也感动于，老板竟然这么清楚地记得胎儿多大。

他虽然早已为人父，但不知道孩子到底要在母亲肚子里待多少周出生。他也忘了，当初女儿的预产期是哪天，应该是提前了好几天出生的。

过了好半晌，潘秘书才想起来恭喜老板。

傅既沉：“谢谢。接下来的几个月，我不加班的时间会比以前多，辛苦你跟团队了。”

潘秘书：“您客气，应该的，那是我们分内的事。”

内线电话响了，傅既沉接听，是乔翰过来了，到了总裁办公室这层。他跟秘书说：“让他直接进来。”

潘秘书拿上文件，先行回自己办公室。

很快，乔翰跟几个工人进来。机器人装在一个大纸箱里，两个人抬着。

傅既沉放下手头工作，满心期待，不知道这会不会让俞倾惊喜。

机器人身高一米五五，圆嘟嘟的，手臂能自动伸缩，专为打理衣帽间最上层的架子设计，取放物品方便。

乔翰开启机器人：“去跟傅既沉打声招呼。”

蓝白相间的机器人在几个人里扫描一周——它有人脸识别功能。它笨拙地走到傅既沉面前：“傅总，你好。俞倾她很爱你。”

傅既沉：“……”

这个还真不错。

“你好，你叫什么名字？”

机器人：“一个不是很洋气的名字，渔家乐。”

傅既沉转脸看向乔翰：“你确定，你没坑我？”

乔翰把使用说明书给他：“名字我已经改了一遍，以前叫渔网。”

傅既沉："……"

暮色四合，俞家院子里热闹起来。

俞璟择正在烤鱿鱼，火候掌握不到位，烤焦了。

俞倾吃着厨师烤好的一串，慢慢悠悠地走到他旁边："下午你没去公司。"肯定的语气。

俞璟择瞥她一眼："你怎么不去当福尔摩斯？"

俞倾津津有味地吃着，凑近他，压低声音："我已经破案了。"

俞璟择把烤好的那串给她："第一次烧烤。"

俞倾嫌弃，没接："你自己吃吧。"她胳膊肘撞他一下，"别岔开话题，你下午到底干什么去了？"

俞璟择不答反问："你不是都破案了？"

俞倾："跟周思源在一块儿？"

"嗯。"俞璟择吃那串被嫌弃的鱿鱼，"找我谈事，涉及银行利益，我就过去聊了会儿。"

俞倾以前从来不问他去了哪里，跟谁在一起。

"你什么时候也这么八卦了？"

"自从我跟厉炎卓重逢后，我就这么八卦。"

说到厉炎卓，俞璟择郑重其事地跟她说："为了胎教，你以后跟他少来往。他那样的人，尽挑拨离间。"

俞倾："……"

院子里有车进来，俞倾看过去，还以为是傅既沉的车，结果看到进来的是一辆货车："家里买了什么？"

所有人都知道是机器人，只有俞倾被蒙在鼓里。

俞璟择："管家买了冰箱。"

俞倾没再关注，转过头。

停车坪那边，季清远还在洗车。他下午回来得早，两排车，他已经洗了三辆。宝宝爱玩水，拿着水枪也像模像样地朝车上喷水，以为自己帮到了爸爸，特别有成就感。

俞邵鸿也烤好几串，放在盘子里递给俞璟歆："这是你跟清远的，不好吃也要闭着眼吃，但要睁着眼夸。"

俞璟歆突然就不敢下口吃。她端着盘子去找季清远："你怎么想起来给家里人洗车？”

季清远没说实话：“做点力所能及的事。”

俞璟歆把一串不知道是牛肉还是羊肉的烤串送到季清远嘴边：“小心烫。”

季清远受宠若惊，烤串没吃，偏过头，亲上她的唇。他手里洗车的喷水枪不小心歪了点，水喷到车上，又溅到宝宝脸上。

宝宝一个哆嗦，感觉到是水后，开心地笑起来。他想要擦擦脸，可一只手里有磨牙饼干，一只手里还拿着小小的水枪。他把饼干塞到嘴里，嘴巴鼓鼓的。腾出手，他赶紧抹一把脸，把水擦掉。

这时，傅既沉的车进来。俞璟歆和季清远的亲吻才结束。

宝宝一看是傅既沉来了，潜意识里不想学说话，转身就想逃跑。

傅既沉在他身后喊他：“宝宝，往哪儿跑呢？”

宝宝慌了，本来走路就不稳，结果被自己给绊倒，摔在草坪上。

傅既沉大步过去，一把搂起他抱进怀里。

宝宝被饼干噎了一下，打起嗝来。每打一个嗝，他眼睛就跟着眨一下。

傅既沉笑出声来，举起他，扛在肩头。

俞倾这会儿坐到了观水平台的长桌前，桌上食物丰盛。

傅既沉带着宝宝过去，宝宝看到了救星，像蝴蝶振翅，扑腾着手臂想让俞倾抱他。

傅既沉：“小姨现在不能抱你，等过几个月才能抱。”

“妈妈，妈妈。”

俞璟歆过来了，把孩子抱过去。宝宝紧紧抱着她脖子，在她怀里蹭蹭。

傅既沉牵着俞倾：“走吧，去看看你的礼物。”

“什么惊喜？”

“看了就知道。”

到了二楼，俞倾已经迫不及待地想拆礼物，她以为会是香水或是一只包。

等衣帽间的门被打开，她愣了一下。

一个呆萌的机器人正在整理包柜，它转脸，进行面部识别后，开始说话：“小鱼，你好。我是家里的新成员，我叫渔家乐。我有超强的记忆功能，能记住你说过的所有话。我和傅既沉会一直陪着你。”

俞倾看向傅既沉，眼神专注。许久后，她抱他：“谢谢我的傅总。”

从小到大，她想要礼物，家里都是给她钱，让她自己去买。

俞倾开始跟机器人玩，她现在对很多功能还不熟悉。

机器人又开始说话："小鱼，傅既沉很爱你，你嫁给他，你会是最幸福的女人。"

俞倾敲敲它的脑袋："是不是傅既沉让你这么说的？"

"我听不懂你的话。"

"……"

傅既沉赶紧让机器人休眠，这还没熟悉呢，就要开始替他说话。

俞倾还没过瘾："你别关呀，给我玩会儿。"

傅既沉没让，拉着她走出衣帽间："它刚到新家，有点激动，开始胡言乱语，等明天它适应了再说。"

一天没见，傅既沉抱抱她，让她坐在沙发上，他想听听胎动。

"小鱼苗下午动没动？"

俞倾轻抚小腹："动了两次。"

傅既沉半蹲下来，侧耳贴上去。等了好一阵，宝宝还是没动静，大概是睡着了。

他亲了几下："晚安，爸爸妈妈爱你。"

他半起身，两手撑在她身侧，亲着她："现在都四个多月了，危险期早应该过去了吧。"

他忍了好几个月，想要她。

俞倾搂着他脖子："你现在不是该考虑，一会儿吃谁烤的烤串？该怎么跟季清远比口才夸我爸能干？是时候展示你坑人的本领了。"

傅既沉："……"

他失笑，捏捏她下巴："走吧，再不下去，他们要打电话了。"

院子里，季清远还在洗车，兢兢业业。

人到齐，俞邵鸿喊季清远过去："清远，别洗车了，你就是洗到天亮，也逃脱不了你要当面读检讨书的命运。"

院子里的笑声一阵高过一阵。

季清远关了水枪，扔一边，忙活了一晚，这活相当于白干了。

三百字检讨的事，每个人都记得。季清远也早有准备，从口袋里掏出检讨书来。

其他人都落座，俞璟择抱着宝宝，低头跟宝宝说："你爸爸要读检讨书，好好听着。”

宝宝听不懂是什么意思，小手揉眼睛，有点犯困。

俞璟择：“没事，要是困了，舅舅给你撑着眼皮。”

话刚落，他就被俞邵鸿拍了一巴掌。

俞邵鸿把孩子接到怀里。

其他人吃着烧烤，季清远开始读了：“那天我不该浪费水。其实我也不算浪费，后来我关了水龙头，用池子里的水在洗。虽然洗了好几个小时，但没浪费一滴水。”

傅既沉插话：“你这个算检讨？看不出一点悔过之意。”

他又转脸跟俞邵鸿说：“爸，我想实名举报一下，季清远不仅浪费水，他还浪费生菜。生菜都被洗烂了，还怎么吃？肯定扔了。我觉得，还要再加三百字。”

俞邵鸿：“举报成立。”

季清远：“……”

关于追加的那部分检讨内容，要当场完成。

季清远找来笔，开始在原先那份检讨书背面写检讨。

俞璟歆默不作声，幸灾乐祸地吃着烧烤，不时歪着头凑过去瞅两眼，想看他有没有敷衍。两人靠得近，季清远转身时，她下巴微微蹭着他肩头，在家人面前，表现出从未有过的亲昵。

季清远没想到她也是抱着看热闹的心态，还是不嫌事大的那种。难得她感兴趣又挺开心，他决定一笔一画写，就当是给她的另一份礼物。

俞倾这会儿吃得差不多了，她倚在傅既沉身上，两人窃窃私语。

宝宝睡着了，俞邵鸿把孩子交给家里阿姨。还有最后一点食材没烤，他接着去干活。

俞璟择放下酒杯，过去帮忙。

俞邵鸿说起大女儿和季清远：“他们还真正儿八经地开始写了。”

俞璟择：“你还指望他们跟俞倾和傅既沉那样？”

俞邵鸿点点头：“也对。”

如果要换成傅既沉被季清远举报，以俞倾能闹腾的性格，最后肯定是发挥颠倒黑白的本事，让举报人季清远写检讨，而傅既沉置身事外。

当然，季清远也不可能举报傅既沉。他要是跟傅既沉是一样的性格，他和璟歆就不会别扭到现在。

俞邵鸿也管不了那么多，适合他们自己就行。而俞倾和傅既沉，算是不用他再操心。

俞邵鸿瞥了儿子一眼：“你呢？”

俞璟择装听不懂：“我不就在这儿，又没隐身，您看不见？”

俞邵鸿被噎：“……别打岔，你知道我说什么。”

俞璟择：“我要是能知道您想说什么，您心里在想什么，我早就把您 PK 下去，自己当董事长了。”

“……”

俞璟择把烤肉交给父亲，去了湖边。

俞倾还是之前的姿势，整个人懒洋洋地靠在傅既沉身上，湖边微风裹着他身上的气息，在她鼻尖缠绕。

傅既沉一边喂俞倾喝果汁，一边处理邮件。海外部分要在十点前回复，不能耽误海外分公司几个小时后的早会。

“跟尹林资本的合作定下来了。”他跟俞倾报备一声。

尹林资产管理公司是庞林斌一手创办的全球性风投公司，在业界排在前几位。说到尹林资本，傅既沉邮箱里正好收到尹林资本北京分公司高级副总裁的邮件，内容是关于尹林资本入主新建科技后，股权和投票权方面的确认。

俞倾不知道傅既沉在看邮件，还以为他在刷新闻，她凑过去看了一眼：“什么热门新闻你看得这么投入？”说着，她看到了发件人的后缀，原来是尹林的高管，简杭。

俞倾知道简杭，以前在国外时和她见过一面，但没有交集。

简杭全靠自己的本事打拼到今天这个位置，年收入近千万，然而今年，她不过三十岁，一个“双商”碾压大多数男人的美丽女人。

当然，关于简杭的传闻也是多之又多，她都是在国外那家律所工作时，听项目组的同事偶尔八卦得知的。资本圈的那些事，堪比狗血大剧。

毕竟钱聚集的地方，就不可能再纯粹。那么多狼子野心，更是不乏没心没肺。

俞倾许久不曾关注尹林资本：“简杭又升职了？”

傅既沉回复邮件之后回她：“没，平调到北京分公司。尹林跟新建的合作，后续由她全权负责。”

他跟简杭只打过一次交道，是在尹林资本总部，他跟庞林斌的谈判会上，她是尹林团队一员。

俞倾点点头："打算重点深耕哪几个领域？"

也不算商业机密，傅既沉跟她详细说了说："主要是智能停车场还有电子消费券平台两个板块。"

这两年，各个城市，不管大小，都面临停车难的问题，特别是大型商超附近，找个车位太难。新建的综合体也对这事头疼，以现有容量根本就没法满足顾客的停车需求。就算是简单看一场电影，从出门到回家，要是自己开车，花在路上和找停车位的时间，不比电影本身时间短。

新建即将全面提供线上停车服务。

俞倾听后，说："邹乐箫有盼头了。她开始挤地铁，就怕赶不上跟客户约好的时间。"

路上的时间好把握，把最堵的时间算上去就知道大概几点能到。可停车位多久能找到，那可是个未知数。

之前于菲还吐槽过停车位难找，有次她送儿子上兴趣班，儿子都下课了，她还在四处绕着找停车位……

傅既沉忽然侧目，他关注的重点是："邹乐箫又烦你了？"

"什么叫烦我？"俞倾下巴搁在他肩头，"我愿意被她烦。她可好玩了，被我欺负得一愣一愣的，就像宝宝在你面前那样，呆萌呆萌的。"

傅既沉："……"

两人的脸几乎贴在一起，俞倾拿手挡了下，主动亲他。

傅既沉一时忘了要说什么，连声讨邹乐箫这件事也忘在了脑后。

长桌的另一端，季清远还没写完。他发现就是写流水账，三百字也没那么容易凑齐。

俞邵鸿把所有食材烤完，端着盘子过来，示意季清远："等进屋再写，先吃烧烤，冷了不好吃。"

检讨这事暂搁，他们开始喝酒。

在家，谁都不提公司的事，虽然有合作，可投资的企业之间免不了竞争，提了公司的事会伤钱。

俞倾突然想起来，她后备厢里的一套玩具没拿出来给宝宝。

她回屋找车钥匙，把礼物拿给俞璟歆："邹乐箫送给宝宝的儿童节礼物，我差点给忘了。"

听到邹乐箫这个名字，俞璟择倏地抬头看向俞倾。

俞璟歆知道邹乐箫，但跟她不熟悉："她怎么想起来送宝宝礼物？"

俞倾心道：为了你的亲哥哥。

但她随意扯了个理由："她向我请教案子上的事，耽误了我一下午时间，我正好给宝宝买衣服，她就顺便给宝宝买了玩具。"

俞璟歆深信不疑："替我转谢。"

礼物是一架无人机，宝宝玩的时候正好能拍下他玩的过程。

关于邹乐箫的名字，她之前一直以为读 lè："原来是读 yuè。"

傅既沉知道名字的来由："箫是乐器。"

俞邵鸿评价："名字不错，是不是老邹家闺女？"

傅既沉点头："嗯。"

俞倾拿过手机，跟父亲私聊：爸，邹乐箫喜欢我哥。你觉得，他们能成的概率有多大？知子莫若父。

俞邵鸿看了消息，抬眼皮。俞倾下巴一扬，父女俩对个眼神。

他还是不敢信，邹行长比他小快十岁，对方闺女应该也就大学刚毕业。

——没骗我？

俞倾：这种事我能开玩笑？不然她那个骄傲的大小姐会来巴结我，还给宝宝买礼物？傅既沉跟她什么交情，我可从没有过这种待遇。

俞邵鸿承诺：虽然我们跟隔壁银行"势不两立"，但我绝不会棒打鸳鸯，只会锦上添花。

俞倾：爸爸，你好厉害，一句话里用了三个成语，一看就很有学问。但是你回答问题的思路是不是有点偏？我不是问你什么意见，我是想知道，我哥跟邹乐箫两人之间会不会有戏。

俞邵鸿："……"

这时，俞璟择的手机响了，在安静的湖边，这个铃声格外突兀。

俞璟择看了一眼，犹豫片刻才接听。

"你的家庭聚餐散了没？"

俞璟择想起身到旁边回话，结果被俞倾一把扯回来。她抓着他的胳膊不放，他不敢动，怕伤着她。

“还没。”

周思源：“不着急。我加班刚结束，订了 SZ 的餐位，看夜景最佳的那个位子，等你那边结束，是不是得陪我这个妹妹庆祝六一了？我的童年，可比你那两个妹妹更有遗憾。你可不许厚此薄彼哦，拜。”

俞璟择挂了电话，把手机调成静音。俞倾猜到是谁，故意问：“谁呀？”

俞璟择没隐瞒，因为想瞒也瞒不过去：“周思源，让我过去吃饭。”

俞邵鸿听到周思源这个名字，若有所思片刻，然后趁着俞倾跟俞璟择说话的空隙，拿出手机，建了一个小群，把傅既沉和季清远拉到群里。

傅既沉和季清远互睇一眼，隐约感觉不踏实。

三个人的群，他们实在不需要。

季清远私下发消息给傅既沉：这个群进来容易，想退出去就难了，说话还得小心翼翼。

这不算什么，要命的是：如果哪天被爸踢出群，基本跟这个家就无缘了。以后每天早上起来，还得看自己是不是还安全地躺在这个群里。

傅既沉：你被踢出去的可能性很大，因为你经常让他闺女不高兴。我跟你不一样。

俞邵鸿在小群里发消息：请你们俩帮个忙，等会儿配合我一下，我要教育教育俞璟择，再这样下去，迟早要出问题。

然后他给他们每人发了一个两百元的红包。

俞邵鸿放下手机，手指敲敲桌面，让他们有话等会儿再说。他早就想跟俞璟择聊聊周思源的事，但一直找不到合适的机会，今天正好。

“你跟周思源，不再是几岁、十几岁的小孩了，现在你们都不小了，”说到这里，他直言不讳，“你和周思源到底没有血缘关系，走这么近不合适。”

所有人都彻底安静下来，意识到俞邵鸿不是在开玩笑。

俞邵鸿让俞璟择自己说：“从俞倾回来到现在，你在家待过几次？”

俞璟择欲言又止，他不知道，没算过，但屈指可数。

俞倾看向父亲，他很少这么严肃。这种不怒自威的气势，只有在公司才有。父亲跟他们在一起时，一直把他们当朋友，不管说什么都很随意，他们兄妹开他玩笑，他也不会生气。

俞邵鸿看着俞璟择：“可你跟周思源呢？就算是亲兄妹，也没有这样频繁地一起出去吃饭的，况且又不是。

“可能是我见识少，反正我没见过哪家兄妹到了成家立业的年纪，不住在一块儿，却几乎天天一块出去吃饭的。

“就算是父母，跟成年的孩子之间，也得有个私人空间吧？”

俞璟择双腿交叠，靠在椅子里，没吱声。他拿着手机，漫不经心地拍打手掌。听了父亲的这番话，他也开始认真反思。

自打俞倾回北京，他好像没跟她吃过几次饭，直到她住在家里，他们才能每天打个照面。

至于跟周思源相处的时间，他想了想，还真的是每周见面好几次。周思源的公司离俞氏银行总部不远，连马路都不用过，走路几分钟就到。

她有时候中午都去找他吃饭，他也习惯了。

见儿子不吱声，俞邵鸿迂回道：“我知道你们小时候关系就还行，一到周末，你妈妈带着你和璟歆跟周思源聚一块儿。小时候一起玩，总是有感情的。”他特意强调，“但适可而止。”

有些话，由他这个做父亲的说出来不合适。而且在女婿们面前，他作为长辈，也不该表现得如此刻薄。但事实就是，周思源是“会哭的孩子有奶吃”，总能把自己置身在可怜兮兮的境遇里。其实都是离异重组家庭，璟歆的情况没比她好到哪儿去。璟歆的妈妈又不是厉害的后妈，她能委屈到哪里去？

这几句话，他忍着没说。

以前他从来不过问三个孩子跟谁交朋友，选什么职业。孩子们有孩子们的社交和想法，他很少干涉。

但俞璟择现在太没规矩，他看不下去，也不得不管。

俞邵鸿说出心里话：“我自以为我还算比较豁达的，但有时候，我也没有那么心胸宽广，到不了那个境界。我就是俗人一个，没法把别人家的孩子当自己家孩子对待。

“我能让俞倾跟厉冰、跟庞林斌好好相处，那是因为庞林斌对俞倾不错，从不虚情假意。”

他说起俞倾的毕业典礼：“那会儿我跟你忙着向金融主管部门汇报工作，实在抽不开身去俞倾学校，但庞林斌抽时间参加了。那时庞林斌已经跟厉冰离婚，人家没有任何义务这么做。这件事我一直挺感激他的，至少那天俞倾的家长位子上不是空的。”

至于周家人，他没提。有些话，他点到为止。

如果说多了，说破了，就一点意思都没有。

“还有啊，你这样成天跟周思源待一块，哪个女孩子愿意嫁给你？”

俞璟择终于开口：“我就没打算结婚。结了再离，浪费时间，婚礼的钱也浪费了。何必花钱找罪受？”

俞邵鸿：“……”

这不是暗指他吗？当初他跟厉冰的婚礼，花费上百万，在他们那个年代，是世纪奢华婚礼，然而没过两年，以离婚收场。

俞璟择发现父亲沉默了，他意识到口误：“爸，您别对号入座。”

俞邵鸿：“你都说得这么明显了，我要是不接，也显得我心虚。下次有本事你直接说我名字。”

俞倾跟俞璟歆都笑出来。再次提到父母的婚姻，俞倾仿佛也释怀了。

季清远跟傅既沉想笑，又没敢，因为刚收了俞邵鸿两百块钱红包，面子还是要给一点的。

俞邵鸿言归正传：“不管你跟周思源走这么近是什么原因，小时候处出来的感情也好，现在有合作也罢，打今儿开始，回到自己位子上。联系不是不能有，正常见面可以，但别三天两头地一块儿吃饭。”

俞璟择“嗯”了声，回复周思源：家里聚餐估计要到下半夜，你把餐位退了吧，我不过去了。

周思源：没事，我一个人吃。

俞璟择手指落在手机键上，顿了几秒，只打了几个字：吃完早点回家。

俞邵鸿给他安排任务：“你要是实在闲得难受，感觉下班没事做，你多照顾照顾俞倾和璟歆，接她们下班，练习着以后怎么对自己女朋友有耐心。”

俞璟择自然不想把所有私人时间都耗费在家里：“她们都有自己的家了，我掺和得过多，影响他们夫妻感情，季清远跟傅既沉也不会同意您这个提议。”

俞邵鸿接过他的话：“既沉跟清远肯定同意。”

俞璟择想对他们使个眼色，但傅既沉跟季清远像商量好了一样，不看他这边，自动屏蔽信号。

他们肯定是收了父亲的钱。俞璟择十分确定

俞倾举手：“爸，我愿意让我哥接。”

俞璟歆加班时间不定："让他去接俞倾吧，正好俞倾这段时间特殊，最好有人陪着说说话。"

俞邵鸿把俞璟择唯一的退路堵死了："你要是不想找女朋友，那你就跟俞倾多走动走动。俞倾现在的名号，可是让金融圈里的人闻风丧胆，不比周思源的名字管用？"

其他人："……"

俞倾被"闻风丧胆"这个词气笑了："爸！"

俞璟择的私人时间就这样被安排得明明白白。

周四那天，SZ 收购项目的推介会，俞倾陪秦墨岭过去，坐了他的车。

推介会设在一家温泉酒店，结束后还安排了晚宴。

她打算结束就走。"你呢？"她问秦墨岭。

秦墨岭瞥她："就一辆车，你说呢？"

俞倾不用他操心："我哥来接我。"

秦墨岭昨天在乐檬楼下看到了俞璟择的车，还跟他聊了几句，以为他是有事找俞倾才去接她下班。

"什么情况？"俞倾有专职司机，那个司机还是保镖，也用不着俞璟择专门去接人。

家里的事，俞倾就没多说，只说："我们兄妹感情好呀。"

秦墨岭："……"

他想了想，好像也无以反驳。

俞璟择对俞倾确实好得没话说，给钱都是以百万为单位。

俞倾跟他聊 SZ 的买家："要是被周思源拿下，我们乐檬持有的股权跟白给她差不多，赚不到什么钱。"

秦墨岭侧身："何出此言？"

俞倾："她总是会利用人情。"

秦墨岭突然就想到了周思源跟俞璟择的关系，他们走得那么近，她肯定会让俞璟择出面谈判。他跟俞璟择可不是生意上的朋友，面子可给可不给。要是俞璟择开口，他现在就能知道结果——自己肯定不好意思拒绝。还有 SZ 欠俞氏银行的贷款，她说不定会为了低价拿下 SZ 的控股权，到时连债务一起承担。

如果SZ的贷款转给周思源，她肯定会想方设法地让俞璟择降低贷款利率。

他跟俞倾说："到时看哪几家投资公司有意向，我肯定选择利益最大化的那家，不然我拒绝转让股权。"

到了路演现场，俞倾竟然看到了冷文凝，不由得蹙眉。冷文凝现在都需要找别人融资，她还有钱投资？冷文凝边上还有个人，看着面生。

秦墨岭跟券商的负责人熟悉，聊天去了，俞倾就在后排找个位子坐下。

冷文凝转身无意间就看到了俞倾。她料到俞倾会来，看到人时没大惊小怪。闺密今天闲着无事，以前也没见过这种高级场面，就跟着冷文凝过来长长见识。

"你也想投资SZ？"闺密问冷文凝。

冷文凝翻看手里的资料，是刚才进来时工作人员给她的，跟SZ项目有关。她问："你给我钱投啊？"

闺密一噎："……"

冷文凝小声道："我现在沦为圈子里的笑柄了。"

闺密咬咬唇，没敢吱声，也无从安慰，生怕说错了话又惹她不高兴。

虽然冷文凝没有以前那么有钱，名下只有一个传媒公司创收不错，可人家还有家世在那儿撑着，依旧是枝头的凤凰。

冷文凝把墨镜往上推推，她在闺密跟前也没遮掩："周思源那个小圈子，指不定天天怎么嘲笑恶心我。"

她看向闺密："你说我能咽下这口气？"

闺密想帮忙，又找不到突破口。她跟周思源没有任何交集，不像对付俞璟歆那么简单。她一个朋友在季清远身边是生活秘书，能打探到一点内部消息，这样的消息是最能戳到俞璟歆痛处的。

不过最近，她也没向那个朋友打听，没心思，只顾着找发财的门路。

她跟冷文凝说："你有办法了吗？我帮得上忙的，你尽管说，没有钱，我还能出力。"

冷文凝淡淡道："不需要出钱，也不需要出力，我就等着看周思源笑话，只要她比我更惨，我的笑柄就不再是别人茶余饭后的谈资。"

闺密："你今天不是为了了解项目？"

冷文凝"嗯"了一声。了解后没钱买，还了解什么？

她现在手头只有文凝传媒正常运营，每年也能赚不少钱，但这些钱又不是她一个人的。她现在也没资产抵押，融资渠道都被傅既沉堵死，她到哪里找钱去投资？其实，她也挺看好SZ餐饮，但现在只能过过眼瘾。

前两天父亲说看她最近挺闲，问她是不是遇到了什么挫折。不用想，父亲肯定是听说了什么，只不过话说得委婉而已。

那些爱恨情仇，她没多言，只道遇到一个超级玩家，一开始自己没放心上，结果一不留神，输得一干二净。

父亲说："输得一干二净也不是坏事。"然后又说，"你长大了。"

后来，她细细品味父亲这两句话。

父亲第一句话的意思是，之前她太高调，反而不是好事。

这次跟俞倾较量，她没像以前那样赶紧找家里帮忙，默默承受了失败，甚至被人看笑话。所以父亲说，她长大了。

长大不长大的，她无所谓。输了的面子，也找不回来。

她想了想，那只能把周思源的面子踩脚下，这样才痛快一点。

至于跟俞璟歆共同持有的传媒公司，她只能委曲求全，好好经营着，目前那是她唯一的收入来源。要是这家公司再搞砸，她以后连买高定的钱都没有，到时周思源还指不定要怎么对她冷嘲热讽。

闺密没忍住好奇心："是俞倾和俞璟歆惹了你，让你现在束手无策，你不找俞璟歆算账，不找俞倾的麻烦，怎么要拿周思源出气？"

冷文凝回神，合上资料。看这堆资料，就像在专柜试衣服，她看中了，衣服也合身，可兜是瘪的，买不起。

她回呛闺密："你会去打你打不过的人？"

闺密无以反驳。

冷文凝："跟俞倾斗，太累了，死脑细胞，最后还不一定落个好结局。周思源就不一样了，一打一个准。"

闺密："……"她点点头。

冷文凝讨厌周思源是因为，周思源跟她小圈子里的小姐妹那副嘴脸实在难看。

闺密突然推推她胳膊，示意她："周思源来了。"

冷文凝看过去，嘴角勾了勾，算是打招呼。周思源本来不是那排位置，因为想踩一脚冷文凝，便移步过去，坐在了冷文凝另一侧的空位上。

“你也看上 SZ 了？打算入主？”她笑盈盈地看着冷文凝，问道。

冷文凝笑了笑：“我现在钱多得花不完，就不想太忙碌，过来捧个人场。”

周思源：“嗯。之后的晚宴也免费呢。”

冷文凝：“……”

她不动声色地调整好表情：“听说餐饮有特色，我来尝尝。你也是冲着免费饭来的？”

周思源叹口气：“没你命好，我可能要为免费饭埋单，毕竟现在券商花的钱，以后可都要算在成本里的，羊毛出在羊身上。”

“也对。”冷文凝话锋一转，“对了，你看没看到你哥的亲妹妹呀？她今天也来了，人家家里可是真有银行。”

周思源：“……”

这是她的死穴。

直到冷文凝的手机震动，她们之间的互踩才告一段落。

周思源往后看，果不其然，俞倾来了。

看到俞倾今天背的那个包，周思源冷嗤一声，好像生怕别人不知道她有个一百多万的包似的，非要放在身前，还特意竖起来放。

俞倾拿包挡着小腹，这样别人就看不到她隆起的腹部。

小鱼苗又开始动，她用手心轻轻抚触。秦墨岭聊完，坐过来。他看到了冷文凝，低声跟俞倾说：“凑齐了。”

俞倾没关注冷文凝，因为她知道冷文凝没钱，她一直在看券商还邀请了哪些投资公司过来。

最前排，有尹林资本的牌子。

但今天代表尹林资本来路演现场的人，她没见过。

“你认不认识简杭？”

秦墨岭：“听过，但不熟悉。我和她不是一个圈子的。”他只知道她好像被调到北京分公司没多长时间。

他想了想，说：“你可以跟于菲打听一下，她经常跟资本公司打交道做项目，应该了解。”

俞倾颔首，给于菲发消息：于菲姐，哪天有空？出来喝下午茶。

于菲很快回过来：喝下午茶没时间，周五晚，行不？

俞倾：我哪天都有时间。

事情就这么定下来，还是老地点，SZ餐厅，陈言上班那家店。

推介会持续了三个多小时，一直到五点半才结束。

俞倾跟秦墨岭挥挥手："走啦，鱼精来接我了。"

秦墨岭疑惑："他这是有多大的把柄落在你手里，五点半准时到？"

俞倾不答反问："怎么，嫉妒我们兄妹感情好？"

她拿上包，快步离开会场。她坐在后排，周思源比她先出会场。

俞璟择的车就停在酒店门口，车窗半降，他人坐在后座，正往酒店里面看。还没到下班时间，他就紧赶慢赶地过来了。他能等俞倾，但俞倾是一分钟都不能等别人的祖宗。

周思源看到俞璟择时，微微一怔。

她几步走过去："今天看来你不忙，欠我的饭，是不是要补上了？我正好搭你的顺风车。"

还不等俞璟择说话，周思源身后传来："借过，麻烦让一下，谢谢。"

周思源转身，是俞倾。跟她猜的一样，俞璟择还真是专程来接俞倾的。她往边上挪了两步，还要跟俞璟择说几句，想坐他的车。

俞倾坐上车，关车门，升车窗，吩咐司机："走吧。"

司机从后视镜看一眼老板，但脚下的油门已经轻踩下去。在俞家，听俞倾的没错，不管她说的是对是错。

俞璟择无语也无奈，用力揉揉俞倾的脑袋，想要说什么，被气忘了。

汽车驶离，只留下一串尾气。

这时，冷文凝拍拍周思源的肩："要不要搭我的顺风车？跟你哥的车是一个系列，我的还是最新款。"

周思源像是被打了一记耳光。

她嘴角微翘："谢谢，不麻烦了。"

改天，她一定要把这个耳光给狠狠地扇回去。

俞倾到家时，天色已黑，傅既沉已经回来了。

俞璟择看见傅既沉的车，如获大赦。他今晚要去会所玩，之前连着三天，他在家里陪着俞倾，连加班也是在家。

"进屋吧，我出去了，谈事。"

俞倾没为难他，摆摆手：“早点回来。”

俞璟择：“……”

俞倾上楼，傅既沉正在书房，见她进来，他放下工作，过去给她一个拥抱：“累不累？”

“不累。”俞倾钩着他脖子，笑着，“心情好就不累。”

傅既沉瞧着她坏笑的模样：“又收拾俞璟择了？”

俞倾没说今天遇到了周思源，这个时候提那些人扫兴。

“没啊。我想你了。”她在他嘴角轻吻，又吮吸一下他的上唇。

傅既沉环着她的肩膀，俯身，他的深吻随之而来。他忍了这么久，俞倾又主动撩他，此刻，他自控力为零。俞倾没拒绝这样的亲密，产检一切正常，她也放下心。他想要的话，她便满足他。

因为有小鱼苗，他们的亲吻没有以前那样激烈、炽热。从书房到卧室，傅既沉的吻和拥抱都格外温柔。到了床上，他小心又小心，生怕碰到她肚子。今晚，卧室的落地灯没关，调成了暗黄色。

傅既沉捧着她的脸：“你姐喊季清远老公了。”今天他回来时，在院子里听到俞璟歆喊了一声。

俞倾知道他什么心思，故意逗他：“季清远本来就是我姐老公呀，称呼老公很奇怪吗？”

傅既沉：“……不奇怪。”

他亲着她耳朵：“能不能……你也喊我一声？我听听好不好听。要是不好听，你以后就不用喊了。”

俞倾才不上当，开始亲他。

傅既沉没再破坏气氛，继续深入交流。

今天这场运动对他来说，格外艰难。当两人合为一体时，他额头渗出了汗。

最后，傅既沉低声跟她说：“喊我一声老公。”

俞倾受不了他的厮磨，缴械投降，贴在他耳边：“老公。”

那一瞬，傅既沉感到从未有过的满足。

等平静下来，傅既沉一直亲着俞倾额头，回味她那声柔软的“老公”。

俞倾捏着他脸颊：“好吧，今晚在这个特殊的地方，算你赢我一次。”

傅既沉内心拒绝承认，他跟俞倾之间，他唯一能胜利的战场，竟然是这四平方米的床榻之上。

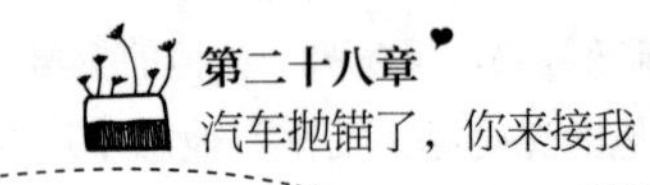

第二十八章 汽车抛锚了，你来接我

俞倾晚上没吃饭，回来就跟傅既沉抱一起，这场艰辛的“运动”结束后，消耗大量体力，现在饿得前胸贴后背。

傅既沉还在亲她，描着她的唇线，从这边嘴角到另一边，一遍又一遍，仿佛怎么都亲不够。俞倾抱住他的后背，两人已经靠得足够近，但没法像以前那样。

嘴唇被傅既沉亲得发木，她偏头：“还没亲够？”

“嗯。”傅既沉抵着她额头，“我今天看了一篇毒鸡汤。”

这话题转得太突然，俞倾笑了：“你还有空看毒鸡汤？然后呢？”

傅既沉：“被毒到了。”

“……”

俞倾不想笑他，但还是没忍住，给了他一个宽慰的吻：“你明知是毒鸡汤你还喝，怪谁？”

傅既沉也不是特意找文章看，在群聊里，看到标题就没忍住点进链接，看完后整个人都不太好。

“是秦墨岭发在群里的。”

他跟秦墨岭有个共同的群，群里所有成员中，只有他的情况能和那篇文章对上号。

俞倾一听是秦墨岭发的“鸡汤”，不用看就知道剧毒无比，而且还是专门用来毒傅既沉的。

“他就是让你急火攻心。”

她暂且就当是那两粒“避孕药”给秦墨岭带来的后遗症：情绪不稳定，间歇性对别人进行攻击。

还不只有毒鸡汤，秦墨岭时不时就在群里发一些跟婚姻有关的小贴士。今天下午，他可能吃饱了撑的没事干，竟然截图了一段文字。

傅既沉看着俞倾：“看了秦墨岭的截图我才知道，不是非要有结婚证才能给孩子上户口。”以前他没关注过这方面的相关规定，潜意识里以为，必须要结婚证。

他如实道：“我以前还指望等生了孩子，你会跟我去领证。”

那一刻，希望破灭。

俞倾看出他眼底一闪即逝的失落，但随即他又面色如常，目光温和地看着她。难怪他今天非要让她喊他老公，原来他是感觉自己领证无望。

她没再让他原本糟糕的心情雪上加霜，逗他高兴：“真的不用结婚证就能给孩子上户口？”

傅既沉愣了愣，以为作为律师的她肯定清楚。他揉着她眉心：“你忘了吧，就当我什么都没说。”

俞倾搂着他脖子：“我是鱼，记忆不超过七秒。”

傅既沉开始亲她，从她额头往下，亲到了小腹上。

以前他就最喜欢亲她这里，平坦柔滑，还有马甲线。

如今这里孕育了他跟俞倾的小生命，更是让他情不自禁。

“今天动了几次？”他不忘关心小鱼苗。

俞倾也不记得了，忙起来时顾不上关注这些，上午和下午都有胎动，在路演现场还动了好一会儿。

他适时起身，把她也扶起来：“我陪你去洗澡。”

“饿了。”

“洗过澡下楼吃。”

时间还早，洗过澡出来也才九点半。院子里的停车坪上，他们的车都没回来。家里阿姨还没休息，给俞倾做了三明治。

俞倾嫌餐椅硬，坐在傅既沉腿上吃夜宵。傅既沉从身后环着她，她吃的时候他也会咬一口。

手机里有消息进来，是简杭：傅总，现在忙不忙？方便打电话吗？

傅既沉这会儿没事，他跟俞倾说："我回个电话给尹林资本的简杭，她原本约了明天下午去傅氏集团。"

俞倾听说是工作电话，打算站起来坐到旁边去，说不定有商业机密，不适合她听。

傅既沉揽着她的腰，没让她动："不影响。"

俞倾还是自觉往前倾，身体靠近桌沿。

电话接通，简杭寒暄两句后直入主题。简杭之前让秘书跟潘正预约了傅既沉的时间，是明天下午两点半到三点半这个时段。但她现在手头还有项目想跟傅既沉谈，不知道傅既沉能不能把商谈时间增加一个小时。

"傅总，耽误您三分钟时间，想跟您谈谈 SZ。我对 SZ 感兴趣，我们尹林领投，你们傅氏集团跟投。"

傅既沉问："我跟投的好处是什么？"投资 SZ 肯定赚钱，只是赚多赚少的问题而已，但没有别的好处，他也没那么大动力。

简杭："你们跟投 SZ 多少钱，我三倍投资朵新，不参与你们朵新的运营和管理。"

她分析了一下朵新现状："你们朵新今年光投放展示柜就花费了几个亿，再加上新品宣发、请代言人，也是不小的支出，现在肯定需要大量现金流，不然你们跟其他饮品比，没太大竞争优势。"

傅既沉明白简杭是什么目的。她投资 SZ，最后 SZ 肯定要上市。要是傅氏集团也投资了 SZ，等 SZ 上市，投资者发现傅氏集团也是其股东，他们自然而然就会觉得 SZ 股票有前景。这样，她会赚得盆满钵满。对他来说，也是赚了。

他另外的好处是，要是他投资一个亿给 SZ，简杭就会投资三个亿给朵新。这对朵新来说，是新鲜血液，有百利而无一害。

投资，大多时候是利益的交换。

傅既沉思忖一番，而后说："明天会谈时间到四点钟。"

从三点半延长到四点，只争取来半小时，不过对简杭来说也是一个机会。"谢谢傅总，不打扰您了。"

傅既沉挂了电话，把手机搁桌上。

俞倾往后靠，整个人倚在他怀里，跟他面贴面，亲密无间。

刚才傅既沉那通电话，她没听到那头的简杭说了什么，不过根据傅既沉那句“我跟投的好处是什么”，她判断，简杭想要投资SZ，并且拉傅氏入股。

最后傅既沉竟然同意了延长见面时间，那就是对简杭给他的好处感兴趣。除了利益交换，他不会在小恩小惠上浪费时间。

傅既沉侧脸盯着俞倾看，她双手捧着三明治，心不在焉，半天啃一口。他亲她一下，问：“想什么？”

俞倾：“我在想的事，你不可能告诉我答案，你还想不想继续问？”

傅既沉没有丝毫犹豫：“不问了，识时务者为俊杰。”

俞倾反手拍他一下，他浅笑，把她的手攥在掌心，哄着她：“不管我投资什么、赚多少钱，都是给你和小鱼苗花的。”

俞倾接过他的话：“那我现在就想逛街。”

“……”

俞倾笑，傅既沉亲她。两人正亲密着，家里有人回来。

俞倾还是坐在傅既沉腿上，不过人坐直了。

季清远跟俞璟歆进来。今天俞璟歆加班，季清远一直等到现在。

进屋时，原本季清远牵着俞璟歆，没想到餐厅有人，俞璟歆下意识挣脱开，有点不好意思。

季清远现在了解了她就是这样的性格，没有介怀，反倒以宠溺的口吻问了句：“想不想吃三明治？我也给你做。”

俞璟歆点点头：“要吃。”

俞璟歆回来了，傅既沉瞬间失宠，俞倾让傅既沉上楼去，或是到院子里抽烟，她要跟姐姐聊聊天。

虽然同住一个屋檐下，但生物钟不一样，两人已经三天没碰到面。

傅既沉看季清远进了厨房，跟俞倾说：“我今晚有活干了，监督季清远去，看他还浪不浪费水。”

餐厅里，几人哈哈大笑。玩笑过后，俞倾问俞璟择跟周思源有关的事情，因为这牵扯到利益，又牵扯到俞璟择未来的幸福。

“你跟我说说周思源这个人。”

目前为止，让俞璟歆讨厌的人除了冷文凝，就是周思源。

从小到现在，二十多年过去了，关于那个人，她无从说起。

“嫉妒心强，占有欲强。我有的她必须有，没有也要强行有。长这么大，我没遇到过第二个像她那样的，什么都要跟人比，别人还不能比她好。

她连冷文凝都攀比，可想而知了。她平时跟在俞璟择跟前是两个样。”

俞倾点头，心里有数。她说起今天下午在路演酒店门口那幕。

换成任何人，在那种情况下，至少会先问俞璟择一句是不是有事。再说，要是没事，谁会跑那么远到酒店门口等着？

周思源把她当成了俞璟歆，以为她会顾及俞璟择的面子，忍气吞声，拿自己没法子。

“我一点都没让着她。我想来想去，实在没理由为了让她高兴，而让我自己心里不舒坦。”

俞璟歆：“……”

她给俞倾竖了一个大拇指。

“要是我像你这么厉害，她以前也不敢老是暗中挤兑我。”她没看到俞璟择的车在家，“他不是跟你一块儿回家的吗？”

俞倾点头：“回来又走了，说要谈事，应该是去会所跟他朋友一块儿玩。”

不过等周思源结束了那边的晚宴，她肯定还会去找俞璟择，声讨他，要他补请客。

她把最后一口三明治塞嘴里，抽湿纸巾擦手，站起来。

俞璟歆看着她：“现在就要睡觉？”

俞倾咽下食物，说：“我得让鱼精知道，什么叫健康的、合适的距离。我要是不给他做示范，他肯定糊里糊涂，到时害人害己。”

酒会那晚，还有今天下午，她算是彻底见识到了周思源缠人的本事。

等到闲言碎语多了，影响的可是两家。

俞璟歆微微叹气：“难。就像爸说的，小时候一块儿长大的感情，肯定没那么容易割舍。

“俞璟择就算要跟周思源保持距离，也会慢慢疏远，不可能跟她明说，更不可能一下子不搭理周思源。他会考虑周思源的感受。”

还有一点，也是关键的一点。

“他肯定还会顾虑我妈在周家的感受。要是周思源到时回家哭诉说我哥不搭理她，在我哥那儿受了委屈，我妈估计也难为情。”

俞倾理解：“我知道他有他的难处，所以我帮帮他，恶人我来做，也不会伤了你妈妈跟周家之间的和气。”

对付周思源，都不用动脑子，以其人之道还治其人之身就行。只要周思源适可而止，别成天故意缠着俞璟择，正常来往即可。其他的，她不管。

俞璟歆担心：“你不了解周思源，到时你说不定要被她气着。你现在这个情况，还是心平气和对孩子好。”

“谁让鱼精是我哥呢。”俞倾让她宽心，“我不会吃亏的，我气人的本事你又不是不知道。”

她跟傅既沉说了一声，要去找俞璟择。

傅既沉从厨房出来：“又要去收拾他？”

俞倾边给俞璟择发消息，边回：“算是。”

俞璟择在会所，十分钟之前，周思源过来了。

傍晚在酒店门口的事，周思源没多说，只道：“一会儿去吃夜宵吧，正好聊聊 SZ 的案子，明天就要麻烦你找几个股东谈谈。”

他先找邹乐箫谈。

他正在打牌，打算这局结束就走，结果俞倾说自己要来。

包间人多，俞璟择没多说。

出了会所，他跟周思源说：“再等几分钟，俞倾说她饿了。”

周思源：“……”

她气得用力攥了攥包带，但依旧浅笑着：“你家不是有厨师？还有做不出来的夜宵？”

俞璟择：“她要让我陪着，还要一边看着夜景一边吃。”

“……”

缓了几秒，周思源先坐上俞璟择的车，做了好几个深呼吸，才勉强平静下来：“让她到餐厅等我们吧，她过来也绕路，浪费时间。”

话音落，俞璟择的手机震动。

俞倾的电话进来：“哥，我的车抛锚了，你快来接我。”

俞璟择的头已经开始疼，一旦俞倾兴风作浪，他的生活就再无平静之日。

他坐上车，吩咐司机先去接人。

周思源合上化妆镜，关了顶灯：“不是说在路上了吗，怎么又要去接？”

俞璟择靠在椅背上闭目养神：“她的车抛锚了。”

周思源觉得好笑，心想抛锚还真是时候：“我没得罪她呀，她怎么处处针对我？”

俞璟择："没针对你，她看我不顺眼。"

周思源侧脸，欲言又止。对俞倾，他太护短，且毫无原则。

俞倾的车就停在离会所不到一公里的路边，司机支起引擎盖，戴上手套，一脸认真地检查。他不清楚汽车"抛锚"是什么原因，俞倾让停下来，他就把车停在这儿。

俞倾倚在车门上，这里是风口，初夏的风吹在脸上格外舒适。

她望着马路上车来人往，总觉得这里熟悉，又想不起什么时候路过过。

"杨叔，一会儿俞璟择过来接上我，您先回。"

"哎，好。"司机应下来。

俞倾又问："杨叔，您最近载我走过这条路吗？"

司机想了想："应该没有。"

俞倾点点头，那可能是以前走过这里，但她是路痴，记不住。

刚才她把定位发给了俞璟择，很快，他的车来了。

俞璟择从里面打开后座车门，自己往中间那个座位挪，把更宽敞、舒适的空间给俞倾。

本来他想坐副驾驶座，把后排位子留给她们两人，又突然想到了之前两人在酒店门口不对付的场景。万一她们一言不合争执起来，俞倾又要生他气了。他坐在她们中间，当堵墙，保证安全距离。

俞倾坐上车，汽车缓缓开动。

周思源扫了一眼俞倾那个方向，隔着俞璟择，她只看到俞倾的侧脸，跟冷文凝一样让人厌恶至极。

"汽车怎么抛锚了？是什么问题呀？"

即便中间隔着俞璟择，也不影响她们交流。

俞倾微笑着："为什么抛锚我还真不清楚，只有汽车自己和修理工知道。"

周思源："……"

怼起来的话，她不一定占上风，只能先忍着。

她推推俞璟择的手臂，跟他聊SZ："这两天你抽空帮我找邹乐箫谈谈，问她要什么条件才肯转让股份。我找别人联系她，都吃了闭门羹。本来下午想搭你的车，就是要聊这事。"

既然俞倾主动上门，她就声讨两句。

俞璟择“嗯”了一声，没多说话。

俞倾拍拍他的肩膀：“哥，我突然想吃川味火锅。”

俞璟择：“……”

周思源跟俞璟择说：“太晚了，我不吃火锅，不健康，又长肉。你们先去吃，等吃完了你再来陪我。”

俞璟择揉揉眉心，他吩咐司机回周家别墅：“我不饿了，你们想吃什么回去点外卖，我回家要加班。”

周思源忍着脾气，她知道俞倾就是故意来搅局的。其实她也没那么饿，之前在晚宴上吃了一些。她就是咽不下在酒店门前受的那口窝囊气，特意来找俞璟择，结果二次被俞倾硌硬到。

吃夜宵的事再次泡汤。

她顺了顺气，跟俞璟择说：“我就大人不记小人过，那明晚你再请客，补今晚欠的。”语气听上去跟平时没什么两样。

俞倾晃晃俞璟择的手臂，也表示理解：“那明晚就不让你难为情，我先陪你去SZ餐厅，等你们吃完了，你再单独陪我吃火锅。”

俞璟择：“……”

他要疯了，这会儿心肝脾肺肾都疼，胸闷气短。让周思源跟俞倾同坐他的车这种事，这辈子不能有第二回。今晚这种场面简直就是梦魇。

到了周家所在的小区门口，周思源下去，跟俞璟择挥挥手：“晚安。”

车门关上，俞璟择感觉世界都安静下来。

俞倾轻轻伸个懒腰，心情舒畅。

俞璟择瞅着她：“你这是跟周思源杠上了？”

俞倾点头：“接下来五个月，我上班基本没事可做，到时天天找你去玩。等小鱼苗生了，你晚上就留在家里替我照顾孩子。以后我跟小鱼苗就是你的甜蜜负担。”

俞璟择：“……”

她现在怀着宝宝，他还不能让她有一丁点不高兴：“你怎么才能放过我？”

俞倾就等他这句话：“你有女朋友之日，就是我放过你之时。”

俞家别墅，一到三楼的灯都亮着，灯火通明。

俞璟歆趴在露台上等俞倾回来，就怕她被周思源给气着。

敲门声响，直到第二遍她才听到。

这么晚了，应该是季清远找她。她还没允许季清远搬进来住。

俞璟歆身上这条睡裙薄如蝉翼，还是短款。她拿了一件浴袍套在外面，这才过去开门。

季清远打量着她："你冷？"

"有点。"

俞璟歆问他什么事。

季清远把门关上："不困，跟你说几句话。"

俞璟歆指指沙发："坐那儿说吧。"

她倒了两杯水，放一杯在他跟前。

季清远看看茶几上的水杯，再瞅瞅她。深夜，和自己的丈夫并排坐在卧室沙发上聊天，还一副一本正经的表情，这事可能只有俞璟歆干得出来。

"我不渴。"紧跟着，他又道，"这样的距离影响聊天内容，像上司关心下属最近怎么样。"

俞璟歆拢拢浴袍，他眼神深邃地盯着她时，她招架不住，挪开目光。

她半起身，又往他那边靠近一些。

季清远这次没主动配合她。这段时间都是他主动，她的撒娇水平一夜之间退回到以前。

"还是太远。"

他把卧室的灯关了，落地窗窗帘没拉上，屋里的光线勉强能看到东西的轮廓，他又坐回去。

屋里暗了，气氛暧昧起来。俞璟歆起身，心一横，侧坐在他腿上，轻轻环住他的脖子。这一次撒娇没有任何目的，她坐在他怀里，能静下心来嗅着他身上刚洗过澡的清新味道。然后没出息的是，她的心怦怦乱跳。

明明跟他的孩子都快一周岁，这种悸动的感觉还跟刚认识他时一样。

季清远安静地抱了她一会儿。他今晚在厨房听到了她跟俞倾的对话，才知道她从小到大就是这样，不管什么事都闷在心里。

"璟歆，我们敞开心扉聊聊，行不行？"

他不指望她一下子就能改变多少，能口若悬河地跟他聊过去，就直接问她："那次我准备了玫瑰花，准备了晚餐，把宝宝送到我妈那边，想跟你过二人世界，结果你跑回家陪爸吃烧烤，凌晨才回家。"

那是他们矛盾的导火索，紧跟着是冷战，后来她就要搬回娘家住。

当然，他也有不对的地方，还把笔记本电脑扔楼下去了。

“我那次是想追你的。我看傅既沉对俞倾那么好，我也反思，每次过节，我好像除了给钱，别的什么都没做过。”

俞璟歆微微抬头：“你是要追我？”

季清远垂眸：“是，又不知道怎么追。”他只想到了送花，当时也在计划着下一次要出去约会。

“跟我说说你那天到底怎么了。”

俞璟歆不由得抱紧他，她不想在这个时候提冷文凝，扫兴致，毁气氛，她只想安静地趴在他怀里。

季清远亲着她额头：“你要不说，你心里的疙瘩不会自己消失的。”

俞璟歆纠结了半晌：“可能你不是有意的，只是脑子里留下了印象。”

“什么印象？”

“那天，是你跟冷文凝的纪念日，结果你来找我陪你过。”她看着他的眼，“换你，你还想在家待着吗？”

季清远拧眉：“什么纪念日？”

俞璟歆：“你问我，我怎么知道？”

季清远换了个方式：“你是怎么知道那是我跟她的纪念日的？”

“不想说，很丢人。”要是让他知道她偷偷关注冷文凝的小号，她脸往哪里搁？

季清远哄她：“那就不说。但不管你是从哪里听来的，都不是真的。”顿了下，他又说，“说实话，我已经忘了我是哪天要跟你过二人世界，只是那天正好是周末，我不太忙，你也没加班，就这样。”

俞璟歆信他说的。自从她跟他关系缓和，以前纠结的都在慢慢释怀。至于冷文凝，她也想不起来去关注。

“你的过去，从今天开始，我们不提了，好不好？那里都是你跟别人的故事，我们再聊就聊我跟你。”

季清远还是不放心：“你确定不把你心里的疙瘩解了？你那个得到消息的途径不正规，说不定哪天又出来什么让你不高兴的消息。”

俞璟歆：“没事，我已经不放在心上了，因为我也天天放来源不正规的消息上去。”

她现在经常在微博上秀恩爱，“凝静致远”大概是被她气到，已经弃号了，再也没更新过。

季清远猜到了：“微博是吗？”

俞璟歆：“……”

他笑：“你秀恩爱原来是为了这个？”

俞璟歆没吱声，趴他怀里。

季清远抱紧她：“以后你所有社交账号都可以停止更新，我有空的时候就在我账号上发一条，不比你发强？”

俞璟歆“嗯”了一声，问了一个她始终介怀却一直没敢问的问题：“季清远，你当初为什么那么仓促决定跟我结婚？”

“仓促吗？”

“还不仓促？从见面到决定结婚，才几天时间。”

季清远抓住她的一只手跟她十指相扣：“说了你也别生气。我很肤浅，当时一眼就看上你的脸了，想把你娶回家，至于你有没有内涵，当时没考虑，要是没有的话，我也认了。”

俞璟歆：“……”

今天终于有个合适的机会，季清远解释：“男人的分手跟你们女人不一样，在我这儿，分了就是不合适。但当初所有时间都那么巧地撞在一起，我不管说什么都没人信，越描越黑。可能就算我现在跟你说了，你还是不会信，但我问心无愧。”

俞璟歆还真的有点不可置信：“不是因为别的？”不是被冷文凝给气的？

季清远反问：“除了喜欢，想跟你结婚，你觉得还有什么理由能让我搭上自己的婚姻？”

直到被他抱到床上，俞璟歆耳边还在回荡他这句话。

三楼的灯熄了，侧楼几个房间的灯也已关上。院子里安静下来，偶尔有虫鸣。俞倾还没回来，傅既沉坐在湖边钓鱼。

一晚上，他钓了两条，全放生了。他发现俞倾跟鱼一样，没有累的时候，不管白天黑夜，始终在游，无忧无虑，看上去从不悲伤。

等着鱼上钩时，傅既沉闲着没事。

木桌上有烟和打火机，还有一个透明烟灰缸。管家每天都会把这些放上面，方便俞邵鸿晚上偶尔有空垂钓时抽一支。不过一包烟的四分之三都被季清远跟俞璟择抽了。

他倒出一支，点上。

“傅总，有烟雾。我这里有警报，你看到烟雾没？是不是有明火？”渔家乐转动它并不是很灵活的身体。

傅既沉晚上无聊，就带了渔家乐下来玩，让它陪他说话。

他发现他比俞倾更需要这个机器人。

“不是烟雾，是我在抽烟。”

渔家乐：“哦，天，你竟然背着小鱼抽烟。你们男人说一套做一套。”

傅既沉：“……”然后他让渔家乐休眠了。

时间不早了，傅既沉掐灭烟，收起鱼竿。

他给俞倾发消息：要不要我去接你？你路上还能在我怀里睡一觉。

俞倾：我不困，中午睡了两个小时。

俞倾：我马上就到家，等着迎接我。

她的马上是真的马上，傅既沉刚看完消息，院子的大门就开了，俞璟择的车进来。

俞璟择疲惫不堪，进屋去。

俞倾看到傅既沉从湖边朝这边走过来，迎过去。

傅既沉把手递给她：“事情解决了？”

俞倾点头：“基本解决，还是从根源上，一箭双雕。不过明天才能知道最终结果是不是我预想的那样。”

傅既沉牵着她去湖边：“要是解决了，那我能不能挂一个婚恋专家号？”

两人在木桌前坐下，俞倾手托腮：“傅总是哪里不舒服？”

“说不清。”傅既沉把衬衫衣袖挽上去，手伸到她面前，“你给我诊诊脉，看我问题出在哪儿。我已经赶不上季清远，但不能被俞璟择再赶超。”

俞倾坐直，手搭在他手腕上。忽然，她肚子里咕咚一下。

她赶紧拿着傅既沉的另一只手放在她小腹上：“感觉到没？小鱼苗肯定也在高兴呢。”

傅既沉整个掌心都贴在她小腹上，他能清晰地感受到胎动。小鱼苗每动一下，都通过他的手指传到他的心脏。

这大概就是生命的奥妙和魅力。

俞倾抬头看傅既沉，他也在望着她。她的手指还搭在他手腕处，她微微用力，感觉到他的脉搏一跳一跳，十分有节奏。

似乎感受到他心跳的节奏，小鱼苗在她肚子里也动来动去。

这种感觉很奇妙，连带着，她的心脏也跟着狂跳起来。

湖边的风不小，俞倾长发被吹乱，有几缕扫在脸上。

无论是她还是傅既沉，都没顾得上。他们依旧是之前那个姿势，两人双手相叠，感受胎动，她另一只手在感受傅既沉的心跳。

之前她跟傅既沉有过很多次共情，这一刻，她跟他生命都是连在一起的。

小鱼苗可能玩累了，慢慢安静下来。

傅既沉把俞倾脸上的头发别在耳后，半蹲下来，在她小腹上落了一吻："爸爸妈妈都在陪着你，晚安。"

俞倾问他："还要不要继续看诊？"

"不用了。我突然想起来，医者不自医，"傅既沉收回手，放下衣袖，然后给她把脉，"我给你看诊。"

俞倾笑笑："那我的问题出在哪儿？"

傅既沉："缺爱。我给你的爱还不够。"

翌日下午，一点十分的闹铃准时响起。

傅既沉关了手机，缓了半分钟，然后起床。因为他每天五点要早起，除非有特殊情况，正常情况雷打不动要午休一个小时。

他冲过冷水澡，人彻底清醒。下午还有洽谈，他换了白色衬衫。

一点半，傅既沉把反锁的办公室大门打开。内勤秘书已经冲好咖啡，踩着点送进来。十分钟后乔洋要来汇报工作，趁着这几分钟，他给俞倾打个电话。不知道她午休醒了没，他先发消息：俞律师。

俞倾的电话进来："傅总，你撩我干吗？"

傅既沉失笑："……你这是欲加之罪。"他问，"起来了没？"

"起了。"俞倾已经坐在了电脑前，"我刚才还梦到了你。"

"梦到我在干什么？"

"下大雨，路都被淹了，你一个人走掉了，也不管我。"

"哪次下大雨我不是抱着你？"

"梦里这次。"

“嗯，我的错。但现实里不会，晚上回家再哄你。”他又关心她今天中午胃口怎么样。

俞倾：“为了小鱼苗，我尽量没挑食，水喝了三杯……我也想你的。”

“虽然最后那五个字有点不走心，不过说出来总比不说强。”

“真的想了。”

傅既沉要求：“那下次你主动给我打个电话，证明你的想念很强烈，不再是若有若无。”

俞倾笑：“好。”

敲门声响，傅既沉跟她说了声：“我忙了。”说完他挂了电话。

“请进。”

乔洋进来后顺手带上门，然后把分析报告递给傅既沉。昨晚她接到傅既沉的电话，他拟定投资 SZ，让她出份报告。

她昨晚加班到半夜，早上六点就来了公司，一直忙到十二点多，午睡都没来得及，又把分析报告过了一遍，生怕出现低级错误。

她不知道傅既沉怎么突然对餐饮业感兴趣：“我查过了，SZ 接下来还有一场云路演，到时我会参加，看看他们的估值分析。”

傅既沉点点头：“一会儿简杭过来，聊 SZ 的投资，你也一起吧。”

“哦，好。”乔洋知道了，原来是简杭感兴趣，让傅既沉跟投。

简杭比预约的时间提早了几分钟到。乔洋不是第一次见简杭，之前在新建的投资项目中和她见过面。

今天简杭的穿着依旧简单，修身白衬衫，黑色高腰裤，除了一块腕表，没有一件首饰，干练又不失大气。

秘书送来咖啡，走出去，把门阖上。

三人简单聊几句，切入正题。他们主要是聊新建智能停车系统未来的布局问题。简杭已经把自己的思路形成文字，来之前打印了几份，她先给傅既沉一份，又递了一份给乔洋。

乔洋看完第一页，不由得瞅了一眼傅既沉。她知道傅既沉的思路，之前内部开会时探讨过。而简杭的想法，跟他的不谋而合。

这也算好事吧，毕竟股东之间达成了默契，有利于计划的顺利实施。

傅既沉看完：“还不错。”

乔洋早就习惯了傅既沉对别人吝于夸赞，她悄悄观察了一下简杭的表情，如她预料的一样。

显然，有备而来又一向自信满满的简杭没想到傅既沉反应这么平淡。

乔洋收回视线，看自己的资料，没发表任何意见。

简杭等了半刻，傅既沉也没有下文。

今天要探讨的问题还有很多，她没时间纠结这个建议到底会不会被采纳，到时在新建的高层会议上，她再重点提出。因为要留时间讨论 SZ 的投资，简杭把跟新建有关的问题探讨控制在了一个小时内。

关于 SZ，简杭的团队做了一份估值和投资价值分析报告。傅既沉在看新建的资料，她直接递给乔洋一份报告。

“SZ 的管理团队不错，要是资金跟得上，两三年内上市肯定没问题。”

傅既沉放下新建的资料：“思源控股对 SZ 感兴趣，你了解过没？”

简杭点头：“知道。周思源的目标就是拿下 SZ 的经营权，但 SZ 到了她手里，团队大换血后，未必会有以前的成绩。”

半小时转瞬即逝，不知不觉就到了四点钟。

傅既沉：“傅氏最终投不投 SZ，等开过会后，潘秘书会跟你联系。”

“好。”简杭起身，没多耽误一分钟。

乔洋代傅既沉送简杭下楼。

潘秘书进来汇报工作。下周三，新建的智能停车系统在江南一座城市全面上线，当地邀请傅既沉还有新建高管去参加项目的剪彩仪式。乔翰、简杭都过去。在那之后，新建会在其他城市推广这个模式。

傅既沉问：“几天？”

潘秘书：“两天。”

傅既沉思虑片刻：“我再多休三天假，到时我带俞倾一块儿去，我跟俞倾的航班比你们提前一个班次，酒店另外订一家，就不跟你们住同一家。”

潘秘书一一记下：“好。还有什么需要提前安排？”

傅既沉：“其他的没有，到那边后给她安排一辆车，我工作时，让她自己去玩。”

他之前答应过她，等到夏天，陪她去旅游。江南不少城市景色都不错，他打算带她短途游，顺便陪她去趟上海，她应该也想念那里。

她现在在孕期，是个小心眼，要是知道同行中有女士，八成又要吃醋。

今天她做梦梦到他在大雨天把她丢下，大概是因为没有什么安全感。

他不知道她怎么做了那样的梦，可能是因为看了厉阿姨的日记吧。

因为厉阿姨就在怀她四五个月的时候，跟俞董的感情变得冷淡。

今天俞倾没加班，也没让俞璟择来接她，给他放假一天。

她跟于菲约了去 SZ，天黑时赶到了餐厅。

于菲见了面就抱歉道："我吃完就得走，八点半约了客户，没法陪你好好赏夜景了，下次补上。"

俞倾笑道："你这是把自己当成男人，把我当成女朋友哄了？没事儿，我就是想问问你，跟简杭有没有接触过，她是什么行事风格。"

她从别处道听途说来的那些话，也不知到底不靠谱。

于菲没跟简杭直接打过交道，不过跟她下属有过合作往来："一个业务能力很强的美女，听说，跟她合作过的男人，没几个不心动的。"

她问："怎么突然打听简杭？"

俞倾："简杭对 SZ 也有兴趣。"

于菲点点头，客观评价道："要是简杭投资 SZ 的话，SZ 会比在周思源手里更有发展前景。"

俞倾："那就行了。"

她又说了句："简杭是找傅既沉跟投。"

于菲微顿，跟她碰杯："别担心，你得信得过傅既沉。"

俞倾笑了："担心不至于。"

她的手机震动，是傅既沉发来消息：下周三，我出差，商务完毕后，我顺便带你去旅游，你把工作在周三前安排好，到时我们玩几天。

俞倾：怎么突然想起来带我去旅游？

傅既沉：夏季多雨，万一我不在北京时，这边大雨，你又要说我丢下你不管。梦里的事，我不会让它变成现实。

俞倾：谢谢我的傅总，期待跟你一起出游。

她现在竟然有点想他：你在公司？

傅既沉：到家了。

俞倾：那你来接我，我跟于菲在 SZ 吃饭，八点左右就能结束。

傅既沉：俞璟择没陪你？

俞倾：没，他应该是去找女朋友了。

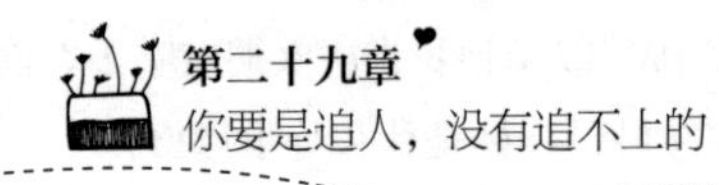

第二十九章 你要是追人，没有追不上的

俞璟择今晚约了邹乐箫，路上堵了半小时，等他到餐厅，邹乐箫已经在那里。

“抱歉，久等了。”

他在邹乐箫对面坐下。邹乐箫努力控制着心跳，让自己有出息一点。

她给他倒杯温水：“我也刚来。”

事实上，为了这场不算约会的约会，她还特意跟于菲请了假早下班，提前一个小时到这儿，就怕路上堵，会迟到。到时他肯定会说，她大小姐脾气，欲擒故纵。

早上他给她打电话，问她晚上有没有时间，她为这激动了一天。其实她知道他为什么找她，虽然有点难过，但还是想见到他。他是替周思源当说客，而她是因为想他，然后就有了这个饭局。

她今天精心打扮了一番，中午回家特意换了裙子。

但他肯定不在意，从坐下来到现在，他的视线并没在她身上停留过。

邹乐箫不想他难为情，主动开口：“SZ 的股权，也不是不能转让，虽然我一点都不想转。”

俞璟择：“你转不转，随你的心意，我找你跟这个无关。”

邹乐箫一愣：“那是？”

俞璟择没再绕弯子：“你以前不是豪情壮志，说要追到我，然后狠狠踹掉？”

邹乐箫："……"

是真的想追到他，但她舍不得踹掉，那只是给自己一个台阶下。

俞璟择看着她："我现在被俞倾跟周思源逼得快疯了，俞倾说等我找到女朋友，她就放过我，你……"

邹乐箫："我愿意做你女朋友。"

俞璟择："……你听我把话说完。"

邹乐箫做了个打住的动作："假装你女朋友是不是？我还是乐意。"

邹乐箫知道自己没出息，可这是她唯一能给自己争取来的机会。以前她想撒网捕捞他，但他不在她这片水域。她空有最先进的渔网，却只能望洋兴叹。现在他就在她触手可及的范围内，她想着先得到他这个人再说。

她怕错失良机，再次表态："假恋情期间，我不会要求你做这做那，哪天你说这种关系终止，我 OK，绝不会缠着你。偶尔，你陪我就行。"

这个结果完全不在俞璟择的预料中，他从昨晚一直思考到现在，绞尽脑汁，不知道要怎么表达才能让她明白他的想法。

他也担心，她会故意提出一些难为他的条件。

然而没有，是他小人之心了。

她现在这样爽快大度，跟以前的她判若两人。

两人安静了片刻，然后俞璟择把菜单递给她，让她点菜。

邹乐箫没关注菜单，所有注意力都在他手上。她是手控，俞璟择修长的手指完全符合她的审美。她也幻想过被这样的手牵着是什么样的感受。她接过菜单，大致翻看了一遍，没有特别爱吃的。

这会儿，她想念 SZ 的菜品，那才符合她的胃口。

"你怎么不订 SZ 的位子？环境好，景色也好。"

俞璟择没隐瞒："周思源可能会过去。"

邹乐箫暂时不想提周思源，会影响食欲。她只点了一道菜，就把菜单给他。直到现在，她心脏还在怦怦跳，像小鹿乱撞。

俞璟择本来就不是会主动找话聊的性格，气氛略冷清。

邹乐箫不断喝水，掩饰紧张，也粉饰内心的雀跃。但总不能一直冷场。

她主动聊起 SZ 的股权问题："要是我不转，你怎么跟周思源交代？"

如果周思源是他的普通朋友，不管结果如何，他尽力就行。可她偏偏是他母亲的继女。以她不达目的誓不罢休的性子，拿不到股权，肯定会回家找他母亲帮忙。到时他跟他母亲夹在中间很为难。

俞璟择漫不经心地翻看着菜单："俞倾既然把我逼成这样，自然有全套对策，等回去问她。"

邹乐箫："……"

俞璟择的手机响了，是周思源。

周思源下班后路过银行大厦，直接上楼找他，结果发现人不在。他秘书说，他下班就走了。

"你人呢？"

俞璟择："在跟邹乐箫吃饭。"

周思源想到的唯一一个可能就是："你约她谈股权转让的事？"

俞璟择"嗯"了一声，抬眸看了一眼邹乐箫，她正好也在看他。

"怎么样？她有转让意向吗？"

"还没开始谈。"

"……"

周思源不好再打扰，毕竟是为了她的事，他才去见他一直不待见的邹乐箫："那你先吃饭，晚点我再跟你联系。"然后她挂了电话。

俞璟择登录微信，打开二维码递到邹乐箫跟前："加一下，方便联系。"

"哦，好。"

邹乐箫赶紧从包里拿出手机，以迅雷不及掩耳之势扫描添加，好像再不快点他就要反悔一样。至于矜持，在俞璟择面前，她完全不用再顾及。她是什么样性格的人，他早就了解。

俞璟择点开，看到"亘古不变"请求添加，头像是晴空万里下的CBD，他一眼就能看到高耸的俞氏银行大厦。

邹乐箫开始改备注，在他名字前加了字母A，这样他就是她第一个联系人。虽然，她从来不关注联系人这栏。

她把其他置顶的消息全取消，只置顶了俞璟择一人的对话框。

她自己都不清楚，这样疯狂的自欺欺人的意义是什么，但她很开心。

十点钟，邹乐箫跟俞璟择从餐厅出来。

她特意慢几步，跟在他身后，这样可以肆无忌惮地看他的背影。以前看不见他时，她会到俞氏银行官网看相关新闻，看有没有他的活动照。

到了停车场，俞璟择驻足：“开车慢点。”

邹乐箫站在那儿没动，犹豫着。俞璟择看她：“还有事？”

邹乐箫问他：“以后是你联系我还是？我能主动联系你吗？”

俞璟择：“我联系你。”

邹乐箫点点头，明白了，她不能随意找他。不过她也理解，毕竟他们不是真的男女朋友，不是她想找就能找他。

她挥挥手：“再见。”

俞璟择的车过来了，缓缓停下。

他看看邹乐箫，也不知道要说什么，坐上去。

邹乐箫一直目送他的车离开。

坐上车，她没急着开走。她靠在椅背上，望着餐厅的招牌，一切恍如一场梦。这家店菜品的味道如何，甚至晚上吃了什么，她全忘记了，满脑子都是俞璟择的样子。

她不清楚这段关系能维持多久，又幻想，可以天长地久。

自欺欺人了一会儿，邹乐箫拿出手机，给俞倾发消息：我中大奖了。

又发一条：你哥找我假扮他女朋友，我答应了。

——我现在算是你的代理嫂子（狗头）。

——幸福比龙卷风来得都快，我脑子现在转不动。我怕一夜过去，你哥明天又后悔这样的决定。我想跟他表示一下，我绝不缠着他，但说多了反而“此地无银三百两”。能不能给我想个文艺点的文案？我发个只有你哥一人可见的朋友圈。

俞倾正躺在床上看母亲的孕期日记：今天终于拿到了唐筛检查结果，一切正常。心里的大石头终于落下。妈妈唯一的愿望就是，你健康平安。

因为看得太投入，手机震动了几下，她都没注意。

傅既沉提醒她：“是不是有人找你？”

手机屏一直闪。俞倾放下母亲的日记，缓了缓，这才看邹乐箫的消息。

昨晚她跟俞璟择说的那番话，看来他领悟得还算透彻，知道怎么解决麻烦。

她下床，喊傅既沉：“傅总，你的钢笔借我用用，再给我找一张旧一点的纸。”

傅既沉现在在卧室加班，顺便陪她："干什么？"

"写点矫情的文案。"俞倾趴在他后背上，搂着他脖子。

傅既沉跟前没有泛旧的纸张，书房应该有。

"你不让我动，我怎么找？"

"给我抱一下。"

她在他侧脸上亲了一下，然后放开他。

两人一块儿去书房。傅既沉在书架最上面拿下一沓文件纸，边角已经破损，看来放了有些年头。

"这个行不行？"

"随便，能写字就行。"俞倾坐在桌前，想了想要写什么。

傅既沉不解："什么文案非得用旧纸张写？"

他撕下一张，递给俞倾。

"你又想到了给乐檬饮料的宣传文案？"

俞倾摇头："是给邹乐箫写。俞璟择那事今晚见分晓了，跟我预料的差不多，他去找邹乐箫假扮他女友。"

傅既沉只抓住一个重点——一夜过来，俞璟择有女朋友了，还是邹乐箫。别再明天过去，俞璟择在朋友圈晒结婚证。别人的感情都跟坐了火箭一样，就只有他，骑着一辆自行车往前赶，车胎的气还不怎么足。

"你怎么就能算准俞璟择会去找邹乐箫？"

俞倾把那张纸压了压："因为找别人我不会放过他。"

"……"

俞倾在纸上先练练字，好久不正儿八经写钢笔字，手生。

她边写，边说俞璟择："追他的女人里，我只认识邹乐箫，还跟邹乐箫关系不错，周思源又让他找邹乐箫谈股权转让这事，他不管哪边都不讨好，索性直接找邹乐箫帮忙，什么麻烦都能解决。"

傅既沉靠在桌沿，看她写字，字很漂亮，落笔有力，入木三分，不比他的字差："小时候练过字？"

"嗯。"

俞倾练了几行，找到手感，开始写文案。

傅既沉找了一本书放在纸下垫着。他不理解，又问一遍："为什么非要用这么旧的纸写？"

俞倾：“因为这样看上去不像自己写的，是转载的网上看到的鸡汤类文案。邹乐箫想表达自己的想法，又想含蓄点。”

傅既沉颔首，心想他们谈个恋爱也够闹心的。

她认真写着，他站在一旁看，没说话打扰她。一段话，她写了十几分钟。

最后一个字写完，俞倾甩甩手腕，长时间没认真写字，现在写完手腕发酸。

傅既沉看完这段话，然后盯着俞倾的侧颜。从他这个角度看她，睫毛是翘的，鼻尖是翘的，嘴角也是。

他低头，没忍住去亲她。她咬着他的唇，回应他。

傅既沉赶紧站好，怕惹火上身。

昨天刚做过，今天要是再来一次，她吃不消。

他的视线再次落在那段话上：“你要是追人，怕是没有追不上的。”

俞倾歪头，笑着看他：“但我只喜欢我的傅总。”

傅既沉：“换个词。”

俞倾知道他在吃醋，吃幻想中的醋，她满足他：“我只爱我的傅既沉。”

简单一句话，乱了傅既沉的心。这已经不知道是第几回，她让他情难自禁。认识快一年，他们之间每天都有新鲜感，是她制造了这种新鲜感。

“你这恋爱天赋，可惜了。”

说起恋爱天赋，俞倾感慨：“医不自医，人不度己。上天很公平，给了我情商，给了我智商，还给了我样貌和家世，偏偏我对男人，对恋爱和婚姻，丝毫没兴趣，不然我真的能兴风作浪。”

她把钢笔搁在纸上，特意摆了个角度，然后站起来调台灯的光线。

傅既沉：“拍照？”

“嗯。”俞倾道，“以图片形式直接发给邹乐箫，省得她再动脑子。她现在也没脑子，脑子被我哥给带回来了。”

光线调好，俞倾拿手机拍照，选了怀旧模式。

她从不同角度拍了十来张，选了一张效果最好的，截图后发给邹乐箫。

邹乐箫还在停车场没走，看到俞倾发给她的这张鸡汤图片，问：你在哪儿搜的？简直是为我量身定做！爱死你了！

俞倾：我自己写的，就是为你量身定做的，赶紧发吧。好运。

邹乐箫直接发了这张照片，设置成仅俞璟择可见：

你是我的青春年少时光，但青春总要过去，谁都留不住。然而我如此幸运，能在青春快要离开时，有幸与你共走一段路。我心里明白，同行的这段路与爱无关，只是给青春画上一个句号。等到了路的尽头，我们分开时，我再无憾，也假装自己拥有过你。

周二那天中午，俞倾和傅既沉出发去江南。

直到上飞机，俞倾也没见到傅氏集团的其他人。她好奇："怎么就你一个人？还是你专门带我去旅游？"

傅既沉："他们下午的航班，明天才剪彩。"顿了顿，他又说，"简杭也过去。"

俞倾瞅着他，忽而嘴角弯了弯。原来他是怕她吃醋，还说什么怕北京下大雨，他不在她身边。

她拉过他的手，他的手掌温暖有力。而后，她与他十指相扣。

借着这个机会，傅既沉跟她商量："等那边活动结束，我陪你去上海，好不好？我也好几个月没过去了。"

俞倾没吱声，用掌心摩挲他的。

傅既沉知道，她不是很想过去。

"带我看看你小时候经常玩的地方。"他低声哄着她，"到时我唱首歌给你听。"

俞倾猛地抬头："去 KTV 唱吗？我想听你清唱。"

傅既沉答应她："不去 KTV，就清唱给你听。"

俞倾突然很期待。她其实也想念上海，想念外婆，只是之前她一个人，去了那边，除了难过，再无其他。

她玩着他的手指："你唱歌好听吗？"

傅既沉："还行，跟颜值成正比。"

俞倾："……"她拍他手背，心想他还真自恋。

她猜不出他会唱什么歌："英文歌？"

"不是。"

俞倾接着猜："现在流行的歌曲？"

"不告诉你。"

俞倾松开他的手，抱着他的脖子："你就不该现在告诉我，还要好几天才能去上海呢，我不得着急呀，小鱼苗也急。"

傅既沉："这样你不就有了期待，一心想着去上海，而不是排斥。"

俞倾的手机震动，是邹乐箫发来消息：你哥今晚又约我了，订了SZ餐厅。我怎么有点忐忑呢？

邹乐箫坐在办公桌前，对着电脑屏幕发怔。才隔了几天，她又能见到俞璟择。周思源也常去SZ餐厅，要是遇到了，她都不知道要怎么办。

胡思乱想一阵，邹乐箫站起来对着空调吹了一会儿，强迫自己冷静下来，进入工作状态。

下班时间终于在望穿秋水中到来，邹乐箫关电脑。

她看看手机，俞璟择没再给她发消息。之前她还想着他会不会来接她。她居然开始做白日梦，异想天开了。

她急匆匆地走去停车场。平时在律所只能穿工作服，所以她带了裙子，放在后备厢，准备再去化个妆，把头发也打理一番。不管俞璟择看不看，她就当他也悄悄欣赏了。

紧赶慢赶，踩着约好的时间点，邹乐箫到了SZ。

俞璟择已经在那里等着，对面却坐着周思源。

邹乐箫突然不确定，俞璟择今晚到底是约她，还是约了周思源，顺便叫上她，聊SZ股权事宜。她低头看看自己的长裙，今年新款高定，感觉太过隆重。但已经来不及再换，因为俞璟择看到她了，一同转过脸的还有周思源。

周思源不由得皱眉。她刚到这里，坐下还不到两分钟。她是跟朋友约了一块儿来的。

之前她找俞璟择，俞璟择说有事。她问他什么事，是不是要加班，他说约了人。她以为他是要陪俞倾来吃饭，于是她找了朋友一块儿过来，没想到他约的人是邹乐箫。

邹乐箫今晚悉心打扮了一番，一身性感又不失俏皮的长裙，柔顺的卷发一看就是造型师刚刚打理过的。

邹乐箫没过去，她看着俞璟择，指指洗手间方向。她得想想一会儿要怎么应对周思源的冷嘲热讽，才不会丢面子。作为假女友，她一点底气都没有。

俞璟择点点头，目送她的背影离开，才收回视线。

周思源望着他："她不是不打算转让股权吗？怎么你一请吃饭，她就来？开始玩欲擒故纵了？"

俞璟择："约邹乐箫不是谈股权的事。我跟她在一起了。"

周思源目瞪口呆，好几次张张嘴，没发出声。

大脑在那一瞬，白了，又黑了。她感到一阵眩晕，就像梦一样。

前几天他还为了她去找邹乐箫谈判，今天他们就在一起了，太魔幻了。

他不喜欢邹乐箫，谁都知道。怎么突然就成了这样？

"不是……你们不是……"周思源语无伦次。她小拇指被自己掐得生疼。他能跟任何人在一起，但不能是邹乐箫。

这样一来，邹乐箫以后还不得在她跟前嘚瑟死。

还有冷文凝，以后见她一次，冷文凝肯定就得嘲讽、挖苦她一回。

"你怎么跟她在一起了？你不是不喜欢她吗？"

俞璟择谨慎措辞："她怎么都不愿意转让股权，兴许跟她谈恋爱了，她看我顺眼，一个高兴，就改变主意了。"

周思源："……"她无以反驳。敢情还是为了她，他才做出了这么大牺牲？

肯定是俞倾，一定是俞倾！不然俞璟择不会做出这样让她心梗的事！

周思源问服务员要了一杯冰水，一口气喝了大半杯，被愤怒、懊恼、难过充斥的头脑才慢慢冷静下来。

她把这几天的事情好好捋了捋。俞璟择第一次找邹乐箫谈股权时，他说邹乐箫拒绝了，不同意。她当时就觉得哪里不对，又说不上来。按理说邹乐箫对俞璟择没有任何免疫力，只要俞璟择开口，邹乐箫就不会驳他面子，怎会拒绝？

根据今天这情形来看，俞璟择说不定就没找邹乐箫聊，至于邹乐箫愿不愿意转让，他是无所谓的态度。不仅如此，他还跟邹乐箫谈起了"恋爱"。美其名曰，为了她这个妹妹。

要是哪天冷文凝知道了俞璟择跟邹乐箫在一块，当面揶揄她"哎呀，你哥怎么跟你讨厌的那个邹乐箫在一起了"，然后她回"我哥为了说服邹乐箫转让 SZ 的股权给我，才跟邹乐箫在一起的"，冷文凝还不得狂笑出声？肯定觉得她痴人说梦，脑子坏了。

私下，冷文凝和她圈子里的朋友，还不知道要怎么取笑她。这个笑料足够她们笑上半年。

连她自己都没底气说，俞璟择跟邹乐箫在一起是因为她。

堂堂俞氏银行的总裁，怎么可能为了一个亿的股权转让就搭上自己？

明明解决这件事的方式有很多，他实在没有必要跟邹乐箫在一起。

如果她在俞璟择心里真的重要到能让他牺牲自己的感情，他早就主动替她解决了SZ所有的难题，不至于什么事都等着她自己去争取，而SZ也不会大张旗鼓地去做路演，还想找其他投资商跟她竞争。

这些，瞒得过一般人，瞒不过圈子里的人。圈子里的那些人，个个都是人精。再说，她连跟邹乐箫同持一家公司的股份都忍不了，又怎么会允许邹乐箫跟俞璟择在一起？

明眼人一看就知道，俞璟择跟邹乐箫在一起，跟她无关，甚至对她的心情都不曾有一丁点考虑。如果换成是俞倾讨厌一个女人，不管是因为什么，俞璟择都不会跟那个女人在一起吧。

周思源把剩下半杯加了冰的水喝掉，理智一点点回来。

既然俞璟择说是为了她才这么做，她便顺着他的话说："哥，你别这样，我心里愧疚。邹乐箫手里的股份，我另想办法，你跟她赶紧断掉，我不想看你这样难为自己。"

俞璟择靠在沙发上，正低头看手机。

过了几秒他才抬眸："家里人都知道了，暂时没法断。"

周思源："……"

她没想到俞倾用这么狠的法子，既把俞璟择的时间占满，又彻底保住了邹乐箫的股权，而她"人财两空"。

她就算回家找俞璟择母亲帮忙也没用，毕竟俞璟择说了，跟邹乐箫在一块就是为了帮她。他都已经入了虎穴，谁都没法指摘他。

SZ的收购不会因为她而停滞不前，等SZ收购结束，他有没有说服邹乐箫，已经不再重要，反正俞倾的所有目的都达到了。

"你先忙，等有空了我去找你。"周思源离开，没去她订的餐位，往洗手间方向走去。

邹乐箫正在盥洗池旁补妆，从镜子里，她看到周思源来了。

周思源不管内心多生气，表面永远是一副心平气和的样子。

"你知道我哥为什么跟你在一起吧？"周思源打开旁边那个水龙头，把手放在水下冲洗，又按了一点洗手液，漫不经心地搓着，视线却一直落在镜子里。

邹乐箫今天涂了樱桃红口红，双唇盈润饱满。

她收起口红，笑了笑："开始不重要，只要我能得到他，在你想让他陪着你时，他在我身边，这就足够。”

周思源双手交叉，用力揉搓：“看来做人得学习你的自欺欺人。”

邹乐箫：“大概你不知道，是他求我跟他在一起的。他哄了我好几天，我才勉强答应他。”

突然，她愣怔——镜子里，多了一个人。

俞璟择刚才给邹乐箫发消息，问她怎么还不回来，就怕她跟周思源有争执，结果她没回复，他就过来看看，然后就撞到她吹牛皮这一幕。

周思源嘴角弯了弯，心想你活该翻车。

邹乐箫：“……”还有比她更悲惨的吗？

俞璟择看着她：“我要是再不来，你是不是该说到我跪键盘了？”

邹乐箫没忍住，笑了，小碎步走到他跟前。他看一眼她，发现她今天的妆容跟以前都不一样。

两人没再多言，一道离开。

朋友等了周思源快二十分钟，她才姗姗走来。

“又找俞璟择去了？”

周思源“嗯”了一声，兴致不高。

朋友盯着周思源看，发现她眼里没什么温度，问：“怎么了？”

周思源呼口气，到现在心口还发疼：“俞璟择跟邹乐箫在一起了。”

“啊？”朋友杏眸圆瞪，半天后才缓过神。

周思源把事情的来龙去脉简单一说，接着冷嗤一声：“俞倾就是来恶心我的。”

朋友给她倒杯水，坐到她那侧，给她顺顺后背：“以前跟你说过多少回，别把俞璟择逼得太紧，让他透口气，不然他迟早受不了，你还不听。”顿了下，又说，“俞璟择妈妈这些年对你还行，你差不多得了。”

周思源揉揉太阳穴，她都快忘了她当初为什么要缠着俞璟择。她就是要气俞璟歆，把俞璟歆重要的东西占为己有。小时候，她厌恶后妈，感觉俞璟歆的母亲抢走了她爸爸对她的爱，爸爸自从再婚，对她的关心就不再像以前。她不痛快，也想让俞璟歆不痛快。

一开始，她也不怎么喜欢俞璟择，纯粹是为了气俞璟歆。后来，发觉俞璟择对她挺好，她慢慢也喜欢跟他玩。

这么多年下来，只有俞璟择在国外念书那几年，她没法见他。等他回国工作，她习惯了霸占他的私人时间。她觉得他就该是她哥哥，只能对她好。她依旧跟以前一样讨厌俞璟歆，现在又多了一个俞倾。

还有一个冷文凝，她怎么看怎么倒胃口。冷文凝也有个亲哥，时不时地，冷文凝就要在周思源跟前秀一把她哥哥对她多好。

她不甘心。

朋友问："那你收购SZ，不是没法全资收购了？"

周思源没吱声，望向窗外。

烦心。

第二天，北京依旧晴空万里。而俞倾那边，从早上起就天气阴沉。天气预报说，今天有暴雨。

她拉开窗帘看看外面的天，希望雨不大，不然晚上都没法出去逛街。

傅既沉今天要参加剪彩仪式，不少领导都会过去。他拿出领带："俞倾，过来。"

"干吗？"俞倾放下窗帘，舒展腰身。

傅既沉把领带递给她："帮个忙，谢谢。"

"我不会。"

"我教你。"

俞倾靠在傅既沉怀里，一点都不认真。傅既沉却耐心教她，教了三遍，她才勉强系上。

他今天行程很满，晚上十点多才能回酒店。

"给你安排了司机，可以随意逛逛。"

俞倾对这座城并不陌生，江南的城市，她小时候游遍了。

"可能会下雨，我就待在酒店，正好加班。"今天外头闷热，待在房间里更舒适。

时间差不多了，他亲她一下，拿上西装离开。

俞倾简单吃了早饭，打开电脑。虽然她请了几天假，但工作一点都没落下。她跟秦墨岭开视频会议，讨论乐檬的群星演唱会。

俞倾想请朵新广告的代言人参加演唱会，她话音刚落，就被秦墨岭泼了一盆冷水："你是不是水土不服，开始异想天开？"

俞倾身体往后靠在椅背上："怎么就不能请了？"

秦墨岭反问："你说呢？"

俞倾知道，朵新的代言人肯定不会出席其他饮品举办的活动，代言合同上也有相关规定。

"这个可以跟朵新沟通，让他们再跟代言人签一份补充协议，允许他参加我们乐檬的演唱会。"就连代言人参加的形式她都想好了，"他跟我们乐檬的代言人合唱两首歌，安排他们最先出场。"

现在朵新跟乐檬有情侣款饮品，要是双方代言人同台唱歌，就是最好的代言和宣传。再说，不用朵新出一分钱，还能蹭热度，朵新傻了才不同意。

秦墨岭思忖片刻，觉得可行，他可以约朵新的总裁谈谈。

他看着俞倾："不是说一孕傻三年？你看上去好像一点没傻。"

俞倾："可能是我太聪明，就算傻了一点，也不会太明显。"

秦墨岭："……"

他还是不放心："你确定你怀孕了？"

这回轮到俞倾无语。她切断视频，改成语音会议。

群星演唱会的事宜聊得差不多，秦墨岭说起SZ收购事宜："现在简杭跟周思源都看上了SZ，你倾向哪边？"

俞倾："各有利弊吧。简杭拿下的话，SZ会走得更长远，但她不是收购，而是投资，到时我们持有的SZ股权会被稀释。"

要是换成周思源收购，股权不会被稀释，但SZ的前景又不容乐观。

"再看看吧，先不着急。鹬蚌相争，渔翁得利。"

忽然外面一阵哗啦啦响，狂风大作。

"等一下，我关窗，下大雨了。"她起身。

过了半分钟，秦墨岭道："北京晴天。"

俞倾坐回来："预报说是暴雨，发布了预警。"

"那就别出去瞎逛了，好好加班。"

"……"

这场雨持续下了两个多钟头，十点多停了一会儿。剪彩仪式就在雨停的空当进行，一切还算顺利。

这个项目启动仪式还上了当地新闻，俞倾刷到不少傅既沉的活动照。剪彩现场，他鹤立鸡群。

傅既沉穿白衬衫、黑西装的样子，她至今没看够。有几张照片拍摄角度不错，他成熟又性感的气质很好地表现出来，于是她存了下来。

下午，雨断断续续地下着，忽大忽小。俞倾以为晚上雨会停，计划着去看看江南水乡的夜景，哪知道七点钟开始，下起了瓢泼大雨。

天色彻底暗下来，外头漆黑一片，雨水像是从天上倒下来的一样。

她站在窗前，看不清马路对面的建筑。

三个多小时过去，雨势丝毫没减小。

俞倾不放心：傅总，要是雨太大，路上有积水，你别急着赶回来。

傅既沉：已经往回走了。

之前他们在包间里边吃边聊，没人关注外面情况，车在地下停车场，等开到路面上，才发现路上都是积水，还好勉强能开过去。

他们一共两辆车，他乘坐的这辆车上还有潘秘书和简杭。路上，不时就能看到一辆被水呛熄火的汽车。有的车在路边停靠，有的车直接抛锚在路中间，雨大，车主一点办法都没有，只能先弃车，人到高处躲雨。

“这还能继续开吗？”简杭一直看着窗外，有车经过时，感觉涌来的水快要漫到车里。

司机专注看路：“不能停。”一旦停下就走不了，没法再发动车子，不然发动机就要报废。

傅既沉望着车外，他跟俞倾确定关系的那晚，就下着这样的倾盆大雨。

他送她回家的路上都是积水，水又深又浑浊。到了低洼处，车子熄火，他怕她鞋子和裤子湿了，抱着她走了一路。

“路灯怎么都熄了？”简杭又说了一句。

傅既沉回神，这才注意到，不只路灯，楼体也暗下来，所有灯都熄灭了。

可能雨太大，这片区域停电了。

他赶紧给俞倾发消息：酒店停没停电？

俞倾：没，正常呢。

前面路口，汽车转弯，没开两百米，熄火。

这段路水太深，不少车经过这边时都熄火了，泡在了水里。人行道上站了不少人，应该都在等拖车过来。

司机转头跟傅既沉说：“傅总，没法开了，水深，雨还在下……”

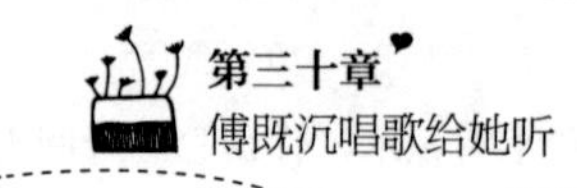

第三十章 傅既沉唱歌给她听

雨还在继续下，没有要停的意思。不能再待在车里，司机拿了雨伞递给他们，让他们先下车。傅既沉穿上西装，把裤管往上卷。

简杭只在北京遇到过一次大暴雨，不过那天她在家，刷热搜看别人在水里走，汽车像船一样在水上漂，这次换成了她自己在水里走。

她看看脚上的新鞋，一万多的鞋就这样报废了。

车泡在水里，推门都费劲。潘秘书帮忙从外面拉，她在里面用力往外推，车门才被打开。门开的那一瞬，水漫进了车厢。

水太浑，上面浮着枯枝烂叶。简杭眯着眼，把“一万块钱”踏进水里。

每个人都很狼狈，潘秘书一只手打伞，另一只手还抱着文件包。

虽然傅既沉高，可积水也没过了他的膝盖。这是他第二次经历被暴雨拦在路上，只能下车走。

潘秘书走在最前面，简杭在中间，他最后。司机留下来等拖车把车拖到4S店维修。

简杭穿着高跟鞋，本来在水里走路就阻力大，现在更是寸步难行。

可后面跟着傅既沉，她只能咬牙撑着往前走。

一辆越野车疾驰着从路中间冲过，想快点穿过这道路。车过去，水浪从路中间涌向两边，像是巨浪涌来，简杭上身的衬衫被打湿，这还没什么，她瘦，又踩着高跟鞋，没承受住这波水浪的冲击。

眼瞅着就要栽倒在水里，强烈的求不倒的欲望使然，她下意识地就去抓潘秘书，想借力站稳。

潘秘书前脚迈出去，自己都不太稳，然后就被一只手给重重拽了回去。随着一声“哎”，傅既沉想去拉一把，却没来得及。“扑通”一声，简杭和潘秘书齐齐摔进水里。

傅既沉赶紧扔了伞，先拽起简杭，再去拉潘秘书。

“我的妈呀，我不活了。”简杭双手捂脸，头发都往下流水，她哭笑不得，跟潘秘书道歉，“对不起，对不起，我不是故意的。”

潘秘书抹把脸，开玩笑道：“这谁信啊？”

简杭笑出来，她从来没这么丢人过。

傅既沉把漂在水上的伞拿起来，继续撑着。

外面下大雨，伞里面下着小雨。他身上的西装还没湿透，他单手把西装脱了下来，递给潘秘书：“你把文件包擦一下，里边的东西别湿了。”

潘秘书接过来，就听“咚”的一声。

简杭看到了：“有东西掉出来。”

傅既沉猛然想起，俞倾给他的钥匙扣在西装口袋里，他不管去哪里都随身携带。

简杭问：“是不是什么重要的东西？”她猜测，“是不是打火机？要是打火机就算了。”

傅既沉：“钥匙扣。”

简杭一听是钥匙扣就说：“要不，再买一个吧。”再贵也不值当在浑浊的水里捞。

傅既沉：“俞倾送我的。”

又一辆越野车经过，水波再次涌来。钥匙扣被冲远，早不在刚才掉下去的地方。傅既沉掏出手机让简杭帮忙拿着，他撸起衣袖准备捞。

潘秘书见状说：“傅总，反正我衣服都湿了，我来给你捞。”

“不用。”傅既沉目测了一下钥匙扣大概会被冲到哪里，他走到那个范围中心，半蹲下来，水淹过了肩膀。

这时，傅既沉的手机震动，有电话进来。简杭看了一眼，来电显示是“老婆”。

“傅总，俞倾的电话。”

傅既沉：“先不接。”

捞了一圈，终于摸到钥匙扣，他松了一口气。

简杭看着傅既沉，此时的他跟在谈判桌上完全是两个人。谈判桌上，他是冷情的。这会儿，他浑身都有温度。

傅既沉把钥匙扣在衣领上擦擦，这是全身唯一没湿又干净的地方。顺便，他又在衣领上擦擦手，然后拿过手机给俞倾回电话。

“傅既沉，你到哪儿了？”

傅既沉四处看看，这会儿还没通电，他看不清路标，只好说：“快了，路上堵，还要一会儿，你别着急。”

俞倾：“我不急，你让司机开慢点。”

挂了电话，三个人继续往前走。反正浑身湿透了，他们连伞都懒得打。

雨势减小，但风大了。简杭搓搓手臂，不由得瑟缩。凉风吹着，可真是凉爽。

走过这段路，主办方找来的越野车到了。坐上车，所有人都放松下来。

傅既沉到了酒店，远远就看到厅内有个熟悉的身影。俞倾穿着他的外套，正在大厅等他。

他快步过去：“你怎么下来了？”

俞倾在这里等了快两个小时，她盯着傅既沉：“你怎么湿成这样子？”全身都湿透了，他走过的地方，一片水渍。

她赶紧脱下他的外套要给他穿：“别着凉。”

傅既沉没要：“穿了也湿了，马上就到房间。”

他没牵她，轻轻推着她后背。

俞倾边走边打量他：“走回来的？”

傅既沉点头：“汽车熄火了。”其他就没多说。

“你西装呢？”

“给潘秘书拿去包文件包了。”

进了电梯，俞倾用手给他擦脸，他头发也湿漉漉的。

傅既沉盯着她看，她手心抚过的地方，都是暖的。

到了房间，傅既沉去冲澡，他先把钥匙扣用温水洗干净，放在一边晾着。

俞倾给他拿了睡衣，又煮了热茶。

等他洗过澡出来，她拿毛巾给他擦头发。

傅既沉把她环在身前，埋头亲了亲她的小腹，之后仰头看她：“今天待在酒店无聊吧。”

“还行，一直在忙。”

俞倾给他擦擦耳郭上的水滴。她担心了他一晚。从他说回来到真的回来了，快两个小时，她的心就提了快两个小时。他出现在酒店大门口时，她心里才踏实。有个牵挂的人，原来是这样的感受。

床上，两个手机同时震动。傅既沉拿过来，看到是家庭群里的消息。

俞璟择：刚在朋友圈里看到你们那边下大雨了，你们没受影响吧？

傅既沉：没有，在酒店。

俞璟择：那就行。俞倾呢？睡没睡？

傅既沉不答反问：你找她有事？

俞璟择：你跟她说，我的棋彻底僵住，让她有空给我打电话。

这时，俞邵鸿插话：@俞璟择，你现在也在网上下棋了？容不容易通关？

俞璟择：“……”

他回父亲：第一关都还没过去，卡住了。

俞邵鸿给他支着：多充钱，有钱好像能得到什么提示。

俞璟择没再跟父亲瞎聊，他退出群聊，等俞倾的电话。

昨天半夜，他接到邹乐箫的电话，她说她爸爸知道他们在一起了。

昨晚，在SZ餐厅吃饭，邹乐箫喝了点红酒，于是他送邹乐箫回家。谁知道，邹行长在自己小区门口看到了他跟邹乐箫。邹乐箫在临别时偷亲了他一下，大概这一幕正好被邹行长看到。

十分钟过去，俞倾也没回电话。俞璟择倒了杯红酒，坐在吧台前等电话。他知道俞倾肯定没睡，要是睡了，傅既沉就会明说。

他给俞倾发了一条私信：你对璟歆就能事无巨细，到了我这儿，你就有各种困难，能不能别区别对待！

这时俞璟歆回来了：“哥，还不睡？”

俞璟择：“不困。”他看她身后，“季清远没跟你一块儿？”

“没，他有应酬。”俞璟歆坐过来，“你跟邹乐箫怎么样？”

俞璟择：“就那样。”

本来就不是真的谈恋爱，还能怎么样？

“今天你不是不用加班吗，怎么还在公司待到那么晚走？”俞璟歆故意问道。

俞璟择轻轻晃着酒杯，反问了一句："要不然干什么？"

俞璟歆没有俞倾那么会说，她自己才刚刚学会撒娇，都不熟练，至于谈恋爱，就更没什么心得可分享。

她戳戳他的心脏部位："对得起它。"

俞璟择没接话，微微仰头，喝了口红酒。

昨天他跟邹乐箫分开时，她说："我等你电话。"

今天一整天，他也没联系她，因为不知道要说什么。

俞璟歆也倒了小半杯红酒："哥，你为什么不想恋爱，不想结婚？"

俞璟择看着杯子里的红酒，过了半天才吱声："我怕我遗传了爸的一些基因，爱情来得快，去得也快，然后婚姻破碎了，孩子跟着受罪，何必？"

俞璟歆盯着他望了半晌："你不会是爸那种人。"

"这种事，谁说得准。"俞璟择说起父亲，"他跟妈的婚姻持续了三年半，跟厉阿姨的婚姻持续了两年。后来要不是俞倾都不认识他了，他反思自己，他正打算结第三次婚。"

俞璟择转头，这么多年来，他跟妹妹第一次聊天，聊家事，聊他们从来都不想碰触的东西。

"你呢？当时你还不认识季清远，也不知道对方是谁，怎么就愿意去相亲？"

俞璟歆支着下巴，微微咬唇："因为我想有个家，有个属于自己的家。之前爸也断断续续地交女朋友，妈又有了自己的孩子，而你……"

她顿了很久才说："还要照顾别人。"

所以她讨厌周思源把她有的都抢去。她一开始还忍着周思源，后来也不想再忍让，毕竟她也只有十来岁，只比周思源大了一岁而已。她跟母亲提过一次周思源的所作所为，可母亲说她太小心眼。之后，不管在谁跟前，她都再也没提过。

"我想着，等我有家了，我的喜怒哀乐都有人可以分享，高兴时有人陪着，遇到难过的事情，也有人倾听。"

跟季清远四年的婚姻，她依旧没如愿以偿。她好像习惯了这种淡漠，不知道要怎么去争取，也懒得去争。直到第一次跟季清远参加酒会，她转身，俞倾就在她身后不远处，她突然就觉得，什么都圆满了。

小时候的遗憾，也不算是遗憾。

俞璟择沉默许久，抬手揉揉她的脑袋："对不起。"

俞璟歆说这些并不是要声讨俞璟择，只是想尝试沟通，把他们一直逃避但又始终没有躲掉的问题，从阴冷、潮湿的地方拿到太阳下晒一晒。

父亲说，要把曾经他们没过过的日子过一遍，但只靠俞倾一人在后面用力推着他们往前走，不会走得长远。

“都过去了，没怪你。”

当然，伤心难过还是有的。她终究是俗人一个，会嫉妒，也会吃醋。

俞璟择放下酒杯，侧过身，轻轻抱抱俞璟歆。表达感情的话，他也不知道要怎么说，一切便尽在这个拥抱里。

俞璟歆陪俞璟择喝了半杯红酒，他杯子见底，又拿过红酒瓶。她劝他：“太晚了，你悠着点。”

俞璟择：“我等俞倾电话，不然没事干。”

俞璟歆直戳他心：“她不会打给你，没睡也不会回你。”

俞璟择：“……”

闷了半刻，他问俞璟歆：“当初俞倾帮你，你给了她多少好处费？”

俞璟歆摇摇头：“她还倒贴不少。为了断掉文凝传媒的融资渠道，她欠了多少人情，你又不是不知道。”

这何止是差别对待，根本就是目中无他。俞璟择顾不上吃醋，转了两万块钱过去，静静等俞倾接收。他第一次遇到给钱还不要的情况。

他猜测着，也许俞倾在等他转更多过去。现在就是心理战，谁能多坚持一会儿，谁就是赢家。他搁下手机，晃晃酒杯。

俞璟歆只喝了半杯红酒。她不敢多喝，怕待会儿犯困，她还要等季清远回来。

又等了会儿，俞倾还是没回消息过来。俞璟择把杯中的酒一饮而尽，打算回屋。

“你还要等季清远？”他问俞璟歆。

俞璟歆点头。以前她从来没特意等过他，今天是第一次。

“也别太晚，早点睡。”说完，俞璟择拿着手机回卧室。

院子里，季清远早就回来了。二十分钟前，他进客厅就听到他们兄妹俩的对话。

今晚他有应酬，秘书陪同，司机将他送到别墅门口就掉头开走了，还要送秘书回家。

俞璟歆跟俞璟择聊得太投入，没注意到他。

怕影响气氛，他退了出来，一直坐在湖边，抽了支烟。

“我想着，等我有家了，我的喜怒哀乐都有人可以分享。”俞璟歆这句话，还在他耳边萦绕。

时间差不多，季清远掐灭烟，进屋。餐厅里，只有俞璟歆一人，她面前有杯牛奶，视线落在餐桌一角，思绪早已飘远。

直到季清远脚步近了，她才猛地抬头。

“这么晚了怎么还不睡？”季清远把西装随手搭在椅背上，略微抬起下颌，把扣子松开。

俞璟歆指指杯子：“刚忙完，饿了，喝杯牛奶。”

季清远俯身，一只手搭在椅背上，一只手撑在餐桌上：“再给你个机会，重新回答，这么晚了你怎么还不上楼？”

他瞥了一眼她身上的衣服：“你工作服都没换。”

俞璟歆转头要看他，因为离得太近，她的侧脸从他鼻尖擦过，沾染了一点点他身上的酒味。也可能是因为她之前自己喝了红酒。反正她分不清这到底是谁身上的气息。

季清远的头又低了一点，马上就要贴着她的唇了。

俞璟歆不由得屏住呼吸，艰难地吐出一句撒娇的话：“在这儿等你回来。”

季清远亲她：“上去换条宽松的长裙再下来。”说着，他拉她起身，自己顺势在她位子上坐下，那杯牛奶也成了他的。

俞璟歆不知道他为什么让她换裙子，应该不是做坏事，毕竟餐厅是家里的公共区域。

她决定满足他的要求，上楼去。没到十分钟，她再次下来。

季清远偏头望去，只见她穿了一条吊带长裙，清冷的气质衬着这条长裙，让她显得越发性感，不了解她性格的人，会以为是她女王，矜贵，遗世独立。

俞璟歆站在那里：“要去湖边散步？”

“这么晚了，散什么步？”季清远走过去，托着她的臀部将她抱起，示意她，“配合着点。”

俞璟歆第一次被他这样抱着，很不习惯，她搂着他的脖子，然而两条腿还是无所适从，耷拉着。

季清远似笑非笑地看着她："我知道你腿长，能不能蜷起来？"

俞璟歆："……"她抬起腿，盘住他的腰。

季清远抱着她进电梯，在她左边胸口亲了一下。

不知道他在她这里占了几分位置。

电梯里一片沉默，俞璟歆找话说："裙子怎么样？"

季清远："没你好看。"

俞璟歆嘴角微微翘起。他一直抱她到主卧，进了浴室，没开灯。

借着外面的光线，他们能看清彼此的轮廓。俞璟歆后背贴在瓷砖上，身体所有重量靠他支撑。她以为他抱累了就会放她下来，可一直没有。

凌晨了，江南的雨还没停。不过比起晚上的滂沱大雨，这会儿的雨像断了线的珍珠，一小串一小串地往下流。

俞倾下午睡了几个小时，这会儿毫无困意。傅既沉在外面客厅开视频会，她坐在卧室窗边看夜景。窗玻璃上挂满了雨珠，外面的霓虹灯光被晕染开，朦朦胧胧。

不时，她也会瞅一眼手机。卧室门开了，傅既沉忙完进来，看她嘴角带着一丝坏笑，对着手机屏幕看。

"有什么高兴的事？"

俞倾点击收款："我也是日入两万的人了。"

傅既沉抱起她，坐下，让她侧坐在他腿上："你又哄俞璟择的钱了？"

"是他非要给我，盛情难却。"俞倾把钱转入卡里，"我也愁得慌，这甜蜜的负担呀。"

傅既沉轻声笑，贴着她面颊："你小时候就这么哄他的钱花，是不是？"

俞倾："才没有。"

她抬手摸摸他额头，不烫。

傅既沉："没事，冲了热水澡，又喝了你煮的热茶。"

俞璟择的消息进来：既然还醒着，就说两句。

俞倾以傅既沉口吻回：我是傅既沉，俞倾睡着了，有什么事等她明天醒了再说。

俞璟择："……"

俞璟择：那你把钱退给我，我赚点钱也不容易。

俞倾：这边雨大，停电了，信号也不好，你别再发了，大概率收不到。

她把手机调成静音，自己趴在傅既沉怀里。

隔日，雨过，晴空万里。

傅既沉的商务行程结束，潘秘书和简杭一行人先回北京，他跟俞倾的目的地是上海。经过几个小时的车程，他们便抵达在上海预订的酒店。

俞倾在这里有几处房产，都是外公留给她的，跟大舅、二舅家在一个小区，她不想过去住。

站在落地窗前，望着江面上的游轮，俞倾发了一会儿呆。

傅既沉没上前打扰。来的路上，她一直在跟他斗嘴、说笑，让人察觉不到她的悲伤，也看不出她的想念，那些都被她隐藏了。

俞倾望着波光粼粼的江面，突然想去一个地方。

傅既沉正在卧房整理行李，她过去找他："我不用休息，一点都不累，我们出去逛逛。"

"去哪儿？"

"一个我去过，但不知道自己去过的地方。"

傅既沉不解："那你还知道是哪儿？"

俞倾点头："我有照片。"

情人节那天，母亲发在朋友圈的照片，里面有个小小的她。她想到那个地方拍一张照片，打卡留念。

二十多年过去，她已从孩子成为母亲。而当初母亲照相的地方也早不是当初的样子，如今高耸的建筑林立，热闹繁华。她对着照片，站在差不多的位置，摆了一个跟母亲一样的动作。傅既沉掌镜，替她拍了不少张照片，还录了一段小视频。

这会儿天色不早，太阳落下。傅既沉收起遮阳伞，揽着俞倾漫步在人行道上。

俞倾紧靠着傅既沉，一直低头看手机，选出一张笑容最满意的照片发了朋友圈，配文是"LOVE"。

走几步，她就刷新一下，看看有没有人点赞留言。

她刷到了傅既沉的一条评论：摄影技术不错。

俞倾："……"

她笑着拍他两下："以后低调点。"

等她再次刷新，出现好多条留言。

厉炎卓：什么时候来的？怎么也不跟我说？要不要来家里？

俞倾看着这条留言，不知道要怎么回复。

沉默片刻，她忽略了这条留言，打算等回酒店再联系他。

厉炎卓又发来一条私信：要是不想回家，我去看你，你在上海多玩几天，我这段时间也都在上海。

发完这条消息，他赶紧给秘书打电话，让秘书现在就订机票，还赶得上今天晚上飞上海的最后航班——他现在在北京。

俞倾一一看其他点赞和留言。

母亲点了赞，还留言：我也有，比你多。

俞倾不太理解母亲的意思，几分钟后，母亲发了动态，共三张照片。

第一张也是这个地点，照片里的母亲穿着孕妇装，她还在母亲肚子里。

第二张是母亲情人节发的那张，那时的她已经两三岁。

第三张就是刚才她拍的那张，她站在母亲当初站的那个位置，肚子里是她的小鱼苗。

她给母亲这条动态点赞。

之后，她跟母亲也没再多聊。也可能，这就是她跟母亲最好的相处方式。

夜幕降临，街上格外热闹，他们沿着人行道慢慢往前走。

俞倾指指前面："从那个路口往里拐，就是小时候我表哥经常带我去玩的弄堂。"

穿过两条小路，这里安静不少，所有的记忆扑面而来。她想念外公，想念外婆，想念小时候的那个家。

她用力攥着傅既沉的手："要是我外婆还在，她肯定很喜欢很喜欢你。"

说这些太伤感，她岔开话题："你不是要唱歌给我听吗？现在没什么人，你唱吧，我期待了好几天呢。"

傅既沉喝了几口水，清清嗓子，与她十指紧扣，脚步比之前更缓慢。

稍有紧张，他想了想歌词，然后压低嗓音开始唱："我的小时候，吵闹任性的时候，我的外婆总会唱歌哄我，夏天的午后……"

俞倾瞬间红了眼眶。这是她最喜欢的一首歌，几岁的时候就听，那时母亲会播放。不知道他从哪里打听到的。

俞倾牵着傅既沉，带着她的小鱼苗，把她小时候经常去的地方几乎都走了一遍。别墅区那边，离这里有段路程，她暂时放弃走过去。

来日方长，她以后再带他去。

这一路，她跟傅既沉都很安静。

他低沉而有磁性的歌声还在她耳边回荡，唱到了她心坎里。

她没问他从哪里打听到她喜欢这首歌，他亦没说。

身边有个人，与她一起回忆小时候，陪她走着现在，和她盼着未来，这种感觉，无与伦比。

上海昨天也下了雨，今晚夜空深蓝，大片“棉花团”飘着，穿过高楼，然后飘向很远的地方。她跟他的未来，好像不止五年。

也许，是五十年。

回到酒店，冲过澡，俞倾把腿搭在沙发扶手上，腿下又垫了一个抱枕。走了一晚，这会儿她感觉腿酸酸的。

傅既沉半蹲下来，不敢用力按摩，只能用手掌轻轻拍打给她放松。

他刚从浴室出来，头发没擦干，水珠从额头流下来。

俞倾用指尖挑起那滴水，然后抹在自己鼻尖：“傅总，我鼻子上有水，你看，快流下来了。”

傅既沉看一眼，什么都看不见：“嗯，好大一摊水。”

俞倾笑了出来。傅既沉起身，两手撑在她身侧，亲着她鼻尖。

俞倾顺势搂住他的脖子：“我们明天回去吧，今天一晚对我来说就足够了，赶得上十日游。”

这里她太熟悉，没必要再多待几天。他事情多，她回去也要忙。

她亲着他的唇：“谢谢。”

傅既沉：“再玩一天吧。”

俞倾摇头：“从小玩到大的地方，不用刻意多待。”

傅既沉让潘秘书订了明早回去的机票，他把行李提前收拾好。

俞倾趴在窗边，看了会儿夜景，想起还没给厉炎卓回电话。她打过去，无法接通，再打一遍，还是一样。应该是对方开了飞行模式，或是信号不好。

她留言：哥，我明天一早就回去了。等你去北京，我找你玩。

翌日下午，周思源在群里听说俞倾请假出去旅游了，现在人在上海，好像还要几天才回来。于是晚上下了班，她特意去了一趟俞氏银行总部。

俞璟择还在忙，外面秘书办公区也是灯火通明，没一个人下班。

周思源来这里无须预约，跟进自己公司差不多。

秘书见她进来，微笑着点点头，然后接着忙自己的活。

俞璟择听到敲门声，以为是秘书："请进。"

周思源推门进来："路过，给你打包了一杯咖啡。"

俞璟择翻了一页资料："今晚没空去陪你吃夜宵。"

周思源笑了笑："是不是那晚被我跟俞倾逼出后遗症来了？放心，不会让你难为情，那天不是俞倾气我，我才故意的嘛。"

她在他对面坐下，把咖啡放他桌上，盖子打开来，冷着，苦咖啡的香味瞬间弥漫开来。这是俞璟择喜欢的口味，什么都不加，越苦越好。

周思源盯着他看，等到他视线挪到这页纸的最下面，正要翻页时，她出声："我想明天约秦墨岭聊点事，上班时间就行，我跟他不太熟，你帮忙约一下。"

俞璟择问："你找他有什么事？"

周思源没隐瞒："SZ 股权的事，还能有什么事？我不想让你夹在我跟你的朋友间为难，我自己去找，看他什么价格能出让，我心里有个底。"

俞璟择提醒她："你约了也白约。"

周思源："约了还有希望，不约不就是一点希望都没有？我拿出诚意跟他谈，只要条件不是太离谱，我都能接受。"一副公事公办的口吻。

俞璟择也不确定俞倾在看到合适的条件后愿不愿转让，说不定就愿意了呢。毕竟在俞倾眼里，利益大于一切。

他替周思源约了秦墨岭，至于成不成，是他们之间的事。

秦墨岭那边没拂他面子，把下午两点到三点的时间空了出来。

俞璟择多问了周思源一句："你怎么就跟 SZ 杠上了？"

周思源微怔，而后笑笑："因为菜好吃，更因为，能赚钱。就跟你们俞氏银行投资了那么多企业是一样的道理。"

其实，她对餐饮业没那么大兴趣，纯粹是因为邹乐箫持有 SZ 股份，更因为，俞璟歆也有一家私房菜馆。她也想控股一家餐饮公司，吃饭不用预约，还能吃私厨菜。

再者，SZ盈利也算可观，她没理由不买下这家餐饮公司。父亲赚的钱，她不多花点，对不起自己。这次投资，父亲表态，会给她一半的资金支持。

周思源看了一眼手表，现在她准备适当给他喘息的时间。朋友说得对，不能把他逼太紧，不然会得不偿失。

“你忙吧，我回家了，今晚家里人都在。”

她站起来，走了几步又回头：“对了，你什么时候回去吃饭？妈念叨你好几次，我说你忙，又出差，下次我可不替你找借口了。”

她口中的妈，就是他的母亲。

俞璟择：“再说。”

周思源跟他摆摆手，关门离开。

俞璟择揉揉眉心，他不喜欢去周家，但有时候又不得不去。他看看手机，俞倾跟消失了一样，就是不回他消息。

自她出差，他就没跟邹乐箫再联系过。

不知不觉已经八点钟，邹乐箫关上电脑，再次看向手机，还是安安静静。

每次手机震动，她就赶紧点开，生怕错过俞璟择的消息。

几天过去，俞璟择没再联系她。他没出差。今天早上，她特意绕到俞氏银行大厦门口，停在营业厅前的停车位上，从六点等到六点半，看见他的车子拐进大厦后院。她看不见他人，但看到他的车牌号，就约等于看到了他。

邹乐箫今晚不忙，她把文件放入保险柜，关灯离开，连走路都无精打采。

到了楼下，邹乐箫给俞倾发消息：你要是再不回来，我就彻底失去灵魂了。

俞倾：这么严重？

邹乐箫：嗯。I need you!

紧跟着，她又发一条：我想他了，但又见不到。我不知道该怎么办，想追他都没办法。我在他跟前，就像失去了魔法的仙子，因为没有魔法，也没有了仙气。

俞倾：那你就去找他。你现在不是他女朋友吗？好好享用特权，要是实在追不上，也无憾了。

邹乐箫叹气：不是我不想找他，实在是没理由。想破脑袋了，除了吃饭、看电影，没别的了。

俞倾：现在不是下班时间吗？你去给你爹打工，替他开发VIP大客户，拿上你家办理信用黑卡所需资料，直奔俞氏银行大厦，到了前台，就说是我的朋友，没人敢拦你。

邹乐箫：“……”

邹乐箫：你名字这么好使？

俞倾逗她：用我爸的话，是让人闻风丧胆。

邹乐箫笑出来，一天的坏心情也不见踪影。

看到这条消息，她突然又有了信心。

她赶紧让父亲发一份电子版的单子给她，边发语音消息，边踩着高跟鞋迈着小碎步往停车场小跑去。

邹行长：你自己要办理？钱不够你花的？

邹乐箫：不是，我要去找俞璟择，把他发展成我们大客户。

邹行长：你开发客户开发到隔壁银行？

邹乐箫笑了笑：对呀，争取让他成为我们的永久大客户。

她跟俞璟择的事被父亲知道后，她思来想去，还是不能给俞璟择带来麻烦，就跟父亲说，她在追他，那天偷亲了他。

路上堵车，邹乐箫恨不得给自己的车加上两个翅膀，直接飞过去。

半小时后，邹乐箫终于到了俞氏银行大厦楼下，不过找停车位花了不少时间。

邹乐箫拿出化妆镜，整理一番，做了好几个深呼吸，然后推门下车。

很巧，在大厦一楼，她迎面遇到了刚下班的俞邵鸿。

俞邵鸿看邹乐箫有点面熟，但想不起在哪里见过。

邹乐箫自报家门：“俞叔叔，您好。我是邹乐箫，隔壁银行老邹的女儿。”

难怪这么眼熟，跟老邹就像一个模子刻出来的。

俞邵鸿笑笑：“丫头，你得喊我伯伯，我比你爸大了快十岁。”

邹乐箫睁着眼说瞎话：“您比我爸大了十岁呀？一点也看不出来。”

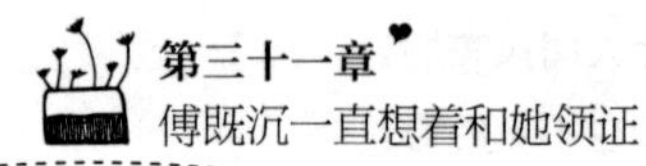

第三十一章 傅既沉一直想着和她领证

敲门声再度响起，俞璟择以为是周思源去而复返，正想着要怎么应付，外面传来秘书的声音：“俞总，俞董过来了。”

俞璟择微怔，父亲从来不到他办公室来，就算有事要吩咐他，也是让他去自己办公室。

他起身去迎接。门打开来，一同出现在眼前的还有邹乐箫。他一时没反应过来是什么状况，视线从邹乐箫脸上掠过，之后定格在父亲身上。

俞邵鸿就当什么都不知道，还给儿子介绍起邹乐箫来：“这是老邹闺女，邹乐箫，给宝宝买过玩具，你记得吧？”

俞璟择点点头，心里依旧没底。

俞邵鸿：“乐箫替老邹开发大客户，过来找璟歆办卡，今天璟歆下班早，也不能让这丫头白跑一趟，我就带她过来找你，你要是有需要就办理一张。”

他转头跟邹乐箫说：“你跟璟择聊吧，我还有事。代我向你爸问好。”

邹乐箫感激道：“谢谢俞伯伯。”

刚才在大厅，俞邵鸿问她去哪层，说带她过去，省得再登记。她没隐瞒，说要找俞璟择，想追他又没有好的理由，就来找他办张卡。没想到，俞邵鸿这么认真帮忙，还替她“挽尊”，说她来找俞璟歆。

俞邵鸿离开，秘书也回了自己办公室。周围忽然安静下来，气氛有些尴尬。

邹乐箫自诩控场和调节氛围的本事还过得去，然而到了俞璟择跟前，她就像被点了死穴，空有一身本事而无用武之地。

俞璟择请邹乐箫进来，顺手带上门。

邹乐箫没话找话说："很忙吧。"

"嗯。"俞璟择坐回电脑前。

邹乐箫犹豫了片刻，抬步走到他办公桌前的椅子边坐下。她从包里拿出平板电脑，里面有父亲发到她邮箱里的单子和资料。既然俞伯伯都说了要办卡，她就不能再糊弄。她把电子资料打开来，将平板电脑递到他面前："你看一下。"

她的目光只在他脸上停留不到两秒，等他抬头，她赶紧别开视线，看向他面前的电脑。那晚，她仗着喝了红酒，偷亲了他脸颊一下，很轻。可能就是因为她亲了他，他很介意。

俞璟择看向平板电脑，没想到她真的带了资料过来。

他没翻看，如实道："我用不着。"

邹乐箫喉咙里泛着酸涩，没想到他拒绝得如此直白，但凡对她有一点点在意，也不会这样不留情面。

一张银行卡而已。虽然银行间有竞争，但私下，银行高管之间都格外客气。她明白，他不是拒绝办卡，是借此拒绝她。

她伸手拿过平板电脑："没关系的，这个卡可能更适合女性办理。"

这会儿脑子还不算迟钝，她急中生智给自己找个台阶下："我们家银行的卡跟俞氏银行的黑卡，享受服务的范围不一样，有一些重合的店，也有不少店不同。璟歆姐常去的那几家店，我们家卡都是享受至尊会员服务。"

邹乐箫把平板电脑放进包里，又干坐了两分钟。她看到桌上有杯咖啡，打包袋还在旁边。其间，俞璟择一直在看报表。

"你也喜欢这家店的咖啡？"她再次主动打破沉默。

俞璟择瞅了一眼咖啡杯："周思源买的。"

邹乐箫怔了一下："哦。"

她暗暗呼口气，没再看那杯咖啡。

安静了数秒，邹乐箫站起来："你忙，我回家了。"

俞璟择点点头，送她到办公室门口。

邹乐箫忽然回头："那晚，对不起啊。你就当我喝醉了。"

俞璟择："我不记得了。"

邹乐箫不由得捏捏包，捏到了平板电脑的一角。

让她一直念念不忘又忐忑不安的亲吻，在他那里大概什么都算不上，他只是不喜欢被人这样冒犯。

她也没什么别的可说的了。

“再见。”

俞璟择“嗯”了一声。

邹乐箫保持着最后的骄傲，没回头看，身姿笔挺地穿过秘书办公区。

好不容易到了外头，坐上车，她眼前一片模糊。他不会再找她了，她这几天还在傻等他的电话。周思源大概改变了策略，不再缠着他陪自己吃夜宵，只偶尔过去看看他，他用不着再躲周思源，自然就不需要拿她当借口。

当然，她也得到了许多。自从他跟周思源说，她是他女朋友，SZ 那边就再也没人来烦她，也没人说服她转让股权，她彻底清净。

她还亲了他一下。她算是赚了，她自我安慰。

手机震动，邹乐箫回神，是父亲的电话。

她调整好呼吸，接听：“喂，爸爸。”

“今晚回来吃饭吗？”

“嗯，回去。”

父亲没再多问：“那爸爸给你做夜宵。”

“好。我这就回家。”

邹乐箫挂了电话，忽然鼻子发酸，她吸吸鼻子。

之前，她信誓旦旦，不追到俞璟择誓不罢休。可真等到追他时，举步维艰，跟她想的并不一样。

他冷淡的眼神，就足以将她所有的热情和勇气击溃。

她又拿过手机，点开他的对话框，这是她第一次主动给他发消息：SZ 股权的事，谢谢你给我解围，不然我现在还被烦着。

过了两分钟，俞璟择回过来：客气，应该的，那个事也是因我而起。

邹乐箫又等了十多分钟，他没再发别的消息过来。她盯着他的备注看了又看，然后把他的联系方式彻底删除。

心揪着疼了一下，把手机扔一边，她发动车子离开。

这段假恋情，来得快，去得也如此快。

两次不算很正式的约会，他送她回家一次，然后就这么匆忙地结束了。

她还不愿醒来。

从上海回来的第二天，俞倾像往常那样上班。

秦墨岭路过她办公室门口时，发现门半掩着。

他蹙眉，敲门进去："不是请了一周假，这么快就回来上班？"他靠在她桌沿，"什么时候回来的？"

俞倾："昨天上午。"她在家歇了半天。

秦墨岭瞅着她："那厉炎卓还赶得上见你？"

"嗯？"俞倾不明所以，抬头。

秦墨岭："那晚他约我谈群星演唱会的一些细节，看到你的朋友圈照片，定位是上海，他连饭都没顾得上吃完，就匆匆赶去机场。"

当时只有最后一个班次的航班，他到上海也要凌晨，那么晚了，他不可能去打扰俞倾，而俞倾又一早去机场飞北京，于是两人"完美"错开。

俞倾听后，心里五味杂陈。回来那天早上，她还接到表哥的电话，他没说他连夜赶到了上海，只让她多注意休息，别累着。

秦墨岭知道厉家的关系一言难尽，三言两语也道不清，于是他转移话题："昨天冷文凝和周思源都约我。"

冷文凝是为了群星演唱会的事，她的传媒公司想承接一部分，跟厉炎卓的公司配合，正好她跟厉炎卓的媒体资源互补。

而周思源是为了谈 SZ 的股权转让事宜。

他问俞倾："都转给你来接待？"

俞倾略一思忖："我跟冷文凝谈合作，至于周思源，我没那个工夫，你招来的人你自己应付。"

下午两点，俞倾午休后刚忙了会儿，冷文凝过来了。

生意场上，没有永远的朋友，亦没有永远的敌人，唯有利益永恒。不管是她，还是冷文凝，都把这句话诠释得淋漓尽致。

她们都有商人本性。

这一回见面，冷文凝把身上的刺收了收，只留了五分。

秘书送来咖啡后出去，关上门。

冷文凝虽然主动过来谈事，但也做不到讨好对方。看到俞倾这张脸，她自然而然就想到了俞璟歆，让她高兴不起来。

该有的礼节还得有，她客气地打声招呼，把团队做出来的演唱会宣传方案递过去：“俞律师，你看看。”

俞倾话也不多，既然她决定见冷文凝，就没想着要敷衍。因为就像秦墨岭说的，冷文凝的资源跟厉炎卓的资源可以互补。

她认真看着，仅仅是一份宣传方案，她从中就可以看出，这一次，冷文凝和其团队下了功夫。

方案有几十页，她一时半会儿也看不完。

冷文凝挑重点说：“电视台方面，我会全力协助厉炎卓那边，给乐檬争取到最大的利益。演唱会场地我来协调。至于费用，给你们乐檬一个成本价。”她特意强调，“后付费。”

俞倾微微抬眸，这样一来，冷文凝这单生意，基本上不赚钱，说不定还要贴钱进去。

她知道冷文凝的最终意图——通过这次合作，找补回信誉度，虽然这单赔了，但以后能拉到其他大客户。

当初冷文凝就是在乐檬身上栽了跟头，所以她准备再借着乐檬爬起来。

冷文凝跟俞璟歆签了投资的对赌协议，要是不好好经营，盈利达不到协议要求，冷文凝怕是要赔得倾家荡产。

这就导致现在冷文凝只有一条路可走，那就是好好营业。

冷文凝这次是下了决心要争取来这个机会，她知道俞倾向来先看利益，于是说：“等演唱会结束，你觉得满意了，一次性付款给我。”

俞倾合上方案：“发电子版给我吧，顺便抄送给我们其他几位高管，等在下周例会上通过了，跟你联系。”

冷文凝点头：“麻烦了。”

该聊的都聊得差不多了，她跟俞倾除了利益一致时能聊上几句，其他时间，她是俞倾的眼中钉，俞倾是她的肉中刺，没必要再虚与委蛇。她起身告辞。

俞倾一直将冷文凝送到这层电梯口，两人始终沉默，都不会找对方讲话，但该有的礼仪一点都不会少。

电梯到了，她跟冷文凝差不多同时伸手：“期待合作愉快。”

这时，走道上有说话声、脚步声传来。俞倾跟冷文凝齐齐转脸，看到秦墨岭送周思源出来。

周思源这段时间最不想碰到的人就是冷文凝，为了避开冷文凝的冷嘲热讽，她连一些派对都不参加了。谁知道，冤家路窄。

她淡淡扫了一眼俞倾，依旧厌恶至极。俞倾这是把高定当成了普通成衣，天天不重样，也不知道在炫耀、嘚瑟什么。

俞倾没正眼瞧周思源，跟秦墨岭并肩走去办公室。

空旷的走道上，只剩冷文凝和周思源。

冷文凝哪会放过取笑周思源的机会：“周总，好久不见呀。”

周思源笑了笑：“是好久不见了呢。你不是最不待见俞倾吗？她可是季清远老婆的妹妹。”她点到为止。

嘴上说着看不起俞倾，这不转头就来找人家合作。啧，真是一点脸都不要了。

冷文凝微笑：“不待见她的人，不代表不待见她口袋里的钱。做生意就不能感情用事。”

她就此打住，说起俞璟择：“哎，对了，我听说你哥跟邹乐箫在一起了，两人还去SZ约会来着，真的假的呀？”

她也不等周思源说话，接着道：“你哥也真是的，改天得好好教育教育他，怎么找女朋友连你这个妹妹的心情都不照顾呢？你讨厌谁，他偏就找谁，我是头一次遇到哥哥对妹妹好，是这个好法。银行家的脑回路，还真不是我们一般人能理解的。”

周思源：“……”

她五脏六腑仿佛都要炸裂开来，却又无以反击。这成了她的要害，冷文凝一踩一个准儿。

冷文凝还没踩完：“不过你哥也是为了你好呀，邹乐箫成了你嫂子，肯定就把SZ股权转让给你了。怎么样，他们谈妥了没？”

周思源：“……”

她撑着最后一口气，一脸不屑道：“其他人传传就罢了，你真觉得他们能成？”

冷文凝笑着说：“我觉得能啊！挺般配。”

周思源借着去摁电梯键，揉了揉心口。再不走，她要心梗在这儿发作了。

这样的窝囊气她绝不受第二回。晚上她要再回家一趟。邹乐箫持有的 SZ 的股权，她必须拿到，不然她会被冷文凝嘲笑一辈子。

“周思源给的条件还不错，挺有诱惑力。”秦墨岭把转让的条件说给俞倾听，至于要不要转，他随俞倾。

俞倾：“不着急，等简杭那边开的条件。哪方对我们有利，我就倾向哪方。”

她看了眼手表：“没别的事的话，我先回了。”她预约了做产检。

她把桌上文件收拾好，拿上包离开。到了楼下，她接到傅既沉的电话。

傅既沉原本要陪她产检，哪知临时有视频会，走不开。

“新建那边的问题，比较棘手，马上就得开会解决。”

他很少失约于她，之前她不让他陪，是他主动要求，结果第一次陪她产检就要“放鸽子”。

“赶得上的话，我去接你。”

俞倾无所谓，她感觉两个人一起去产检纯粹是浪费时间：“不用，你忙吧。”

挂电话前，她又喊了声：“傅总。”

“嗯？”

“撩你一下。”

傅既沉浅笑，视频会开始，他切断通话。

参加会议的是新建的几个董事还有高管，简杭也在列。她穿了病号服，手上还在打点滴，背景是医院病房，床头的架子上挂了好几袋药水。

乔翰关心道：“简总怎么了？”

简杭微微一笑：“没事，没事，前两天在江南淋了雨，后来发烧，我以为能扛过去呢。”她自我调侃，“岁月不饶人啊。”

其他人纷纷表示关心，一来二去，耽搁了十多分钟。

傅既沉只说了句“多注意休息”，其他没多言。

视频会持续了近两个半小时。问题不算很严重，但琐碎的事不少，等他们全部讨论做出决定后，已经快五点半。

傅既沉给俞倾打电话，得知她那边产检结束，已经从医院出来。

俞倾坐上车："你不用来回跑，一切正常，小鱼苗可乖了。"

傅既沉中午接到奶奶的电话，奶奶让他有空回老宅一趟，说有东西给他。他跟俞倾说："你回家等我，我去趟爷爷家，很快就回去。"

"不着急，你多陪陪爷爷奶奶吧。"

挂电话前，傅既沉又问："小鱼苗今天动了几下？"

"没数。但我知道，小鱼苗也在想爸爸。"

"爸爸"这个称呼，让傅既沉内心某处变得柔软。

他这边刚结束通话，潘秘书就敲门进来。

傅既沉关电脑："还有事？"

潘秘书汇报："听说简杭生病住院了。我们要不要买束花过去看望一下？"

他在新建科技的一个工作群里，简杭也在。群里其他男同事听说她生病了，另建一个群，决定下班后去医院看望她。

"她是上次在江南淋雨才生病的。"他怕老板不知道，又补充一句。

傅既沉反问："谁没淋雨？你不是还被她拉进水里了？"

潘秘书："……"

他无以反驳。

傅既沉多说了几句："简杭发烧感冒，打个电话关心两句就行，没必要去医院看望。谁不感冒？哪个感冒了不是带病上班？她是老板，上班时还能去医院，其他人呢，为了全勤，只能挨到晚上。"

说到住院打点滴，他接着说："都是在资本市场上拼杀的人，谁没经历过上半夜快喝死，下半夜去打点滴，天亮后，洗个澡接着上班的事？发个烧也要组团去看，一个个的，什么时候变得这么矫情了？"

潘秘书没接话。他之前也觉得没必要，就是感冒发烧，这再平常不过。但其他人都要去，他就过来征求老板的意见。可能因为简杭是美女，莫名让人怜香惜玉。别的，他找不出他们非要过去看望的理由。

傅既沉说了句："他们自己老婆发烧生病，也不见得他们这么有心，还想着买束花去安慰。"

潘秘书："……"

傅既沉瞥一眼潘秘书："你要想去你就去，我不拦着你。"

潘秘书："……"

他很冤枉。

"傅总，我不是那个意思，我也觉得没必要去，只是他们都要去，还说以部门名义过去看。"他这才来问老板的意见。

傅既沉："我今天要买束花给俞倾，你把去看望简杭的钱省下来，也给你老婆买束花。"说完，他拿上钥匙扣和手机离开。

傅既沉从公司出来，直接回老宅。

以前都是爷爷给他打电话，奶奶很少打电话给他让他回家。

路上，他给季清远发了条信息：我今天要给俞倾买花，提前跟你说一声，别到时我买了花回家，你说我坑你。

季清远问：你买多少朵？

傅既沉：五十二朵吧。

季清远决定，跟傅既沉买一样数量的花。

没多会儿，汽车拐进傅家老宅。院子里，爷爷又在修剪花草。

盛夏，各种植物葱葱郁郁。花园里，奶奶种了不少品种的玫瑰花，绚烂多姿，开得正好。

夕阳的余晖洒下，落了满院。树荫下，奶奶坐在藤椅里，戴着眼镜，正全神贯注地看书。旁边的茶桌上有一本摊开的笔记本，还有一支钢笔。

奶奶看书有个习惯，喜欢的段落会摘抄，还会在旁边写上自己的心得体会。这些年，她的阅读笔记已经放满了一层书架。

茶桌上的果盘里放着成片的西瓜，另一个果盘里，都是粉红的块状瓜瓤，还放了一把小叉子在边上。那是奶奶专门给他准备的。

傅既沉下车走过去："奶奶。"

奶奶把书签夹好，合上书本："今儿不忙？"

"还行。"傅既沉坐下，先吃了一口西瓜，很甜，"这个瓜好吃，我给俞倾带点回去。"

奶奶："厨房里还有一半，给你留着呢。这是管家在他老家买的，比往年都甜。"她关心道，"不是要去旅游，这怎么就回来了？"

说着，她担心不已："是不是俞倾哪儿不舒服？"

傅既沉摇头，叉了一块西瓜喂给奶奶吃。

奶奶摆手：“刚吃了一小片，不敢多吃，血糖高。”

傅既沉说起这么急着回来的原因：“俞倾说不用旅游，怕耽误我工作。等孩子生下来，我们再好好计划一下多出去玩几天。”

爷爷收起修剪工具，洗了手过来：“新建科技的项目，怎么样？”

傅既沉跟爷爷详细说了说，还有接下来几年的布局。

爷爷颔首：“还不错，我都想投资。”

他问起：“你现在努力的成果怎么样？”他不是指项目，而是指领证的事。

傅既沉：“顺其自然。俞倾的心结，”他顿了下，“也不是一天两天能打开的。她跟她妈妈的关系，大概也就那样了。”

厉冰的性格注定了，有了中间那么多裂痕后，她跟俞倾不可能回到以前，在她看来修补没意义。那道裂痕始终都在，没必要自欺欺人。还不如不回头，往前看。

在俞倾看来，生她的母亲都能不要她，这世上，又有谁是谁的一辈子？

奶奶宽慰他：“你要是想开了，有没有证的，真无所谓。”

爷爷接过话：“关键他就是想不开。”

傅既沉：“……”

奶奶在桌下用力拍打爷爷一下，她起身，跟傅既沉说：“我给你准备了个大礼物，你保准儿喜欢。”

“什么？”

“我去给你拿。”

爷爷安慰他两句：“你跟你哥，就是从小到大太顺风顺水，还有乐箫也是，被家里捧着长大，要什么有什么，这不可能什么便宜都被你们占尽。苦难和幸福就是硬币的两面，谁都没法保证自己手气一直好，一辈子不管抛多少次都是正面。放宽点心。”

傅既沉点头：“我现在不想这些。俞倾也在改变，我感觉到了。”

没一会儿，奶奶出来了，拎着一个沉沉的手提袋。

傅既沉接过来，是奶奶的阅读笔记还有个人日记。

奶奶：“借给你看。感情、婚姻，还有生活里遇到的鸡毛蒜皮的事，要怎么办，这里都有。不一定都适合你，但这是奶奶一辈子积攒的经验，总有用处。俞倾不懂怎么处理，那你学着处理这些。”

傅既沉在爷爷奶奶家待到八点多才回，西瓜他也拎走了。

他回到俞家别墅时，除了俞璟择，其他人都已经回来。

俞倾走过去，抱着他："你怎么还带西瓜回来？"

"给你吃，很甜。"傅既沉把西瓜给家里的阿姨，让阿姨切开来。

那些阅读笔记和日记本，他放在了家里的公共区域。

季清远正哄着宝宝玩，他瞅了眼吧台："怎么这么多笔记本？"看上去有些年头。

傅既沉："你们也能看，这是我奶奶六十年的婚姻心得，还有我奶奶在国外留学时跟我爷爷相遇的片段。别弄坏就行，我还要还回去。"

俞璟歆对这些特别感兴趣，从小到大，没人教过她要怎么处理婚姻里遇到的琐碎问题："我写个阅读提示放这里。"

俞倾："我想看爷爷奶奶年轻时的恋爱经历。"

"有好几本，你慢慢看。"傅既沉又想起来，"笔记本里还夹了不少信，都是他们恋爱那会儿写的。"

没什么肉麻的，都是一些日常。奶奶拿给他的，肯定适合他阅读。

傅既沉让俞倾放开他："我再去车里拿样东西。"

"还有什么宝贝？"

"马上你就知道了。"

玫瑰花还在后备厢里。

俞倾帮着俞璟歆制作阅读提示牌，第一次这么有仪式感。她跟俞璟歆一样，从来没看过幸福家庭是什么样子。而这些，傅既沉从小看到大。

俞璟歆感慨："没想到傅爷爷和傅奶奶这么浪漫。"

很快，傅既沉捧着一束玫瑰花进来。

俞倾看着玫瑰花，扬了扬眉："今天是什么好日子？"

傅既沉把花给她："没陪你产检。"

隔着玫瑰花，他又给了她一个拥抱："对不起，以后不会了。"

俞璟歆转头看向季清远："你今天为什么给我买花？"

季清远："想买给你，没有为什么。"

这个回答，俞璟歆算他过关。

她按照笔记本上标的序号，把记录傅爷爷和傅奶奶恋爱的那几本先给俞倾看，她从婚姻部分的第一本开始看。

俞倾吃了一片西瓜，准备找花瓶把她的玫瑰花插起来。

傅既沉怕花枝上的小刺扎到她的手，拿来剪刀，让她站在旁边指挥，他来修剪。

俞倾抱着他的腰，侧脸贴在他手臂上："再剪短一点，剪短两厘米。"

俞璟择回来，眼前又是笔记，又是玫瑰，他仿佛跟这个氛围格格不入。

周五那晚，俞倾跟俞璟歆约了去逛街。

俞璟歆跟她说了说文凝传媒承接演唱会宣传事宜的事："你放心交给冷文凝去做？万一她把你的事情给搞砸了，乐檬的损失，不可估量。"

俞倾拿了一条长裙放在身前比画："她真想要搞砸，也不是非要承接，随便找个黑点就能制造舆论。她既然接了，我就不会害怕。现在她愿意找我合作，又放下姿态，还能给我最低价，我何乐而不为？做生意，多个合作的总比多个对手要强。"

她看着俞璟歆："你不用担心我，我心里都有数，知道什么人可以合作，什么人没法合作。周思源就没法合作。"

正说着，她接到邹乐箫的电话。

邹乐箫问她在哪里。

"我彻底失恋了，把你哥的联系方式也删掉了。"

俞倾惊讶："发生什么事了？"

沉默片刻后，邹乐箫道："一句话说不清楚。我在喝酒，突然想找你说说话。"

邹乐箫去的那家清吧就在会所一楼，也是会员制，跟名字一样，很清静，有驻唱歌手。到那边喝酒的人，一是听歌，二是品尝调酒师的手艺。

俞璟歆跟俞倾说："过去吧，那边很安静。"

俞倾之前去过一次会所，给冯麦送包，但只到了院子里，不知道里边是什么样的环境："你去过？适合我这个孕妇去？"

俞璟歆："适合，我是老板之一。"

季清远不在家的那半年，她不加班时都会过去。没人可诉说，她就到那儿喝喝酒、听听歌。驻唱歌手是她找的，就连调酒师也是她从别处高薪挖来的。

俞倾瞅着她：“你到底有多少投资？”

俞璟歆打趣她：“这些年你花了多少钱，我就投资了多少。”

俞倾：“……”好心塞。

俞倾和俞璟歆到那里时，邹乐箫已经喝了两杯。她搁下杯子：“我没醉，也不会喝醉。”

俞倾摸摸她脑袋：“那晚不是还好好的，怎么突然就断了？我哥做了什么对不起你的事儿？”

邹乐箫摇头：“追一个不爱自己的男人，太难了。想要跟他说那些话，想开玩笑缓和气氛，他一个冷淡的眼神，我就突然没了底气。”

她呼口气：“不说了，对你胎教不好。”她看着俞倾，“好羡慕你，二哥对你这么好。”

俞倾笑了笑：“那我还羡慕你有个那么幸福的家。我一天都没有过，这辈子也不会有了。但好男人，你还会有。”

邹乐箫擦擦眼角：“我突然觉得自己很富有。”

“倾倾。”熟悉的声音传来。

俞倾跟俞璟歆同时转身，看到来人是厉炎卓。

厉炎卓在院子里看到了俞倾的车，唯一适合她待的地方就是清吧，而会所包间有烟味，噪声也大。

俞璟歆笑着跟厉炎卓打声招呼：“好久不见。”

厉炎卓揉揉俞倾的脑袋，然后跟俞璟歆说：“是挺久了。”

俞倾看着他们俩：“你们认识？”

厉炎卓：“嗯，在国外就认识了。”他想了下，“认识应该有五六年了吧。”

门口，又有几个人进来。

她们来了会所，傅既沉和季清远不放心，也跟着找了过来。

俞璟择在家没事，就跟着傅既沉他们一起来会所，没想到在清吧里看到邹乐箫，还看到了厉炎卓。

季清远看一眼厉炎卓，表情很淡。

傅既沉跟厉炎卓握握手。他们早就认识，也就不用过多寒暄。

现在有七个人，但这张桌子只有六个位子。

至于谁到旁边那张桌子自己坐，成了一个选择题。

然后，其他六人不约而同地看向俞璟择。

俞璟择："……"

无声间，那个多余的座位就被安排得明明白白。

俞璟择别无他选，只能不情不愿地坐过去。

两张桌子之间也只不过隔了一条两米多宽的过道，但这时候像竖起一道无形的墙，横在他跟其他人中间。

俞倾到底不忍心看俞璟择一个人孤零零地坐在那儿，她晃晃傅既沉的手臂，用眼神示意他。

傅既沉瞬间会意，她是让他过去陪俞璟择。

他无所谓，反正只要不是他一个人坐就行。

移步那桌之前，他拽起季清远："过去打牌。"

季清远："……" 他不想站起来，却硬是被傅既沉给拖拽过去。

坐过去后，季清远觑着傅既沉："你是什么心理？"

傅既沉不答反问："你又是什么心理？"

季清远没吭声，内心的秘密像是被人窥视了一样。

他招手，让吧台送来一副扑克牌。

桌上，酒、牌，还有果盘，没哪样能引起俞璟择和季清远的兴趣。

傅既沉拿下袖扣，挽了衣袖洗牌。他经常玩牌，动作娴熟，洗牌时发出的清脆"哗啦"声，被驻唱歌手低沉的嗓音掩盖。

傅既沉见他们心不在焉，给他们俩发牌时，他都会微微掀起牌的一角，瞄一眼，好牌他留下，差的就发给他们。

全程，他们都没发现傅既沉这个小动作。

隔壁桌四人畅聊起来。

俞倾双手托腮，等着厉炎卓给她剥山竹，这是俞璟歆在来的路上吩咐酒吧的工作人员现买的。

她问表哥："你跟我姐，你们俩怎么认识的？"

"在朋友聚会上遇到，我看她长得有点像你，又姓俞，就多问了两句，没想到还真是你姐。"厉炎卓把剥好的山竹递给邹乐箫，"你最小，先给你。"

邹乐箫双手接过："谢谢表哥。"她也随着俞倾这么称呼。

俞璟歆说起以前："我跟厉总还一块儿听过小提琴演奏会，他帮我抢到的最前排的票。"

后来回国，她结婚，跟厉炎卓就基本没联系了。

厉炎卓剥好了第二个山竹，这一次他给了俞璟歆。

之后那些山竹，他才剥给俞倾吃。

邹乐箫品着酒，吃了一口山竹："这酒配着山竹，人间美味。"

她知道厉炎卓有影视公司："表哥，我喜欢的明星就是你公司的，到时我找你去要签名，零距离追星。"

厉炎卓爽快地应下来："没问题。"

他把有核的那一瓣果肉留给自己吃，其余没核的都给俞倾。

俞倾说到乐檬群星演唱会，她问邹乐箫："你要不要去现场听？"

邹乐箫："肯定去呀，排除万难我也必须去。"没有男人追了，她开始追星，把以前荒废的"事业"重新拾起来。

俞倾叮嘱厉炎卓："哥，到时给我们三个小仙女安排个好位置，票连在一起，我也去追星，找找年轻的感觉。"

她看向俞璟歆："姐，你呢？有喜欢的男神没？"

俞璟歆点点头："也算有。我不追星，没时间追。我看过他演的一部电影，已经五刷了，彻底迷上。"顿了下又说，"他现在也是厉总公司的艺人，去年刚跟厉总合作。"

厉炎卓知道是谁了，他问俞倾："你现在的男神是谁？"

俞倾："跟我姐一样。去年他刚跟你的公司合作。之前他还被我和傅既沉那场舆论战连累，被骂上了热搜榜。"

他也是朵新饮品的代言人。

邹乐箫这会儿暂时忘了失恋的痛苦，激动地抓着俞倾胳膊："难怪我第一眼就喜欢你，你跟我喜欢的竟然是同一个爱豆。以后咱俩一块儿追星，再带上你的小鱼苗一起。"

俞璟歆听她们聊着，扶额笑了笑："这么巧，我喜欢的那个演员跟你们俩喜欢的是同一人。"

厉炎卓并不惊讶。她们喜欢的偶像，被称为"国民老公"，演技好，有颜值，没绯闻，还有一点，家世好。

当然，这最后一条，没多少人知道。但俞倾知道。

邹乐箫又喝了一口酒，暂时把神经再麻痹一下，忘掉痛苦。

她们聊着偶像，完全忘了隔壁桌的几个男人。

傅既沉把山竹剥好，放到他们面前，故意调侃："吃吧，别再眼巴巴地看着厉炎卓手里的山竹了。”

季清远：“……”

俞璟择没吃，拿起手机给邹乐箫发消息：你这是喝第几杯了？

然而消息没发出去。

那个红色的圈圈和白色的叹号格外刺眼，下面那行灰色的小字更是扎心：一个句号开启了朋友验证，你还不是他（她）朋友。

她把他的微信删除了，微信昵称也从“亘古不变”改成“一个句号”。

手机屏幕渐渐暗下去，上面映出他自己模糊的轮廓。

俞璟择侧目，邹乐箫正好拿着手机对着厉炎卓的手机扫描。反正不是付款，那就是添加好友。

又一轮牌局开始。俞璟择收回视线，放下手机，开始整理牌。

不知道今晚手气怎么这么背，这牌烂到家了。

他已经输了三张“万能卡”给傅既沉，季清远输了五张给傅既沉。

这个“万能卡”不是卡片，而是个承诺。傅既沉有求时，他和季清远必应。任何时候，只要傅既沉有困难，他们就要毫无保留地帮助傅既沉。

每帮一次，傅既沉就要消耗掉一张“万能卡”，直到全部用完。

这是傅既沉提出来的打牌规则，每一局，谁赢了谁就获得一张“万能卡”。

次次都是傅既沉赢。可能傅既沉手气好，每次的牌都碾压他跟季清远的。

这局结束，季清远输了，傅既沉又得一张“卡”。

他开始洗牌，瞅着季清远：“是不是厉炎卓欠你钱了？你一晚上看了他八百回。”

季清远没心思开玩笑，拿起酒杯一口喝了半杯。

俞璟歆心里的那个人就是厉炎卓。她在回国前跟厉炎卓交往过，两人一块儿参加派对，一起听音乐。

但俞家根本就不可能同意她嫁到厉家去。迫于压力，她跟厉炎卓分手，然后回国，跟季清远相亲。

只有在厉炎卓跟前，她才是温柔的。刚才不知道厉炎卓说了什么，她的手抵着额头，忽然笑了。那种自然纯粹、发自内心的笑容，在他面前从未有过。

她跟他结婚四年，从来不陪他参加酒会，但她跟厉炎卓就能参加朋友的派对。

季清远扔了牌，没有心思再打。

他跟傅既沉说："算我输。"顿了下，他又让傅既沉帮忙，"时间不早了，你是不是该让俞倾回家了？"

傅既沉知道季清远一晚上都如坐针毡。他把牌整理好放一边，将今晚季清远和俞璟择欠他的"万能卡"记上账，起身去找俞倾。

"俞律师，快十一点了，我们要不要回家？"傅既沉站在俞倾身后，给她揉捏肩膀。

俞倾还不过瘾，但为了小鱼苗，她还是决定回去。

她问邹乐箫："你呢？"

邹乐箫不想回，回去也是胡思乱想。

"我再玩会儿。"

俞倾不放心："你这样，一个人不安全。"

厉炎卓打消她的顾虑："我留下来陪她。"

俞倾信得过厉炎卓，临走时又不忘叮嘱："别给她喝酒了。"

傅既沉拿上她的包，牵着她离开。

季清远则攥着俞璟歆的手腕，很用力。俞璟歆都没来得及跟厉炎卓招呼一声，就被他给拽走了。

俞璟择还坐在那儿，他把杯子里最后一口酒喝下去。

他用余光看了眼隔壁桌，看不清邹乐箫在干什么。然后他搁下杯子离开。

直到他的身影远去，邹乐箫才转过头目送。

"邹乐箫是怎么回事？"回去的路上，傅既沉问俞倾。

他看到邹乐箫的微信昵称改掉了，头像也换成了她自己的照片。

俞倾："她跟我哥，彻彻底底掰了。"

傅既沉盯着俞倾看了几秒，然后点点头，多余的话没说。邹乐箫跟俞璟择之间的事，即便是他和俞倾，也是局外人。

他聊起厉炎卓："他跟你们聊了什么，你们兴致那么高，还把邹乐箫给激动成那样？"

俞倾蹙眉："你不是在打牌？你有空关注我们？"

还不是因为俞璟择跟季清远，魂丢在了隔壁桌。不过看在"万能卡"的面上，他打算给他们俩留点男人的面子。

傅既沉这么解释："季清远中间接了个电话，我没事干，就看了你那边一眼。"

俞倾没怀疑，说起当时在清吧里为何聊得那般欢快："我跟我姐还有邹乐箫，竟然喜欢同一个明星。"

不用想，肯定是男明星，不然邹乐箫不会花痴成那样。那一瞬，她把俞璟择也暂时忘在脑后。

傅既沉对这个话题兴致一般，没接话。

俞倾伸手在他跟前晃了晃："在想什么？"

傅既沉："在想我要不要出道。"

俞倾："……"然后她哈哈笑出来。

三辆车陆续开进别墅院子，俞璟择的车在最后头。

季清远拉着俞璟歆最先进屋，一路上他都沉默无言。

俞璟择的手机响了，是母亲。已经十一点半，不知道母亲这么晚打电话是有什么急事。他抬步去了湖边，接听。

"璟择，还在忙呢？"

"没。妈，您什么事？"

"也没什么，晚上给你发消息，你一直没回，不知道你是不是喝多了，还是忙，没看到，我不放心，就问问你。"

自从知道邹乐箫把他的微信删除了，他就没再看手机。

俞璟择也没翻看手机，直接问母亲："有事？"

母亲："明天周六，你回来吃饭吧。听说你跟邹乐箫谈恋爱了，妈妈替你开心，你带邹乐箫一块儿过来。"

俞璟择望着清冽湖水："分了。"

母亲有丝惊讶，感觉在意料之外，又感觉在情理之中："分就分了吧，那丫头咋咋呼呼的，不适合你。那你自己回来吃饭。"

沉默片刻后，俞璟择道："没空。"

气氛明显变得微妙。

母亲笑笑：“没空也没事，工作要紧。”她又问，“那你哪天有空？”

“不清楚。”俞璟择揉着眉心，“要是没事，您早点休息，我挂了。”

“哎，璟择，等等。”母亲及时拦住他，“你不是也知道思源最近要收购那个SZ餐厅吗？听说遇到难处了，邹乐箫还有俞倾持有的股份，你……”

“妈。”俞璟择打断母亲的话，“您能不能别每次打电话或是让我回周家吃饭，目的都这么明显？”

“你这孩子，你喝多了是不是？”

“没喝多，比任何时候都清醒。”俞璟择从木桌上拿过烟盒，倒了支烟出来，点上。

母亲的声音又传来：“我这还不是希望你们兄弟俩都更好吗？你帮思源，也是帮了你弟弟呀。”

他的弟弟，就是母亲跟她现在的丈夫生的，还在上大学。

母亲接着又说：“收购SZ餐厅，你周叔叔要支持思源一半资金，那本来就是给思源的嫁妆，只是提前给了。但思源说，到时股份的话，给弟弟20%。你说思源多懂事，什么都想着弟弟。”说到这儿，她又忍不住责怪俞璟歆，“不像璟歆，什么都只顾着自己。她手头那么多投资，从来不想着有弟弟的一份。”

俞璟择缓缓吐出一口烟雾：“妈，您顾过璟歆吗？”

母亲张张嘴，突然又不知道要说什么。

俞璟择弹弹烟灰：“璟歆的钱是爷爷和我爸给的，她为什么要给别人？”

这话，母亲不爱听：“什么叫别人？你弟弟也叫别人？”

说着，她气不打一处来：“我也不知道你爸到底天天在你们兄妹俩跟前说了些什么，又搬弄了我什么是非。你跟璟歆，一个个都对自己的亲弟弟不管不问，现在连个忙都不愿意帮。”

俞璟择无奈地弹弹烟灰：“我爸真没空说这些。”

母亲：“知道你们都向着你爸说话。你跟璟歆，我生你们容易吗？你们现在长大了，就开始……”

俞璟择再次打断母亲的话：“妈，这些年，我对您那个家的付出，一直在回报您对我和璟歆的生育之恩，现在应该早就超过了。”

母亲一愣。

“您早点睡吧。”俞璟择挂了电话。

他掐灭烟头，扔进烟灰缸。在湖边坐了会儿，他再抬头，别墅里，只有一楼的灯亮着，二楼和三楼已经暗下来。

周六早上，傅既沉照旧要去公司加班，早起后在家多待了会儿，等着俞倾自然醒来。晚上他还不知道几点回，怕他们一天见不着面。

七点钟，俞倾准时醒来。

“早呀，傅总。”

“早。”傅既沉俯身，在她额头亲了一下，“你现在彻底成了一条安全的虫。”

俞倾笑，瞅着他身上的白色衬衫：“晚上有应酬？”

“嗯。”傅既沉报备，“回来可能要夜里十二点多，甚至更晚。困了你就早点睡，不用等我。”

今天这个应酬，是跟SZ集团的管理层一起，简杭组的饭局。原本是在下周，结果简杭一早给他打来电话，说想提前敲定一些事，晚一天多一些变数，毕竟周思源那边也在紧锣密鼓地准备着。

他到了公司，潘秘书早来了。

“傅总，早。”

傅既沉点点头：“没在家陪孩子？”

“女儿有兴趣班。”他跟着傅既沉进了办公室。

傅既沉以为潘秘书过来汇报工作，他打开电脑，等了半天，也不见潘秘书说话。

“什么事？”他主动问道。

潘秘书欲言又止。

傅既沉打量着他：“哪个项目出错了？”

潘秘书实在难为情：“不是项目。”

他硬着头皮说道：“还是简杭的病。群里说，简杭不只发烧，这两天还胃肠炎，到现在都没出院。他们艾特我，问我去不去，他们想再去看望一次。结果那个人弄错了群，是在简杭在的那个群里艾特的我，她肯定看到消息了。”

他纠结到现在：“我这是去还是不去？”

傅既沉：“……”

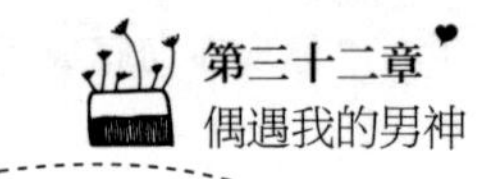

第三十二章 偶遇我的男神

潘秘书跟傅既沉共事这么多年，向来谨慎稳重，不管遇到什么状况，他都能处变不惊。

没想到有一天，他栽在了这种人情世故上。关键，对方偏偏是一个有魅力的美女。他有口难辩。

傅既沉看着潘秘书懊恼又无奈的样子，兀自失笑："去吧。"

潘秘书以为老板还会再调侃他两句，结果没有。

去看望简杭，他代表的是老板，也是以老板的名义。

他安排了司机，提前订了一束百合花。

去医院看病人一般要趁早，潘秘书把手头的工作交代给助理，便匆匆下楼去。

简杭住的是一家高端私立医院。

医院的病房里，简杭即便生着病，也没闲下来，一直在看资料。

潘秘书到的时候，没有其他人过来探望。

简杭住的是 VIP 套房，房间里格外安静，只有笔记本电脑微弱的电流声。

潘秘书把百合花放在窗台上，这么晚才过来的理由信手拈来："出了个短差，刚回来，傅总催着我赶紧过来看看。"

然后他关心道："怎么样了？"

简杭笑笑：“快好了。”

客套的话，她也是脱口而出：“你们真不用过来，就是小感冒而已。”

她招呼他坐。

潘秘书跟简杭除了工作上有交流，私下并无往来，他也不知道要聊点什么合适，只能说起跟新建科技有关的话题。

聊了二十多分钟，简杭一袋点滴快打完，她看了一眼，准备摁铃。

潘秘书站起来，借此机会告辞：“简总，你多休息，我回去了。”

简杭再次感谢，又道：“替我谢谢傅总的花。”

潘秘书离开，路过护士站，正好呼叫器响了。

是 6 床呼叫。

就是简杭那个病房。

有个护士转头喊另一个护士：“6 床换药。”

“6 床就是发个烧，还要住院，好差不多了也不出院，天天打两瓶葡萄糖注射液，有钱人的想法，让人看不懂。”

“美女，有钱，任性。”反正这么贵的床位空着也是空着，就当收个床位费和护理费。

两人笑了笑。没时间闲扯，护士拿上一袋药水，匆匆过去换药。

一直到了停车场，潘秘书还是没想明白，简杭明明好了，怎么还不出院，反正护士不可能瞎诌。

躲应酬？也不对。

今天晚上，她跟傅既沉就约了 SZ 的高层。

那是为了什么？想破脑袋，他还是没理出头绪。女人的脑回路，有时让人匪夷所思。也许，她是不想相亲？

但不管怎样，他就当没听到护士的对话。

简杭那么做，自有她的苦衷和理由。

到了公司，潘秘书到傅既沉面前露个脸，顺便说一下看望病人的情况。

傅既沉正在审核费用，头也没抬。他问道：“简杭怎么样？严不严重？”

潘秘书没说护士的对话，怕老板借此调侃他。

他用了简杭的话回：“快好了。”

傅既沉颔首：“没什么大碍就好。你忙去吧。”

潘秘书松了一口气，看望病人这件事，终于落下帷幕。

趁着午休，傅既沉去了趟书店。

前段时间买的育婴和孕期护理方面的书，他都看完了。

傅既沉今天没让司机跟着，他自己驱车前往。

六月的天，道路被太阳炙烤。行人的脚步，匆匆忙忙。

自从借了奶奶的笔记，他也打算开始写日记，每天寥寥几笔，基本跟俞倾有关，还有小鱼苗。

这会儿，书店里的人不算多，十分安静，只有“沙沙”“哗啦”的翻书声。

傅既沉直奔育婴专区。这边大多是准妈妈，捧一本书安静地坐在那里翻看。他是唯一一个男士，还好，别人只是看了他两眼就收回视线。

他才挑了两本，口袋里的手机震动。他点开来，是俞倾。

俞倾：傅总，你被狗仔偷拍了，马上就能出道。

傅既沉：“……”

他下意识地往四周看了一圈，还是原本那几位准妈妈，各自看各自的书，没人注意他这边。

他以为俞倾在逗他。昨晚，她说起她喜欢的那个明星，他回了句他在想着出道，结果她就当成哏来捉弄他。

他顺着她的话问：是不是上热搜了？

俞倾很快回过来：应该快了。你在书店对不对？挑了两本育婴的书籍。

傅既沉微微一怔，原来她没开玩笑，他真的被拍了。

他还算是有一定的热度，上次跟俞倾的舆论战，他上了一次热搜，后来跟俞倾公开恋情，跟他有关的话题高居热搜榜好几天。

俞倾：你看看朋友圈。

傅既沉点开来，最新的一条朋友动态就是俞倾发的：偶遇我的男神。还配了一张照片，是他在书架前的侧面照。

原来她口中的狗仔就是她自己。他拿上选好的两本书，四处找她。

书店有个咖啡休闲区，那边有不少桌椅，可以边喝咖啡边看书。

俞倾坐在那里，支着下巴，吸着果汁。桌上还有一杯咖啡，看来是给他点的。

傅既沉盯着看了又看，大步走过去。

俞倾嘴角扬着笑，不停摆手。

“你什么时候过来的？”傅既沉把椅子搬到她旁边，紧挨着她坐下，碰碰她的脸颊，“累不累？”

俞倾摇头：“我上午就来了，现在就我是闲人一个。”

她又没法找邹乐箫，怕邹乐箫看到她会难过。于是她到书店来，准备买几本适合读给小鱼苗听的睡前故事，谁知不经意转头就看到了那个熟悉的背影。

“大概是小鱼苗感觉到了爸爸在哪儿。傅总，从今天起，我就是你的小迷妹。”

她从包里拿出一个记事本还有一支钢笔：“男神，你给我签个名吧。”

傅既沉笑，在本子上给她签上自己的名字。他看了眼手表，又写上日期，时间具体到了几点几分。

刚才他在朋友圈看到她用男神称呼自己，又发了他照片时，那种悸动感，一波一波，涌向四肢百骸。

签完字，傅既沉再次抚上她的脸颊，也没说什么，只用力揉了揉。在这么安静的地方遇到她，他有千言万语要说。

俞倾翻看相册，把刚才偷拍的几张照片拿给他看：“我偷拍的技术怎么样？”

傅既沉拿过她的手机：“谁拍我应该都是这个效果。”

这里是公共场所，俞倾忍着笑，把他的脸推开：“自恋。”

傅既沉接着翻看相册，不同角度，她竟然拍了很多张。

再往后翻，他手指顿了下。照片里，他穿着西装，正在剪彩。

还不止一张，各个角度都有。

他偏头看她，她嘬着吸管，正全神贯注地看他刚才挑选的书。

傅既沉退出相册，拿过咖啡杯，翻开另一本书，也认真看起来。

午后悠闲的时光一晃而过。两点半，傅既沉有电话进来，是潘秘书。

他挂断，回了条消息：在书店，马上回公司。

俞倾抬头：“耽误你工作了吧？”

“没。下午也没什么要紧的事。”

傅既沉又陪了她五分钟。等时间差不多了，他才不得不走。

他左右看看，见没人看他这边，便在她额头上亲了一下：“等下次休息，我陪你来看书，看到书店关门再走。”

俞倾：“期待下次偶遇。”她示意他，“书放这儿吧，待会儿我一块儿结账。”她打算再挑几本。

傅既沉问咖啡店前台要了一个打包袋，将那杯没喝完的咖啡打包带走。他嘱咐她：“早点回家。”

俞倾点头，他大步离开。

被植物挡住视线，她歪着头看他。直到他拐弯，她才收回视线。

手机震动，是俞璟歆发来消息：私房菜馆那边，厨师又做了几道新口味的菜，适合孕妇吃，今晚要不要去尝尝？

傅既沉不在家，俞倾也无聊，于是她回：行啊，那等你下班我去接你。

她又问：那宝宝谁陪？

俞璟歆：季清远在家。今天他中午就从公司回去了，一直在家带娃。

她说起俞璟择：我昨天在露台上看到我哥一个人在湖边坐到半夜，不知道是不是因为邹乐箫。你有没有问问他？

俞倾：没。等他自己想明白。爱这件事，谁都帮不了。

暮色四合时，傅既沉到了私房菜馆，就是季清远开的那家，简杭找人在这里订了包间。这里僻静，适合商务应酬。

今晚的饭局，私密性比较高，只有六人，他、简杭，其他的是SZ集团的高层，谁都没带秘书和助理。

包间在二楼，包间里的人早已谈笑风生，傅既沉最后一个到。

虽然是简杭做东，但主位留给了他。

“就等你来了。”SZ的总裁笑着拍拍他旁边的位子，让傅既沉坐过去。

他们虽没有深交，但都在社交场合遇到过。

傅既沉坐下来，另一侧坐着的是简杭。

私房菜馆上菜慢，他们刚才点的所有菜，都要现准备食材。在这里，吃的是一个新鲜。

今晚是来谈正经事，他们先聊起来。

傅既沉侧脸看向SZ的廖总：“当初花了那么多心血把SZ餐饮给做大，怎么又要把这部分资产出售？”

在傅既沉面前，说好话也是自欺欺人，廖总就没隐瞒：“现在出手，正好能卖个好价钱。SZ的资产结构，你也知道，太复杂，股东多了烦心事就多，我一个都得罪不起，天天受夹板气。”

没法子，只有出售这一条路可走。但现在，他又开始犹豫。

他直言不讳："SZ餐饮在俞氏银行有不少抵押贷款，还有其他融资，我本来想出售给周思源，就是因为她能帮我搞定俞氏银行这个大债权人。"

圈里人都知道，周思源跟俞璟择关系不一样，不是亲兄妹，却胜似亲兄妹。

"听说，周思源跟俞璟择现在关系不怎么样了，俞璟择也不热心帮她。而俞璟择跟邹乐箫也掰了，周思源手里的王牌彻底没了，她拿什么去说服邹乐箫转让股权？说服不了邹乐箫，就没法全资收购。"

资本市场就是这么现实又残酷，当周思源没关系可利用的时候，廖总就不打算在她身上浪费时间。要是简杭跟傅既沉投资SZ，很多棘手的问题就能迎刃而解。最主要的一点是，傅既沉现在跟俞家的关系可是非同一般。

傅既沉淡淡地笑了笑："你对我们家的事，还挺关心。"

廖总哈哈一笑："与时俱进嘛。"

简杭喝着温水，安静地听他们聊着。

廖总倒出烟，递一支给傅既沉。

傅既沉摆手："谢谢，我现在烟酒不沾，一会儿我负责吃菜。"

廖总笑，哪能轻易放过他："烟不抽可以，但酒不喝不成，除非你说个让我们都同意的理由。"

傅既沉："在备孕。"

其他人："……"

俞倾一人待在包间里，俞璟歆去了后厨房。她趴在包间窗台上，看院子里的香樟树。

这棵树有些年头，粗壮的树干要几人才能合抱过来，枝繁叶茂，苍翠蓬勃，像一把巨伞，撑在停车坪上方。

包间门开了，俞璟歆进来。俞倾欲转身，却意外瞥见停车坪最边上的一辆汽车，熟悉的车牌号闯入眼底，那是傅既沉的座驾。

原来他今晚在私房菜馆有应酬。

"看什么呢？"俞璟歆走过来。

俞倾指指窗外："傅既沉的车。"

俞璟歆往外看一眼，心想还真是有缘。

“等傅既沉应酬结束，你跟他一块儿回去。”

说罢，她打电话给门口的保安：“傅总的那辆车待会儿不让走，就说查证。”

“好。”保安认真问了一句，“查什么证？”

俞璟歆：“结婚证。”

保安愣了半天，不过还是应下：“好的。”其他的便没多问。

俞璟歆把傅既沉今天座驾的车牌号告诉保安室。

俞倾背靠窗台，笑着说：“那我家傅总可要着急了。”

俞璟歆：“一说查结婚证，傅既沉肯定就能猜到你在这里。”

她搁下手机，让俞倾过去吃水果。

这里的果盘造型特别，今天的主题是“倾心夏日”，有“海”“沙滩”“椰树”，还有“海景房”。

俞倾第一次跟傅既沉来这里吃饭时，吃了一个“冬日雪屋”的果盘。那天，也是她彻底被脱掉“小马甲”的日子。

她先把“海景房的屋顶”拆了吃。

“你跟姐夫，昨晚怎么回事儿？”

她看到姐夫气哄哄的，面无表情。

俞璟歆：“他吃醋了。”

俞倾：“嗯？”她想了想，昨晚就厉炎卓一个外人，她忽而失笑，“他不会连我表哥的醋都吃吧？”

俞璟歆把事情一五一十地告诉俞倾，没有丁点隐瞒。

俞倾消化半晌，心想这对夫妻也是够可以的，互相折磨，四年下来都不甘心，姐夫应该更是。

不过既然都是误会，她建议姐姐：“早点说清楚吧，不然是根心头刺。”

俞璟歆点头：“晚上回家就哄他一下。”

她想好了，给他买朵玫瑰花。

昨晚，他折腾了她两次。一直到两点多，她困了，他也不让她睡。

今天早上醒来，他第一件事就是把她压在身下。

也不知道他哪里来的那么多精力，她五脏六腑差点被折腾得稀碎。

她原本以为他今天会接着找碴，哪知道，他下午回家带孩子去了。

俞倾吃了半个果盘，问俞璟歆：“几道新菜，大概什么时候好？”

俞璟歆看了眼手表：“还要一个半小时。有道菜很费工夫，要煲出来。”

“那时间足够。”俞倾抽了湿纸巾擦手，“要不，去逛逛街？你跟姐夫解释这事，不得准备个礼物什么的？让他有气没地撒。”

俞璟歆早有打算：“回家路上我买朵玫瑰花，十多块钱就搞定。”

俞倾：“……”

她调侃姐姐：“你怎么不买个几块钱的打火机给他？”

俞璟歆笑了，心想倒也不是不可以。

两人去了最近的一家商场。时间不算太宽裕，还要赶回去吃菜，她们直奔男士专柜，俞倾和俞璟歆分开来看衣服。

俞倾琢磨着是不是也给傅既沉买一件，不然季清远有了新衣服，他没有，他又要嫉妒。

店内的巨幅海报上，模特穿了今年的新款，是件酒红色衬衫。

俞倾想了下这件衬衫穿在傅既沉身上的效果，应该既骚气，又狂野，男人味十足。

她让导购员把这个颜色衬衫最大尺码的包一件，顿了一下后又说：“两件吧。”

俞璟歆也选好了，她走过来：“你要选这个亮的颜色？黑色不是更好？”

俞倾：“我们家傅总，穿黑色就是要黑化。”

俞璟歆笑道：“难怪他很少穿。”

但她给季清远就选了黑色的。

没用二十分钟，礼物选好。到了商场一楼，路过大型母婴店，俞倾脚又迈不开了，盯着橱窗里的各种小衣服看。

俞璟歆见她痴迷，说：“那进去逛一刻钟。”

俞倾摇头：“算了。”

她已经给小鱼苗准备了很多用品，再买就没地方搁了。

两人回到私房菜馆，时间卡得刚刚好，厨师已经做好了两道菜。

俞倾放下包，跟俞璟歆道：“我去趟洗手间。”

她穿过摆满植物的长廊，刚拐弯，迎面走来了一个人。

两人皆一怔，脚步顿住。

简杭今晚穿了修身的黑衬衫，配一条白色不规则牛仔长裙。衬衫衣袖卷到小臂处，露出一块样式简单的腕表，不失女人味，又透着干练洒脱。就像于菲说的，跟简杭合作过的人，没几个不心动。

这是俞倾眼里的简杭。

而简杭眼中的俞倾，一身高定仙女裙，脚上是一双平底凉鞋，柔顺的卷发落在肩头，整个人都散发着性感、灵动，可由内而外散发出来的那股锋芒，又让人感觉难以靠近。

简杭把手机揣兜里，一分钟前，她刚结束通话。

刚才席间接到母亲的电话，她挂断，给母亲发消息，说她在应酬。母亲根本不信，知道她还在医院，于是又打来。

没法子，她出来接听，没想到在这里遇到俞倾。

之前在国外，她跟俞倾有过一面之缘。

两人不熟悉，连话都没说过一句，但知道彼此是谁。

如今，俞倾成为大老板的继女，又是合作伙伴的未婚妻，简杭主动打招呼："俞律师，好久不见。"

俞倾浅笑着，客气道："简总，好久不见，这么巧。"

简杭原打算哪天特意约俞倾见一面，不过择日不如撞日，她直言："俞律师，能耽误你几分钟吗？"

俞倾猜不透简杭找她为了何事，她缓缓点点头。

两人移步到没有人经过的僻静角落。

这边过于安静，气氛略尴尬，于是俞倾把窗户撑开一些，让风吹进来。

简杭还得赶回包间应酬，不能在外待时间太长。她长话短说："上周我在江南出差，淋了雨，回来就开始发烧，我办了住院。"

对她来说，感冒发烧就住院，实在矫情过了头。

关键是，刚住院，她就发起了解决新建科技问题的视频会。

后来听说，傅既沉那天原本没有任何安排，大概是要陪俞倾，结果被她这个临时视频会打乱了所有计划。

是她临时组织了会议，明明她可以提前打点滴，或是推迟到会议结束再打，可她偏偏选择在开会时打点滴，让所有人都看到。

在聪明人的眼里，这就是司马昭之心——路人皆知。

这是她的小心思，她就是要让人知道，她是真的生病，也真的住院了。

傅既沉心思缜密，又能洞悉人心，自然一眼就看穿。

她住院住了快一周，直到今天，还是没有出院。

不发高烧了，她又跟共事的同事们说，高烧引起肠胃炎，她还要接着调理。

简杭：“巧的是，今晚我又组了饭局。”

俞倾认真听着，但听到现在，她也没揣摩透简杭到底想表达什么意思，也不明白简杭一直不出院又是为了什么，肯定不是闲着没事干。

特别是今晚的饭局，因为不带秘书，就没人在关键时刻替自己挡酒，而简杭生病还在打点滴，不能喝。

在应酬的酒桌上，最扫兴的事就是找各种借口推托，不喝酒。她既然来了，即便是胃肠炎也得喝，反正已经有炎症，喝了继续挂水就是。

SZ 的高管是客人，大概不知道简杭生病，在这个节骨眼上，简杭声称自己病了，没法喝，在他们眼里，明显就是借口。

再说，作为请客的主人，简杭也不会随随便便扫了客人的兴致。那今晚原本该简杭喝的酒，自然就得傅既沉帮她喝。

酒桌上，男士帮着女士挡两杯酒再正常不过。

以前傅既沉带乔洋出去应酬，肯定也给乔洋挡过酒。但明显，这一次，简杭是有意算计傅既沉。选什么时候组饭局不好，偏要在她生病住院期间组，还明说了不带秘书和助理。

傅既沉再冷漠，也不可能眼看着简杭带病喝酒而不管不顾。

而且，她要是打了头孢，还真不能沾酒。

如果傅既沉替简杭把今晚所有人敬的酒都喝了，给廖总他们的感觉就是，他跟简杭的关系不可言说。

有些话，有些事，传着传着就彻底变了味，再想解释，可能会越描越黑。

这是目前为止，俞倾根据简杭刚才那番话做出的推断，傅既沉肯定也是这么想的。

她对简杭的印象还不错，即便跟简杭有关的传闻很多，她也没去八卦。在她看来，庞林斌看中的人，差不到哪里去。

但简杭现在这番说辞，实在难以自圆其说。可简杭“双商”高，不至于做这么没脑子的事儿。

匪夷所思，她猜不到转折点在哪里。

简杭解释：“我本来就没打算让傅总替我挡酒，不带秘书参加是因为我自己能喝。但误会就误会在这儿了。”

俞倾没发表任何意见，无声地看着简杭。

她不是一直在打点滴吗？不要命了？还喝酒？

简杭如实说道：“其实我感冒早好了，这几天都是挂葡萄糖注射液，没有炎症，能喝酒，肠胃也没有任何不舒服。”

想到傅既沉刚才为了不替她挡酒找的借口，她依旧忍俊不禁：“傅总在开席前就找了理由，说烟酒不沾，要备孕。”

俞倾：“……”

她的傅总，现在语出惊人。

简杭无奈：“后来就算是我自己喝了酒，在傅总那里，也是因为他不替我挡酒，我没法子，为了不得罪人才自己喝。”

这个误会要是不及时澄清，会影响后续合作。

“我是躲相亲。当时开那个视频会，是要让别人知道，我是真的病了，也住院了。没想到造成了误会。”

说着，简杭不由得感慨：“天天跟这个圈子里的男人打交道，傅总是为数不多的，自己避嫌，自断桃花的男人。”

她莞尔：“你运气真好。要是我能遇到这样的好男人，我想都不想，直接嫁了。”这种男人，不经意间就让人情动、心动。

“他跟潘秘书都是万里挑一的好丈夫。”

江南那次下大雨，要是换成其他男人，说不定各种关心她，问她需不需要帮忙，叮嘱她走路要小心。

然而傅既沉跟潘秘书没有。

自从下了车，他们一路上寡言少语，只在潘秘书被她扯进水里时，怕她歉疚，潘秘书才开了句玩笑。虽然不说话，但他们考虑到她穿着高跟鞋，体力摆在那儿，走路肯定跟不上他们，所以他们放缓了脚步。

不会让人误会，却也绅士周到。

想到江南那次淋雨，简杭不得不为傅既沉表功一次：“当时只有我跟潘秘书的衣服湿了，傅总浑身湿透是因为，你给他的钥匙扣不小心掉水里了，他蹲下来捞了不少时间。那么脏的水，都到他脖子了。水浑，天又黑，什么都看不见，只能靠手一直在那儿摸。”

那一瞬，连她都被感动了。

俞倾被傅既沉的操作，一波又一波地冲击着。

那次淋雨，中间经历了什么，他在她跟前只字未提。

她说不上现在是什么心情，酸酸的、麻麻的。她特别想抱一抱她的傅总。

俞倾真诚地跟简杭道了一句：“谢谢。”

简杭笑了笑：“没什么，但凡看到那一幕的人，肯定都跟我一样，十分感动。”

她的手机震动，是SZ的廖总。

“不聊了，我得赶紧回去，他们还以为我失踪了。”

为了让误会彻底解除，她又说了一句：“家里催着我去相亲的男人，你也认识，你跟他基本天天见——秦墨岭。”

俞倾想起来，之前秦墨岭在她跟前提过，说家里又让他相亲，不知道是哪家的千金小姐，他懒得见。为此，他还说要追她，既帮他自己摆脱相亲，还能让她回到律所。

原来相亲对象是简杭。

只不过简杭更不待见他，为了不跟他见面，怕他万一看上她，甚至躲到了医院。

简杭有自知之明：“我们家只是再普通不过的人家，我爸妈都是退休工人。”她靠着自己的打拼才有了今天。

看中她的，是秦家老爷子和老太太。他们的想法很现实——娶她，能帮着秦墨岭打理生意。但她清楚，豪门的日子，没有自家背景撑着，会过得很艰辛。特别是秦墨岭还是个渣。

之前秦家老爷子给她和秦墨岭安排了见面，但她要去江南出差，就耽搁下来。可回来后，她已找不到不见面的理由，再推托，就驳了秦老爷子的面子。她不想得罪秦家，于是借口生病住院。

在她住院期间，秦墨岭一直没来看她。今天中午，他直接跟家里说，她矫情，体质也差，脾气烂，不合适。终于，她成功躲过一劫。她下周一就能办理出院。

手机再次震动，还是廖总的电话。

简杭摁断：“不能再聊了。”

她出来的时间有点久。

“改天找你喝咖啡。”说完，她大步离开。

俞倾又在窗边站了会儿，夜晚的风吹在脸上很舒服。

“备孕”那两个字还在她耳边回响着，很魔幻。

俞倾出来有一会儿了，俞璟歆不放心，找过来，见她在窗边，问：“俞倾，怎么了？是不是哪儿不舒服？”

她快步走过去。

俞倾：“没。刚才遇到个熟人，正好跟傅既沉在一起应酬，聊了几句。”中间过程曲折，三言两语说不清楚，她暂时就没跟俞璟歆说，“等回家再详聊。”

她挽着俞璟歆朝洗手间方向走。

俞璟歆说起她不在包间的这段时间发生的事：“俞璟择给我打电话了，问我跟你什么时候回去，叮嘱我别太晚。”

俞倾打趣鱼精：“他这是醉翁之意不在酒吧。”

俞璟歆摇头：“他还在公司。我问他是不是找你有什么事，让他跟我说实话，要是我能帮上忙的一定帮他。”

结果俞璟择说，没事，就是关心一下。

他歉疚道，以前对她跟俞倾的关心太少。虽然他跟俞倾在国外同住了几年，但除了给俞倾钱，他从来没好好跟俞倾聊过，不知道俞倾想什么，更不知道俞倾缺什么。

“他突然关心起来，我还挺不适应的。”

俞倾：“还是给钱实惠呀。”

说完，两人同时笑。玩笑归玩笑，她们还是心疼俞璟择。

俞倾示意姐姐：“你给鱼精打个电话，问他想吃什么，我们给他打包带回去。”

“好。”俞璟歆随身带了手机。

电话占线，没打通。

俞氏银行大厦，不少窗口灯火通明。半分钟前，俞璟择接到周思源的电话。周思源就在大厦楼下，手里拎着打包的咖啡。

今天对她来说，喜忧参半。喜的是，俞璟择跟邹乐箫掰了，断得彻彻底底，邹乐箫连微信头像都换掉了，昵称也换掉了，这是得多绝望。

她心里终于舒坦，在冷文凝那里回击了一番。

忧的是，简杭出手了，要投资SZ，还是跟傅既沉联手，简杭领投，傅既沉跟投。现在SZ的高层，明显对她态度一般，不再像以前那样热络。

她明白，不过是因为一个“利”字。

今晚她刚得到消息，简杭约了SZ的廖总。不知道消息真假，但足以给她敲响警钟。她也没心思做别的，便过来找俞璟择。

谁知道，到了大厅，她被拦下，问她有没有预约。前台的小姑娘早就下班，值班的是保安。可这个保安认识她，竟还问她是否预约过。

“你们行里现在执行的是什么新规定？不预约都见不到你。”

俞璟择：“不预约没时间接待，也不是打了电话就能预约上。哪个公司不是这样？怎么就成了新规定？”

“俞倾来找你，也要预约？”

“她从来不打扰我。”

周思源一噎：“那不是因为你们住一起吗，当然不用来公司打扰。”

“住一起也是最近几个月。她来北京一年了，没来过我办公室，平时也没找过我帮忙。”

俞璟择这么说着时，自己也是一惊。只有那次她房东卖房子，她让他帮忙把东西搬到他那儿。都是昂贵的香水和包，她临时找不到合适的地方放。即便跟父亲闹翻，离家出走，她也从来没找过他，没让他为难过。唯一一次见面，还是她在朋友圈卖包，他去找她，给了她一张卡。

周思源不跟他讨论这些：“那我预约，不让你这个总裁为难。”

俞璟择：“现在忙，有事你电话里说。”

周思源一愣，说：“给你打包了一杯咖啡。”

俞璟择：“放前台吧，他们会送上来。以后不用专门给我打包咖啡，我这边有现磨的。打包的时间久了，影响口感。”

他问：“还有没有别的事？没事我挂了。”

周思源半晌没吱声，怨气难消。她没想到他突然变成这么个态度：“你忙吧，不打扰你这个大忙人了！”然后她直接挂断电话。

看看手里的咖啡，她真想直接扔垃圾桶里。但她又不能跟俞璟择彻底闹翻，闹翻后，冷文凝要嘲笑她，她也没法让俞璟歆不痛快。

忍着气，她还是将咖啡放在前台，让保安帮忙送给俞璟择。

俞璟歆没打通俞璟择的电话，给他发消息，问他想吃什么，她们可以给他带回家。

俞璟择：随便。

饭吃到一半，俞璟歆的手机响了，是母亲的号码。

她对着屏幕不由得拧眉。她跟母亲上次联系还是几个月前，为了她那个弟弟的事情。

平常，母亲很少跟她联系。她过得如何，宝宝现在怎么样了，母亲想不起来问。

结婚前，她跟母亲的关系表面上还说得过去，即便做不到交心，节假日时，她也会约母亲出来吃顿饭。每次，她都会送母亲一些礼物。

婚后，母亲隔三岔五就找季清远帮忙，都是为了周家生意上的事，不是让帮忙找项目，就是拉投资。

母亲觉得，女婿的资源不用白不用。当然，用了也是白用。

有次她知道了母亲又去找季清远帮忙，还是需要季清远欠不少人情的一个忙。事成之后，周思源在她跟前炫耀，她才得知这件事。

她和母亲起了争执。因为那时，她跟季清远的关系已经冷到冰点，她不希望她的家人一而再，再而三地麻烦他。毕竟就连他们俞家，跟季家也只是合作关系，从来不想着占季家便宜。

爷爷说，占了便宜，季家会看不起她。可母亲从来不考虑她的感受。

自那时起，母亲基本对她爱理不理，说她是白眼狼。

手机还在响。

俞倾转头看了一眼："姐夫的电话？是不是催你回家？"

结果她看到不是，屏幕上显示"兰女士"。

俞璟歆的母亲就姓兰，但俞倾想这应该不是她母亲。

俞璟歆回神："我妈的电话。"

俞倾颔首，没多言。她不知道姐姐跟自己母亲到底怎么一回事，这个称呼显得很陌生。

俞璟歆在响铃最后一秒，接听。

"妈。"她声音很淡。

兰女士："还在忙呢？"

俞璟歆"嗯"了一声，直接问："什么事？"

兰女士没绕弯子："明天星期天，中午出来一起吃个饭。就到SZ，那里的菜不错，符合你口味。"

俞璟歆惊讶于母亲竟然会主动约她。她从来不去周家，也不想跟周家的人见面。

她问母亲："明天去吃饭的还有谁？"

兰女士："还能有谁，就我跟你。我好长时间没看到你了。"别的没多说，只道，"你先忙吧。"

通话结束。俞璟歆怔神片刻，把手机放在桌角。

一直到十点多，傅既沉那个包间的饭局才散，事情谈得差不多，酒也喝得尽兴。后来简杭没找任何理由，该她喝的酒她没推托。

傅既沉不会特意为难一个女人，他之前那句"在备孕"权当是一个玩笑。酒，他正常喝了，总不能让简杭一个女人应付几位男士敬的酒。

到了院子里，傅既沉没急着离开，抽了一支烟，正好散散酒味。

其他几人都带了司机，道别后，几辆车依次开出去。

二楼，其他包间还有没散的饭局，窗户开着，高谈阔论声在幽静的院子里显得格外清晰。但也没什么秘密，都是酒过三巡后的各种段子。

傅既沉吐出烟雾，掐灭烟，上车。

汽车缓缓开动，到了院门口，汽车道闸没开。

司机看见保安室的保安坐在那里，轻轻鸣了一声喇叭。

保安走出来，直接走到汽车后排位置，难为情地对着傅既沉道："傅总，您好，俞总说，您需要出示证件，如果没有，请您直接到102包间开个证明。"

傅既沉："……"

看来俞璟歆在店里。

他还是礼貌地问道："什么证件？"

保安："结婚证。"

傅既沉："……"

他忽然失笑，自己下了车，示意司机把车开回去。

包间里，只有俞倾在，俞璟歆回家了。她边看书，边等傅既沉过来。

包间门被敲响了两下，还不等她说话，门就从外面被推开来。

俞倾合上书："晚上好，我的傅总。"

傅既沉身上酒味不小，在离她一米多的地方坐下："怎么之前都不给我打电话？"

"反正你也逃不掉，打不打电话都一样。"俞倾伸手，"过来给我抱抱。"

傅既沉："我喝了不少酒。"

"没关系，我喜欢闻你身上的酒味。"

傅既沉俯身，就着她的高度。

俞倾搂着他的脖子，用力在他唇上亲了下："我今天还遇到了简杭。你们中间有误会，她住院不是为了给你挖坑，而是躲着跟秦墨岭的相亲。"

傅既沉捋捋思路，也松了一口气。应付简杭那样的女人，很累。还好，她不是冲着他来的。

现在俞倾在怀孕期，心思最敏感，他不希望她像厉阿姨那样，经历感情上的折磨。

俞倾把书放进包里："回家吧。"

傅既沉："俞律师，还要不要讹我一个公主抱？"

俞倾现在比之前胖了几斤："你抱得动吗？"

傅既沉："抱得动，等你老了我也抱得动。"

俞家别墅，俞璟歆到家时，只有季清远一人在客厅。

宝宝早就睡了，他坐在吧台前，正翻看傅奶奶的笔记本。

至于看没看进去，只有他自己知道。不时，他会看一眼手机，但没有任何消息。

院子里有汽车进来，是俞璟歆回来了。她把打包回来的菜放到餐桌上，一只手拿着玫瑰，一只手拎着手提袋找季清远，准备哄哄他。

季清远专注看书，就是不瞅她一眼。

俞璟歆在他边上站了一会儿，他也还是没吭声。

她用玫瑰花扫扫他的鼻尖："别生气了。"

季清远终于开口："道歉的话，有点诚意行吗？你见过谁道歉，是拿花戳人的？"

俞璟歆："……"

她把花给他："送你的，我在花店买的。"又把衣服给他，"也是给你买的。"

季清远微怔，他接过来。到现在，他心里都泛着酸。

俞璟歆看他那么别扭，解释道："我跟厉炎卓没什么，当初是编了谎话骗你的。因为那场婚礼，我彻底成了笑话。我以为你当时心里只有冷文凝，找我也不过是因为我适合结婚，顺便气气冷文凝。我不想自己在你那里太难堪，然后就……"

季清远突然想起，岳父几个月前给他发的那条消息，说璟歆等了他四年。现在她解释清楚了，这让他心里特别不是滋味。

他放下礼物，把她揽到身前，轻吻了她一下。在家里公共区域，他就没深吻。

从晚上到现在，季清远还没吃饭。刚才他余光扫到她带了饭回来，那个打包袋是私房菜馆的。

"吃夜宵吧，一会儿到楼上说。"

俞璟歆："那是给我哥打包的，只够他一个人吃。"

季清远反问："那我呢？"

俞璟歆眨了眨眼："晚上别吃那么多，实在饿，喝点水填填肚子。"

季清远："……"

两人正说着，院子里又有两辆车进来。

凑巧，傅既沉和俞璟择的车一前一后回来。几人进来后，家里变得热闹起来。

俞璟择洗了手，准备吃饭。季清远坐在餐桌前，等俞璟歆给他烤几片面包。傅既沉今晚只顾着喝酒，没怎么吃菜，这会儿也饿了。他看看餐桌上的菜，分量只够一个人吃。

俞璟择刚坐下，还没拿起筷子，就听傅既沉说："等一下。"

俞璟择抬眸："怎么了？"他强调，"这是我的，你们想吃也不提前说，怪谁？"

傅既沉："我现在使用万能卡，这饭归我了。"

俞璟择："……"

季清远没忍住，笑出来，暗道"活该"。

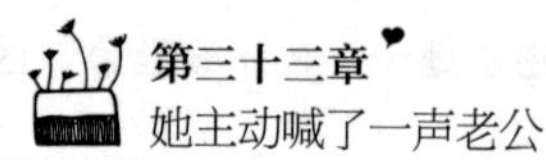

第三十三章 她主动喊了一声老公

今天是周日，傅既沉陪俞倾多睡了会儿，一直到她自然醒。

俞倾转个身，面对他：“今天不去公司？”

“嗯，在家陪你。”

“我给你买了衬衫。”

俞倾起床，去衣帽间把衬衫拿出来。她昨晚回到家后只顾在楼下玩闹，忘了把衣服拿出来让他试穿一下。

她突然说到昨晚的“万能卡”：“我哥跟季清远为什么会那么听话，你使用万能卡他们就认真执行？”

傅既沉也下床：“因为我跟他们说，要是不遵守规则，会得不到真爱。”

俞倾：“……”

她笑：“你现在怎么比我还坏？”

傅既沉：“这叫妇唱夫随。”他走去浴室，“等我冲过澡清醒了，再过来试。”

俞倾简单洗漱后，到衣柜里找了件清凉性感的丝质睡衣换上，还喷了一点香水。

很快，傅既沉从浴室出来，没穿上衣。

俞倾正慵懒地靠在沙发上，欣赏窗外的湖景。

他脚步微微一顿，她已经好几个月没穿过这么撩人的睡裙。

他没去试穿衬衫，而是径直走过去把她抱在怀里。

俞倾回头，傅既沉的吻落下来。她抬手搂住他的脖子，配合他的吻。

傅既沉亲着她，顺手拉了窗帘，屋里瞬间暗下来。两人从沙发上吻到床上，傅既沉两臂收拢给她当枕头枕着。

俞倾捧着他的脸颊，吻得难舍难分。从认识到现在，他们第一次亲了这么长时间。

周末的清早，时间充裕。

傅既沉还是不自觉地紧张，时刻提醒自己注意她肚子里的小鱼苗。他额头的汗珠从眼皮上滑落，滴到俞倾的肚脐上。

两人对望。俞倾情难自禁，沉沦在他深邃的眼神里。

房间里都是她柔软的、像撒娇一样的声音。

最后那刻，她用力攀着他的后背，喊了声“老公”。

柔美的晨光透过窗帘的缝隙悄悄溜进来，散落在沙发、地板上。

房间内慢慢安静下来。

傅既沉还没放开俞倾，亲着她鼻尖的汗。今天这次，他身心都满足，特别是她主动喊了他一声“老公”。

俞倾跟傅既沉十指相扣。刚才情动时，他那么温柔地看着她，她心里满满的。

两人在床上又赖了一会儿。傅既沉亲她：“起不起来？我饿了。”

昨晚虽然用“万能卡”换了俞璟择的夜宵，但看在俞倾面上，他只要了一半的分量，留了一半给俞璟择。

今天是傅既沉和俞倾下楼最晚的一天，快十点钟他们才下来。

傅既沉穿了那件酒红的衬衫，试穿后合适，他就不想脱下来。

俞倾打量着他：“还是我初见时的傅总。”这张脸，让人一看就想得到。

傅既沉问：“在网球场见我第一面就开始关注我了？”

“嗯，因为你出手阔绰，给的小费多。”

“……”

傅既沉瞅着她：“就没有其他值得你多看两眼的？”

“有钱看，谁还有空看男人！”

傅既沉：“……你现在可以保持沉默了。”

俞倾抱着他，笑起来。

两人一道下楼去。刚到楼梯上，俞倾的手机就响了，是庞林斌的电话。

“倾倾，忙不忙？”

“不忙，今天在家。”

庞林斌昨天下午的航班到了北京，要到分公司这边处理些事情，安顿下来后时间不早，又去了趟分公司，就没跟俞倾联系。

“我在北京了，周一晚上，你有空吗？”

俞倾：“有空。”

她安排了餐厅。上次她跟庞林斌就在SZ用餐，庞林斌说菜品不错，还适合看夜景。

傅既沉问：“没让我一块儿过去？”

“没。”俞倾比他高一个台阶，搭着他的肩膀，“可能要跟我聊聊我妈。”

一楼，家里阿姨正收拾餐桌，其他人也刚吃过早餐没多久。

难得，其他人也没去公司加班，都在湖边钓鱼，观水平台上撑起了遮阳伞。俞倾拿了水果和牛奶，也过去凑热闹。

季清远跟俞璟择在比赛钓鱼。

俞璟歆紧挨着季清远坐，她把季清远的衬衫衣袖往上撸。她昨晚给他买的衬衫，他今天非要穿。

今天太阳好，温度高，即便头顶有遮阳伞，穿黑色也比穿白色热。

“要不你回去换一件？”

季清远：“我不热。湖边风大。”

俞璟歆：“……”

她让管家拿来空调扇，又加满冰。

俞倾过来了，步伐悠然。

管家问她，傅既沉要不要钓鱼，他再去准备一套鱼竿。

俞倾点头：“行啊，他今天不去公司。”

管家感慨，今天都在家，不容易。俞家的人很少能凑齐，大多时候也不在家吃饭，即便是周末也一样。

他问：“想吃什么菜？”

俞倾现在为了小鱼苗不挑食："随意吧。"

俞家最挑食的就是俞璟歆，管家又问俞璟歆的意见。

俞璟歆转头："我今天中午不在家吃，我妈找我吃饭。"

话音落，俞璟择看向她，思忖几秒后说："我跟你一块儿过去。"

俞璟歆摇头："不用。放心，我能处理好的。"

季清远没问她，岳母怎么突然找她吃饭，不过用力攥了攥她的手。

俞璟歆提前一小时出门，到 SZ 餐厅时，母亲已经到了。

母亲今天穿了一件改良过的旗袍，头发绾了一个发髻，打理得一丝不苟，看上去雍容华贵、美丽优雅。

不认识她的人，绝不会把强势甚至不讲理跟她联系到一块。

小时候，俞璟歆也曾怨过，父亲怎么就跟母亲离婚了呢，一家人在一起不好吗？后来，她也能明白一些。年轻时的父亲不懂包容，母亲不知退让，针尖对麦芒，水火不容。也只有周思源父亲那样的男人，大多时候顺着母亲，他们的日子才能过下去。

"妈。"

俞璟歆打声招呼，在母亲对面坐下。

兰女士轻抿了一口茶，点点头。她盯着女儿看了几眼，感觉哪里不一样了，好像女儿整个人都变得柔和起来了。

她没再关注这些，聊起俞家："听说，你们都搬回去住了？谁的主意？"

俞璟歆："自己搬回去的。"

兰女士嘴角弯了弯，显然不信。她说起俞璟择："你哥现在……"顿了顿，她轻呵，"他估计是连我这个妈都不想认了，现在我跟他说话……"

"妈，吃饭时间聊点高兴的。"俞璟歆打断母亲的话。她已经厌烦了，每次见面后，母亲都对俞家各种指责和不满。母亲没说累，但她听厌了。

兰女士："行啊，那聊聊你弟弟。"

说到小儿子，她眉头才舒展开来："你弟弟今年大一，等他读完研究生，还得五六年，就算毕业了也得慢慢磨炼。现在做生意多不容易，你也知道，我要是不提前给他铺好路，他以后得多难！

"我趁着现在还有精力，就想着给你弟弟多弄些优质投资，以后让他少受点累。

“你是做姐姐的，平时也得照顾着点弟弟。”

俞璟歆没插话，安静地听着，看向窗外。半空的云朵，穿过高楼，渐渐远去。

“璟歆啊，妈妈就不跟你绕弯子了，今天妈妈找你，是想让你帮忙。”兰女士再喝一口茶。

“你之前说我找季清远，那我现在不找了，我直接找你帮忙。这可是妈妈第一次有求于你。”

说着，她叹了一口气。

“做妈妈做到我这个份儿上，挺没意思的。别人家的闺女都是想着帮母亲，我呢，还得主动找你们兄妹俩。”

她没再废话，直奔主题。

“思源说，SZ 收购案，她那边八成要黄了。现在是傅既沉要投资。

“你可能不知道，思源收购 SZ 后，要给你弟弟 20% 的股份，还不用你弟弟以后操任何心，只要拿分红就行。20% 的股份，一般人谁舍得呀？这可不仅仅是钱的问题，这是心，以后还要花精力经营，你弟弟只管坐享其成就行。

“你现在跟傅既沉和俞倾都住一块儿，你去找傅既沉，让他放弃投资。还有那个尹林资本公司，尹林的老板是庞林斌，是俞倾的继父，你找俞倾帮忙去说一下。俞倾跟傅既沉不可能不给你面子的。”

俞璟歆不由得攥紧茶杯，视线还是落在窗外。

兰女士见女儿没吱声，一时猜不透她心里想什么。

她把菜单递给女儿：“先点菜吧。反正你们都住一块儿，不用预约，晚上回家你直接找他们聊。现在时间紧急，不然我也不会急匆匆中午就来找你。到时妈妈等你电话啊。”

俞璟歆接过菜单，没打开，直接放在桌角。

她看向母亲：“妈，您为您小儿子考虑得这么周全，我深受启发。我家儿子虽然还不到一岁，但我觉得也得开始为他的以后铺路，毕竟等他成年后，那时打拼事业可就更难了。”

兰女士不由得凝眉，但也没打岔。

俞璟歆：“拿亲情去逼着人家放弃投资，这种不厚道的事，我不能干。我得为我儿子把这个亲情关系维系好，要不然，等他长大以后，他得多瞧不起我这个当妈的。”

手机震动，是闹铃。

来的路上，她特意设置的，设置了不止一个，哪个时间点卡得上就用哪个。

她关掉闹铃，揉揉太阳穴，说：“一孕傻三年，要不是定了闹铃，我都差点忘了，下午宝宝还有亲子课。我得向您学习，时刻为儿子着想，不能让他失望。”

她站起来：“妈，您是我偶像，您肯定理解我的吧。今天实在来不及吃饭了，我得赶回去带宝宝去上课，拜拜。”

不管母亲什么反应，俞璟歆拿上包就走，头也没回。兰女士想把手里的杯子扔到桌上，又忍住了。她看向窗外，一直走神。

从那晚跟大儿子的通话到今天女儿对她这个态度，她从来没这么挫败过。

周思源说，自从俞倾回来，就把俞家给彻底搅浑，俞家不再是以前那个俞家，大家都变了，包括俞璟择和俞璟歆。

一开始她不信，现在信了。

俞璟歆到了楼下，大口呼吸。她眨了眨眼，从包里拿出墨镜戴上。

缓了缓，她往停车场走去。她还没到汽车跟前，就见她那辆车的车门被推开。

俞璟歆愣怔，下来的人是季清远，司机不知道去了哪儿。

季清远大步走过来，什么也没问，轻轻抱抱她。

俞璟歆宽慰季清远，不让他担心：“我不难过，我是为我自己高兴，终于勇敢了一回。”

学会了争取，也学会了放下。

有时，她也恍惚，到底是俞倾妈妈那样的母亲让人痛苦，还是她妈妈这样的母亲更让人痛苦。

一个狠心。

一个偏心。

这两个人造成了她跟俞倾完全不一样却又都有着严重缺陷的性格。

而她跟俞倾要花很多年，甚至这一辈子来治疗自己，而且没法痊愈。

还好，她现在有了季清远。而俞倾，遇到了傅既沉。

愉悦的周末眨眼过去，周一的例会，秦墨岭没参加。他一早给俞倾打电话，说身体不太舒服，在医院看医生。

俞倾关心道："怎么回事儿？"

秦墨岭："心悸，无力，畏寒。"

俞倾调侃他："一看就是身体虚。"

秦墨岭："……"

他气得把手机扔一边，没再搭理俞倾。

今天的例会，主要讨论八月份的乐檬群星演唱会。

这次费用投入之高史无前例，集团董事会对演唱会的效应期望值颇高，乐檬管理层的压力也是空前的大。

虽然活动由厉炎卓和冷文凝两家公司配合承办，但他们还是不敢掉以轻心。万一哪个环节搞砸了，或是有黑料，就会血本无归。不仅如此，还会砸了公司的招牌。

演唱会进入六十天倒计时，从明天开始，乐檬演唱会官博隔天公布一位参加演唱会的嘉宾。

例会结束，俞倾接到庞林斌的电话。

庞林斌极少失约，今天明明是他请客，却突然去不了。

他满怀歉意道："倾倾，叔叔今天临时要开会。SZ 决定跟我们尹林资本和傅氏集团合作，估计得开两三个小时才能结束，来不及请你吃饭。等周末，顾恒正好也在北京，到时我下厨，你跟顾恒都回家吃。"

失约于小辈，他过意不去，只能亲自下厨表诚意。

俞倾一听顾恒也回家吃："没关系的，庞叔叔，我觉得吧，就是您今天有空，我都不太想去了，我想周末过去。"

庞林斌呵呵笑着："保证到时让你面对面追星。"

两人就这么说定，结束通话。

顾恒就是她跟姐姐还有邹乐箫都喜欢的那个明星，朵新的代言人，庞叔叔跟前妻的儿子。

出道后，顾恒不想让人知道他的家世，改成跟母姓。

这边俞倾刚挂了庞林斌的电话，于菲的电话又打进来。

于菲今天来乐檬跟法务部对接一个案子，案子了解清楚了，她顺道过来看看俞倾，正好有事跟俞倾说。

“你要是有空，我就上去坐两分钟。”

“二十分钟都没问题。”挂了电话，俞倾让秘书煮咖啡。

没一会儿，于菲到了。

“最近在忙什么？”她问俞倾。放下包，她揉揉脖子，昨晚没睡好，落枕了。

“也没忙什么。”俞倾道，“是乐檬演唱会的一些琐事。”

于菲之前给演唱会出具了法律意见书，也了解一些情况。

她替俞倾庆幸：“还好，你现在跟冷文凝算是和解了，不然你可要把心悬起来了，演唱会一天不结束，你心里就一天不踏实。”

俞倾笑笑：“可不是。”

一旦节外生枝，董事会那帮子人就会借题发挥。

如果演唱会办得格外成功，功劳未必是她的，但失误了，导致公司蒙受损失，那后果肯定就由她承担。

于菲搅着咖啡：“你现在可以把心放肚子里了。”

俞倾：“没法放。”

于菲不明所以：“你又得罪了谁？”说完，她后知后觉，“周思源，是不是？”

俞倾颔首：“她跟冷文凝不一样。”

明枪易躲，暗箭难防。虽然她把周思源有可能切入的点都考虑了一遍，也做好了预案，但谁知道周思源会不会按照她的套路出牌。

“不提她了，到时候见招拆招呗，这样才刺激。”

她问于菲：“最近看到陈言没？她现在怎么样？”

于菲接过话：“正要跟你说，这个星期五到我住的地方小聚。我跟陈言说过了，她那天正好轮休。到时她掌勺做菜，我们只管吃就行。

“还叫了邹乐箫，那个小丫头最近情绪不太对，好几次开会时走神。我也没问她怎么回事，正好给她释放一下。”

至于为何小聚——那天，是她四十岁生日。

不过她没跟她们说，省得她们再准备礼物。她什么都不缺。

周五那天，俞倾正常时间下班，晚上要去于菲那里吃饭。

于菲一个人住，儿子跟着姥姥姥爷住在之前从钱老板那儿买的房子里。因为那套房子离学校近，走路都不用十分钟。

于菲自己住复式公寓，靠近律所，上下班方便。平时她家冷清、空旷，今天格外热闹。俞倾最后一个到，客厅里几人已聊起来。

她到了后才知道，今天是于菲生日，餐桌上摆了一个精美的卡通蛋糕。

“你个坏蛋，怎么也不早说！”俞倾揉着于菲的脸颊。

于菲道：“你们能来陪我，比送我十万块钱的包更让我高兴。”

邹乐箫插话：“换我，我还是喜欢包，人来不来无所谓。”

她们大笑。

俞倾又看了一眼粉粉的蛋糕：“满满的少女心呀，十八岁生日快乐。”

“谢谢十六岁的美少女。”于菲看着蛋糕，“是陆琛订的，以儿子名义订的，怕儿子不高兴，我就收下来了。”

昨晚，她在父母那边提前庆祝过。陆琛借着看儿子的名义，也赖在那儿吃饭。

俞倾：“你们……”

她不知道要怎么问。

于菲知道俞倾想问什么，她说：“复婚是不可能的。我们大学就在一起了，说实话，我也睡够了。他现在都四十了，男人的黄金年龄早过去，我还要他干什么？”

“哈哈。”邹乐箫没忍住，笑出声。之后，她赶紧拿水果塞嘴里。

于菲现在放下了：“最难挨的日子我都挨过来了，就不想再傻一次。我觉得现在这样的生活挺好。儿子跟我、跟他的关系，也亲近。他经常会去看看我爸妈，我有空也会带孩子去看望他父母，挺好。我们没必要非凑在一块儿。”

陈言吃完水果，拿纸擦手：“我们边干活边聊。”

几人去了厨房。陈言是主厨，她们打下手。

邹乐箫靠在俞倾背后，下巴搁在俞倾肩头，想寻找点安慰，来修复她破碎的心。

陈言说了说自己：“我现在基本不难过了，但还得在婚姻里苟活，为了我家两个孩子，为了我爸妈。”

邹乐箫啃着青瓜，纠正道：“陈言姐，最主要的是为了钱啊。”

她们几人再次失笑。

于菲问俞倾："你呢，有什么打算？"

俞倾安静了几秒才说："我打算给我们家傅既沉一个名分。"

话音落下，于菲和陈言停下手里的活，愣愣地看着她。

邹乐箫更是不可置信，歪着脑袋看俞倾的侧脸："你说的名分，是我们理解的那个意思吗？是丈夫的名分？"

俞倾反问："不然我还能给他什么身份？"

邹乐箫接过话："长期工具之类的啊。"

俞倾反手一拍邹乐箫的脑袋："你学坏了。"

陈言和于菲替她高兴，干活都有了劲儿。

于菲道："今天我们喝点红酒，好久没这么开心了。"

俞倾没法喝酒，她准备给俞倾榨葡萄汁："就约等于红酒吧。"

一个晚上，邹乐箫都黏着俞倾。俞倾走到哪里，她跟到哪里，就连坐下来吃饭，她也是紧挨着俞倾。

于菲瞅着她："你怎么跟个没长大的小孩似的？"

邹乐箫长长叹了一口气："我要是再不好好讨好俞倾，等哪天她有了嫂子，我就得避嫌，不能跟她走这么近，不然就是招人嫌。"

于菲秒懂，知道邹乐箫这几天不在状态的原因是什么。

原来是为情所困，被伤着了。

俞倾用葡萄汁敬邹乐箫："我还是你二嫂。"

邹乐箫笑了笑："也对啊。我做不成你嫂子，那你就当我嫂子吧。"

扫兴的话题没再多聊，她们品尝陈言的手艺。

于菲直竖大拇指："已经很多年没吃过这么好吃的家常菜。我妈做菜一般，我就更不用说，现在天天吃食堂，好几个月不下厨一次。看来我时不时就得让你们过来聚一聚。"

俞倾嘴巴挑剔，但也挑不出毛病。她爱吃的几样，口味都格外清爽。

"你专门学过做菜？"她问陈言。

陈言摇头："我是个吃货，以前全职带孩子时，没压力，晚上就研究各种菜，孩子吃得开心，我特别有成就感。"

现在她在SZ上班，自己做不好的菜会请教大厨，他们稍微点拨两句，做出来的菜的味道就变得不一样。

俞倾决定回家跟家里厨师学做葱油面，以后生了小鱼苗，她也要适时露一手，给傅既沉和小鱼苗做个爱心牌夜宵。

她想起以前，父亲给她做过一道菜，虽然难吃，但她还是记在了心里，一直记到现在。

桌上，于菲的手机震动，是儿子打来的电话。

她接听："还没睡呢？"

"没。妈妈，你到露台来。"

还不等于菲说话，电话就挂断了。

于菲起身："我儿子不知道搞什么名堂，让我到露台上去。"

她们放下筷子，一块过去看个究竟。

拉开窗帘，所有人都"哇"了一声，包括于菲自己。

好多串气球，蓝、粉、白都有，上面还贴了发光的小星星。

于菲没往楼下看，但她知道，这是陆琛的小把戏。

陆琛跟儿子在楼下。于菲的公寓在三楼，不算高，他用线拽着气球，就想着她往下看时，他跟她说两句。哪知道，楼上始终没声音，于菲也没找儿子说话。他只好耐心等着。

当他再次抬头时，那几根细线断掉，飘飘荡荡，落在他头顶。

于菲把牵住气球的线剪断，把气球拿进屋去，拉上了窗帘。

儿子想笑，但憋住了。他宽慰父亲："爸爸，如果你坚持三十年的话，妈妈可能会考虑原谅你。"

陆琛不指望于菲能原谅他，只是想把以前给她策划的四十岁生日惊喜都给她。

"走吧，回姥姥家。"

不知不觉间，儿子已经长大，快到一米八，马上要赶上他的身高。

陆琛拍拍儿子的肩膀："谢谢你没怪爸爸，也没恨爸爸。"

"先别客气。"儿子道，"妈妈跟我说，如果三十年后，我能做到比你好，我成为个好爸爸、好丈夫时，我就可以理直气壮地好好给你上堂人生课。就像我以前考不好时，你教训我那样。"

陆琛用力握了握儿子的肩："爸爸期待那天。"

楼上，几个女人没心思吃饭，围在那儿看气球。

粉色和蓝色气球是配角，白色气球才是主角，每个上面都有手绘，一共二十二幅手绘图。

今年是于菲跟陆琛认识的第二十二年，每幅手绘图都是一个故事。

其他三人只看个热闹，只有于菲看得懂每个场景。

俞倾认真看完了，问：“是陆琛画的？”

于菲点头：“嗯，他画画不错。”没想到他还清楚地记得这么多事，有一些，要不是他提及，她已经想不起。

也算曾经没有错付。

邹乐箫把满屋子的气球都拍下来，她自己没经历过这样的惊喜与感动，只能从别人的故事里感受一二。

“俞倾，二哥给过你什么惊喜？”

俞倾：“很多。时间轴跨年，香水，机器人……”还有，他在宴会上突然出现。

最让她惊喜的就是他给她的那张留言条，他跟她说做个差不多的好人。

不知道是不是感应到了，傅既沉打来电话。

俞倾走到餐厅接听：“你那边结束了？”

今晚他有宴会，不少朋友聚一块儿，少不了要喝酒、打牌。

傅既沉：“现在在会所，还要一会儿，我让俞璟择去接你了。”

俞倾现在去哪里都有司机接送：“用不着他过来接。”主要是，她暂时不想让邹乐箫看到他，免得邹乐箫触景伤情。

在俞璟择弄明白自己心意前，两人不适合见面。

也可能，她直觉有误——俞璟择就是真的不喜欢邹乐箫。

傅既沉：“他能跟你说话，路上你就不会无聊。”

俞倾压低声音：“今晚聚餐邹乐箫也在。”

“放心，你哥不会从车里出来的，邹乐箫也不会知道他在车里。”

傅既沉那边有人喊他，他准备挂电话：“俞璟择已经到了，你结束后打他电话就行。”

“哎，等一下，傅总。”

“怎么了？”

“你最喜欢几月？”

“六月。”

“为什么？”

“认识了一个叫俞倾的律师，她很能说。”

俞倾笑了：“再见，我的傅总。”

现在就是六月，她琢磨着哪天给他名分。

聚餐一直到十点半才散，考虑到俞倾不能熬太晚，她们约了下次白天聚。

陈言喝了半杯红酒，没法开车，打算打车回去。

邹乐箫问了她住哪里，发现顺路，说：“我捎带你回去。”

陈言提醒她：“你也喝了酒，你忘了？”

“我爸来接我。”

“那好吧。”

临走时，邹乐箫拿了几只粉色和蓝色的气球，准备回家也手绘几幅图，恭喜自己获得新生。一个男人而已，没什么大不了。

她们几人的车都停在小区门口，于菲的公寓离大门不远，几分钟便走到。

俞倾没给俞璟择打电话，给他发消息：邹乐箫也在，你就不要出来，把定位发我，我去找你。

小区外，邹乐箫父亲的车停在南边，很巧，俞璟择的车停在北边，这样就遇不到了。

俞倾松了一口气，跟她们挥手道别。

她朝北，邹乐箫跟陈言往南。

还没走几步，就听到身后有人喊：“言言。”

是赵树群的声音。

陈言循声找去，看到他的车缓缓朝这边开过来。

邹乐箫不认识赵树群：“你……老公？”

陈言点头：“嗯，不知道他怎么来了。”

邹乐箫：“你赶紧过去吧。”

赵树群把副驾驶的车窗打开，他的身体侧过来，从里面把车门推开。

陈言坐上去，没问他怎么找到了这里，大概是他问了于菲住哪儿，然后一直在这里等着聚会散。

现在她完全把赵树群当成取款机，偶尔也敷衍他几句。

赵树群没多问聚会的事，怕惹她烦，将副驾驶座椅往后放："你睡会儿，到家了我喊你。"

陈言正好不想多聊，她靠在椅背上，眯着眼。

可能人总是爱犯贱，现在她不像以前那样事事包容，他反倒贴得紧，只要不加班，都是他回家陪孩子。

也可能于菲说得对，她有了自己的工作，即便那点工资在赵树群眼里不算什么，对她来说，也是一份收入和底气，让她比之前显得光彩照人，散发着职场魅力。

于菲还跟她说，男人出轨后，很少会因为被老婆发现了而自我反省和愧疚，大多时候会冷漠对待。只有当老婆不纠缠他、不关心他，开始自我绽放时，男人才突然感到不适应，有了危机感。

邹乐箫慢慢悠悠地往父亲停车的地方晃。她一边走一边玩着手里的气球，轻轻放手，让气球飞两秒，又赶紧拽住线。

有时气球飞得有点高，她还要跳起来拽。要是俞璟择像这些气球一样就好了，她总有办法够到他。松手时，就是这一刹那的走神，气球飘得有点高，她使劲往上跳，还是没够到气球。

还好，气球被葱郁的樟树给挡住，没飞到天上去。但就是这个高度，她依旧够不到。

她给父亲打电话，打算让父亲帮个忙。

这时，俞璟择的车从后面开过来，俞倾看到了邹乐箫够气球的那一幕，她现在在打电话，应该是打给邹行长。

但邹行长身高一般，也不一定能够到气球。

俞倾看了一眼俞璟择，他也在看窗外。

汽车开了过去。

俞璟择吩咐司机："往后倒一下。"

有汽车靠近，邹乐箫下意识地转头。倒回来的车是俞璟择的座驾，透过车窗，她看到了那个……让她难过了这么多天的男人。

俞璟择下车来，没费力气就把气球拽了下来。

邹乐箫接过气球："谢谢俞总。"

俞璟择："不客气，举手之劳。"然后他转身就走。

顿了两秒，邹乐箫心一狠，将气球放在地上，“啪啪啪”几下，都踩炸了，然后捡起破烂的一小团，直接扔到垃圾桶里。

俞璟择脚步微微顿了一下，然后继续走向汽车。

俞倾望着他，问：“像不像你肺被气炸的声音？”

俞璟择：“……”

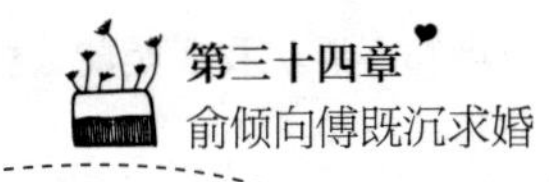

第三十四章 俞倾向傅既沉求婚

周末一早，俞倾接到庞林斌的电话，让她中午过去。

她还没起床，又在床上赖了会儿，想着晚上要给傅既沉一个惊喜，不由得微微翘起嘴角。

傅既沉不知道她为什么笑，还以为她是因为马上就要见到顾恒，喜不自禁。他把她揽进怀里，捏着她的嘴角，不许她笑。

俞倾："傅既沉，你个小心眼。"

她推开他，起床。简单洗漱后，她到衣帽间拿出四五条裙子，开始试衣服。

傅既沉今天还要去公司。他去了衣帽间，扣着衬衫扣子，不时瞅一眼俞倾，腹诽：就是吃个饭而已，有必要这么隆重？

"你去庞林斌那边，也都是自家人，用不着这么刻意打扮，这样显得见外。"他说了一句。

俞倾试衣服不是为了中午去赴约，但她故意道："女为悦己者容。你不懂。"

这时，正在整理衣帽间的机器人渔家乐出声："小鱼，你这样说，傅总心里会很不服气。

"小鱼，他瞪你了。"

傅既沉："……"

他拍了拍渔家乐的脑袋："你哪只眼看到我瞪她了？"

渔家乐："这还用我说吗？你心里有数，我心里也有数。"

傅既沉暂时让渔家乐休眠，安静片刻。

俞倾已经试穿了三条，腰间有点紧，都不是很合身。以前她穿正好修身，现在有了小鱼苗，她的腰围增大了。

其实不止这几件礼服，其他没试穿的礼服，也面临这样的尴尬。

"傅总，我胖了。"

傅既沉从身后环住她，安慰道："一点都不胖，我还是能公主抱把你抱起来。"

他知道她有多在意自己的身材，也一直以自己的身材为傲。刚认识那会儿，她每次撩他，他都难以自持。

现在，她很少再穿性感的睡裙。

俞倾的关注点不在她胖了这件事上，她在计划下午逛街买衣服。

她从镜子里看傅既沉："你晚上几点回来？有应酬吗？"

傅既沉："没有。晚上我陪你逛街吧。"

俞倾摇头："累，我不想去。你早点回来陪我。"

不到十点钟，俞倾就从家里出发。第一次去庞林斌家做客，她满心期待。

庞家，庞林斌一大早就起来忙活。他"临时抱佛脚"学了一样菜，味道欠佳，火候也掌握得不好。

他叹了一口气，接着跟厨师学。他能在资本市场翻手为云，覆手为雨，却在这几十平方米的厨房里感到无可奈何。

顾恒难得休息，在家看会儿书，结果厨房里不时传来"砰砰砰"声，震天响。他搁下书，去厨房。

"爸，菜不是剁的。"他撸起衣袖，"我来吧。"

庞林斌回头："你会切菜？"

顾恒"嗯"了一声，找了一条围裙系上。

见儿子没开玩笑，庞林斌站到一边去。他跟儿子有时好几个月见不到一面，对儿子私下的生活并不了解。

"你怎么有空学做菜？"

顾恒："之前拍了一部剧，那里面的主角家里穷，在餐馆里打工，从帮厨做起。”开拍前，他专门去学习了一个多月的烹饪。

他做出来的菜，色香还行，味道只能算一般，但他刀工练得不错。拍戏时，着重就是要拍刀工。

庞林斌点点头：“剧播了吗？到时爸爸追剧。”

“还没。”

顾恒抄起刀，开始切丝，紧跟着，厨房传来有节奏的“嗒嗒嗒”声，听着都让人愉悦。

俞倾到了，管家出去接她。不多会儿，外头传来声音：“庞叔叔。”人未到，声先至。

庞林斌应着：“我跟你哥都在厨房，过来吧。”他跟儿子说，“倾倾今天过来，吃饭是其次，她要追星。她是你的粉丝。”

俞倾今天没特意打扮，穿着也以舒适为主。

她跟顾恒见过，那还是很多年前的事。还没走到厨房时，听到里面的切菜声，她不禁佩服，原来庞叔叔的刀工了得。等进了厨房一看，她傻眼了。

背对着她，正在切菜的是顾恒。顾恒转头，笑了笑：“长成大姑娘了。”他模样没怎么变，只是比以前成熟了，更有气质。

他第一次见俞倾是在他父亲和俞倾母亲的婚礼上，那会儿俞倾才十四岁，他也没出道。

十一年过去，他在演艺事业上有了现在的成绩，而她即将为人母。

他们当初说的第一句话，是她先找他说：“哥哥，你在想什么？”她指的是，观礼时在想什么。

他回她：“希望我爸这次结婚是认真的。”

她说了句：“哥哥，谢谢你。”

很久后，他才明白她那句话的意思，他不排斥她的母亲，她替她母亲表示感谢。

顾恒今天替父亲的厨艺“挽尊”，他对俞倾说：“想吃什么菜，点吧，我会做的还不少。”

俞倾惊讶于顾恒会做菜：“你平时拍戏赶通告，那么忙，哪来的时间做菜？”

庞林斌跟她说，顾恒是为了拍剧才学的。

俞倾：“我知道是哪部剧，说是明年五月份播。”

庞林斌在边上没事做，他拿出手机，打开录像模式，对俞倾道："你不是要追星吗？我帮你拍，拍了传给你。"

俞倾笑："谢谢庞叔叔。"她跟顾恒现在还有点陌生，不好意思直接拿手机对着他拍。

庞林斌刚拍了一小段，有电话进来，是厉冰。他保存视频，边往外走边接听："这么晚了，你怎么还不睡？"她那边是凌晨。

"不困。"厉冰问他，"你学做菜，学会了吗？"

"放弃了。"庞林斌把情况跟她说了说，"俞倾已经过来，现学也学不会。今天的菜由顾恒做，他比我强。"

"你放弃学的话，那我不是也没得吃了？"

"等回去我再学着做给你吃，今天不是赶时间嘛，要不，我说不定也是米其林大厨。"

"……"

庞林斌知道厉冰为什么打这通电话："放心，倾倾跟顾恒相处愉快，一个主动要做菜，我都没有这个待遇；一个声称要追星，无限崇拜。"

他看了眼手表："现在是不是能好好睡觉了？"

厉冰没再多言："晚安。"

"晚安。"挂电话前，庞林斌又说了句，"过两天我回家一趟。"

"你不是要在北京待一段时间？"

"回家向领导汇报工作，汇报结束再回来。"

厉冰笑笑："到时我去接机。"

顾恒做了六个菜、一个汤。

俞倾吃撑了，菜的味道一般，但代表的心意不一样，意义更不一样。她是以小迷妹的身份在吃这顿饭。

还有一个菜没动。俞倾："我想打包回家，给我姐吃。"

庞林斌半开玩笑："谁不知道俞家大小姐口味挑剔，传闻她连出差都要自带厨师。"

俞倾笑着解释道："我姐也是顾影帝的小迷妹。"

既然不嫌弃，庞林斌就让阿姨把菜打包。

俞倾在庞家待到三点多才离开。出了别墅区，她吩咐司机直奔商场。

她裙子“瘦”了，要添置几条，最主要的是去买件适合孕妇穿的白衬衫。

转了好几家母婴店，没选到合适的，她还是去了女装店。她打算买件尺码稍大的，到时最下面的几粒纽扣不扣，反正拍证件照也只拍上半身。

真是冤家路窄，今天周思源也出来逛街。

这两天她心情差到极点，通过购物发泄，没想到在这里都能遇到俞倾，让人糟心。

当俞倾转身时，她愣怔。俞倾的肚子隆起，看样子应该怀孕五六个月了。之前几次碰面，因为穿着，她竟然一点都没看出来。

俞倾也看到了周思源，之后连眼皮都没抬。

旗舰店就这么大，转了一会儿后，两人迎面遇到。

周思源嘴角勾着一抹嘲讽的笑：“你们俞家姐妹俩还真是有意思，一个个的都靠孩子来绑住男人。”

俞倾：“关键被绑住的男人都死心塌地，你是不是很羡慕？”

周思源：“……”

她冷嗤一声。

俞倾抬步走开，多待一秒钟都影响胎教。

周思源也没了心思逛，一件衣服没买就离开了。

这两天的糟心事，接二连三。除了SZ，她看好的其他项目，本来胜券在握，现在也在黄的边缘。之前找她合作的人，毫不夸张地说，差点踏破门槛，现在她那儿是门可罗雀。

要是再这样下去，周家的财富可就要大幅缩水。之前冷文凝差点破产时，她当面揶揄过冷文凝。等到思源控股的市值下跌时，冷文凝肯定会变本加厉地来嘲笑她，说不定还会落井下石。

思来想去，周思源还是决定修复跟俞璟择的关系。SZ的项目黄就黄了，她得为了以后着想。于是她给俞璟择发了一条消息——

“哥，我这几天反思了自己，确实是我不对。

我不该得意忘形，更不该小人之心，看不惯俞倾，看不惯邹乐箫，让你夹在俞家和妈中间为难。

SZ的项目，我放弃了。

以后我脚踏实地地做项目。

我不是憎恨俞璟歆，只是羡慕，甚至嫉妒她。她有疼爱她的爷爷奶奶和父亲，还有你这个亲哥哥。我什么都没有。

我爸虽然对我也不错，但他根本就做不到公平。

我只有在你这里能找到亲情，找到家的感觉，时间久了，我就特别害怕别人跟我争抢这唯一属于我的温暖。

说了这么多，我也不知道我到底想说什么。

希望你别怪我。”

俞倾到家时，天色不早。家里人都在，还组了一个牌局。

俞璟歆坐在边上看牌，偶尔，她会围着桌子转一圈，偷偷看父亲的牌，然后告诉季清远。

俞倾拎了几个购物袋，还有一个打包盒。她逛街时，打包盒一直放在车载冰箱里，这会儿冷冰冰的。

“小王八蛋，回来啦。”俞邵鸿抬头。

“嗯。”俞倾朝父亲嘚瑟了一下。

她今天要给傅既沉惊喜，除了他本人，家里人都知道。

就像上次给傅既沉过生日一样，他们都特别配合。

俞璟歆看到了俞倾手里的打包盒：“在哪儿打包的美食？正好给我当夜宵。”

俞倾：“顾恒烧的菜。”

“什么？”

俞璟歆激动地站起来，彻底把季清远抛在脑后。

“吃不吃？”

“必须吃，再难吃也是山珍海味。”

季清远：“……”

他淡淡扫了一眼那个打包盒。

俞璟歆把菜加热，迫不及待地拿筷子吃起来。味道怎么样她不知道，但嘴巴带了滤镜，感觉就是好吃。

她忍不住夸赞：“米其林大厨的手艺！”

她们三人的追星小群里，俞倾把今天从顾恒那儿要来的签名晒到群里，这是她专门给邹乐箫要的。

邹乐箫开心得快要冒泡泡：你不是说顾恒烧了菜吗？好吃吗？好吃吗？

俞璟歆在群里发言：我在吃打包回来的。反正我是没吃过这么好吃的菜。

邹乐箫发了两条语音过来，俞璟歆打开来听。

“啊啊啊！”

声音穿过天花板，快要把楼顶给掀翻。

下一条自动播放：“璟歆姐，你要是吃不完就给我留着，我要求不高，你给我留点菜汁就行，我用馒头蘸着吃！”

语音播完，连客厅那边都很安静。

俞璟择：“……”

时间差不多了，俞倾去楼上换了新买的长裙。

牌局继续，傅既沉手气依然不错，今晚基本没输。

俞倾站在他旁边，用手指拨弄他手里的牌。

傅既沉抬头，微怔：“新买的？”

俞倾点头，问他：“好看吗？”

“好看。”傅既沉把旁边的椅子拉开来，让她坐下。

人都到齐，俞邵鸿把手里的牌合拢。

他看看所有人，说：“今天大家难得又聚到一块儿。我琢磨了一整天，要以什么样轻松的方式开头说这件事，想来想去都觉得不妥。对既沉和小鱼苗来说，这是人生里最不一样的日子，我们就严肃点。”

傅既沉心里忐忑，不知道什么事情需要这么严肃。

俞邵鸿说起家庭群：“群里边就只有既沉不是我们家正式的一员。”

傅既沉突然想到，季清远以前说过的一句话，要是有天岳父把他们踢出群，他们基本就跟这个家无缘了。

可如果岳父真要让他们各自回去住，俞倾也不至于穿新买的裙子，而且看上去心情还不错的样子。

即便冷静如他，遇到跟俞倾和小鱼苗有关的事，也镇定不到哪里去。

俞邵鸿示意俞倾：“你说吧。”

俞倾站起来，看着傅既沉。傅既沉跟她对望，有那么一瞬，脑袋空白。

俞倾暗暗做了个深呼吸，为了这一刻，她之前还专门打了草稿，结果关键时刻忘词了。

她两手握着傅既沉的手：“我知道，你唯一不敢做的一件事就是跟我求婚。那换我来。傅总，我想嫁给你了，想做你的妻子，想这一生都有你陪着，想等到很多年之后，你还会喊我俞律师，我还能撒娇喊你一声傅总。”

她缓了口气：“有你的日子，这个家都是欢乐的。我喜欢你给我的一切惊喜，并深深爱着。”

她问：“傅总，你愿不愿意陪你的小美鱼走完这一生？”

傅既沉喉结微动着：“我愿意，特别愿意。”

他用她的手背抹一把他的脸颊，站起来紧紧抱住她。

俞倾把脸埋在傅既沉身前，两手抓着他腰侧的衬衫。因为小鱼苗，她再也没法像以前那样，环抱他的腰。她不知道是被自己触动了，还是被他感动。她手背上，刚才擦过他脸颊的地方，有水痕。

有家人在，他们没亲吻，只是安静地抱了抱对方。

俞邵鸿保存视频，从俞倾表白开始录，录了长长的一段。他把音量调到最小，又从头看了一遍。今天特别高兴的不只有傅既沉，还有他，那块心病终于除去。

小女儿不婚，他一直自责、内疚着。

俞璟歆刚才也录了视频，转发给俞倾。

季清远凑到她耳边：“结婚时我对你说的那些话，你还记不记得？”

俞璟歆侧眸：“确定是对我说的？”

季清远微怔片刻，恍然大悟，原来她的心结根源在这里。他反问：“不然呢？我跟你的婚礼，我不对你说，我对谁说？”顿了下，他又道，“不是跟你说的，我是跟俞小狗说的。”

俞璟歆笑了，拧了季清远的大腿一下。他疼得眯了眯眼，拿手掐住额头。

俞璟歆赶紧揉揉被她拧过的地方：“疼不疼？”

季清远：“回楼上再跟你算账。”

俞璟歆明白他这话的潜台词，于是推开他的脸：“坐好了。”

“爸，你不是要给俞倾订婚礼物吗？”她岔开话题。

“我这脑子，光顾着高兴，你要是不提醒，我差点忘了。”

俞邵鸿从牌桌的抽屉里拿出一个档案袋递给俞倾。

这是他早就准备好的礼物。他原本不指望俞倾订婚结婚，是打算等到她生孩子时送给她的。

俞倾接过来：“什么礼物？”

“房子。你姐订婚时，我送了储蓄卡，但卡不适合你。”俞邵鸿说，“送你钱你就直接花了。你要是放开手花钱，这一栋别墅也不够你上街花几次。”他又叮嘱，“你可不能卖啊。”

俞倾：“……我有这么不靠谱？”

俞邵鸿反问：“我要说你靠谱、很节俭，你不心虚啊？”

俞倾笑了，打开档案袋。别墅就在这个小区，也是环湖。看到是第22栋，她满足了，就是他们家前面那栋。

俞邵鸿说起别墅：“当初跟我们这个房子一块儿装修的，风格也一样。本来打算让你爷爷奶奶过来住，他们不愿意搬，还是喜欢老宅。房子天天有人打扫，你跟既沉搬过去就能住。”

他特别声明：“可不是要赶你走啊。你姐住的三楼，人家房间正常，有儿童房。”说到这里，他叹了一口气，“你住的二楼，都被你改成了衣帽间，小鱼苗出生后，住哪儿？再说，到时候既沉的家人过来看孩子也不方便。你们还是单独出去住，离了几十米远，跟住家里差不多。”

俞倾很感激父亲想得这么周到，知道她没安全感，就给她准备好房子：“谢谢爸爸。过几个月我们再搬。”

俞邵鸿：“随你们。”

他又问俞璟歆跟季清远：“你们俩呢？准备什么时候回你们自己家？”

季清远知道俞璟歆想住家里，离俞倾近。

他无所谓住哪里：“不搬也行，反正一天只在家睡几个小时的觉，连饭都不在家吃，住哪儿都一样。”

俞邵鸿点头：“那行，以后家里水费你出。”

季清远：“……”

桌子另一边，俞璟择还在看手机。他之前一直在打牌，没注意手机，这会儿才看到周思源给他发来的那条长消息。

他回复：嗯，我知道了。

其他没多说。

五个字，两个标点符号，周思源揣摩了好一会儿，怎么看怎么没感情。

要是搁在以前，她这么跟俞璟择哭诉，他会给她打电话，问她怎么回事，绝不会回这干巴巴的几个字敷衍她。

她心里彻底没底了。

周思源盯着手机屏幕半晌，又给俞璟择发了一条：过去的就翻篇吧，以后我知道自己要做什么、怎么做。弟弟的期末考已经结束，这周就放假。等他回来，我们一家人一起聚聚吧，好久没一块儿吃饭了。你哪天有时间？到时根据你的时间来安排。

俞璟择：没时间。

周思源看到这三个字，心拔凉：哥，你还真跟我和妈赌气呢？我们都反思过自己了。

俞璟择：仪式感有必要，形式感就算了。我最近也反思了自己。

“形式感”这样讽刺的话，他都说出来了，看来是一点面子都不愿给。

周思源：哥，你还真就眼睁睁看着我们家公司缩水，甚至垮掉，你不管呀？

俞璟择：不管哪个公司，自己不努力的话，早晚有垮掉的一天。投机取巧，不劳而获，长远不了。

周思源揉揉心口。她正在敷面膜，此时直接把面膜扯下来，大口喘气。她怀疑这些消息不是俞璟择本人回复的。

周思源：你发个语音，怎么感觉不是你？

俞璟择发了语音：“不然是谁？”

周思源把手里的面膜揉成团，湿湿黏黏的，满手都是精华。

“咚”的一声，她把面膜扔进垃圾桶。

她单手打字：你现在也会生气，也会抬杠了。行，我不跟你赌气，你就把心里的火气发泄出来，我大人不记小人过。对了，公司也有妈的一半辛苦付出，现在业绩下滑，她成天睡不好，你真忍心啊？

俞璟择今天就跟她彻底掰扯个明白：谁都辛苦。这么多年，我爸一直坚持五点钟起来。

俞璟择：我因为习惯晚上加班，睡得晚，早上比我爸要起得稍晚，但每天六点半之前绝对赶到公司。家里其他人就更不用说。

俞璟择：不是只有你家的人辛苦，其他人更辛苦。

周思源看着最后一条，知道俞璟择是铁了心不愿回头帮她，即便扯上他亲妈，他也不再买账。

俞璟择的消息又进来不少，她看着他刷屏，很不习惯——他的话从来没这么多，今天太过反常。

她心里变得不踏实，甚至感到慌乱。

俞璟择：关于业绩下滑，各种坏账，投资失利，客户流失，金融产品被其他行产品替代，这些危机，俞氏银行天天面临。我跟我爸还有其他管理层人员每天的压力，不是你能想象出来的。

俞璟择：先不说我，就说俞倾，乐檬这么多年的知名企业，也面临走下坡路的危机，她却顶着那么大的压力，大刀阔斧地重整公司。有天她累到一个字都不想说了，回家举着个牌子。

俞璟择：按照你的逻辑，她应该直接找庞林斌要资源，庞林斌的儿子也要无条件帮她。

周思源被堵得哑口无言，打了一行字又全部删去。

俞璟择的话还没说完，他又发来一条：璟歆也一样，无论四年里过得多么艰难，到了公司，也必须把自己的个人情绪放一边。她负责风投部，一旦决策失误，就会损失惨重。没人敢任性。

俞璟择：就连冷文凝都知道，任性也是要有度的。她现在为了公司单子，还不是通宵赶方案，放下面子去找乐檬合作？

俞璟择：谁都不容易。

俞璟择：到了战场，不是你死就是我亡，只能自己去拼命，眼泪没用，失眠没用，自怨自艾更没用。

周思源把这些消息看了两遍，字字诛心。在他眼里，现在就只有他两个妹妹好，至于她，被他贬得一文不值。俞倾给人洗脑的本事，她今天算是见识到了。以前的俞璟择不是这样的，自从俞倾搬回家，一切都变了。

俞璟择：这是第一次说这么多，也是最后一次。提前跟你说一声，以后再发这种消息，我不会再回。

“咚咚”，桌面被敲响了两声。

俞璟择抬眸，发现刚才是父亲在敲桌子，问：“怎么了？”

俞邵鸿：“喊你两声，你都没听见。”

“回了个邮件。”俞璟择把手机调成静音状态，装进口袋里。

牌局继续。

傅既沉到现在还没平静下来——他跟小鱼苗有家了。

俞倾把桌上的牌往一块儿收，推到傅既沉跟前：“你洗牌。”她喜欢看他洗牌时的手法和动作，跟顾恒切菜时一样，令人着迷。

俞邵鸿开始关心女儿的婚礼，他问俞倾：“你跟既沉，打算什么时候领证？领证后，我还有礼物送，是送给你们两口子的，那可比别墅值钱。”

关于领证，也是傅既沉关心的头号问题，他眼睛一眨不眨地看着俞倾。

俞倾的手搭在傅既沉腿上：“随我们家傅总吧，这件事让他做主。”她也提出了一个小建议，“七夕啊，圣诞啊，都行。”

傅既沉一听圣诞，心想那还有半年，到时小鱼苗都出生了，就算是七夕，也还要两个多月。

“我觉得适合自己的日子最重要，没必要凑热闹非要赶在节日里领证。”

俞倾赞同他的说法：“行啊，你觉得合适就好。”她问：“那傅总，哪天合适？”

还不等傅既沉说话，季清远抢先道：“傅总掐指一算，明天就是领证的良辰吉日。”

傅既沉：“……”

其他人哄笑。

俞倾也笑，她替傅既沉把话说出来：“那就明早去领证。”

傅既沉的心放回了肚子里，他扫一眼季清远，准备报仇：“季总，麻烦你去给我倒杯咖啡。”

季清远抬眸看向傅既沉那个方向：“凭什么？”

俞璟择插话：“凭他有万能卡。”

季清远：“……”

笑声再次在客厅里传开。

季清远不情不愿地起身。要是不遵守“万能卡”的使用规则，会得不到真爱，即使得到了也会失去。

俞璟歆抬头，拽拽他的衣袖：“我也要喝。”

面对自己老婆，季清远脸色立即变得柔和：“加不加糖和牛奶？”

俞璟歆想了一下，说：“要不就加一点。”

很快，季清远端来了两杯咖啡。他把咖啡杯重重地搁在傅既沉面前，提醒道：“记得减一张卡。”

俞倾馋咖啡，只能靠闻着香味解馋。

“我给你倒杯牛奶？”傅既沉问她。

俞倾摇头，她现在什么都不想喝。

茶水柜上还有两个杯子，俞璟择过去帮着端过来。

其中一杯是牛奶，他放到父亲跟前。

俞邵鸿看向儿子："你两个妹妹都结婚了，也都有了孩子，你这个做哥哥的，有什么打算？"

俞璟择故意曲解父亲的意思："放心，我会给她们带孩子的。"

俞邵鸿："……"

十点半，牌局散了，众人各自回屋。俞倾拎着其中一个购物袋，洗澡去。

傅既沉在沙发上坐了一会儿，今晚俞倾求婚的视频，他看了五六遍，还是觉得跟做梦一样。他搁下手机，去衣帽间把明天要穿的白衬衫找出来。

"傅总？"俞倾洗过澡出来，没见到他人。

"在衣帽间。"

傅既沉试穿了一件新的白衬衫，纽扣刚扣上，俞倾就推门进来。傅既沉转身，两人都失笑。她也换上了新买的白衬衫。当时她拿了店里的最大号，但最下面两颗扣子依旧扣不上，不过影响不大。

俞倾走过去，替傅既沉整理衬衫。

傅既沉把她环在身前，他好久没看她穿白衬衫的样子。以前在傅氏集团上班，她天天穿这样的工作服，永远是一副坏兮兮的模样。

他低头，含着她的唇吮吸了一下。

俞倾现在也不敢踮脚，只能拉低他的头，回吻他。

即将领证的喜悦，用言语已经无法表达。

傅既沉抱着她回床上。

怕把白衬衫弄出褶皱，他脱下来放边上。俞倾身上的那件也是。

傅既沉手臂撑在她身体两侧，亲着她的鼻尖："谢谢。"

别人不知道，他知道她能决定结婚，是鼓起了多大的勇气。

他许诺她："我们不会离婚，你也不会没有我。我和我的钱，都是你的，也只是你的。"

俞倾抱着他的脖子："这一年里，你欠我很多次。"

傅既沉的唇贴着她的耳郭："以后一次不少全补给你。"

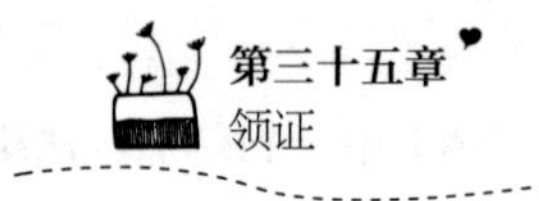

第三十五章 领证

半夜时分，俞倾吃饱喝足，早就进入梦乡。

傅既沉却没有丝毫困意，盯着俞倾的侧颜看。屋里的遮光帘拉上，漆黑一片，他只看到她的轮廓。

他贴着她的侧脸，她鼻息均匀。

不知不觉，一个多小时过去了。

傅既沉闭上眼，脑细胞还是异常活跃。

从去年这个时候开始到现在，跟俞倾有关的所有画面一幕幕播放。她每次为了某种目的跟他撒娇时的样子，她妥协时的模样……都让他失控。

又不知道过了多久，还是睡不着，傅既沉便牵着俞倾的手，轻轻扣住。

翌日，五点钟的闹铃还没响，傅既沉醒来，没有丁点没睡好的疲惫，反倒精神亢奋。

他整理表情，尽量让自己看上去跟往常没什么不同。

他到楼下健身房锻炼时，正好遇到早起的岳父。

“爸，早。”

“早。”

俞邵鸿是特意在这里等傅既沉。昨晚太过激动，他忘了把俞倾的证件和资料给他们俩。没有这些，他们没法领证。

当初俞倾不愿跟秦墨岭相亲，她还要离家出走，他怕她真的走了，再也不回来，就把证件都扣下来，只留了身份证给她。后来俞倾搬回家里住，关系缓和，她也忘了把那些证件拿回去。

“这是俞倾的证件，你收好。”

傅既沉只是很奇怪，俞倾的护照什么的都在岳父这里。按理说，这些常用的私人物品，她应该自己保管才是。

他无意说了一句：“是不是她落在哪儿了？”

俞邵鸿差点没接住话：“哦，不是，我们父女感情好，我替她保管。”

傅既沉：“……”

岳父怕是不知道俞倾给他取的绰号。

早锻炼之后，傅既沉跟平时一个时间点离家。

他还要先回公寓一趟，他的证件在公寓。

昨晚睡前，他跟俞倾商量好了，今天十一点在民政局门口碰面。

领证的决定太仓促，今天上午他们各自还有不少工作要处理，来不及往后推。

今天是个非同寻常的日子，老板即使穿了白衬衫，心情也很不错，平时寡淡的脸上竟然浮着一层淡淡的笑意。

不只潘秘书，就连楼下的保安都这么觉得。

早会后，傅既沉让潘秘书去他办公室。

他看了今天的日程安排，晚上有个饭局，于是吩咐：“你跟副总去。”

潘秘书无语，不过还是赶紧应下来：“好的。”

十一点钟还要跟简杭和新建科技那边开视频会，傅既沉又吩咐潘秘书：“到时你代我参加。”

潘秘书很纳闷，不知道老板为什么会一反常态。

老板的行程安排，即便是私人的，他也会知道。今天中午的会议，还有晚上的应酬，以老板的性格不会缺席。

他唯一能想到的，大概是集团遇到什么紧急情况了。

但老板不说的事，就不是他能过问的。

傅既沉把手里的文件签好字给潘秘书：“我今天跟俞倾领证。”

潘秘书一惊。

他由衷地替老板高兴，觉得老板太不容易了。

“恭喜啊，傅总。”

傅既沉脸上的笑意遮不住：“谢谢。”

等潘秘书拿上文件离开，傅既沉看了一眼手表，九点五十分，他打算提前到民政局门口等俞倾。

临走时，他到休息室对着镜子照了照，衬衫没有任何不妥。

拿上他跟俞倾的证件，他又从冰箱拿了一瓶“一见倾心”的柠檬茶。

过了早高峰，这会儿路上不是太堵。

傅既沉拿出手机，准备到那个大的朋友群里发红包。秦墨岭也在那个群。

他手指已经输入金额，又退出来。他想着还是等哪天直接把结婚证带给他们看，让他们发红包给他。

他还算沉得住气，到现在都没告诉家里人。晚上，他要回家一趟。

十点半，汽车停在了民政局附近的停车位上。

傅既沉没催俞倾，打开邮箱，想处理工作，但屏幕上的字就跟有重影一样，他静不下心来看。

——晚上都回家，别忘了。

他在家庭群里又发一遍。

大哥傅成凛出声：我暂时还不确定，尽量。

一说尽量就有点悬。上次邹乐箫请客，傅成凛也说尽量，但最后还是没去，说太忙，挤不出时间。

傅既沉：除非今晚你喜欢的女人要跟别人订婚，你要去抢亲，不然你实在没理由不回来。

傅成凛：……

傅董提醒傅既沉：你别刺激你哥。你说的事，马上就要发生在他身上。

傅成凛：爸，您不觉得您现在就是在刺激我？把消息撤回。

很快，傅董撤回了消息。

傅老爷子：我一直都不明白，大家都看到的消息，撤回的意义在哪里。P. S. 诚心求问。

“……”

傅既沉扶额，差点笑出声。

家庭群里的小插曲暂时舒缓了他紧张的情绪，一晃，二十多分钟过去。

傅既沉戴上墨镜，拿着资料下车。

离约好的时间就差十分钟，俞倾还没来，也没给他发消息。从早上到现在，她连电话也没打。

今天不是多特别的日子，到了这个时间点，进出结婚登记处的情侣也没有几对。

傅既沉站在登记处门口，望着俞倾可能到来的方向。

天热，他没一会儿就出汗了。

他看看手表，又过去五分钟。有那么一瞬，他真怕俞倾反悔了。

他给俞倾发消息：你到哪儿了？是不是堵车？我在门口等你。

对方没有回复。

身后有脚步声传来，随之响起一声："傅总。"

傅既沉猛地转身，看到俞倾也戴着墨镜，从登记大厅走出来。他大步走过去："你什么时候来的？"

俞倾："十点多一点，反正比你早。我就怕你提前来了，等着急，我就在这里等你。"

傅既沉抚抚她的脸颊："谢谢我的俞律师。"

他牵着她进去："我在车里等你的。"

俞倾侧脸，打趣他："刚刚没等到我，是不是怕我不来了？"

傅既沉笑了笑，攥紧她的手："就算你不来，我也把你抱来。"她只能是他的。

盼了这么久的红本本，经过简单的流程后，终于拿到手。

俞倾拍下结婚证，把她那本递给傅既沉："我人生里最宝贵的财富，交给傅总保管啦。"

当着工作人员的面，傅既沉轻轻抱了抱俞倾："谢谢我的俞律师，谢谢我孩子的妈，更谢谢我的老婆，我们都有家了。"

中午，他们去餐厅简单庆祝了一番。

俞倾订的位子，就在SZ。她想了想，这是为数不多的几次中的一次，她跟傅既沉在外面吃饭。

在她的身份被戳穿前，是她不敢出来。而她的"小马甲"被脱下来后，两人都太忙，就没刻意约会。

想到约会，俞倾看向傅既沉：“傅总，你都没正儿八经跟我约过会。”

傅既沉：“今天下午就陪你。”

俞倾瞅瞅外面，烈日当头，不适合去户外玩，逛街的话，又太累。

她问：“去哪儿？”

“书店。”正合俞倾的意，就这么定下来。

这是傅既沉第一次来SZ餐厅。这里适合朋友小聚和情侣约会，他出去应酬大多去酒店和会所。

今天陈言正常上班，她看到俞倾跟傅既沉过来，惊讶不已。她没想到，两个那么忙的人，竟然凑到一块吃饭。

俞倾今天穿了吊带裙，外面罩了一件白衬衫。

她跟俞倾挥挥手。

俞倾让傅既沉先去位子上，她找陈言说两句。

陈言问她：“今天怎么有空过来？”

俞倾浅笑，跟她分享好消息：“我跟傅既沉刚从结婚登记处出来，顺道到这里吃饭，庆祝我们成为夫妻。”

陈言目瞪口呆，不可置信。

俞倾抖抖白衬衫的衣领：“昨天专门买的，就为了今天拍证件照。”

陈言连连恭喜：“我得跟于菲姐商量一下，哪天我们聚餐，我再跟厨师学几道菜，到时专门做给你吃。”

她感慨：“太不容易了。”傅既沉不容易，俞倾也不容易。

俞倾没再影响陈言工作，她去找傅既沉。

傅既沉在看结婚证，像是得到了稀世珍宝，爱不释手。

俞倾坐到他旁边：“你跟家里说了没？”

“没。”傅既沉收起结婚证，“晚上我回家一趟，把证带给他们看，我要在他们面前扬眉吐气一回。”

俞倾没多言，在他的侧脸上亲了一下。

不知道是不是心理作用，俞倾感觉今天的菜格外美味。

傅既沉也是这个感觉：“难怪邹乐箫不想转让SZ的股权，这里的菜品跟别家不一样。”

等他们点的几样菜都吃得差不多了，服务生又送来一块蛋糕。

俞倾不记得自己点过甜品：“是不是弄错了？”

服务生：“没错，我们餐厅赠送给您的，祝二位新婚快乐，永结同心。”

傅既沉和俞倾异口同声地感谢。

餐厅赠送的是一块玫瑰蛋糕，连形状都是玫瑰花的样子，盘子上还用巧克力酱写了四个字：幸福长久。

肯定是陈言跟他们经理说了，要特意准备一块蛋糕。

俞倾吃了三分之一，剩下的给了傅既沉。香甜的玫瑰味，在他们的唇齿间萦绕。

从餐厅出来，他们直接去了书店，还是上次那家。

今天是工作日，天又热，书店里的人不如上次多。

傅既沉今天没挑选书，他寸步不离地跟着俞倾，不时还会贴心地递上温水。

俞倾挑了两本书，打算跟傅既沉各看一本。

拿着书，她和傅既沉到休闲咖啡座那边坐下来。

她给傅既沉点了一杯咖啡，将其中一本书递给傅既沉：“跟老公的悠闲约会时间开始啦。”

傅既沉没要书：“今天是跟你约会。”他拿过她要看的那本，打开来，“我给你拿着，负责替你翻页。”

他把另一只手臂放桌上：“给你垫着下巴。”

俞倾趴桌上，侧脸靠着他的手掌。

她也没心思看，享受有他陪着的新婚第一天的时光。

平凡、简单，又格外特殊的一天，在太阳落下去时，让人眷恋。

到了书店楼下，俞倾跟傅既沉道别：“一会儿见。”

傅既沉：“说不定我在家要多待会儿。”

俞倾笑笑：“没关系。”

两人各自坐上车离开。

半路上，傅家的家庭群里有消息。

傅成凛点名傅既沉：你人呢？现在就差你没来。

傅既沉：快了。

他拿出结婚证，思忖着到家后要以什么样的形式拿出来，才会让他们更震撼。

一个多小时过去，傅既沉看了一眼车外，还没到。

刚才他只顾着看结婚证，没注意走了什么路，他单纯地以为，是堵车的缘故。只是这次堵车，创了历史新高。

又过了十五分钟，汽车才拐进傅家老宅所在的那个小区，司机把车开到别墅门口就缓缓靠边停。

傅既沉看向司机："怎么停在这儿？"

司机："刚才管家给我打电话，说院子里没停车位了。"

傅既沉不由得蹙眉，心想就算大哥也回来，车位也还空出三个。

他推门下车，刚到别墅门口，脚步一顿，还以为自己眼花，出现了幻觉。

只见宝宝从屋里跑出来，"咯咯"笑着跑向他，跟在宝宝身后的人，是俞倾。

停车坪那边，满满的都是车，连草坪旁也停了一辆，有俞董的车、俞倾的车，还有季清远跟俞璟择的车。

宝宝跑了过来，抱住傅既沉的大腿，仰着小脑袋。

傅既沉捞起宝宝抱在怀里，俞倾走近，他牵着她："这是给我的惊喜？"

俞倾点头："我爷爷和奶奶也过来了。他们每个人都准备给你做道菜，恭喜你领证。"

傅既沉松开她的手，把她揽进怀里："谢谢。"

宝宝不会喊小姨和小姨夫，不过妈妈告诉他很多遍，见到小姨夫要亲一下。他先亲了傅既沉一下，转头，又亲了俞倾一下。

别墅那边，欢笑声不断传来。

七月底，俞倾搬到了自家前面的那栋别墅。原本她打算再等两个月，但要给小鱼苗布置婴儿房，便提前住进去。

搬到新房子里后比住在家里要自由很多，俞倾喜欢的一点就是，随时可以跟傅既沉亲吻，而不用顾虑这是不是家里的公共区域。

俞倾现在工作量锐减，只等着演唱会成功举办。这段时间，不只乐檬其他高层，连她都有压力，生怕节外生枝。

今天周末，俞倾休息。傅既沉也没去公司，他现在每周至少会有半天到一天的时间在家陪她。

虽然陪伴的时间不算很多，但对他来说，已经是把能挤出来的时间都给她了。

傅既沉靠在沙发上看与孕期保健有关的书，最近没有新添置书籍，只把之前买的那些拿过来温习一遍。

俞倾枕在他腿上，侧躺。

他们在新家住三楼，高度正合适。

窗外，湖景尽收眼底。

傅既沉看到折角的那页，不由得皱眉。

他抚着俞倾的脸颊，低头看她：“马上小鱼苗月份大了，我们就不能再‘运动’了。”

俞倾点头：“嗯，我知道。”

她的视线依旧落在夏风拂过的波光粼粼的湖面上。

傅既沉放下书，补充道：“现在还行，还能做两次。”

俞倾：“……”

她转头，笑着看他：“你就说你想……”

还不等她把话说完，傅既沉的唇就覆下来，把她的唇全部包裹。

沙发上，不知道是谁的手机一直震动。

俞倾提醒傅既沉，让他看手机。傅既沉顾不上，将窗口的窗帘拉上。

只有他们两人在家，可以无所顾忌。

傅既沉用俞倾喜欢的方式，亲她。

“傅既沉。”不自觉间，她撒娇般喊了一声。

艰辛的“运动”终于结束，两人满头都是汗。

傅既沉用大拇指轻轻把她眼上的汗珠擦去，她身上的汗有一半是因为紧张。

“这是生产前最后一次。”

接下来这段时间里，他就不再折腾她了。

俞倾瞅着他，想起什么，忽而失笑。

傅既沉：“笑什么？”

俞倾：“其实我们刚在一块时，每周都有约会。”只不过他们从来不出去，约会的地点不是在床上就是在沙发上。

那会儿他们只要在家，不自觉就会抱在一起。有时他在书房加班，她就靠在门框上，冲他吹口哨。他不禁撩，对着她时，自控力不强。十次有八次，他会放下手头的工作，直接抱起她去浴室。

傅既沉想了半晌，记不得那会儿有过约会。

他亲她："起来洗澡。"说完，他小心翼翼地把她揽起来。

沙发那边，手机又开始震动。

俞倾拿着睡衣去浴室，提醒他："是不是有什么急事？你看一下。"

傅既沉先简单冲澡，穿上浴袍出来，这才有空看手机，应该是群里又有什么八卦。

他拿起手机点开来，不禁一怔。

各个大群小群都有人提醒他，不只群里，他还收到了上百条私发信息，就连秦墨岭都发来了消息，问他：怎么回事儿？

下面附带着今天的八卦截图。

他没想到，吃到了自己的瓜。

不知道是从哪里传出来，俞倾当初在傅氏集团法务部上班，包括跟他在一起，是隐瞒了真实身份的。

她不仅隐瞒身份，还特别会伪装自己，从"碎钞机"摇身一变，变得勤俭节约，穿几百块钱的鞋，上下班挤地铁，不虚荣、不势利。

他那段时间被迷惑得有点动心，处处在公司维护她。

结果最后她还是被他揭穿了。

俞倾怕他迁怒俞家，于是设计了他，怀上他的孩子。

至于他在饭局上用餐巾纸做那个戒指，也是被俞倾要挟，因为俞倾说，要是他不主动，她就带着孩子跟秦墨岭结婚。秦墨岭跟他是死对头，乐得配合俞倾。

那次乐檬跟朵新的舆论战，就是俞倾策划的，真正目的是借此曝光他们俩的关系，逼他不得不承认她的身份。

她再拿孩子作为筹码，他只好妥协。

至于朵新的广告词"一见倾心"，跟俞倾没有半毛钱关系。那时她还没回国，他也不认识她。

还有不少不明真相的朋友发消息劝他。

——俞倾的名声，我们也都知道，圈里还给她取了个绰号，叫碎钱小能手。这样的女人，一般家世的人家根本就娶不起。她接近你肯定是有所图。俞倾情商高，又漂亮聪明，男人大概都抵挡不住这样的诱惑，但你知道她现在这么有心机了，是不是该慎重考虑一下婚姻的问题？

——负二，原来你跟俞倾还有这么一出啊？我之前就纳闷，你什么时候这么高调了，还要官宣恋情。俞倾这个女人吧，真要是他们说的那样，就算有了孩子，这婚你也不能结呀，最后你说不定就被算计得要赔小半个傅氏给她。

傅既沉又点开一个朋友发来的语音：

“难怪孩子都六七个月了你才领证，原来是迫不得已。不是我挑拨离间，你就不该领证。是不是傅爷爷急着抱重孙？”

还有上百条留言，他就没一一打开来看，内容大同小异，都是劝他三思，说俞倾这样的女人不能要。

大的朋友群里，消息也在不断刷屏，不过都是提醒季清远。

——是不是因为你上次得罪了冷文凝？

季清远：应该跟我没关系，那些事早就翻篇。

他提醒傅既沉：你应该心里有数吧？

傅既沉跟俞倾的情况，他们这个大群里的人都是知道的，但现在对外不管怎么解释都是越描越黑。

因为他跟俞倾已经领证，在外人看来是一个利益共同体，他解释是为了维护利益，而不一定是出于真实情感。

傅既沉一时没揣摩透，编造谎言的人是什么意图。

只是发泄不满，还是有别的目的？

做生意，不可能不得罪人。

但知道俞倾隐瞒身份跟他在一起的人，寥寥无几，就连俞董也是最后才知道，更别说其他人。

包括他的朋友，都以为俞倾只是对傅氏集团那些同事隐瞒了她的真实身份。他们也一直以为，他知道俞倾是谁。

这突然冒出来的谣言，竟然也有三分真，对方竟然知晓俞倾当初的事情。

“傅总。”

俞倾洗过澡，擦着头发出来。

傅既沉转身，犹豫片刻，还是把事情一五一十地告诉她：“不知道是针对我，还是针对你，或者是，针对我们俩。”

俞倾用干毛巾轻轻握着湿发，眨了眨眼："当时知道我披着小马甲跟你在一起的人，除了俞璟择就是秦墨岭。"

后来他打算脱她的"马甲"，她父亲、姐姐还有季清远才清楚。对了，还有陆琛。

除此之外，没人知道她是捂着"马甲"跟傅既沉在一块儿的。

之后的舆论战，傅既沉公开恋情。那时大家关注的是她跟傅既沉这种竞争对手相爱相杀的恋情，没人去注意，傅既沉跟她究竟是怎么认识、怎么在一起的。

傅既沉拿过她手里的毛巾，替她擦头发："想到了什么？"

俞倾："知道我跟你之间怎么回事儿的人就那几个，我们家里不可能往外说，你家里更不会，陆琛和秦墨岭，我信得过他们的为人。"

所以，问题出在哪里？

傅既沉说起刚才群里的聊天："他们还问季清远，是不是冷文凝。"

俞倾摇头："冷文凝吃了一次亏，不会吃第二次。她有什么事都是明着让人糟心。再说，她也打听不到这些。"

不过发生这样的事，知情的人，自然而然就会往冷文凝身上联想。毕竟，之前傅既沉跟冷文凝的关系闹得很僵。而冷文凝跟俞倾还有俞璟歆都势不两立，乐檬还断了冷文凝的财路，她这么做看似合情合理。

俞倾看向傅既沉："我之前一直考虑乐檬演唱会可能有哪些突发情况，把周思源也考虑进去了，但想不到她会以什么方式来让我不痛快。我现在好像知道了。"

能把脏水直接泼给冷文凝，又能让她名声受损，还能让乐檬演唱会有黑料，一箭三雕。

除了周思源，别人想不到这么个主意。

她几步走去沙发前，抄起自己的手机给俞璟择打电话。

俞璟择宽慰她："不用理会别人说什么。"

俞倾根本就不在意："那些话我一个字都没往心里去。"她担心的是乐檬群星演唱会。

现在这个黑料只是在圈子里传传，但这个散布谣言的人的真正目的是等到开演唱会那几天，让这个黑料广泛传开，到时不仅影响演唱会，还影响股价。

“我们乐檬跟朵新的几款情侣饮品都会受影响。”

说了这么多，她直接问：“哥，你有没有跟周思源提过，我当初跟傅既沉在一起时，他不知道我真实身份？”

俞璟择一愣，坦诚道：“提过一次。”

俞倾：“……”

还真是祸从口出。

这样一来，这件事十有八九是周思源做的。

她不明白：“你怎么就跟周思源说起我的私事了？你到底还是不是我哥了？”

俞璟择：“我不是有意说的。”

他仔细想了想：“那时你还在傅氏法务部上班，跟肖以琳有了冲突，傅既沉在食堂门口公开你是他未婚妻的身份。”

这个消息，他还是通过周思源知道的。

那天中午，周思源来俞氏银行找他吃饭，其间说到俞倾，还说他有了一个傅姓富豪妹夫。

他没多言，问周思源是什么意思。

周思源当时还埋怨他：“你别说你不知道啊，竟然还瞒着我。你妹妹俞倾跟傅既沉都订婚了，你一点消息都不透露，还当不当我们是一家人了？”

他当即就给俞倾打电话，结果电话被俞倾挂断，她说自己在傅既沉办公室，不方便接听。

周思源纳闷：“你妹妹不是要跟秦墨岭订婚吗，怎么跟傅既沉在一起了，还是他未婚妻？”

他跟周思源说了一句：“傅既沉还不知道俞倾是谁。”之后，他再三叮嘱周思源别乱说。

这个马蜂窝捅大了。

俞倾心里有数：“应该就是她了。圈子里的其他人赚钱都来不及，没人闲着天天搞这些。”

没谁想跟俞氏银行闹僵，更没人会跟傅氏集团断了合作。

冷文凝能放下面子再次找乐檬，她都能为了利益不计前嫌地跟冷文凝合作，俞璟歆也能为了大局不跟冷文凝撕破脸。

在生意场的人都深谙，说不定哪天就因为利益绑在了一起，凡事都会留一线。

周思源是另类。

这么多年靠着俞家的资源和人脉，她愣是没形成自己的关系网，跟她合作过的人，基本不想再跟她合作——

她只想占便宜。但谁都不傻。

“我挂了啊。”俞倾刚要挂断，俞璟择的声音又传来：“等等。”

“怎么了？”俞倾问。

“你准备怎么办？”

俞倾让他放心：“我不会连累思源控股公司，不会让他们公司雪上加霜。我知道，不管兰阿姨做了什么，她始终是你跟姐姐的母亲。至于周思源，她这种偏激的性格，也是跟父母离异有关。不管是兰阿姨还是周思源……”她顿了一下，“人性总是很复杂的。”

她说起庞林斌曾经给她说过的一段话：“庞叔叔在我毕业典礼上跟我分享了一个很小的故事。他年轻时住在贫民窟，有几个年轻人打架，满脸是血，浑身都是戾气，一个小孩经过他们旁边时摔倒了，其中有个年轻人把孩子拉起来，还摸了摸那个小孩的脑袋。我也是后来才慢慢懂了这个小故事。”

她把话题又转回来：“关于这件事怎么处理，我会从利益的角度考量，只会以最小的成本让利益最大化。”

俞璟择表态：“我也不会让任何人欺负你。”

俞倾笑了笑：“有你这话就够了。”

俞璟择关心道：“那你打算怎么处理？有什么我能帮上忙的？”

俞倾拒绝了：“用不着任何人帮忙。你别忘了，我是律师。”

她不会去解释，浪费口舌，也浪费时间。

别人信不信，都无关紧要。再说，就算解释了，最后也解除不了乐檬演唱会即将面临的舆论危机。

“如果真是周思源，我拿到证据后会起诉她，让她当众跟我道歉，赔偿我的精神损失费，让她以后再也不敢随意造谣诽谤他人。”

这样才能从源头保证，周思源不会打乐檬演唱会的主意。

俞璟择：“这样也好。给周思源敲个警钟，不然她会越走越偏。”

俞倾问："还有什么事吗？没事的话，我要找我的律师了。"

"没了。"临了，俞璟择又道，"俞倾，我是你哥，任何时候都不会让任何人欺负你。"

挂了电话，俞倾来到书房，打开电脑给于菲发邮件。

她把事情经过详述一遍，又告知于菲，她的诉求是什么。

傅既沉没去书房打扰俞倾，他尊重她所有的决定。

还是不断有人发来消息，问他怎么回事。

他发了一条朋友圈：在这里统一回复，就算这样的事解释不清，我也还是想说几句。我对俞倾一见钟情，人是我主动追的，追了快一年。我们的小鱼苗，是我想要的。俞倾不婚，我想用孩子绑住她。至于为什么现在才领证，因为她终于愿意嫁给我了。我身边的人，没人不知道我有多爱俞倾。你们每次见面调侃我穿酒红衬衫骚气，问我脑子是不是坏了。我脑子没坏，因为俞倾喜欢。你们好奇的我随身携带的那个钥匙扣，是她送我的。我每次到会所练的那首歌，是唱给她听的。

俞倾知道傅既沉发的这条朋友圈是在两小时后。她跟于菲沟通完，讨论了要从哪里着手找证据后，才有空看手机。

三个人的追星群里，消息已经有九十二条。

还有一条提醒她。

她以为是姐姐和邹乐箫关心她现在心情怎么样，结果打开来，是傅既沉朋友圈的截图。

看完，她做了个深呼吸。不知道是不是因为小鱼苗月份大了，她有点缺氧的感觉。

她把这张截图看了两遍，收藏，又保存到相册。

邹乐箫：今天被二哥感动哭了。虽然跟我没一点关系，但我也好希望以后能遇到这样的男人。

俞璟歆：会的。俞倾别的没有，就是哥哥多，五个手指头数不过来那种多。你还是有很多机会做她嫂子的。

邹乐箫被逗笑：希望有这么一天。

她结婚的时候，要给俞璟择发请柬……

两人玩笑一阵，邹乐箫问俞倾：这个事情你打算怎么处理？感觉没那么简单。始作俑者是谁，你心里有谱没？

俞倾：锁定了一个人。我暂时没其他思路，已经交给你师父代理这个案子。

邹乐箫：你要走法律途径？

俞倾：嗯，这个事牵扯挺多的。

邹乐箫说出了心里话：我瞎猜的，会不会是周思源啊？这也可能是一个思路。

俞倾：很大可能是她。如果不是，再另作打算。反正要赶在开演唱会之前彻底解决这个事。

离演唱会只有不到三十天，留给她的时间并不是很多。

周思源的小圈子，邹乐箫最熟悉不过。她跟周思源明争暗斗，互相冷嘲热讽这么久，也总算派上了点用场。

她主动请缨：我一会儿就找我师父加班去，我知道要从哪个人找切入点。

敲门声响。

“我能不能进来？”门外，傅既沉的声音传来。

俞倾不答反问：“我对你还有什么秘密吗？”

推开门，傅既沉给她端了刚榨的果汁进来：“处理好了？”

俞倾没心思喝果汁，抱住他：“谢谢老公。”忽然她惊喜地喊道，“小鱼苗动了，他踹我！”

傅既沉半蹲下来，掀起她衣摆，看到肚皮上忽然鼓起来一个小包，像一个小拳头，他赶紧靠过去亲一下。

俞倾也垂眸看：“小鱼苗肯定知道爸爸今天霸气地保护了妈妈。”

每次鼓起来的地方都不一样，傅既沉跟着小鱼苗移动的小拳头或是小脚亲了好久，一直到小鱼苗累了，安静下来。

俞倾捧着傅既沉的脸颊，半起身，用力亲着。

他给了她那么多爱，她都感受到了。

谣言的事，随着傅既沉的解释，慢慢平息下来。

偶尔，这件事也会成为有些人茶余饭后的谈资。

三周后的一个下午，俞倾刚开完会回办公室，就接到了周思源的电话，意料之外，又在情理之中。

周思源开门见山：“私下和解吧，你有什么条件？”

俞倾：“你知道我的条件。”

周思源单手环臂，用力捏着肩膀。

她明白，俞倾的条件就是让她在朋友圈公开道歉，至于精神损失费，俞倾压根就没放在眼里。

“我给你写保证书，以后不会再有类似的事发生。”她咬着唇，“乐檬演唱会，也不会节外生枝。精神损失费，你开多少都行。”

俞倾：“不好意思，那我拒绝和解。”

电话里沉默着。

周思源不在意几个字的道歉，可一旦她道歉，以后还不知道冷文凝要怎么踩她，她会彻底沦为冷文凝的笑料。

俞倾抓住了她这个痛处，打她的七寸。

她眯了眯眼，面子也不顾了，好生跟俞倾商量：“看在俞璟择的……”

俞倾打断她的话：“就是看在他面子上，我才同意私下和解。你要是做不到，咱就别浪费时间了。”

周思源没其他路可选。她计划那么周密，还是被找出了蛛丝马迹。她千算万算，把邹乐箫给算漏了。

她原本想着等这个消息在圈里传遍，俞倾也查不出什么，等到了乐檬演唱会前几天，就把这个消息以圈里人的口吻发出去。

要是跟俞倾动起真格来，到时思源控股就没了。

现在俞璟择明确表态，公事上不会再掺和。以后思源控股就得靠他们自己，再也禁不起半点折腾。

她现在终于体会到了冷文凝当初被逼无奈的心情，只要公司不破产，面子不面子的，再也顾不上。

“俞倾，你这人到底是什么心态？你就是见不得我跟俞璟择走得近，想方设法来硌硬我，离间我们。好了，你现在终于得偿所愿，但小心遭到报应。”

俞倾：“你大概不知道，在SZ被收购前，我都不知道你是谁，也压根不关心。”

她轻声反问：“你是不是该问问自己，你到底是什么心态？除了你自己，没人有闲工夫天天关注你到底有什么，又没什么。这么些年，你成天为硌硬别人而活，你自己觉得有意思吗！”

她又多说了几句：“这次找证据，我竟然有意外发现。要是你记性还够好，俞璟歆当年结婚后，被那么多人看笑话，里面有一半是你的功劳吧。虽然时间长了，有效的证据没法找，但你做了什么，你心里应该一清二楚。需要担心遭报应的，不该是你吗！”

周思源表情僵了僵。

俞倾没再废话：“跟你这样的人打交道，浪费时间不说，还特没成就感。和解的条件就一个，做不到就不要再打扰我。”

说完她就挂了电话。

离开演唱会还有一周时间，她现在要忙的事情比以前多，没空跟周思源扯闲篇。

隔天，周思源在朋友圈发了道歉声明，对所有人可见。

冷文凝故意在下面留言：哇哦，这个道歉是什么情况？是不是被盗号了？不过这种概率为零，嘻嘻。

演唱会前一天晚上，俞倾没睡好，第二天早上五点多就醒来了。

傅既沉感觉怀里的人在动，他睁眼，轻抚着她的小腹：“是不是不舒服？”

俞倾摇头：“睡醒了。”

傅既沉在她的耳朵上落了一吻：“不用紧张，效果肯定比你想象中的还震撼。”

他今天也去现场，座位在她后面一排。

邹乐箫昨晚也没睡好。破天荒地，早上没等闹铃叫，她自然醒来。她在床上辗转反侧，就是睡不着，只好起床。

今天要看到顾恒了，所以她才这么激动。

嗯，是这样的。

去律所的路上，她脑海里不时就冒出群里聊天时俞璟歆发的一句话：我哥座位在你正后面。

在就在呗，有什么大不了的。

她都能那么牛气地把气球踩炸，还怕一个座位不成？

——邹乐箫，他不爱你，连利用你都那么敷衍。你长点心吧。

——他不过是因为微信被你删除，心有不甘罢了。

她一遍遍给自己做心理暗示。

这种微妙的心理活动，一直持续到傍晚，她进体育场，坐下来。

比她来得早的是厉炎卓。虽然是老板，但有团队操心，他就安心在下面看演唱会。

她跟厉炎卓之间隔了两个座位，分别是俞倾、俞璟歆的。

“表哥，好久不见。”

厉炎卓侧脸，这才看到她。他笑了笑：“好久不见。”

中间隔了两个空位，聊天挺怪异的，邹乐箫就挪过去两个位子：“谢谢你，帮我们拿到这么好的位置。”

厉炎卓开玩笑：“不客气，反正你们也是花了钱的。”

过了一会儿，观众陆续进场。

俞璟择还没走到座位前，就看到邹乐箫跟厉炎卓有说有笑，不知道厉炎卓说了什么，她还开心地摇晃着手里的荧光棒。

俞倾快走了几步，挡住了他的视线。

“来这么早呀。”她揉揉邹乐箫的脑袋。

“刚到，跟表哥聊了会儿顾恒。他今天是开场表演，跟你们乐檬的代言人合唱两首，自己还有三……”那个“三”字刚出口，她意识到口误，赶紧改过来，“还要单独唱两首呢。”

俞倾：“节目单上不是早就有吗？你没看？”

“我这不是太激动了嘛。”邹乐箫嘻嘻哈哈地打岔过去。

俞璟歆示意她：“起来吧，这是我的位子。”

邹乐箫用眼神央求她，要换座位。

俞璟歆：“你忘了关于座位的咒语？”

邹乐箫记得，按照排好的位子坐，幸福长久；要是不按照位子坐，就会失去真爱。好狠毒呀。

不知道是哪个人安排的位子。

她只好不情不愿地站起来，坐回到自己位子上。

前排坐了四个人，后排坐了三位男士。

季清远对应俞璟歆，傅既沉对应俞倾，而俞璟择……

同样抱怨的还有季清远，因为厉炎卓的位子跟俞璟歆的紧挨着。

那天拿到票后，俞倾在家庭群里说了说座位规则。至于这是谁安排的，无人得知。

傅既沉起身，叮嘱俞倾："一会儿顾恒出场，她们喊起来时，你不用跟着喊，别激动。"

俞倾答应得好好的："放心，我记得。"

可等到演唱会倒计时，舞台升起，熟悉的音乐响起时，全场都嗨翻了，尖叫声一浪高过一浪，他们周围的人都在喊顾恒的名字。

低沉而有磁性的嗓音从舞台上传来，渐渐地，他们看清了走来的人。

邹乐箫也克制不住自己，兴奋得手舞足蹈，跟着喊起来："顾恒！我爱你！啊啊啊！"

俞倾跟俞璟歆也被现场的气氛感染，虽没喊"我爱你"，可也激动得尖叫。

后排的三个男人基本是同款动作，抚着额，静静地看着她们三个，不明白她们激动成这样是为何。

两分钟后，全场才慢慢安静下来，接下来又是一波高潮，熟悉的歌曲，全场不约而同地跟着大合唱，唱就唱了，还跟着节奏左右摇晃身体。

季清远生怕俞璟歆往左晃时，会碰到厉炎卓，跟厉炎卓有肢体接触，他半蹲在俞璟歆身后，用手臂护着她，隔在她跟厉炎卓中间。

然而现场气氛太嗨，没人注意到他在后面。

季清远回头时，看到傅既沉和俞璟择都笑了出来。

他："……"

两首合唱结束，下面是顾恒独唱。

这首歌俞璟歆不熟悉，她安安静静地坐在那儿听着。季清远这才放心，坐回位子上。

俞倾想转过身看看傅既沉在干吗，转头时却看到了熟悉的身影，灯牌照亮了那个轮廓。

在她右后方，母亲和庞叔叔竟然也来了。

许久不见，母亲还是上次见面时那样。

母亲紧挨着庞叔叔，庞叔叔面带笑容，还拿起母亲的手，替她用力晃手里的荧光棒，母亲笑了出来。

这是时隔二十五年，母亲第一次来北京。母亲跟庞叔叔都没跟她说，大概也没想过要和她见面。不过母亲能来捧场这场演唱会，她已经很知足。

对母亲来说，再来这里，需要太多的勇气。

走神间，顾恒的两首歌唱完，但他没离场，他说还有一个惊喜要给大家，给所有他爱着的人。

当熟悉的音乐前奏响起，俞倾突然红了眼眶。

她下意识地又去看母亲所在的那个方向，之前那个灯牌被放在了别处，她看不清母亲脸上的表情，但母亲应该跟她一样的心情。

这首歌是她的回忆，亦是母亲的。

还有她跟傅既沉的回忆，在上海的那个弄堂，傅既沉清唱给她听过。

她转头，傅既沉已经在她身后蹲下来，跟她十指相扣。

他陪着她，一起唱那首歌。

“我的小时候，吵闹任性的时候……”

俞倾哽咽，唱不出来。

难怪邹乐箫之前说了个“三”字就立马改口，原来所有人都知道顾恒今晚独唱三首歌，就只有她被蒙在鼓里。

这是傅既沉给她的惊喜。

俞倾努力平复自己的情绪，跟着傅既沉一起唱结束部分，也是她最喜欢的一段：

“原来外婆的道理早就唱给我听，下起雨也要勇敢前进。

“我相信一切都会平息。

“我现在好想回家去。”

（正文完）

番外一 小鱼苗出生啦

大雪下了一夜，今天中午终于停了。

湖面冰封，湖边的树上，白雪压满枝头，远看上去，像雾凇，晶莹动人。

俞倾站在窗口远眺了一会儿，然后坐下来开始写日记。严格来说，也不算是日记，自从小鱼苗出生，她就开始断断续续地记录着日常。

今天是小鱼苗出生的第六十六天，算是有仪式感的一天，她打算再写点。

每次写之前，她都会翻看前面的内容：

宝贝儿子，欢迎你来到这个世上。今天是你出生的第三天，妈妈才有空写写日记。你很乖，不管白天夜里，从来不闹腾，只有饿了时才会哭两声。

今天你的外婆，也就是我的妈妈，来医院看你了。这是近二十五年来，外婆第二次来北京，为了看你。也许也是为了看我，或者，是来看我们俩。我想跟她聊聊天，又不知道要聊什么。我们很熟悉，又很陌生。她不时会逗逗你。

……

今天是你出生的第六天，外婆回去了。她临走时说，有空再来看你。外婆跟以前不一样了，变得很柔和。期待着，她第三次来北京。

俞倾把前面几页都看了一遍，又看了看关于傅既沉的日常：

这几天傅既沉可忙坏了，又要照顾我，又要照顾小鱼苗，就连给小鱼苗洗澡换衣服，他也亲力亲为。育儿嫂夸他，说他不管做什么，一学就会。

小鱼苗睡觉时，有时会把两个胳膊举在小脑袋两侧，呈“投降”状。傅既沉怕小鱼苗累着，试图让小鱼苗把胳膊放在身体两侧，但不管他用什么方法，小鱼苗根本就不配合。

傅既沉今天还给小鱼苗剪指甲了，认真又仔细。他给小鱼苗剪完，又给我剪指甲。我说他像审批费用那样，很专注，他还扫我一眼。男人啊，三天不打，上房揭瓦。

今天婆婆过来，带来了傅既沉婴儿时的照片。小鱼苗跟傅既沉小时候简直是一个模子刻出来的，眼睛、鼻子、嘴巴，都特别像。我妈之前看了小鱼苗后，也说小鱼苗跟我小时候像，不过她没随身携带我小时候的那些照片，我也无从得知。生命，遗传，血缘，这么神奇。

看完最近的几篇，俞倾抄起笔，才写了一个日期，就听到院子里有车进来，是傅既沉从公司回来了。

自从有了小鱼苗，现在每个周末，他只加一个上午的班。

俞倾合上笔记本，放进抽屉里，下楼去找傅既沉。

跟傅既沉一同进来的还有俞璟择，他怀里抱着宝宝。

俞倾盯着俞璟择：“你什么时候回来的？”

俞璟择出差一个多月了，参加过小鱼苗的满月宴，他就匆匆赶去机场。俞氏银行海外分行有个项目需要他亲自坐镇，其间他也没回来。

俞璟择：“凌晨到的。”他打算在家歇一天。

俞倾问：“还用再过去吗？”

“用。”俞璟择回来是参加股东大会，就在北京待一周，下次就要等到春节再回来。

宝宝等得有点着急：“舅舅，我们去看弟弟。”他每次过来都是找小鱼苗玩。

“好，舅舅这就带你去。”俞璟择抱着宝宝到楼上的婴儿房。

傅既沉脱下风衣：“小鱼苗睡没睡？”

“睡了，应该还有会儿才醒。”

傅既沉将她揽到身前，把风衣整个罩在她身上：“你等我，我去看看小鱼苗，一会儿我们到院子里堆雪人，这回雪厚，能堆个大的。”

婴儿房里，小鱼苗睡得正香，宝宝轻轻钩钩小鱼苗的手，然后转过头跟俞璟择说：“舅舅，我想把弟弟抱回家。”

俞璟择逗他：“可你小姨夫不给。”

宝宝想了想：“等小姨夫去公狮（司），我们抱弟弟回家，他看不到。”

宝宝咬字不清，一直把“公司”说成“公狮”。

俞璟择笑了：“你比你爸聪明。”

宝宝很开心舅舅夸他聪明：“谢谢舅舅。”

傅既沉正好进来：“我不去公司的话，你怎么办？”

宝宝眨了眨眼，憋了一会儿才说：“我有……”他想了想小姨夫经常说的那个卡，“我有万能卡。”

傅既沉：“……”

他没想到有一天会被一个这么小的小孩子给噎住。

怕打扰到小鱼苗睡觉，俞璟择抱着宝宝到院子里玩雪。

傅既沉站在婴儿床边，盯着儿子看了又看。他感觉儿子像俞倾，眉眼间有俞倾的影子。

俞倾还在楼下等着他来堆雪人，他跟育儿嫂说：“小鱼苗醒了后，您喊我跟俞倾，我们就在院子里。”

“好嘞。”

傅既沉大步下楼去。

院子里，俞倾正跟宝宝打雪仗。宝宝身上都是雪，鼻尖也是。

俞倾假装追他，他跑的时候不小心滑倒，“咯咯咯”笑出来，不但不起来，还趁机在雪地里打起滚来，滚了好几下。

俞璟择一把拉起他：“不能在地上滚，小心着凉。”

傅既沉拿着工具过来，准备堆雪人。

宝宝跑过去：“小姨夫，你干什么？”他也想要工具，“我帮你忙。”

傅既沉：“小姨夫要堆雪人，你可以帮我把雪运过来。”

宝宝认真应下来，他又说：“我家也有，爸爸堆的。”

他伸出手指头：“两个，好大好大，爸爸还给雪人做了鼻子。”

傅既沉一听季清远堆了两个雪人，就觉得他好像用不着堆了，到那边借一个过来，放在院子里看看就行。

他问俞璟择："季清远堆得怎么样？"

俞璟择评价中肯："还不错，雪球滚得很圆。"

傅既沉看向俞倾："我去后边院子搬一个过来，上次季清远就顺走了我堆好的小雪人。"

昨晚那场雪，是今年冬天的第二场雪。

俞倾用树枝在雪地上随手涂鸦，画了简笔画的猫："上次姐夫拿走的那个小雪人就一点点大，你好意思搬一个大的过来？"

傅既沉："这么多天过去，不得加上利息？"

俞倾："……"

宝宝跑过来，趴在她背上："小姨，你画什么？"

被宝宝打岔过去，俞倾就没再管傅既沉。

傅既沉问宝宝："你爸爸呢？在不在家？还是去公司了？"

宝宝也不知道，看到爸爸和妈妈一块出去的，只说："去公狮（司）了。"

傅既沉放心去了后边的别墅。他问管家要了一辆手推车，平时手推车都用来移动盆景，使用频率很低，今天这雪人，正好派上用场。

管家问了句："这是要干什么用？要不要我帮忙？"

傅既沉指指院子里那个雪人："搬一个到前面去，给俞倾看。"

管家一听是俞倾要看，二话没说，直接帮着搬。

雪人是由两个结实的大雪球组成，不过也要小心翼翼，手推车上还垫了厚厚的垫子防颠簸。

还好，这里到前面别墅不远，路像湖面一样平。管家要帮忙送过去，傅既沉没让，他自己推回去，刚走到别墅大门口，季清远的汽车迎面开进来。

今天是季清远自己驾车，带俞璟歆去看了一场电影，结果回来就碰到傅既沉偷雪人。幸亏俞璟歆不想在外面吃饭，不然他的雪人有去无回。

他堵在门口，不让傅既沉的手推车经过。

打开车窗，季清远探出头来："傅既沉，你干什么呢？"

傅既沉的手搭在手推车车把上："带你家雪人去亲戚家串门。"

季清远："……"

俞倾左盼右盼，结果傅既沉空手回来了。

“雪人呢？”她问。

傅既沉没说实话：“堆得一般般，配不上我们这个院子的景，我自己堆一个吧。”

俞倾凑近他：“是不是被季清远人赃并获？”

傅既沉：“……”

他没忍住，失笑。

俞倾亲他一下，指指他左后方：“你看看是什么画。”

傅既沉走过去，看到画的是一只猫背着一条鱼，画得还不错。

他拿出手机拍下来，发了个朋友圈。收起手机，他挽起衣袖，打算给俞倾堆一个最大号的雪人。

到了午饭时间，俞璟择带着宝宝回去了。

傅既沉的雪人还没堆完，小鱼苗就醒来了，于是他跟俞倾上楼去。

到了楼上，傅既沉先去换了家居服，这才去抱小鱼苗。不管小鱼苗听不听得懂，他都跟小鱼苗说：“我是爸爸，我叫傅既沉。”

小鱼苗吮着手指，一直盯着他看。

傅既沉在小鱼苗额头亲了一下，有着淡淡的奶香味。他问俞倾：“他什么时候会喊爸爸？”

俞倾：“不好说，有的孩子说话早，有的孩子说话晚。”

等小鱼苗吃过奶，傅既沉和俞倾又陪他玩了一会儿。

玩累了，小鱼苗开始犯困。小鱼苗睡觉也不闹人，只要被俞倾抱在怀里，很快就能睡着。

俞倾也打算睡会儿午觉：“你呢，下午有没有其他安排？”她看向傅既沉。

傅既沉：“有半小时的视频会，没别的事。”

俞倾钩着他的脖子：“那你等会儿哄我睡觉。”

傅既沉亲她：“好，忙完就去找你。”

俞倾回到卧室先去泡澡，做了基础护肤，又把头发吹干扎起来，然后去衣帽间挑了件布料不是很多的吊带裙。

这两个月，她严格按照营养师搭配的食谱吃，只比怀孕前胖五斤，没过百，她总算松了一口气。

没多会儿，傅既沉进了卧室。

“俞倾？”没看到她人，他喊了一声。

“来啦。”俞倾赤脚从衣帽间走出来。吊带裙是短款，随着她的走动，裙摆飘荡。她把长发扎成了一个高高的丸子，只有几缕碎发随意地散下。

傅既沉怔了一下，平时她穿家居服，松松垮垮，很久没穿这么修身的衣服。

他走过去抱她，她纵身一跃，腿攀住他的腰。

傅既沉问她：“现在可以了？”

俞倾点头：“都恢复好了。”她笑，“腰上也没什么肉了。”

窗帘拉上，门反锁。

卧室做过隔音处理，仿佛与世隔绝。

傅既沉问她：“小鱼苗大概几点醒？”

“还早，这一觉要睡三个多小时。”

“补两次给你。”

结束后，俞倾体力消耗得差不多。

傅既沉把她放在床上，亲着她的后背：“还有一次等晚上。”

俞倾困了，她拍拍床：“傅既沉，你过来，让我们用肚脐联络联络感情。”

傅既沉：“等一下，我想把小鱼苗也抱过来，我们看着他一起睡，好不好？”

俞倾点头：“好。”

傅既沉到婴儿房把儿子抱过来，全程都小心翼翼，生怕吵醒了小鱼苗。

他把儿子放在他身边不远处，给儿子盖好婴儿被。

俞倾低头，蹭蹭儿子的鼻尖。

傅既沉上床，拿了靠枕放在床头，半躺下来。

俞倾把枕头放在他心口，让两人的肚脐相对，在他身上趴下来。

傅既沉拉过被子，盖好。

俞倾侧脸，面对着儿子睡。

傅既沉关了灯，很快，俞倾睡着了。他一只手搭着俞倾的后背，一只手垫在儿子的小手下。母子俩睡得很香。

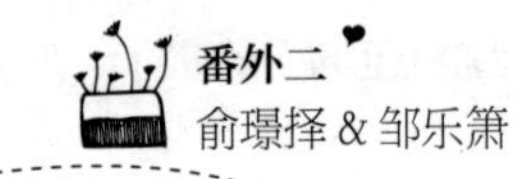

番外二
俞璟择 & 邹乐箫

难得休息，邹乐箫打算去看小鱼苗。

去之前，她给俞倾打了电话。

从她家到俞倾家那个别墅区，要经过俞氏银行大厦，这次不是她特意绕路，而是顺道。

当那栋高耸的建筑越来越近时，她心里依旧会泛起波澜。

俞氏银行大厦裙楼，是总部的营业厅。

邹乐箫用力握着方向盘，纠结挣扎着。最终，在俞氏银行大厦那个路口，她打了转向灯，拐进去。

她有俞氏银行的储蓄卡，这几年也一直在用，其他卡都被打入了冷宫，包括她自家银行的卡。

这会儿，来银行办理业务的人还不少，她光找停车位就找了十几分钟。

在车里又走神一刻钟，邹乐箫下定决心，拿上包推开车门下去。

风太大，邹乐箫裹上羽绒服小跑着去营业厅。她搓搓手，刷卡取号，前面还有八个人要办理业务。

邹乐箫找位子坐下，转脸看向窗外。银行内部停车位上，她看到了俞璟择的车子。听说他去国外了，不知道是已经回来，还是汽车停在这里没开走。

车牌照上那五个数字，她早就烂熟于心，她所有的支付密码，也是这五个数字组成，最后那个数字重复了一次，正好六位。

很快，叫到她的号。

邹乐箫回神，起身，快步走过去。柜员微笑着问她要办理什么业务。

邹乐箫把证件和银行卡递过去："我想把这张卡给注销掉。"

从营业厅出来，邹乐箫拢拢羽绒服衣襟，感觉比之前更冷了。可能是风比之前大，她这么想着。

俞璟择的汽车不知道什么时候已经停在了大厦正门口。她的心没来由地"扑通"一下，跳动得比之前厉害。

跟她预料的一样，很快，俞璟择从大厦里走出来。他脚步匆匆，边打电话边走向座驾。今天，他穿着白色衬衫，外面罩一件黑色风衣。

邹乐箫停下脚步，心想他应该不会注意到她，说不定直接上车就走了。

不知道是幸运还是悲哀，俞璟择突然间看向这边。

猝不及防，四目相对。

就在他看向她的那一瞬，她竟然还没出息地心动不已。

——邹乐箫，他不是你的良人，你醒醒。

她呼口气，想让自己平静下来。

俞璟择的手已经搁在了门把手上，又收了回去。

这时候，通话正好结束。

他明早的航班出差，准备抽出今天下午的时间再去俞倾家看看小鱼苗。等他再回来，就已经是春节。谁知道，能在这里遇到邹乐箫。看样子，她是在营业厅办理业务。

邹乐箫大方地打招呼："俞总，您好。"

俞璟择点点头，他很少见她素面朝天的样子，即便没化妆，五官依旧明艳，但脸色看上去有点憔悴。

他问了句："过来办业务？"

邹乐箫点头："嗯，把银行卡给注销。"

这句话一出，空气诡异地安静了足足半分钟。

俞璟择盯着邹乐箫看，偶尔，她会望过来，但一秒的对视都没有，她立马就别过脸去。

关于销卡，他也没多说什么。整个俞氏银行，每天开卡的人那么多，销卡的人也不少。

他还要赶着回去："失陪。"他拉开车门，没等坐进去，就听到邹乐箫叫他："俞总，再耽误您两分钟。"

俞璟择转身，比以往有耐心："什么事？"

邹乐箫想把所有的事情在今天做个了结，是她一个人的了结，他根本就不会放心上。她说："跟你有关的，我都清零了。"

俞璟择静静地看着她。

邹乐箫说出来时，心里是形容不出的难过。

从六月份到现在，她花了半年时间给自己过渡。她明白，所谓的过渡期，只不过是自欺欺人，她还在想着他。

刚才在营业厅办理好业务，她顺手把各种支付密码也全改掉了。

她说："很抱歉，两年多来，我的言行一直给你带来了很大困扰，特别是最近一年。"

她这才敢看他的眼："不管你信不信，狂言狂语说追到你再踹掉你，只是我跟朋友在酒吧喝酒小聚时，一时口嗨。我也不知道怎么就传到你那里，弄得你朋友都知道了。他们应该没少调侃你吧。"

她再次道歉："对不起，我不是有意的。"

俞璟择："我没空在意这些。"

邹乐箫勉强笑了笑："也对，你那么忙。"

俞璟择的手机响了，他暂时摁了静音，问邹乐箫："还有别的事吗？"

邹乐箫摇摇头："没了。"

她挥挥手，又看了他一眼，然后从他汽车车尾绕过去，走向自己的汽车。在车里发了一会儿呆后，她驱车前往二哥家。

邹乐箫到俞倾家时，傅既沉跟俞倾在湖边观水平台钓鱼，俞倾穿着最厚实的羽绒服，缩在傅既沉怀里。

俞倾跟她招招手："还以为你汽车抛锚了呢。"从邹乐箫打电话说要过来，到现在已经过去三个小时。

邹乐箫没提去银行销卡这一茬，觉得扫兴。她瞎编了个理由："我刚要出门，接到客户电话，只能等解决好了再过来。原谅社畜的不容易。"

邹乐箫不打算当电灯泡："你们继续钓鱼吧。小鱼苗大概什么时候能醒？我上楼看看他。”

俞倾：“早就醒了，我们刚下来十几分钟，他这会儿应该还没睡。”

邹乐箫：“那你们还在这儿你侬我侬？小朋友不能一直交给育儿嫂带，也要跟家里人培养感情。”

傅既沉：“季清远在帮我们带着。”

邹乐箫：“……”

她还以为自己听错了：“他怎么帮你们带孩子？”

傅既沉的理由是：“因为以前他跟俞璟歆约会时，我帮他带宝宝，现在我要跟俞倾约会，他不帮我带谁帮我带？”

邹乐箫：“……”

理由还挺强大。

她本来还想去楼上婴儿房，可季清远一人在那儿，她过去后也没话跟他说。等小鱼苗晚上醒来，她再陪他玩一会儿吧。

可站在湖边，她就是个一千瓦的电灯泡，傅既沉跟俞倾现在秀起恩爱来，简直旁若无人。

“我到楼上露台看看你们小区的景。”

傅既沉叮嘱一句：“楼上风大，别着凉。”

“没事，我今天穿得多。”邹乐箫走去别墅。

站在三楼景观露台上，不仅整个湖景尽收眼底，还可以看到别墅区中心花园，也是别具一格。

邹乐箫不自觉地往后面那个院子瞅了一眼，忽然一怔，只见俞璟择从屋里出来。来不及多想，她赶紧蹲下身。要是被他看到，他可能还以为她专门来偷看他。

蹲下来后，她又觉得自己可笑，又不是做贼，她心虚什么？

想归想，她还是不敢站起来。大半分钟过去，邹乐箫慢慢起身，没敢站直，只将两只眼露出来，没想到俞璟择还在院子里，站在汽车旁，正在打电话。

她再次蹲下，想着等他坐车离开，她再好好看景。

邹乐箫懒得回屋，就在这里刷手机。

今天顾恒上热搜了，是新剧路透。她点开这个热搜话题，每条留言都要看一遍，自己也留下一个浅浅的小脚印。

不知不觉，十几分钟过去，邹乐箫还没从话题里出来，又刷新一下，看看还有没有更多照片。

忽然有熟悉的喊声传来：“邹乐箫？”邹乐箫愣怔，这不是俞璟择的声音吗？

他不是要坐车出去吗，怎么会在这里？

俞璟择又喊了一声：“邹乐箫？”

刚才在湖边，俞倾说邹乐箫也在。就算俞倾不说，他也知道。邹乐箫的车停在院子里，他认识她的车牌。

他进屋，在一楼客厅也没看到她人。

管家说：“邹小姐去了三楼就没下来。”管家又多说了一句，“她脸色看上去不好，也不像以前那样嘻嘻哈哈的，我也不好多问。”

他知道她脸色不好，也清楚她今天心情不佳。

三楼是俞倾摆放奢侈品的地方，邹乐箫不会随意进别人的衣帽间。

不放心，他就找上来了，结果喊了几声，还是没动静。

“邹乐箫？”他加快步子朝东面那个露台走去。

随着俞璟择的声音靠近，邹乐箫没时间多想他怎么会出现在这里，又为何要过来找她。

她打算到屋里坐着，就说刚才有客户打电话进来，她找个安静的地方接电话。

刚站起来，她就立马扶着台子——刚才蹲太久，腿和脚都麻了，一步都没法走。

她眯了眯眼，怎么关键时刻掉链子？

脚步声越来越近，她又赶紧蹲下来。

俞璟择看到地上蹲着的人，莫名松了一口气：“你蹲在这儿干什么？”

邹乐箫不想让他误会她在这里是为了偷看他，只好硬着头皮撒谎：“低血糖，头昏，刚才我差点晕倒，站不起来。”

俞璟择：“……”

这是让他抱她下楼？

邹乐箫的大脑暂时被酸麻感占据，她没法去琢磨此时俞璟择在想什么。那种无法释放的痛苦从脚底蔓延而上，直钻心脏。

她偷偷掐着麻掉的地方，没一点感觉。

俞璟择见她还是埋头在双膝间，便说：“你先到屋里坐下来缓缓，再这样蹲下去脚麻。”说着，他弯腰扶她。

邹乐箫现在正处在最酸麻的那一刻，脚没知觉，根本就走不了。她还是没抬头，摆摆手：“不用，我就这样缓一会儿。谢谢俞总，你去忙吧，不用管我。”

俞璟择感觉邹乐箫没什么大碍，真要不舒服了，她手里就有手机，早就打电话给傅既沉了。哪怕是她对着楼下喊一声，傅既沉和俞倾在湖边也能听到。

他更确定，她就是不想走路，想让他抱着。

他问了句：“怎么低血糖了？”

邹乐箫：“没吃饭。”

俞璟择把手机揣进口袋，边脱外套边走向屋里。

听到脚步声远去，邹乐箫睁了一只眼，想看俞璟择干吗去了，但她这个角度看不到，猜测他应该是去楼下找傅既沉，或是让阿姨上楼。

她忽然就联想到，要是他喜欢的女人低血糖，站不起来，他肯定会紧张到把人抱起来就去找医生，而不是像现在这样。

就在俞璟择脱下外套，准备返回露台去抱邹乐箫时，傅既沉也找上来了。

“她人呢？”傅既沉问，同时不动声色地看了眼俞璟择。

俞璟择正在挽衣袖，下巴对着露台微扬：“低血糖，站不起来。”

傅既沉从来没听说过邹乐箫有低血糖，八成是蹲的时间久了脚麻。

他几步走过去，敲敲她的脑袋：“还站不起来？”

邹乐箫很小声地“嗯”了一下。

傅既沉：“我扶你起来。”

邹乐箫摇头，那股酸麻劲儿就要过去，再有一两分钟她就能正常走路。

既然她假装低血糖，他就不揭穿她。

“你等着，我去找车子把你推下去。”

邹乐箫：“……”

傅既沉：“家里有手推车。”

邹乐箫：“……”

俞璟择一听傅既沉要用手推车把邹乐箫推下去，又讪讪地把衣袖给放下去，把脱下来的外套也穿回去。

傅既沉的手推车终于派上用场。上周他用它去偷季清远的雪人，没偷到。

他找了一块干净的垫子放在手推车上，坐电梯上来。

邹乐箫看到那辆平时用来拉货的手推车时，想着她还要当着俞璟择的面坐上去，心里似有几千万匹野马奔腾而过。

手推车车板离地也就十多厘米高，傅既沉毫不费力地就把邹乐箫拽上去坐着，动作一点都不温和。

邹乐箫："……"

当着俞璟择的面，她忍了。

从来没这么狼狈过，她把羽绒服的帽子罩头上，想自闭。

她真希望自露台一别，以后跟俞璟择再无相见之日。

俞璟择没跟着坐电梯，他从楼梯下去，到二楼去看小鱼苗。

婴儿房里，俞璟歆和季清远都在。

俞璟歆一个星期没过来看小鱼苗了。年底公司忙，上周又有各种会议，下班回家都是半夜了，今天她终于得闲。

在她来之前，宝宝叮嘱她好几遍："妈妈，小姨夫去公狮（司）了，你把弟弟抱回来。"

季清远瞅着俞璟择："你刚才喊邹乐箫干什么？"

俞璟择微怔："你听到了？"

季清远："你从二楼楼梯就开始喊，我能听不到？"

俞璟择对他们俩就没隐瞒："管家说邹乐箫脸色不好，去了三楼就没下来。我下午还在银行碰到她，她去销卡。"

季清远点头："你也不用太失落，说不定她办了后一次都没用过。"

俞璟择："……"

俞璟择不想跟季清远闲扯，这人句句踩他。

他走到俞璟歆那边，去看小鱼苗。

俞璟歆正逗着小鱼苗："我们让舅舅抱一抱。"

俞璟择不会抱这么小的小孩子，不敢抱，无从下手。以前宝宝很小的时候，他也没抱过。

当时俞璟歆跟季清远关系一般，他连他们家都很少去。

俞璟歆教他：“学着抱，以后等你有孩子了，你就能直接上手。”

俞璟择以前从来没想过自己要结婚，再有个孩子。

他两手托着小鱼苗的身体，手臂僵硬，比他平时在健身房锻炼都辛苦。

小鱼苗一直盯着俞璟择看，黑葡萄一样的眼珠，眼睛眨也不眨，小嘴巴不断张合，像要说话一样，不时，嘴巴一咧，无意识地笑笑。

小婴儿的眼神和笑容让俞璟择心里某处莫名变得柔软，他抱着小鱼苗的动作也慢慢放松下来。

外面天色暗下来，到了小鱼苗游泳的时间。

保姆已经放好了水，育儿嫂过来抱小鱼苗：“你们等半小时再上来吧。”小鱼苗游泳加洗澡，差不多要半小时。

俞璟择还没抱够，恋恋不舍地将小鱼苗交给育儿嫂。

此时，一楼客厅，邹乐箫正靠坐在沙发里。

她把羽绒服脱下来罩在自己头上，想到刚才是从手推车上下来的，觉得自己有点没脸见人。

坑人、毁形象第一能手，非傅既沉莫属。

俞璟择以为邹乐箫回去了，没想到她还在客厅。她用衣服罩着自己，不知道是醒着还是睡着。

他没打扰，在沙发的另一端坐下来。茶几上摆着各种育儿书，他随手拿过一本翻看。

俞璟歆和季清远也下楼来，他们在旁边的那张沙发坐下。季清远闲着没事做，给俞璟歆剥松子。

俞璟择看上去在认真看书，可眼前这页，看了十来分钟也只看了几行字。

沙发的另一头，邹乐箫心里一直犯嘀咕，明明几个人的脚步声都靠近了，可直到现在也没有说话声。

大概，俞璟择已经离开。

她扯下羽绒服，拢拢有点乱的长发，一侧脸，发现俞璟择正看她。

她微微点头，算是打个招呼。

俞璟择看她脸色还不是很好，问：“头还晕？”

邹乐箫："好多了。"

俞璟择颔首。

又冷场了。

他敛了眸光，看手里的书。

一页书终于看完，俞璟择合上书，问俞璟歆："要不要吃巧克力？"

俞璟歆莫名其妙，他什么时候对她这么关心了？下一秒她又恍然大悟，其实他"醉翁之意不在酒"。

但她还是摇摇头："不吃，吃了发胖。"

季清远附和着老婆："我也不吃。"

俞璟择："……没问你。"

季清远又塞了一粒松子仁到俞璟歆嘴里，看着俞璟择幽幽道："怕你问我，省得你多说话。"

俞璟择把书丢到茶几上，起身，直接去了厨房。

冰箱里有不少巧克力，他拿了几块。往客厅走时，他撕开一块巧克力自己先尝。他从来不吃零食，特别是巧克力这种甜食。

回到位子上，俞璟择扔了两块巧克力给邹乐箫，心想真要是低血糖的话，补充点糖分可以缓解。

他这么解释："俞倾现在不吃巧克力，这些巧克力再不吃就要过期了。"

邹乐箫："……"

她还是客气地说了声："谢谢。"

这时，傅既沉和俞倾从湖边回来。

傅既沉把俞倾的外套脱下来，看着他们几人："天都黑了，你们还不走？"

季清远接过话："不急，再坐会儿。"

傅既沉把外套挂起来，看了眼手表："现在五点半，我们家六点钟吃晚饭，该几点钟走，你们心里尽量有点数。"

季清远点头："有数了，吃了饭我们就走，不会超过八点钟。"

傅既沉："……"

俞倾笑，抱着傅既沉："这一局你输。"

邹乐箫不打算留下来，他们一家人聚餐，她一个外人在这里不合适。她找个借口离开："大学同学找我吃饭，我过去了啊。"

傅既沉问："男同学还是女同学？"

"男的，也在北京上班。"邹乐箫穿上羽绒服，跟其他人一一打招呼告别，除了俞璟择。

俞倾叮嘱她："晚上回到家给我打电话。"

邹乐箫应着："没事，就是吃顿饭，不出去玩。"

待邹乐箫离开，俞璟择瞥了一眼茶几，刚才他给邹乐箫的那两块巧克力正安安静静地躺在那儿，被彻底抛弃。

傅既沉从酒柜里拿出三瓶红酒，若无其事地跟俞璟择说："今晚我们三人每人一瓶，喝醉了也没事，我有手推车，到时把你送回去。"

俞璟择："……"

晚上十一点，邹家。

邹行长和邹太太都在客厅等女儿回来。他们从来不催邹乐箫，也不问她去了哪里。不过她向来有底线。

邹乐箫开门进来，发现父母都在看电视。

"今天怎么这么早？"邹行长问了一句。

"大哥不许我玩太晚。"

"跟傅成凛出去玩了？"

"嗯。陪他在清吧喝了两杯酒。"邹乐箫在母亲旁边坐下来。

从傅既沉家离开后，她跟大哥去了酒吧。

邹太太瞅着女儿："心情好像不错？"

邹乐箫笑了笑："还行。"

她靠在母亲身上，打开手机发了条朋友圈：今日份的快乐！

配图是在清吧里拍的两杯酒的照片。

俞倾家，聚餐结束后，几人又凑了一个牌局。

俞倾收到邹乐箫的消息：我到家啦，你跟二哥说一声。

——好的，早点睡。

俞倾顺手点开朋友圈，看到了邹乐箫的动态，发现她跟她同学还去酒吧喝酒了。

俞璟择手上的动作微顿，看了眼俞倾，也没吱声。

俞倾把照片放大，然后故意把手机竖起来，递给俞璟歆看："就在你投资的那家酒吧。”

俞璟择也瞄到了照片。

照片上，两人拿着两杯酒，一只手是邹乐箫的，另一只是男人的手，手指修长，骨节分明。

不知道的，还以为这是情侣照。

俞璟歆瞎说一通：“点了情侣酒，看来两人关系不错。”

俞倾很配合，拿过手机又看一遍：“你们那儿还有情侣酒？我怎么不知道？”

俞璟歆这么解释：“因为你不常去。上次你过去只喝了果汁，没法喝酒，下次我带你去尝尝。”

她看似跟俞倾闲聊：“邹乐箫不仅是会所会员，还是清吧的VIP顾客，跟调酒师很熟悉，两人还互相加了微信。她点这个酒的用意，是不是打算跟她同学谈恋爱了？”

俞倾缓缓点头：“有可能。”

她给邹乐箫的动态点个赞：“希望她能走出来，找个跟她年纪相仿的男生谈恋爱。不然每次看她那么难受，我都觉得愧疚。”

说着，她看向俞璟择：“哥，你终于解脱了，也不用再歉疚。”

俞璟择默不作声，整理手里的牌。

傅既沉接过话，一本正经的语气：“乐箫要是跟这个男生真成了，我们就都松了一口气。特别是邹行长，他可是女儿奴，这半年也操了不少心。”

你一言我一语，每个人都表情严肃，不像是调侃，而是由衷地替邹乐箫高兴。

有那么一瞬，俞璟择开始怀疑，也许，邹乐箫真打算交男朋友，要不，她不会把那两块巧克力留下来。

又一局结束，输的人还是俞璟择。

趁着傅既沉洗牌发牌的空隙，俞璟择打开微信。虽然邹乐箫把他删除了，但她还在他联系人里，只不过他发不出消息，看不到她的朋友圈动态。

他犹豫数秒，最终选择添加。

邹乐箫刚回到卧室，正准备洗澡睡觉——明天又是周一，要早起的日子。

她还没放下手机，就看到有人请求添加好友。看到俞璟择那个头像和昵称时，她还以为自己做梦了。

她点开来，消息验证框里是：是我，俞璟择。她不知道俞璟择忽然添加她好友是有什么事，她好不容易下定决心删了他，要是再添加上，她就前功尽弃了。

那种每天患得患失，又给自己无限遐想的日子，太难受。至少，她不愿再那么煎熬了。

没急着通过，她就在消息框里回复：俞总，您好，有什么事？

俞璟择微怔，没想到她没添加，他只好在验证框里接着跟她聊：听说你跟你大学同学准备恋爱，希望不要因为我，你才匆忙接受一段感情，我也不希望你以后后悔。

邹乐箫看得一头雾水，觉得应该是因为她发的那条朋友圈，不知道俞倾又怎么奚落他，他才误会了。

她接着在验证框里回复：谢谢关心。认识你，我挺幸运的。我会认认真真谈恋爱的。

俞璟择看着邹乐箫这条回复，根本就瞧不出任何端倪——到底是谈了还是没谈？他只好再问：已经在一起了，是吗？

邹乐箫："……"

他是有多想让自己解脱？

她只好让他彻底放心：我那个同学追了我挺久，我还在考虑。再多相处看看，合适的话，我会恋爱结婚。也祝俞总早日遇到你的另一半。

俞璟择：你的意思，就是还没在一起是吗？

邹乐箫："……"

邹乐箫：嗯，不过也快了。放心吧，我不会再找你了。以后，我也尽量不去二哥家。晚安啦。

俞璟择看着这么多对话内容，他大概是第一个，在验证框里和人聊到晚安，而对方还是没添加他为好友的人。

不知不觉间，一个多月过去，自那天在傅既沉家一别，邹乐箫再也没见过俞璟择。

临近年关，硕与律所今天放假了，邹乐箫换了一件厚羽绒服出门。一个人在家，容易胡思乱想，她打算走到银行去接爸爸下班。

人行道上的积雪还没来得及清理，留下数串脚印，深浅不一。

邹乐箫没走别人走过的地方，她靠着里边，重新踏出一串脚印。雪地靴落在雪地上，发出咯吱咯吱清脆的声响。

平常开车近一个小时的路程，今天她走路过去，居然还不要一小时就到了。

“邹乐箫。”一个熟悉的、富有磁性的声音从身后传来。

刚下过雪，空气清新冷冽，连带着他的声音听起来也格外悦耳。

邹乐箫跟做梦一样，猛地回头。

俞璟择的车已经慢慢靠在路边，他推门下车。风大，他单手把风衣纽扣扣上，朝她这边走来。

有些想念，就是在某一个瞬间，汹涌而至，怎么都控制不住。它卷走那点残存的理智和克制，冲毁了大坝，决堤而来。

她还是喜欢他，还是那么想他。

俞璟择穿过机动车道，走近。

往前走就是俞氏银行大厦，邹乐箫怕他误会，赶紧解释：“我过来找我爸。”

俞璟择点点头，他没以为她是为了在这里等他出现。他这段时间出差，临时改了航班回来，谁都不知道。

“放假了？”他问。

邹乐箫：“嗯，今天刚放假。”

她礼节性地问了句：“你们呢？”

俞璟择：“昨天就放假了，有部分人要值班。”他刚从机场回来，没想到能遇到她。

他现在特别想知道一件事：“你跟你那个大学同学在一起了吗？”

邹乐箫：“……”

他像个长辈一样关心她，这么迫不及待地希望她嫁出去，甚至为了亲口确认消息，半路把车停下来，主动跟她打招呼。

为了让他彻底安心，她挣扎数秒后，忍着疼，点头：“他对我特别好，我觉得能处下去，就接受他了。谢谢俞总的关心。”

俞璟择不知道是今天北京的风太冷，还是他穿得不够多，不由得打了一个寒噤。

过了半晌，他道：“挺好。”

邹乐箫微微一笑，一句话也说不出来了。她冲他挥挥手，转身往前走。

走了几步，她把羽绒服的帽子戴上，将拉链拉到最上头，挡住了嘴。

这几年的暗恋就像这场雪，落下来，融化掉，很多年后，除了自己，没人还会记得。

俞璟择一直看着她离开的方向，她的背影一点点远去，直到最后成了一个模糊的点。

也直到这一刻，他心里对她的那份牵挂和喜欢，才如此清楚。

俞璟择在电脑前坐了快一个小时，电脑显示器已经自动休眠，电流声也没了，好像一切都静止了。

办公室里，这座城市，连整个世界都安静下来。

外面，又飘雪了。

天暗下来，黑色绵延到天的尽头。

俞璟择点了支烟。他想起他跟邹乐箫第一次见面还是好几年前，在一个慈善酒会上，她跟邹行长一块儿过去的。

当时他对她的印象，只有顽劣。

一开始他并没注意到她，后来他总感觉有人跟着他，像个小尾巴，每次转头都是她在他身后。

她拿着一个餐盘，盘子里盛了各种甜食。他看向她时，她总是莞尔一笑，却一点都不耽误吃。

她还问他：“酒好喝吗？”

他点点头：“还不错。”

于是她也去拿了一杯。

那晚他空腹喝了不少酒，胃不舒服，就拿了一些食物准备吃点，之后还要接着喝。

他夹了什么，邹乐箫就跟着他夹什么，连摆放在盘子里的位置都要一模一样，有偏差时，她还伸着脖子看他的，再调整自己盘子里的。

“咚咚”，敲门声打断他的思绪。

俞璟择掐灭烟："请进。"

秘书进来："俞总，要给您准备什么夜宵？"

俞璟择也没胃口吃："不用了。"

他不打算加班，留在这里什么也看不进去。

晚上的雪不大，路面只积了薄薄的一层。

俞璟择一路走神到家，车停下来时，他也不知道自己都想了些什么。

到家后，俞璟择去前院找俞倾。

俞倾家花园旁，那辆手推车安静地躺在那里，落满了雪。

俞璟择多看了一眼，然后抬步去屋里。

傅既沉不在家，有应酬。俞倾正插花，一大束玫瑰，是傅既沉送她的。他说晚上没法陪她，就给她找点事情打发时间。

她哼着歌，悠闲自得。

"哥，回来啦？"

"嗯。"

俞倾隐约记得："你不是晚上的航班吗？"到家的话，应该没这么早。

俞璟择："回来有事，我就改了航班。"

俞倾点点头，接着修剪多余的花枝。

俞璟择没事干，在一旁帮忙。

一大束玫瑰，插了一大半，用了好几个花瓶。

俞璟择原本等着俞倾问他的感情状况，但她始终没有问。不知道她是怕他难为情，还是已经知道邹乐箫有了男朋友，不再适合提及这个话题。

桌上的花都插完了，只有半桌子剪下来的枝枝叶叶。俞璟择找了一个垃圾桶，将桌上收拾干净。

俞倾把花瓶放回原处，看了眼时间，催促俞璟择："谢谢你来陪我，时间不早了，你赶紧回去吧。我上楼睡觉去了，晚安。"

"……你等等。"

俞倾若无其事地问道："什么事儿？"

俞璟择只好硬着头皮道："邹乐箫跟她大学同学在一起了，你知道吧？"

这个不是重点，他关心的是："那个人怎么样？要是人品不错，对邹乐箫也不错的话……"他就放心了。

后面的话，他没说出来。

俞倾突然就不想再难为他。她以为他来这里是要问她，该怎么把邹乐箫给追回来，结果是关心邹乐箫男朋友对邹乐箫怎么样。

“哥，之前那个什么情侣酒，纯粹是我跟我姐瞎编出来刺激你的。那晚跟邹乐箫一起去清吧的是傅成凛，不是她什么大学同学。还有，邹乐箫被你三番五次逼得以为只有她有了男朋友你才放心，只好承认自己有男朋友。”

俞倾看着他：“你要是弄清了自己的心意呢，你就好好追人家。你要是感觉你还是没法心动，我觉得现在对你自己，对邹乐箫，都算是一个最好的交代。至少以后你不会后悔，邹乐箫也不会有遗憾。”

俞璟择怔怔地看着俞倾，花了好久才把这些消息一一消化。

从邹乐箫说她有男朋友了到现在，他一直强撑着不去在意。

俞倾上楼去，俞璟择一人在客厅又坐了会儿。

他再次点开消息验证框，谨慎地输着每一个字：之前跟你反复确认你是不是有男朋友，是想要追你。俞倾说你没有，我就当没有。

发送这条后，他接着添加她为好友，继续打字：乐檬演唱会的座位，是我打电话给厉炎卓，让他那么安排的。我不知道我是什么心理。

——你把我拉黑，又销卡，巧克力也拒绝了，后来加你你也不通过，我一时间又不知道你在想什么。

——之前我自身有很大一部分原因，理智时想让你找个年轻的，跟你一样开朗的；不理智时，又想跟你在一起。

——现在，我很理智，还是想跟你在一起。

他发了这么多条，始终没收到回复，不知道她是没看到，还是不知道要怎么回复。

俞璟择：你回不回，我都会追你。

邹乐箫正在家陪父母看电视，一边看着电视一边刷手机，没想到收到俞璟择这么多条消息。

她明明该高兴的，该激动得在地上蹦几圈，再狂吼几声，告诉所有人，俞璟择喜欢她，她不用嫁给别人，可以一直和他在一起。

可是反复看了三遍后，她心口发堵，说不清道不明的委屈席卷而来。

邹太太不经意转头，就见女儿泪流满面。

她赶紧伸手把眼泪抹去："怎么了？是不是哪儿不舒服？"

邹行长也看过来，索性把电视关了："乐箫，你怎么了？"

邹乐箫感觉挺丢人的，自己赶紧拿手抹眼泪。她额头抵在母亲肩头："没事，没事，我高兴着呢。"

邹太太递纸巾给她："高兴怎么还哭了呢？"

邹乐箫眼泪直流，她用纸巾捂住："妈，俞璟择说他要追我。之前我难过了一个下午。

"不对，我难过了好几年，因为我感觉他不会喜欢我。还有一次我梦到他结婚了，我好几天都没缓过来。"

说着，她哽咽了。

她调整呼吸，泪眼模糊地看向父亲："爸，你别怪他，他真的挺好的。可能也是因为我比他小很多，他总是觉得不合适。"

邹行长摸摸邹乐箫的头："我家闺女看人的眼光不会错的。"

于是邹乐箫的眼泪流得更凶了。

邹行长："好啦，哭两下差不多就得了，再哭就有点假。你让俞璟择哭的日子已经来了，我不信你没在心里欢呼。"

邹乐箫扑哧一声又笑出来，脸上还挂着泪。

翌日一早，天还没亮，俞家家庭群里就热闹起来。

俞璟择睡不着，问：今天的早饭我做，你们几点起？

季清远：今天太阳打西边儿出来了？

难得，俞璟择一本正经地说话：感谢你们帮忙。

傅既沉刚结束早锻炼，冲过澡后就听手机一直在震动。他问：是不是点什么早餐都行？

俞璟择：尽量简单点，我会的不多。

看在他语气还比较诚恳的分上，傅既沉就没为难他：随意吧。八点钟我跟俞倾过去。

现在还不到六点，俞璟择下楼去准备食材。这么多年来，今天是他过得最有意义的一天。

在阿姨的帮助下，花了近两个小时，俞璟择做了一桌子早餐，不谈味道，至少看上去很丰盛。

快到八点钟，他们一个都没过来。

俞璟择解下围裙，去储物间，找出以前买的气球。

这些气球还是之前为了给傅既沉过生日，父亲让管家买的，当时布置了主要是给宝宝看，没用完的一直收在这里。

他拿出打气筒，把这些气球一个个充上气，系好，一松手，气球便飘上去，顶在天花板上。

阿姨在俞家待了快二十年，俞璟择是她看着长大的，即便以往过年，她也从来没见俞璟择这样高兴：又是做早餐，又是吹气球布置客厅。

她问道："今天是不是有什么喜事？有什么要我帮忙的没？"

俞璟择："没什么喜事，我自己来。"顿了下，他忍不住跟阿姨分享，"我在追人。"

阿姨又惊又喜："那可是家里最大的喜事了。阿姨就等着春天再给你们准备烧烤时，多准备一个人的分量。"

俞璟择笑了笑："谢谢阿姨，借您吉言。"

把现有的气球都充好，俞璟择数了数飘起来的气球，才二十一个。

他把气球一一拽下来，将所有银色丝带绕在指尖打成一个结，二十一个气球绑成一束，颜色各异，适合邹乐箫这样有少女心的年轻女孩。

俞璟择盯着这束气球看了一会儿，然后穿上风衣，拿上车钥匙往外走。

"璟择，你不吃饭吗？"阿姨问他。

俞璟择："不饿，回来吃。"他补充一句，"我去买气球。"

很快，院子里的汽车驶离。

俞璟择问过管家在哪里买气球，驱车直奔那边。

路上等红灯时，他给邹乐箫发了条手机短信——他微信还在她的黑名单里。

——今天下午要不要过来看小鱼苗？我去接你。

邹乐箫第一时间就看到了消息，也早就打好了回复，不过把手机放一边，想着过一分钟再回给他。

她刚醒不久，一夜也没怎么深睡。

醒来就能收到他消息的感觉，无法用语言形容。

她跟他之间的信号，终于通了。

等到下一个路口，俞璟择再点开手机，看到邹乐箫只回过来一个字：嗯。

明天就是除夕，今天路上不堵，花的时间比平时少一半还多。

俞璟择买了一千个气球。他打算充五百二十个气球，怕有不能用的，就多买了一些备用。光氦气罐就放满了整个后备厢。

他没回自己家，把车直接开去俞倾家院子。

下午邹乐箫要来看小鱼苗，把气球放在这个院子里，她进来就能看到。

现在快十点了，俞倾他们早就吃过饭。这几天是他们一年到头难得的悠闲放松的日子，湖边，傅既沉跟季清远在比赛钓鱼。

今天风和日丽，阳光洒满了湖面，微波荡漾。

雪后放晴，碧空如洗。

院子里，有绿植、白雪，还有被摆出来晒太阳的玫瑰花。

宝宝正在玩遥控汽车，满院子跑，不时“咯咯”笑，自娱自乐。

观水平台的木桌前，俞倾跟俞璟歆背对着太阳，正一边吃着坚果一边闲聊，各自的手腕上还系着一束气球，蓝、粉、白三色的气球随着微风轻轻飘动。

远看去，这一幕就像一幅画。

俞璟择从车上下来时，感觉哪里不对。

他忽然眼睛微眯，看向湖边的季清远和傅既沉——肯定是他们俩把他一早弄好的那一束气球给分了，拿来向俞璟歆和俞倾献殷勤。

宝宝先看到了俞璟择：“舅舅。”他放下遥控器，往这边跑。

俞璟择半蹲下来，把他抱到怀里。

宝宝抓着俞璟择的衣袖：“舅舅，小姨夫在钓鱼，我们抱弟弟回家。”这小家伙成天想着把弟弟“偷”回家。

俞璟择揉揉他的小脑袋：“等春天不冷了，我们就能把弟弟抱回家。”

“不骗人？”

“不骗。”

宝宝高兴了：“舅舅，我给你气球。”他以为大人都喜欢气球，因为妈妈和小姨都在手上绑了气球。说完，他一溜烟地往别墅跑。

俞璟择明白了，二十一个气球，季清远跟傅既沉分“赃”不均，于是各让一步，把多出来的那个给了宝宝玩。

宝宝把那个蓝色气球给俞璟择，感谢他答应帮忙把弟弟抱回家："谢谢舅舅，我爱你。"

俞璟择亲了宝宝一下："不客气。"

宝宝接着玩他的遥控车，趁俞璟歆看不见时，他偷偷拿一小把雪在手里攥着玩，被冻得直吸气。

俞璟择拿着气球去找傅既沉和季清远算账。俞璟歆跟俞倾正聊顾恒，没空搭理他，只敷衍地摆了摆手。

俞璟择对着傅既沉坐的凳子踹了一脚，接着又踹了一脚季清远坐的凳子。两人没坐稳，差点摔倒。

季清远和傅既沉心虚，也没吱声。

俞璟择没再不依不饶，只说："你们俩帮忙充气球。"

季清远觑他："凭什么？"

傅既沉固定好鱼竿："凭你吃了他的早饭。"

知道他充气球是为了追邹乐箫，俞倾跟俞璟歆也一起帮忙。

一家人，花了四个多小时，才把五百二十个气球充满气，绑成二十六束，全部系在观水平台两侧的树枝上。

湖风拂过，气球随风飘动，成了彩色气球的海洋，浪漫又壮观。

邹乐箫在家也没闲着，起床后就开始捯饬自己，护肤，打理头发，挑衣服，化妆，一整套流程下来，花了她两个多小时。

配上合适的包，她下楼准备出门。

十分钟前，俞璟择给她打电话，说已经在路上。

这是她跟他第一次真正意义上的约会，他是她男朋友了。

手机震动，是俞璟择发来了消息：我到了小区门口，不着急，你慢慢走出来。

他的车进不了别墅区，只能在门口等着她。

邹乐箫又照了照镜子，确定没哪里不妥，这才出门。

午后的空气里，飘着浓浓的过年气息，还带着点甜味。

随着离大门口越来越近，她的心脏马上就要蹦到嗓子眼了。走着走着，她感觉连路都不太会走了。

转过弯，到了小区主路上，她看到了那个身影。

俞璟择从车上下来，笔挺地立在出口处。

邹乐箫不由得加快步子。她在心底狠狠鄙视了自己一番，但还是没用，她就想快点见到他。

终于走近，两人之间只有那道门禁。

俞璟择把手伸过去，邹乐箫刷了卡出来，故意曲解他的意思，跟他握握手："辛苦俞总来接我。"随即松开。

但指尖相触的那一瞬，仿佛触电了。

俞璟择："……"

他无声失笑。

今天她的妆容跟上次在SZ餐厅吃饭时差不多，连口红颜色都相近。

他快步追上她，走到车旁给她开门。

这是邹乐箫第二次坐他的车，回忆迎面扑来。

那次他送她回来，她在这里偷亲了他一下。

俞璟择坐上车，没急着开走。他从卡夹里抽出一张卡递到她面前："这是我们银行第一张黑卡，只要是银行的职工，就知道这张卡是我的。"因为卡号特殊。

那天她把卡销了，他心里不舒服，她应该更是。

邹乐箫没接："我不缺钱。"

"我知道。"俞璟择也感觉第一次约会就送卡不合适，"放你那儿，密码我不告诉你，这样行了吧？"

邹乐箫犹豫一下，拿过来："你现在把卡放我这里，那你不是少一张卡用了？等年后上班，你到我们银行办一张卡吧。"

俞璟择点头，这次很爽快："好。"

邹乐箫侧脸："你手头紧不紧？不宽裕的话，可以到我们银行贷款，利息也不怎么高。"

俞璟择真心求问："必须到你们银行贷款才能追你，是不是？"

邹乐箫笑了，转头看窗外，不搭理他。

俞璟择发动车子，打开车载音乐，歌曲是他在来的路上下载好的。

听着熟悉的前奏，邹乐箫猛地转身——这是顾恒的歌，他的第一张专辑，每首歌她都会唱。

不知道他是特意放给她听，还是平常也会听。

邹乐箫没再说话。听着喜欢的歌，身边是喜欢的人，幸福的模样，应该就是如此。

偶尔，她会偷看一眼俞璟择。就算此时的他触手可及，她也还是感觉像在做一场做了很久都没醒来的梦。

“以后，我要是有做得不好的地方，或是忽略了你的感受，你直接跟我提出来，我就会改。你不管说什么我都不会生气，也不会走。”

在短暂的安静后，俞璟择打破了沉默。

邹乐箫突然不知道要怎么接话，却被他这句话感动了。

跟喜欢的人待在一起，时间总是一不留神就溜走。

汽车拐进了俞家所在的别墅区，邹乐箫对这里的熟悉程度不比对自己小区低。

汽车还没开到院子里，邹乐箫就看到了湖边树上的气球。

她没以为那是给她准备的，但还是被惊艳到，也被感动着。她再次作为观众，见证着别人的幸福。

“二哥现在越来越浪漫了。”

俞璟择没搭腔，将车停好。

院子里没人，他们很配合，都回了屋里。

“要不要去看看气球？”他问邹乐箫。

邹乐箫连连点头，边走边拍照。

要是俞璟择为她准备这么多气球，她二话不说，直接嫁了。

她就喜欢这样用心的礼物，不值多少钱，却付出了所有的认真和耐心。

邹乐箫仰着头，看着彩色气球随风飘动，被气氛感染，心里满满的喜悦。

这得有好几百个呢。在湖边，衬着今天的景，像童话一般。

“这是二哥给俞倾的新年礼物吧？”

俞璟择含糊地应着。

邹乐箫只顾着看气球，他说了什么，她也不往心里去。

“有多少个啊？”她问。

俞璟择：“五百二十个。”

连气球的数量都在表白爱意。

俞璟择示意她："乐箫，你到右边来，看边上那束。"

邹乐箫不明所以，大步走过去。她还以为那是傅既沉给俞倾的惊喜，看到气球上的字时，忽然目瞪口呆。

那串气球上，从左到右写着：俞璟择爱邹乐箫。

她："我看花眼了是不是？"

她依旧不可置信。

俞璟择弯腰，抱住她的腿："你把它解下来看。"

邹乐箫重心不稳，两手搭在他肩头，她垂眸，他仰头看着她。

对视那刻，她听到了心跳声。

终于，她不再是观众，不用再羡慕别人的幸福。

有了俞璟择，从今往后，她是她自己爱情里的主角。

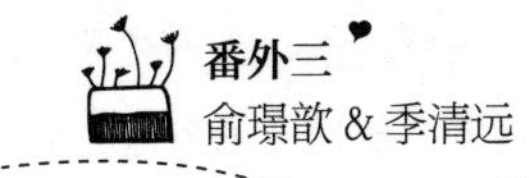

番外三 俞璟歆 & 季清远

清早，还不到六点钟，俞璟歆醒来。

她口渴，小心翼翼地爬起身。

卧室里漆黑，床上凌乱，她找不到自己的睡裙，不知道昨晚被季清远随手扔到了哪里去。

季清远的浴袍在床沿，有一半垂到了地毯上，她拽过来，套在身上。

冬天的清晨，天还黑着。

俞璟歆喝了半杯温水，在窗口站了一会儿。

昨天是她跟季清远举办婚礼的日子，从酒店回来时已经很晚，卸了妆，洗过澡，她跟季清远就情不自禁地滚到了床上。

她嗓子喊得嘶哑，睡前喝了不少水，还是不怎么管用。

她身边结过婚的朋友都说，被婚礼累得半条命都快要没有，哪还有惊喜可言。她却没有这种感觉。

也可能是因为，她跟季清远从认识到举办婚礼，也不过一个半月。

认识的第一周，季清远就跟她求婚了。隔天，他们就领证。

认识季清远之前，她从来没想过自己会闪婚。

俞璟歆放下水杯，打算再睡个回笼觉。

她回到卧室，踮着脚摸到床边，还没来得及脱掉浴袍，就听到季清远的手机闹铃响了，六点钟了。

季清远关了闹铃，侧脸就看到正要躺下的俞璟歆：“怎么醒这么早？”

“起来喝水。”俞璟歆不打算脱浴袍了，将就着躺下。

季清远今天还要去公司一趟，过两天他要去跟俞璟歆度蜜月，一些事情要提前安排好。他掀被子起来。

俞璟歆怕他看不清楚，开了落地灯，把光线调暗。

季清远这才发现，俞璟歆穿着他的浴袍。他单膝跪在床上，弯腰把她从她那侧抱过来。

俞璟歆抓着他的肩膀：“干什么？”

季清远提醒她：“你穿了我浴袍。”说着，他拉开了浴袍的带子。

俞璟歆下意识地就按他的手，不让他动。身上只有这件浴袍，她里面什么都没穿，平常欢愉时都关着灯，一时不适应跟他如此“袒”诚相见。

季清远低头亲她，让她意乱神迷，再加上力量悬殊，浴袍还是到了他手上。

俞璟歆后来才意识到，这是所谓的夫妻情趣，他也不是非要穿这件浴袍，就是借此机会亲她。

季清远找了件他的衬衫盖在她身上，遮住所有美好，然后拿着浴袍去了浴室。

俞璟歆摸摸耳朵，发烫。她拉过被角，想盖在身上，可这会儿觉得格外燥热，又作罢。她把被子推到一边去，转个身，打算接着睡，可心神荡漾，没有半点困意。

季清远从浴室出来就看到床上风光旖旎，俞璟歆背对着他，整个背大部分露在外，腰间只有刚才他随手放上面的衬衫，冷白的皮肤被黑衬衫衬得晃眼。

他手里拿着浴袍，也省得再穿。

俞璟歆忽然一个战栗——季清远在她背上亲了一下。

他唇亲过的地方，又烫又麻。

条件反射般，她想转身躺好，但又被季清远给翻过去。

俞璟歆侧趴在床上，扭头：“你不去公司了？”

“去。”

之后就没了声。

俞璟歆不由得紧抓着枕头。她跟季清远谈不上了解，却做着夫妻之间最亲密的事。

他还特别喜欢亲她，每寸肌肤，没有一处落下。

他知道她哪儿敏感，每次都亲那儿，她就忍不住喊他的名字。

天亮时，屋里才平静下来。

俞璟歆嗓子更不舒服了，也没了力气。

“我晚上才回来。”季清远出声。

俞璟歆点点头，看了季清远一眼。

季清远拿上手机，边看着边往外走。

俞璟歆本来还以为他临走前会亲她一下，结果他径直出去了。

她又一想，他本来就不善表达感情，从认识到现在，除了求婚和婚礼时，他再没说过情话。

俞璟歆裹上他的浴袍，起床去收拾行李。

再过两天，他们要去蜜月旅游。

床头柜上的手机不停震动，不知道是哪个工作群，她打开来，发现不是工作群，是这个圈子里其中一个所谓的名媛群。

她回国后，朋友把她拉进这个群。她不喜欢水群，也没那么多时间闲聊，但碍于面子就没退。加进来一个多月，她从来没冒过泡。

俞璟歆竟然在群聊里看到了自己的名字，还有季清远、冷文凝的名字。

她高中就去了国外，一直待到今年才回，偶尔回来也是在家待着，很少出去玩，不知道冷文凝是谁。

因为出现了季清远的名字，她开始“爬楼”翻看聊天内容。

——天！

——咋了？

——冷文凝结婚了，昨天！跟季清远同一天！

——哦，不对，是季清远跟她同一天。

——我的天，冷文凝瞒得够严实呀，之前一点消息都没听说。她是跟她那个相亲对象结婚了？

——不然还有谁？

——瞒得再严实也没用，季清远还是知道了，还是跟她同一天结婚，这两人是杠上了。

——要不怎么说相爱相杀呢。

——你们都瞎琢磨什么？季清远要是不喜欢冷文凝，他至于为了利益把自己给搭进去？

——好像也对。

——冷文凝家的关系网对季家来说只是锦上添花，有没有都无所谓。季清远肯定是喜欢她的，不然为什么不跟别的有家世的女人在一起？

——听说是季清远追的冷文凝？

——我听说是冷文凝追的季清远。冷文凝长得好看，又不图季清远的钱，我是男人的话，我也会选她。

——不知道他们俩为什么分手，两个人都不愿低头。换我是冷文凝，我才不舍得把季清远拱手让人，低个头怎么了？

——没办法，人家硬气，被爱的有恃无恐。

——我猜啊，冷文凝八成会后悔，说不定已经后悔。

——后悔也没用啊，她那么高调相亲时就打了季清远的脸。

——那时候，要是冷文凝主动跟季清远道歉，说不定就能和好。毕竟季清远为了气她，也去跟俞璟歆相亲了。

——我也听说了，冷文凝相亲后的第三天好像还是第几天，季清远就去相亲。

——那可是季清远第一次相亲。冷文凝在他心里到底是不一样的。

——那么拎得清的一个男人，也有被感情冲昏头脑的时候。

——冷文凝那个相亲对象，唉，一言难尽啊，跟季清远没法比。我看过一次，不知道冷文凝到底怎么想的。

——那没有办法，本来颜值就是稀缺资源，她到哪里再去找季清远那样的，要颜有颜，要身高有身高，能力就更不用说，还那么有钱。

——被俞璟歆给捡到便宜了（偷笑）。

——我不觉得俞璟歆捡到了便宜，她要是哪天知道季清远为什么跟她相亲，而且冷文凝领证后，他也跟着领证……

——季清远是够狠心，他跟俞璟歆才认识一个星期就求婚了。

——最糟心的是，季清远跟冷文凝竟然是同一天举办婚礼。对俞璟歆来说，这可是一辈子的伤害。就算以后她跟季清远离婚了，想想也恶心呀。

——季清远现在还跟冷文凝发小一块做项目，投资几十亿的一个跨国项目，就算他跟俞璟歆结婚了，他也还是得顾及冷文凝的发小。

——嗯，听说他们那个小圈子里的人关系很好。

——以后还不知道会有多少人看俞璟歆笑话。

……

群里十几人在刷屏。

俞璟歆看到最后，指尖冰冷，两腿像灌了铅，一步都走不动。

群主出声：你们今天都吃饱了撑的呀？

她看完后，舒了一口气。

祸从口出，不知道她们是有意还是无意。

她提醒一句：俞璟歆在群里。

突然之间，群里沉默了，但那些消息已来不及撤回。

很快，俞璟歆收到了被请出群聊的消息。不只她，所有人都被踢出了那个群，群主解散了群。

俞璟歆靠在门框上缓了好一会儿，脑子依旧混乱不堪。她满心期待的婚姻，一直盼着拥有的一个小家，只不过是别人赌气的结果。

她不确定她们说的有几分真，心里也排斥接受那是真的。

直到这一刻，她还在自欺欺人。

关上卧室门，俞璟歆给秦墨岭打电话。她熟悉的人不多，秦墨岭是她为数不多的信得过的人。

“新婚愉快。”

俞璟歆：“愉快不起来了。”她开门见山，“季清远跟冷文凝之前是男女朋友关系？”

秦墨岭：“嗯。”这没什么好隐瞒的，圈子里的人都知道。

俞璟歆抚着心口：“你帮我个忙，确认一下季清远跟冷文凝各自相亲的时间、求婚的时间、婚礼的时间。”

她又想起来：“还有季清远近期跟冷文凝发小合作那个项目的决定时间。”

秦墨岭：“璟歆，你都听说了什么？”

“没什么。我现在什么都不想说。你帮不帮我？”俞璟歆又道，“我找你，是信你不会骗我。还有，你替我保密，包括对我哥你都不许说。秦墨岭，我们俩从小就认识的。”

她语无伦次地说着。

秦墨岭理解她什么意思，他们从小认识，感情在那儿，所以她让他帮忙。

“行，我尽快给你回话。”

俞璟歆挂了电话，换上衣服出门。

她怕自己开车会分神，叫上司机跟她一块儿出去。

司机问她去哪里。

俞璟歆：“随便吧，逛逛北京城，今天也没什么事。”她尽量表现得很轻松，不想让身边的人看出她的悲伤。

没用半小时，俞璟歆收到了秦墨岭的消息，几个日期一目了然，也把她彻底打入地狱。

冷文凝相亲后，季清远也相亲了。冷文凝订婚那天，季清远当晚跟她求婚。

婚礼，是同一天。

那个项目是两周前决定的。

那时，她跟季清远已经领证。

秦墨岭给俞璟歆发了消息后，又给季清远打去电话。他应该信守承诺的，但又感觉这不是信守承诺的事。

俞璟歆那个性格，爱钻牛尖角。他可以替她在其他人面前保守秘密，但这个事得让季清远知道。

季清远正在开会，秦墨岭没有重要的事不会在上班时间给他打电话，所以他还是接了，小声问：“有事？”

秦墨岭：“璟歆知道你跟冷文凝的事了，不知道她听谁说的，我刚才看了下你跟冷文凝各自的订婚和婚礼时间，想不让人误会都难。”

季清远起身去了会议室外面。婚礼时间撞了，他知道，也问过冷文凝的发小，他们说，是男方挑的日子。

他蹙眉：“订婚时间也一样？”

秦墨岭：“……你不知道？”

季清远：“不知道，我哪有空天天关注别人什么时候订婚、什么时候结婚？”

秦墨岭也没怀疑，他之前也没听说过。

冷文凝自家和她老公家在同一个圈子，行事都很低调，包括这次婚礼，只请了双方家人和亲戚、世交，连很多朋友都没请。

“不管怎么样，你还是回家跟璟歆解释一下吧，这种事换谁都介意。”

季清远“嗯”了一声，说：“谢了。”

晚上还有应酬，他给助理发消息：晚上的饭局，你代我去。

他就不明白了，那些人是不是天天闲着没事干，就在背后搬弄是非。

俞璟歆在外头转悠了一天，整个人浑浑噩噩。

她回到家，家里空荡冷清，季清远还没回。她倒了一杯红酒拿着上楼。

今天，周思源还给她发消息了，问她是不是要离婚。看似关心，其实她知道，周思源等着看她笑话。

她不知道这段婚姻要怎么走下去。

因为昨天那场盛大的婚礼，不管是嘉时集团还是俞氏银行的股价，都是大涨。自从他们宣布婚讯以来，股价就一路飙升，要是闹出离婚，没法收场。

她也不得不承认，除了怕影响公司的利益，她心里还有不甘。

就在她胡思乱想时，卧室的门开了，季清远回来了。

俞璟歆还没想好要怎么办，只能暂时维持表面的和平：“回来啦。”

季清远点头，看了眼她面前的酒杯，在她对面的沙发上坐下。

俞璟歆看向他，他也眼睛一眨不眨地望着她。

她心里没底：“有事？”

季清远坦诚道：“冷文凝是我前女友，在一起两年……”

俞璟歆打断他的话：“不用跟我说那么多，我不关心你的过去，又不是十几、二十岁，谁还没个过去。”

她听不得他跟冷文凝过去的细节，伤口本来就够深了，再撒盐的话，她受不了。

季清远以为她真的不介意，莫名松了一口气。

俞璟歆拿着酒杯：“关于你和你前女友的事，我听说了一些，包括相亲和结婚的日子。我心里反倒轻松了，之前我还觉得挺愧对你，我跟你相亲也是迫不得已，我有喜欢的人，家里不同意，回国前刚刚分手。”

季清远心尖一颤，他从来不知道她还有这样的感情经历，他以为她对他是有感情的，在婚礼上，她掉眼泪时，他以为她是因为嫁给他而高兴。

俞璟歆怕他不信，又多编了几句："我跟他有共同的爱好，都喜欢小提琴。我们经常一起看音乐会。就是因为家里的原因，没办法，据理力争过了。具体什么原因我就不说了。所以你跟冷文凝的事，你也不必对我有愧疚，咱俩情况差不多。我们就纯粹当联姻好了，以后搭伙过日子也挺好。"

季清远沙哑着声音又问了一句："你现在还喜欢他？"

俞璟歆咬着唇："嗯。"

也不知道过了多久，季清远点点头。

他问："那蜜月旅游，也没必要了吧？"

俞璟歆把杯子里的酒都喝了："随你，去也行，应付家人。"

季清远起身："那就不去了吧。我正好要出国谈一个项目，你要是在家无聊，你自己找个地方玩。"

季清远去了书房，灯没开。他知道俞璟歆不会过来，便打开窗，点上烟，一支接着一支地抽。冷风也吹不散全部的烟味，留了一些在屋里。

摁灭烟头，季清远给秘书打电话，让他申请这周末的航线。

秘书忙问："季总，是不是蜜月旅游改地方了？"要是改地方了，她还要再提前订酒店，安排行程。

季清远："蜜月旅游取消。"

秘书："好。"

其他的，她不敢多问。最近老板要谈国外的一个项目，肯定是着急去谈项目。

季清远回到卧室，俞璟歆已经洗过澡，正靠在床头敷面膜，手里捧着一本金融期刊，跟平常无异。

他又扫了她一眼，她也没什么反应，一直盯着书看。

拿上睡衣，他去了浴室。

等浴室的门合上，俞璟歆长长地舒了一口气，心里扯着疼——什么都没有了，连蜜月游也没了。

她本来以为，他会敷衍一下，就算心不在她身上，人也会陪着她去一趟。那是她期盼了很久的两人同游。

她走神的空当，季清远洗过澡出来。

俞璟歆揭下面膜，没看他，起身径直走向浴室。

季清远盯着她的背影看，话说开了以后，她都懒得敷衍。也不知道哪个男人能让她惦念这么长时间，即使她跟他结了婚，都没能忘。

他关了这侧的床头灯，闭上眼。

浴室里，水龙头的水一直哗啦哗啦地淌着。

俞璟歆不断用冷水冲着脸，眼泪跟水混到了一块儿。

调整好呼吸，她涂好眼霜，上床去。

季清远侧躺着，背对着她。

俞璟歆关了灯，屋里伸手不见五指。她平躺下，不时慢慢转头，看他有没有转过来——始终没有。

第二天清早，季清远还是原本的生物钟起床时间醒来。他下意识地去看俞璟歆，她只盖了一个被角，大半个身子都在被子外。

他把被子给她盖好，她呼吸均匀，睡得很沉。

这一夜，他都没怎么睡。看了她一会儿，他起床去。

俞璟歆醒来时，身边早就没了人。

婚假还有两周，她不知道要干点什么。

因为心虚，她竟然不想提前去公司上班，就怕别人问她怎么没去度蜜月。

季清远给她发来信息：这周末我要出差，不知道什么时候才回来，晚上一起去我妈那边吃顿饭。

俞璟歆回复：好。

她又看了一眼那句“不知道什么时候才回来”，然后订票，打算一个人去旅游。

傍晚，季清远提前从公司回来，一进别墅就看到了沙发边的行李箱，这是俞璟歆的箱子。

俞璟歆在楼上听到了汽车声，拿上包下来。

季清远抬头看着楼梯上的她。她化了精致的妆，不过没穿裙子，穿的是休闲衣裤。

“要去哪儿玩？”他主动问道。

俞璟歆：“旅游，正好那边有音乐会。”她也没说去哪里。

她像突然想起来的样子，说：“哦，对了，我凌晨的航班，到妈那儿吃过饭，我就得赶去机场。”语气清冷，像在通知他。

季清远颔首，他原本想送她去机场，又因为“音乐会”三个字欲言又止。

他看了眼手表：“走吧，去我妈那边。”

俞璟歆应着，走在他身后。

前天这个时候，他还在婚礼现场亲吻她，说会陪她走完这一生，不让她受一点委屈，下辈子想早点遇到她。

他想陪着走完一生的人，不是她。他想早点遇到的人，也不是她。

坐上车，两人各自坐在后排两侧。季清远拿出平板电脑，登录邮箱。俞璟歆插上耳机，随手打开一首曲子。一直到季家，两人一句话都没有说。

这是俞璟歆第二次来季家，婚前她来过一次。

家里人都在，车子停满了停车坪。

下了车，俞璟歆绕过车尾，抬手想挽住季清远的胳膊，结果季清远头也没回，大步走向别墅，她抓了空，手僵在那里。来不及失落，她快走几步。

这一幕，被季清远的妹妹看到，她正好在楼上。

打过招呼，俞璟歆在季清远旁边坐下，两人中间刻意隔了一段距离。

“你们哪天去旅游啊？”季妈妈剥了坚果递给俞璟歆。

“谢谢妈。”俞璟歆回答这个问题，“我是今天的航班，先过去看场音乐会，清远周末走，到时我们俩再会合。”

季清远瞥了一眼俞璟歆，没想到她撒谎的话信手拈来。

季妈妈望向儿子：“什么要紧的事不能往后推一推？实在不行，你交给你爸来处理。”

季清远答非所问：“到时我陪璟歆多玩几天。”

妹妹从楼上下来了：“大嫂你今天好美。”紧跟着又道，“我借我哥两分钟啊。”她钩钩手指，“季清远，你过来。”

季清远心情不好，没像平时那样纵容妹妹：“什么事，你说。”

“你过来！”

季清远起身过去，被妹妹揪着衣领拽到楼上去。

“嘉嘉，你干什么？”

“你说呢？”妹妹直接道，“我刚才看到大嫂要牵着你，你头也不回。渣男本质在婚后第二天就暴露了？”

季清远：“……”

他不知道俞璟歆要牵他，不过知不知道都一样，她牵着他也是为了演戏给家里人看，没意思透顶。

妹妹继续声讨他：“你跟冷文凝那事，过去就过去了，好好跟大嫂解释，好好过你的日子，别藕断丝连。”

妹妹问他：“你跟大嫂到底怎么回事？”

季清远不想多说，他跟俞璟歆之间的秘密，只限于他们夫妻俩知道：“你哪只眼看到有什么了？就只是下车时我没注意，你别上纲上线。”

妹妹眼睛微眯，压根不信他：“我会时刻盯着你的一举一动。”

季清远以俞璟歆为借口：“我下去了，璟歆一个人坐在那儿拘束。”

这个理由勉强能通过，妹妹放他下楼。

因为俞璟歆要赶飞机，他们提前吃饭。

饭桌上唯一聊了不冷场的话题就是跟季清远有关的，妹妹说了不少季清远小时候的事，纯粹是为了活跃气氛，也借此让俞璟歆多了解一下自己老公。

季清远给妹妹夹了一块肉：“堵住你的嘴。”

俞璟歆默默吃饭，偶尔会接两句话。她知道季清远喜欢吃什么，有道菜离季清远有点远，他也一直没伸筷子，她为了假装夫妻感情不错，就给他夹了一筷子，放在他的餐盘里。

季清远：“我自己来。”

直到吃完饭，她给季清远夹的那块肉，他也没吃。盘子里还有别的没吃完的菜，那块肉也没多显眼。

但俞璟歆知道，那是她夹的那块。

不到八点，他们离开。

汽车驶出季家院子时，俞璟歆松了一口气，心想着终于应付完了这趟差事。

狭小的车厢，空气沉闷。终于挨到了家里，推开车门时，俞璟歆感觉呼吸终于顺畅了。

马上就得赶去机场，俞璟歆去推行李箱，季清远让司机帮忙，他拿了张卡给俞璟歆："自己喜欢什么就买什么。"

俞璟歆没要："谢谢，不用。"

两人面对面站着。她以为他会送她去机场。

季清远收起卡："一路顺风。"

俞璟歆微笑着再次说了声："谢谢。"

她挥挥手，也没再多言，转身上车。

等关上车门，她再去看季清远时，他已经往屋里走，只留给她一个背影。

季清远快步回到客厅，透过落地窗，目送汽车驶离院子。

这么大的家瞬间安静下来，如今，只能算个房子。

他想抽支烟，可口袋里没有。一时间，他竟然不知道要干什么。

季清远打算去会所打发时间，电话拨出去后，那边很快接通。

季清远："你们在不在会所？"

"在。"朋友看了眼冷文凝，"文凝今晚也过来玩，你还来不来？"

"那算了，你们玩吧。"

电话挂断。

冷文凝今晚喝的是啤酒，加了半杯冰。

刚才朋友打电话时提到她名字，她问："谁？"她大概猜到了是季清远，又不是很确定。季清远新婚，还不得在家陪老婆？

朋友把手机放到吧台上："还能有谁，季清远。"

冷文凝听到季清远这个名字，心里是委屈的，可这种委屈又无处释放。她喝了一大口加了冰的啤酒，麦香味早被冲淡。

不知为何，她还是抱着一丝希望："他来吗？"

"不来。"朋友摇摇头，对冷文凝和季清远两人不知道要怎么吐槽，"你们一个比一个狠，拿婚姻来赌气。明明结婚都不开心，可犟脾气上来十头牛都拉不回。不知道你们图什么，就为争口气？"

冷文凝又往杯子里加啤酒，话里依旧带着气："他结婚不是挺开心的吗？"

"开心什么！"朋友无心道，"蜜月旅游都取消了，周末就要跟我们一块去谈项目。”

冷文凝直到现在还是怨气难消：“不开心他也活该！”说着，不知道怎么了，她眼泪突然掉下来。

朋友转头就看到她满脸是泪，发蒙。在他的印象里，冷文凝从来没哭过。他起身找来一包纸巾递给她。

“你说你……让我说你什么好。既然这么放不下，你当初干吗那么折腾？你要是不去相亲，还会有这些乱七八糟的事儿？那样季清远就不会跟俞璟歆结婚，你也用不着刚结婚就出来喝闷酒。”

冷文凝吸吸鼻子：“那我还能怎么办？他又不主动来找我。”

朋友恨其不争：“你都能去相亲，你就不能主动跟他和好？他是什么性格，你又不是不知道。”与生俱来的优越感就注定了季清远不会主动去哄女人。

冷文凝感觉自己失态，用纸巾轻轻把眼泪擦去，生怕哭花了妆：“我都已经示好了，他还要我怎样？”

分手后的第一个月，她出去旅游一趟。

有一天正好是她跟季清远认识两周年的纪念日，她还是期待了一番，希望纪念日那天他能给她打个电话。

毕竟，她是在气头上说的分手，是因为太在乎他，不是因为不爱他。

不过一直等到那天的最后一秒，她也没等到他的电话。

分手后的第二个月，朋友小聚时，季清远也过去了，她跟他还同在一张桌子上吃饭，不过其间没说过一句话。

朋友知道季清远的脾气，也知道他们在闹分手，没敢随意开他们玩笑。

等饭局散了，她故意走在最后，她以为他会慢下来等她，可他还是没有。

分手后的第三个月，她一个人过了七夕节。

其间，她也见过一次季清远，在会所包间，他跟朋友打牌，她坐在旁边喝酒，两人还是没有任何交流，甚至他连眼神都没给过她。

那时她已经隐隐有些不安。

分开那么久，当时她心里只剩想念，对他的埋怨早就烟消云散。她虽然嘴硬跟朋友说无所谓，但心里清楚，她有多想跟他在一起。

分手后的第四个月，她听朋友说，季清远出差去了，要两三周才回。

她跟他之间的信号像被彻底切断。

她不知道他有没有再找别的女人，也不知道追他的那些女人里，有没有让他觉得还不错的。

终于挨到了他出差回来。那段时间里，文凝策划为他的嘉时集团推广的一个项目接近尾声，她要去嘉时集团开会。

能拿到这个项目，也是分手前她作为他女朋友的特殊待遇。

那个会议他没参加——原本这样的讨论会也不用他这个总裁亲自到场。

幸运的是，她出了会议室就遇到了他，他在隔壁会议室开会。

那时没多少人知道她跟季清远已经分手。

她跟他打了声招呼："季总。"

季清远微微颔首："过来开会？"

她"嗯"了一声，他没再多言，和她擦肩而过。

公事上，他跟以前一样，该有的风度和礼貌还是有的。可私下，他一个字都懒得跟她多说。

她意识到，这次，她要彻底失去他了。

两人再遇，是在一场慈善酒会上。

她不知道他会过去，还是别人提醒她："哎，你男朋友。"

她顺着对方指的方向看过去时，心脏猛地一紧。她看到有个倩影挽着季清远，很是亲密的样子，那一刻她脸上应该是毫无血色的。

等到那个女人侧过脸来时，她的魂才回来——原来是他妹妹。

朋友可能也看出她跟季清远之间的关系很微妙："你们怎么了？"

她不愿以后看到他跟别的女人在一起，那一刻，无意间就放低了姿态："前两天吵架了，工作意见不合，他也不让着我，我不想理他。"

朋友丝毫没有怀疑她这番话的真实性——因为季清远是带着他妹妹，不是跟别的女人一块来的。

她们还附和了一句："男人就不能惯着，得让他主动给你道歉。"

因为当晚她跟季清远没有交流，所有人都看出异常，她说的那几句话自然而然就传到了季清远那里。

还有朋友专门打趣他："你们俩也是够了，吵架都能吵到在酒会上也互相不搭理。"

季清远没多解释，也是给足了她作为他前女友的面子，没当面打脸拆穿她。

但另一个不争的事实打击着她。他知道她已经算是示好了，没说是分手，只说是工作上意见不合闹矛盾，可他还是没来找她复合。

如果当晚酒会散了之后，他能主动打个电话给她，哪怕不提及他们之间闹矛盾，她也会原谅他，不再计较他这几个月都不理会她的事。

几天过去，他也没联系她。

正好家里给她介绍了一个人，虽然跟季清远没法比，但综合条件也还不错，她顺水推舟，就去相亲。

……

冷文凝两手捧着啤酒杯，收回思绪，手心冰冷："他从来都没哄过我。"

况且那次分手是她一气之下提出来的："我是有多犯贱再回头求他。就算和好了，我在他心里还有分量吗！"

朋友忍不住说她两句："你去相亲没什么，谁让你那么高调，生怕别人不知道，你前几天刚说跟季清远闹矛盾，转身就去相亲？他们可不知道你跟季清远分手那么长时间了，你让季清远面子往哪儿搁？"

男人之间很少聊八卦，偶尔会开句玩笑。

但冷文凝突然去相亲，他们也不敢在季清远面前开玩笑，问他介不介意。

至于介意还是不介意，只有季清远自己清楚。

"好好的一段感情，就被你作没了。"

冷文凝含了一块冰在嘴里，口腔被冻得瞬间麻木："如果没法让他主动找我，我至少还赢了面子，不是吗？"

她受不了以后他有了别的女人，二人一起出现在公开场合时，别人私下议论、笑话她。现在这样，是她甩了他，是她不要他的。

朋友跟她碰杯，不理解："那既然你们都没法回头了，你就不能好好过你的日子？你何必搭上自己的婚姻，还非要跟他在同一天举行婚礼？你说你傻不傻！"

冷文凝微微咬着唇，嘴唇被冰块冰得快没知觉，咬着也不疼："我不甘心。凭什么她这么轻易就能得到季清远的婚姻！"

朋友张张嘴，到了嘴边的话又咽下去，她心情已经那么糟糕，自己就不给她添堵了。

翌日傍晚，开过会，季清远下意识地点开手机，俞璟歆没给他发消息报平安。他不知道她去了哪里旅游，但不管去哪里，这个时候也该落地了。

手机震动，他第一次这么快点开，是国外一个朋友发来消息：符合你说的那个条件的人是厉炎卓，但他跟俞璟歆是不是男女朋友，我不太清楚。

季清远：谢了。

是厉炎卓没错了，因为厉家是他岳父第二任老婆的娘家，岳父不可能把自己闺女嫁到厉家去。

他点开俞璟歆的朋友圈，发现设置了仅三天可见。

看着她的昵称“倾心一夏”，莫名地，他就联想到厉炎卓的昵称不会是什么“炎炎夏日”吧。

他揉揉太阳穴，感觉自己离疯不远了。

加班到深夜，季清远抬头时，发现外面下雪了。他拿过手机瞄了一眼，没有任何消息。他盯着自己的昵称，直接改了。

最先发现他改昵称的是他妹妹，她还特意给他发来消息：你是每逢雪夜就要犯一次毛病？

季清远：会不会说话！

妹妹：你没事干吗把昵称给改成“六七八月”？

季清远不想回答这个问题，催促她：半夜了，早点睡。

他关了电脑，拿上风衣回去。

雪不大，纷纷扬扬，落地即融。季清远看着窗外，不知道俞璟歆去的地方现在是夏天还是冬天。

当他到家时，雪大了，漫天飞舞。

他下车后，快步走向屋里，还是落了满头满肩的雪。

他再次刷了下手机，还是没消息。

这场大雪下了一夜，第二天下午才停。

季清远乘坐今天的航班出差，管家把他的行李箱提到后备厢。

他看了眼俞璟歆的朋友圈，终于更新了，只有两张照片，一张是音乐会演奏厅的照片，还有一张是她在海边的自拍照，照片里她的嘴角微微上扬。

收起手机，临走前，他跟管家说了声：“我可能要在那边待个半年，璟歆要是有什么事，你打电话给我。”

管家一愣：离家这么久？

俞璟歆一个人去了另一个半球，在没人认识她的地方，找家露天咖啡馆，一坐就是半天。

早上她去了一趟海边，拍了照片就回来了。

明明婚姻一开始就已经千疮百孔，她还是不甘心地要拿华美的礼服去粉饰太平。

她从来这里到现在，季清远没关心过一句，没问她是不是到了、住哪里、玩几天回去。

太阳慢慢西沉，这一天就要结束。

俞璟歆刷刷朋友圈，之前发的那条动态底下有不少人留言和点赞。这么久过去，不知道季清远是没看到，还是看到了跟没看见一样。

因为要在双方长辈面前演戏，她就演好了全套，在这里待了十天才买了返程的机票。

回到那个是他的家，却没有他的地方，一切都是冷清的。

俞璟歆回到卧室，床上一丝不乱，他那侧床头柜上空空的——原本会有充电器、杂志之类的。他出差应该还没回来。

她不知道他哪天回，没人可问。

睡觉时，她故意把自己的枕头往床边拿，想离他那边远一点。关了灯，辗转反侧好一会儿，她又坐起身，把枕头往他那边挪了挪，靠得不是太近，但比刚才近不少。

出去的这几天，她没有一天能睡好。

这会儿盖着有他气息的被子，太累了，她很快入眠。

一直到情人节那天，俞璟歆都没收到季清远的只言片语。

今天是二月十四号，他们的第一个情人节，他总该回来了吧，就算忙到实在抽不开身，总会打一个电话给她吧。

这是自上班以来，俞璟歆第一次准时下班。

夕阳最后一丝余晖收回时，她驱车离开银行大厦。

下班高峰期，车流拥堵不堪。

今天过节，人行道上人潮汹涌。

看着人行道上拿着玫瑰花的女孩，即便只有十来朵，她竟然也不由自主地羡慕。

花了一个半小时，汽车终于挪到家门口。

今天俞璟歆这么早回来，连管家都颇感意外，他忙问晚上要准备什么晚饭。

俞璟歆："不用，我减肥。"

虽然她不愿承认，但心底还是期待的，就算她跟季清远是"塑料夫妻"，平时的节日也还是要一起过的吧。万一，季清远要回来跟她一块过情人节呢？所以她还是先不吃饭了。

打过招呼，俞璟歆上楼去。她在书房加班，不时看一眼手机，可始终没有跟季清远有关的任何消息。

零点的情人节祝福她没指望，他以前肯定发过，那是发给他喜欢的人。

正在她心不在焉地看邮件时，她的助理打来电话："俞总，有您的情人节礼物，季总的秘书送来的。"

俞璟歆忙问："玫瑰花吗？"

助理说："不是，是一个信封。"

"打开看一下吧。"

很快，助理回话："是转账支票，一千万。"

"好，先放你那儿。"俞璟歆挂了电话。

他已经把情人节都公式化了。

走神走了一个多小时，俞璟歆努力静静心，开始看邮件。等她再抬头看电脑右下角的时间，发现已经到了二月十五号零点十一分。

季清远既没发消息，也没打电话。

俞璟歆再次听到跟季清远有关的消息是在八月，周思源给她发的消息：冷文凝离婚了，看好你的老公哦。

看到消息时，俞璟歆像是被兜头浇了一盆冷水。她突然不确定，季清远到底是在国外忙项目，还是因为冷文凝已经离婚了，他在等她主动提出来。

她删了消息，顺手把周思源也给删除。

她再次见到季清远，是在几周后，俱乐部。

这几个月里，她熟悉了北京这边的企业，开始投资。那天她是过去签合同，签完后，在停车场遇到了季清远。

他们已经七个月没见。

俞璟歆开车门时，不经意间看到了那个记在心里的车牌号。

季清远也看到了她，推门下车。

两人目光相接。

隔着不到五米，俞璟歆突然说不上来对季清远是一种什么样的感情，爱恨怨交缠，不愿看到他，但又想看到他。

季清远看着眼前的女人，觉得她的心是真的狠，情人节、“520”、六一节、七夕节，他都给她支票，她连一个“谢谢”都没有。

他没见过像她那么绝情的女人。她就算对他没感情，也没必要当着他的面说心里爱着另外一个男人吧。

他当时问她还爱不爱那个男人，如果她骗他说都过去了，或者哪怕不吱声，他就当她不喜欢那个人了，可她偏偏还回答“嗯”。

他看着她的脸，好像瘦了一点。

不想跟她这种心胸狭隘的女人一般见识，他抬步走过去。

俞璟歆先开口：“季总，好久不见。”

季清远：“是挺久了，七个月零五天。”

俞璟歆微微一怔，他竟然也记得这么清楚。

之后的时间，两人相顾无言。

季清远等着她给他道歉，只要她说她错了，他就可以原谅她。

而俞璟歆，等着他解释一下，为什么一走就这么久，从来没问她一句，不管什么节日只给张支票敷衍她，见了面，哪怕是假客气他也不愿意。

她挥挥手：“再见，季总，不耽误你忙了。”

没看他有什么反应，她转身上车。

等她再去看他，他已经往俱乐部走去。

季清远约了人谈事。他想买下一家私房菜馆，约了私房菜馆的老板谈转让事宜。谈得还不错，双方各让一步，价格也算合适。

临了，店老板多问了一句：“你怎么突然对私房菜馆感兴趣？”

季清远：“我老婆对吃讲究，家里厨房不够厨师发挥。”

季清远从俱乐部出来时，天色不早，到家时已经天黑。

俞璟歆的车还没回来，他问管家：“璟歆一般几点到家？”

管家：“不好说，不去酒吧的话，一般十点左右到家。今晚司机没回来，她应该是去酒吧了。”

季清远蹙眉：“酒吧？”

管家点头：“会所里的酒吧。”具体是哪家，他也不清楚。有时俞璟歆回来得晚，会提前跟他说，让他们都不用等她，早点休息。

季清远给司机打电话，得知正是他常去的那家会所。

他拿上车钥匙，自己驱车过去。

到了酒吧，季清远找了一圈，在角落的位子上看到了熟悉的身影。

俞璟歆面前有两杯酒，她趴在桌上，望着驻场歌手那个方向，好像在走神，不知道在想什么。

季清远找了一个离她不远的位子坐下来，视线一直落在她身上。

不知道是歌手唱得让她动情，还是因为触景生情，她用指尖轻拭眼角，然后还是像之前那样，安静地趴在那里，整个人看上去悲伤又落寞。

他移步过去，坐在她旁边的椅子上。

俞璟歆感觉旁边有人，蓦地转头，不由得错愕：“你怎么在这儿？”

季清远没说特意来找她，指指楼上：“有应酬，我看到了你的车。”

俞璟歆点点头，坐直：“找我有事？”

季清远看看她的杯子，发现喝得差不多，于是说：“回家吧。”

俞璟歆没动，看着他：“冷文凝离婚了。”

季清远跟她对望：“我听说了。”顿了顿又说，“你天天倒是有空关心别人离不离婚。”——也从来不问问他怎么样。

七个多月，一次也没过问。

他反问：“冷文凝离婚，跟你有关系？”

俞璟歆：“……”

季清远起身，把她椅背上的外套拿下来丢给她：“回家了。”

俞璟歆突然看不懂他。也许，他跟她一样，要为利益考虑，这个婚，谁都不会轻易离。

这么想着，她竟莫名轻松不少。

到了院子里，季清远打开驾驶座的门坐上去。

俞璟歆犹豫了一下，不知是要坐他的车，还是坐自己的。

车窗被打开，季清远瞅着她。俞璟歆拉开副驾驶座的门，坐上去，这是第一次坐他开的车。

车里一路安静着，她想问问他，是不是过几天还要走，到了嘴边的话又被她吞回去。

爱走不走。

季清远等着她找他说话，结果她半天不吭声。

他看她一眼："过节给你的转账支票，是不是都没收到？"

俞璟歆："收到了。"过了几秒，又说，"谢谢了。"

季清远没接话，只觉得这道谢的话一点诚意都没有。

两人就这样一路沉默到家。

俞璟歆瞅了眼卧室里的行李箱，把手机拿去充电。她不知道他明天是不是还要走。

季清远推着行李箱去了衣帽间："璟歆。"

这个称呼，时隔这么久再听到，她心里有说不上来的滋味："干吗？"

"哪个衣柜给我用？"他刚才看了下，衣柜都被她的衣服给占满了，他也不敢随便动她的衣服。

俞璟歆试探着说了句："反正你过几天还要出差，你的衣服就放在箱子里吧。"

季清远："……这半年不出差。"就算出差，也是短途，用不着带这么多行李。

俞璟歆："随便放。"

季清远突然想起来："我以前那些衣服呢？"

俞璟歆还以为他不回来住了，或许回来后也是分居，就把那些衣服都搬到了隔壁客卧里。

"以为你在外面有家了呢。"

季清远被气得口不择言："嗯，孩子都有了。"

俞璟歆："……"

她拿上睡衣去了浴室。

季清远两手叉腰站了一会儿，然后打开衣柜的门，哪个地方有空他就把衣服往哪里放，还使劲把她的衣服往边上推了推。

等他把全部衣服整理好，已经是半小时后。

俞璟歆还在泡澡，他望着浴室门，不知道她是不是被他那句话给气着了。

又十分钟过去，俞璟歆还是没出来。

季清远拿上浴袍，去了隔壁浴室。

他洗澡快，二十分钟就结束，擦着头发回卧室。

俞璟歆还没出来，不过透过浴室的门，可以看到她从浴缸里出来了，没一会儿，电吹风的声音传来。

季清远思忖片刻，到她化妆台上找了一片面膜放在她那边的床头柜上。他靠在床头，不时地朝浴室望两眼。

终于，门开了。

季清远翻开手里的杂志，若无其事地看起来。

俞璟歆面无表情地出来。虽然她知道他之前那句是气话，不是真的有了孩子，但她还是生气。

绕过床尾，她直接去了自己那侧床边。看到床头柜上的面膜，她有些无语，知道她睡前要敷面膜，就给她拿了一片过来，多么别出心裁的道歉方式。

俞璟歆坐到化妆镜前，把那片面膜敷上，对他的怨气消了一半。

季清远一直偷偷看着俞璟歆，看她敷的面膜是不是刚才他拿的那片，有没有换掉，见她撕开来，他才放下心，接着漫不经心地继续看杂志。

俞璟歆把面膜边缘摁好，起身去衣帽间找明天要穿的衣服。

打开衣柜，她傻眼了。

季清远把她的衣服都推在边上，挂杆上稀稀拉拉地挂着他自己的西装。可能没找到空的衣架，他直接把他的衬衫一件件套在她的裙子外面。她扯下他的几件衬衫，抱起来直接去了卧室。

季清远闻声抬眸，还没看清她怀里抱了什么，就感到眼前一黑，几件衬衫直接落在他头顶。

俞璟歆没吱声，转身回衣帽间。

季清远扯下衣服，兀自失笑。他把这几件衬衫整理一下，也去了衣帽间。

他瞅着她："没有衣架。"原本衣柜里不缺衣架，不知道被她放到哪里去了。

俞璟歆把他的西装一件件归拢到另一边。她没说话，指指最下面那个抽屉，示意衣架都收在了那里面。

季清远想让她帮忙把他的衣服给挂起来，又怕她生气，把他的衣服扔地上踩两脚，到时候还要再拿去干洗，只好自己整理衣服。

跟彼此的衣服较了一番劲儿后，不管是俞璟歆还是季清远，心里都舒坦不少。

俞璟歆敷完面膜开始护肤，不时调整坐姿，悄悄从镜子里望一眼床上的季清远在做什么。

他看上去是在看书，手却不安分，伸到她这边，把她的枕头往他那边拉一点，感觉不够近，又拉一下。

他所有的小动作都落在她眼里。

俞璟歆收回视线，发觉他好像也没那么讨厌，不过还是觉得他很渣，七个月不联系她，不关心她，送礼物都不用心。

这种矛盾的心理交织着，都快要把她自己给逼疯。

季清远再度看向化妆台那边，心想她皮肤那么好，随手拍一张都像是开了十层滤镜，不知道她还天天浪费那个时间护理干什么。

化妆镜前的灯暗下去，他快速收了目光，假装看杂志。

俞璟歆上床，不动声色地看了一眼枕头，发现枕头至少朝他那边挪了二十厘米。

她故作不知，躺下来。

季清远顺手把被子给她盖上，随着气流而来的还有他身上好闻的味道。

她平躺下来，离他很近。

季清远又翻了一页书，旁边躺着自己喜欢的女人，他要是没想法，那才不正常。

"我没想过离婚，你呢？"他直接问了出来。

俞璟歆也没想过，她摇摇头。

季清远合上杂志，关灯睡觉。这一次，他没背对着她，而是面对她。

黑暗里，气氛说不出地诡异。

季清远喉结蠕动，他再次出声："这被子尺寸不对。"

俞璟歆："哪里不对？"

"偏小，不够盖。"

"……"

说着，季清远把枕头往她那边挪，两个枕头终于挨在一块儿。

俞璟歆提醒他："这是夏天，这是夏凉被，你真有那么冷？"

"……"季清远再次被噎。

俞璟歆故意道："你要是冷，把空调温度调高一点。要不我去拿条厚点的被子给你？"

季清远："现在不冷了。"

俞璟歆别过头，暗自笑了出来。

突然间，她的头被他推了一下。

她倏地转过去："你打我干吗？"

季清远冤枉："不小心碰了你一下，你别借题发挥。"他感觉自己口气也不是很友好，把手臂伸直，"给你枕着。"

俞璟歆没吭声，想到他怀里去，又不想这么主动，更不想这么快原谅他。

季清远没耐心，把她扯进怀里，紧紧抱住。

其实不管她怎么惹他生气了，只要她愿意在他怀里，他就都会原谅她。

他抓过她的手放在唇边亲了一下，她的手指修长又柔软，让他挪不开眼，也亲不够。

俞璟歆被他抱在怀里时，没了思考能力。

她当初看上他的脸和身材，这辈子就注定了会为他的怀抱折腰。她跟她的绰号"存款机"一样，很有钱，又很肤浅。

季清远现在就想要她，这几个月也忍得难受，于是他放下她的手，低头亲她的唇，蜻蜓点水一下，然后在两边嘴角各亲了一下。

他低声道："我不信，你不想。"

俞璟歆："……"

她真想一巴掌把他扇远点。

随即，季清远压在她身上。他拿着她的手环在他腰间，让她抱着他。

俞璟歆被他的法式吻缠得透不过气，到了这个关头，她没再跟他赌气，不然就彻底败了兴致。

季清远看着身下的人，彻底拥有的时候才是真实的。分开的这七个月，他不是不担心她会不会提出离婚。

“既然不离婚，那就好好过日子。”

仿佛不想好好过日子的是她一样。

俞璟歆淡淡望着他：“想在外有家的是你，七个月不归家的也是你。”他凭什么说教她？

下一秒，俞璟歆紧紧抱住他。她的脚趾差点抽筋。

然后，她很没骨气地娇嗔一句：“季清远。”

季清远刚才把所有力道都给她，她整个人主动贴近他，还喊他名字的时候，他心里才稍稍平衡一点。

他接着提要求：“保证满足对方的正常需求是我们两人的义务，你心里没我，我不追究，该给我的你一次也不能少。”

俞璟歆：“……”

这样的话，他都能如此直白地说出来。

季清远看她好像很不情愿的样子，继续说：“你要是没听到，我重复一遍。”他不是用嘴巴重复，而是用身体提醒她记住。

俞璟歆根本就拗不过他，嘴硬了不到半分钟后，她搂着他的脖子，在他耳边小声道：“听到了。”

她谨记，下次在床上时，坚决不能逞口舌之快，不然下一秒就会被他打脸。在夫妻生活这种事情上，他是占上风的那个。

季清远见好就收，没为难她。

他吃着她的唇，所有动作格外温和。

俞璟歆鬼使神差般主动亲他，回应着他。

季清远扛不住她的温柔，心中悸动。

两人紧抱着对方，沉沦在对方的眼神里。

俞璟歆从来没想过，她跟季清远这种半死不活的婚姻都能走这么远。白天，眼看着摇摇欲坠，风雨飘摇，到了晚上，在床上加固一番，又能维持下去。

缝缝补补之下，他们就这样走过两年半。

上午下了一场大雨，午后天晴，天高云淡，闻到了初秋的味道。

俞璟歆推开窗，清凉的空气扑面而来。

她望着窗外，呼吸还是不畅。

十分钟前，她刚跟母亲吵了一架——母亲又找季清远帮忙了，那样理所应当。

她刚刚给季清远打了电话，季清远没接。

“咚咚”，敲门声响。

俞璟歆平复呼吸，应了一声：“请进。”

助理推门进来，手里拿着一个信封：“俞总，您的礼物。”

两年半了，俞璟歆一看信封就知道是季清远送给她的支票：“好，放桌上吧。”

明天是中秋节，放假，所以他提前送过来。他现在连中秋和春节都送她礼物，清一色的支票。一开始她介意他不走心，当塑料夫妻的时间长了，她又觉得送什么都不如直接送钱好。

手机响了，是季清远打来了电话。

助理合上门走了。

俞璟歆接听：“在忙？”

“刚开完会。”季清远道，“不容易，两年半了，终于知道在收到礼物后，要打个电话感谢。”

俞璟歆：“……”

他误会了，她打电话是想说母亲那件事，跟支票无关。她很想打他的脸，可瞄了一眼那个信封，看在钱的分上，她打算给他一次面子。

电话里沉默了几秒，季清远以为俞璟歆被他说得不好意思。难得她开始有回应，他突然又感觉给她的礼物金额不够大，还是跟两年半以前一样。

“等圣诞节，支票金额涨 50%。”

俞璟歆：“……”

她已经无力吐槽。

她心里还想着母亲让他帮忙那事。

“你忙吧。”季清远刚要挂电话，又突然想起来，“你还没说谢谢吧？”

俞璟歆无语：“谢谢了。”

季清远勉强满意，就是她的语气有点敷衍。

“我妈又去找你了是不是？”俞璟歆趁他还没挂电话，赶紧说出来。

季清远：“我会办妥的。”

俞璟歆解释：“不是那个意思，以后周家的所有事，你用不着理会。”她不理解，“你怎么那么好说话了，我妈找你帮忙你就帮？”

季清远：“因为那是你亲妈，换别人，你看我睬不睬。”

虽然她不喜欢母亲那样的行为，不过听他这样说，她心里还是有触动。她说：“以前的事，麻烦你了。以后你就不要管了，那是个无底洞。”

季清远：“我心里有数。”

今天是自结婚以来，两人聊天最正常的一回。

第二天，“十一”连着中秋的假期开始。

俞璟歆赖了一会儿床。

季清远从衣帽间出来，衣装整齐。

俞璟歆瞥了一眼，看看他的脸，又看看他的腰，然后收回视线。

季清远注意到了她的眼神，发现她审视的目光在他腰间打量一番。他怀疑要不是他钱多腰好，她是不是早就要跟他离婚。

结婚这么久，他给她的钱够买架湾流 G550，她却连一毛钱都没舍得给他。床事上，也一直是他主动讨好她。

尽管这样，她还是不知足，动辄给他脸色看，每次都毫无预兆，明明早上上班时她还好好的，晚上回家就能给他来场“倾盆大雨”。

最长一次冷战，她十一天没跟他说一个字。其实也不是没说，每晚在床上时，她会喊他名字。

这些账，他都一笔笔记着。

时间差不多了，俞璟歆打算起来，但没找到她的睡衣。

床上除了一床被子，干干净净。她四处看看，发现卧室没有一件可供她临时穿一下的衣服，连浴巾都没有。她想，肯定是季清远使坏，把衣服都收走了。最近一年，她睡觉时他从来不许她穿衣服，就这样抱她在怀里，每晚都要亲她好几回。

他说穿了麻烦，脱来脱去，衣服都被脱坏了，本着替她省钱的原则，就不要穿了。

其实，他不知道的是，她也喜欢这样睡。于是她顺水推舟，跟他靠在一起，没有任何衣物阻隔的感觉挺不错。

可今天早上，他竟然不留件衣服给她。

俞璟歆打算等他离开卧室再起，于是窝在被子里接着睡。

二十分钟过去，他还没有要走的意思。

俞璟歆瞄了一眼那个方向，竟然看到季清远拿了一本书靠在沙发里看起来，双腿自然交叠，面色沉静，人模狗样。他还偏偏对着床的这个方向坐。

她转身，不看他。

季清远抬头，以为她还想再睡个回笼觉。

半小时过去,床上依然没有动静。季清远搁下书,走到床边推推她:“起来了。”

俞璟歆根本就没睡，嫌他烦：“我困，还要睡。”

季清远不走，拽拽被角。

俞璟歆没好气道：“你干吗？！”

季清远：“我要叠被子。”

俞璟歆：“……”

俞璟歆紧攥被角，坐起来，把被子围在身前。

她不知道他怎么就和她杠起来了，也猜不透他到底想要干吗，但她总不能吃亏。

她裹好自己，两手把他的衬衫下摆从裤子里拽出来，又开始解他的纽扣。

季清远突然愣怔，这是她第一次这么主动，于是他两手撑在她身侧，弯腰配合着她。

他以为，她想要了。他好说话，她想要，他就给。

在她解纽扣的空当，他低头亲着她的唇，特别轻。

俞璟歆还要顾着自己身前的被子不掉下去，所以解扣子的动作没那么利落。

季清远开始腾出一只手帮她解，她自上往下解，他则解了下面几颗。

衬衫脱下，他想要抱她入怀时，却被她猛地一把推开。

俞璟歆把他的衬衫穿在自己身上，掀开被子下床，扣子也懒得扣，直接拢拢衣襟，赤脚去了浴室，衬衫的长度刚好把该遮住的地方都遮住了。

她之前不愿起床，不是害羞，两人天天在一起，没什么可害羞的。只是他故意使坏不留衣服给她，她就不想让他得逞。

季清远没想到被她骗了，想着刚才自己也帮忙解纽扣，他现在特别想找个东西撞一下。

“砰”的一声，“咔嗒”一下，浴室的门被反锁了。

俞璟歆早上花在洗澡上的时间并不多，只简单冲洗一下，主要是洗头发——头发昨晚被季清远揉成了一个小球，放下来后很乱。

没用半小时，她推开浴室的门。她以为季清远下楼去了，或是找了衣服换上，结果他还是跟之前一样，上半身没穿衣服，坐在沙发上，正睨着她这个方向，大有要秋后算账的架势。

床上的被子，叠得整整齐齐。

他们还在卧室时，家里阿姨不可能进来，那就是他自己叠的被子。

俞璟歆故作不见，往化妆台前走。

季清远大步走过来，一把抓住她的手腕，拽着她往衣帽间走去。

俞璟歆下意识地抽自己的手：“季清远，你要干吗？！”

季清远瞥一眼她：“你说呢？找件衣服给我穿上。”

俞璟歆：“……”

他态度这么恶劣，她凭什么要给他穿衣服？

她用力往回抽手。

眼看着她的手从自己手掌里一点点滑脱，季清远赶紧攥紧她的手掌。

有那么一刹那，俞璟歆感觉手上的骨头要被他捏断，一阵钻心的疼。她用另一只手拍他：“你松手！”

季清远哪会听，本来也不想放开她。

俞璟歆疼得受不了，眼泪差点掉下来，心里的无名火再也压不住：“季清远！就算你不愿对我像对你前女友那样温柔，也别这么粗暴行不行！”

当她把这句话吼出来时，不仅季清远，连她自己都怔了一下。

卧室里彻底安静下来。

季清远眨了眨眼，他就是想逗着她玩，让她给他挑件衣服，再让她给他穿上，她不愿意就算了，还非得给他扣这样的罪名。

他就是攥住了她的手，怎么还上升到粗暴这个程度了？

觉得挺没意思的，季清远突然就放开她。

他不知道他的微微用力在俞璟歆那里是受不了的疼。

季清远被她彻底气着了。昨晚他刚哄好她，刚和好，今天就彻底翻脸。这样的日子，怎么都看不到尽头。

他看着她："我从来都没提过你喜欢的人，也麻烦你别说我前女友行不行？"他不能忍受他跟她之间还有别的人来添堵。

她都说过不介意他以前的感情经历，现在却直接拿来说事，真是没劲透顶。

他刚才那句"也麻烦你别说我前女友行不行"是有歧义的，落在俞璟歆耳朵里就是，他在维护冷文凝，不许她说道。

俞璟歆第一次跟他道歉，不过是为了冷文凝："很抱歉，不该说你前女友。我不是有意的，也没恶意，以后不会再提。"

季清远一个人在那儿站了一会儿，还是感觉心里不舒服。

他抬步过去，觉得很委屈："我刚才没用力。我把你昨晚换下来的衣服都放进洗衣机里了，不知道你今天想穿什么，就等了一早，想等你醒了帮你拿衣服，可你竟然脱我衣服，脱就脱吧，我不跟你计较，趁你洗澡，我把被子叠好，结果你呢，现在又来冤枉我。我怎么就粗暴了？"

越说，他越咽不下这口气："你要是不想替我穿衣服就算了，别弄得自己跟受了天大的委屈一样。"

俞璟歆："……"

季清远转身去了衣帽间，他也不能一直不穿衣服，只好忍着气自己穿上去。

外面，俞璟歆还在回味他刚才那番话，原来他不是有意使坏把她的衣服给收走。

不过他维护前女友，这就扯平了。

季清远出来时，见她坐在化妆镜前发怔，不知道又在想什么。

他无意间瞄到她的右手，过去好几分钟，她白皙的手背上还是一片红。

他这才意识到，她刚才没小题大做，可能他的力道真的有点大。

季清远踱步过去，本来要扣袖扣，也暂时顾不上。

他伸手要把她的手拿过来亲一下，就当道歉，结果她立马缩回去，不让他碰。

“给我看看。”

俞璟歆面无表情：“没什么好看的。”

季清远没辙，把她拉起来，推着她的肩膀：“我这回没用力推你，一会儿别说我粗暴。”

俞璟歆：“……”

她扭头，没好脸色：“你又想要干什么？”

季清远一直把她推到床边：“和好。”

俞璟歆：“……”

她还没反应过来，就倒在了床上。

季清远站在床下，两手撑在俞璟歆身侧，俯视她：“你不是喜欢脱我衣服吗？给你过过瘾，接着解扣子。”

俞璟歆无语：“你除了会这一招，你还会什么！”

季清远低头咬了她一下，他时刻提醒自己不能用力，之后的动作就温柔起来，从她的眼睛、鼻子，一路往下亲。

俞璟歆没主动配合，全是他在取悦她。

这是仅有的一次，他们在白天如此亲密。

俞璟歆的右手现在火辣辣的，可能是她皮肤太敏感的缘故。她把手抬起来放在嘴边吹了吹。

他还说他没用力。要是力道再大一点，她的手说不定就会当场被他攥骨折，以后他就别想再碰她这只手。

就在她走神的片刻，她浴袍的带子被拉开。

初秋，天气微凉，没了浴袍遮挡，身体这样袒露在外，还是有点冷。

他的吻还在继续。

这一次，季清远没采取安全措施，因为他们离床头柜有点远，而她又抱着他不松手，不许他离开。

当然，这都是他自己找的借口。

他突然就想跟她要个孩子。他想着，有了孩子后，她就算生气了，就算心里还想着别的人，应该也不会离婚。

如果她这辈子心里都没有他，他就跟孩子玩，她想怎样就怎样吧。

俞璟歆心里也清楚，不用就不用吧。

自他说过不离婚后，她就想要个孩子，不管是男孩还是女孩都一定很好看。既然他不想跟她说话，以后，她有话就跟宝宝说，他心里爱想谁就想谁吧。

因为都存了各自的小心思，这一次的沟通和好，格外用心，两人抱着对方，怎么都不舍得放开。

季清远记得俞璟歆的生理期，因为每月那几天他只能亲亲她，偶尔她小腹不舒服时，他还会替她揉两下。

他算了下时间，这几天正好在两次生理期中间阶段。

季清远问她："你明天还要加班？"

俞璟歆点头："嗯。"他不在家，她一个人在家也无聊，还不如去公司，忙起来就不会胡思乱想。

季清远决定陪她加班："我接下来几天都不上班。"中秋连着"十一"的假期，他可以多休几天。

从结婚到现在，他工作无休，这几天正好陪陪她。

俞璟歆突然很懊悔，早知道就不说加班了，这样的话，可以跟他一块待在家里。可说出去的话又不好收回。

闷了一会儿，她迂回道："上午有个会，下午就不忙了。"

这话说出来时，她自己都不可置信。

季清远不敢相信她会这么心平气和地跟他聊天，他也退让："往后，我们不要吵了。"

但他又一想，夫妻之间不吵架好像又不现实。

"尽量别吵。我会改改我的脾气，你也改改。"

翌日，俞璟歆醒来时，季清远早就起来了，人不在卧室。

今天还要去公司，不能赖床，她挣扎了一番就坐起来。她这才看到床尾凳上放了内衣，还有一件浴袍，整整齐齐地叠放在那里。

昨天闹腾了一番，今天他直接把衣服给她拿好了。

俞璟歆坐起身，把衣服拿过来穿上。简单洗漱化妆，换上工作服后，她拿着包下楼。

季清远正在院子里接电话，他换上了商务正装。

俞璟歆看着他衣冠楚楚的样子，又觉得自己选择加班再正确不过。他说他接下来几天不上班，但不代表他就要待在家。

季清远对着电话那头的人道："没空……嗯，你们玩……不忙，陪老婆。"

他说这话时，俞璟歆正好从他旁边经过。她淡淡地扫他一眼，腹诽：撒谎精，根本就不是陪我。

她坐上自己的车，发现司机不在驾驶座上。

挂了电话，季清远大步走到汽车驾驶室那边，拉开门。

俞璟歆疑惑："你开车？"

季清远坐上车，扯过安全带："刚我打电话你没听见？说了要陪你。"

俞璟歆看着他："今天怎么这么好心？"

吐槽归吐槽，她从后排位子换到副驾驶座上。

季清远发动车子："接下来几天都陪你。"

俞璟歆以为："是不是家里给你施压了？"从结婚至今，他天天忙工作，从没在家陪过她。

季清远："没。"

汽车缓缓离开院子，他又道："我自愿的。"

俞璟歆容易心动，更容易心软，只要"凝静致远"那个微博不更新，她就还能心平气和地跟他待在一起。

初秋，迎着晨光去上班，开车的人是他，久违的一点幸福感涌上心间。

不时，她会偷瞄一眼季清远。她家人颜值都高，可她依旧觉得季清远是她见过的最好看的男人。

车里太安静，俞璟歆难得找个话题跟他聊："你这两天不忙？"

季清远："还行。"

然后又没什么可聊的了。

俞璟歆不知道他是不是只有跟她在一起时才没什么话说，她无聊地拨弄着安全带。

"璟歆。"

"嗯？"

俞璟歆侧目，正好可以趁机看他两眼。他的侧脸无可挑剔，棱角分明，让人看了还想看。

季清远道出心里话："璟歆，既然我们不打算离，那就好好过吧，生个孩子，一家三口的日子也能过下去。我保证做个好爸爸。"他握了握方向盘，其实他还想说：既然你忘不了厉炎卓，那就放心里吧。只要她别表现得太明显，也别让他知道，他就当作，她已经忘了。

"你呢？想不想生孩子？"他问她。

俞璟歆："你说呢？"

季清远："我不知道。"

俞璟歆反问："如果我不想生孩子，还会纵容你不采取安全措施？"

季清远心里的大石头终于落地——她也愿意要个孩子就好。

这是季清远第一次来俞璟歆办公室。他打量办公室一番，这里面积不大，但每一样摆设都讲究别致。她像有强迫症一样，桌上没有一件多余的东西，各种杯子按高矮依次摆放。

"你喝什么？"季清远拿上她的杯子，准备去茶水间。

俞璟歆知道他会煮咖啡，不过她一次都没喝过："咖啡。"

"你不能喝。"

"还没怀上，不影响。"

季清远盯着她看，妥协一次，把手上的玻璃杯换成咖啡杯。

俞璟歆陪着他一块去茶水间，两人一前一后，即便不说话，气氛也不像以前那样尴尬。

俞璟歆靠在台子上，看他煮咖啡。

季清远抬头："你不开会了？"

俞璟歆："……"

她不知道他让人扫兴的本事是从哪里学来的。

她只好扯个理由："会议临时取消。"

季清远点点头："那你抓紧忙工作，下午陪我去加班。"怕她不愿意过去，他又说，"礼尚往来。"

俞璟歆从来没去过嘉时集团，更不知道他的办公室什么样。

季清远瞅瞅她身上的衣服："你休息室里有裙子吧？"

俞璟歆不答反问："干吗？"

季清远："你忙完了换条裙子。我在办公室向来只谈公事，你穿工作服过去的话，就更像是跟我谈合作的了。”

临近十一点，俞璟歆保存文件，一个上午，她注意力集中的时间并不多，不时就会看一眼季清远。

他安静地坐在她对面，翻看他们银行的金融衍生产品资料。

“中午去哪儿吃？”她征求他的意见。

季清远合上资料：“就在你们食堂。”

现在去食堂还有点早。俞璟歆随意点开电脑页面，考虑着一会儿要穿哪条裙子去他的办公室。

季清远靠在椅背上，无聊地刷手机。他不经意抬头，发现俞璟歆对着电脑怔神。

他现在看她的这个角度，正好就是他第一次看到的她的照片的拍摄角度，堪称盛世美颜。后来见到真人，妹妹这么评价俞璟歆的颜值：九分美女。

他不知道九分的标准是什么，但在他看来，俞璟歆是十分，挑不出一点毛病。

除了她不爱他这点。就当是因为这点被扣了一分。

季清远盯着她看了会儿，忽然撑着桌面站起来，隔着桌子，倾身去亲她。

俞璟歆被突如其来的亲吻吓一跳，身体下意识地要往后撤，被季清远揽住肩膀。他亲着她的额头、鼻梁、鼻尖，然后是下巴，又回过去亲她的眼睛。

俞璟歆：“你又要造娃？”

一秒钟，气氛被毁。

季清远：“亲一下不行？”他使劲揉她的头，“你要是想亲我，你也可以随时亲，我保证不像你这样，故意给人添堵。”

俞璟歆：“……”

她猜不透他的脑回路，不过他觊觎她的颜倒是真的，这是男人的本能和本性。

十一点半，俞璟歆带着季清远去食堂。

她有专门的包间，有私厨做菜，都是按照她的口味来的。一共两个厨师为她做菜，厨师的工资由父亲另行支付。于是有了外面的传闻——她出差都要自带厨师。

菜上来，季清远尝了几口，不逊色于北京最好餐厅的菜，这还只是她的日常菜。他的私房菜馆正在招聘厨师，看来得到处高薪挖人。

“你怎么会那么挑食？”季清远很纳闷，就连他妹妹都没她这么挑剔，妹妹是家里那么多人宠着，可她不是。想到这里，他又多看了一眼俞璟歆。

俞璟歆以风轻云淡的语气说：“小时候以为不好好吃饭，我爸我妈就能都陪着我吃饭，就不会分开。”

那时候她还小，不知道离婚是什么。

她希望爸爸妈妈在一起，而不是爸爸跟别的阿姨、妈妈跟别的叔叔在一起。

后来她发现没用，就算她不吃饭，也改变不了什么。

父亲以为她不吃是因为挑食，就请厨师变着花样做给她吃。实在太饿了，忍不了，她就开始吃了。

季清远突然不知道要说什么，他心疼她。他决定多让着她点，不对她发脾气，倒贴就倒贴吧。

只要她不再说伤他自尊的话，怎么着都行。

饭后，俞璟歆回到休息室开始化妆，按照第一次跟季清远相亲时的妆容化，裙子也选了差不多风格的。

季清远在外面办公室等着。他第一次专门等女人化妆、换衣服，像是等一场心心念念的约会。

因为孩子，他跟俞璟歆之间的距离无形中被拉近了。结婚这么久，他跟她也是第一次在同一件事上有了默契和共识。

要是今天是他们婚后的第一天就好了，没有争吵，互相陪着吃顿饭。

四十分钟后，俞璟歆终于从休息室出来。

她推门而出的刹那，季清远还是惊艳了，表情明显一愣。

他不想表现得对她有多花痴，只说：“这样就好多了。”

俞璟歆还以为他会夸她两句，结果没有。她腹诽：不夸就算了。

她拿上包，跟他一道离开。

电梯里，季清远仗着身高优势，不时就看她一眼。他又盯着她脚上的鞋子看："明天开始就别穿高跟鞋了。"

俞璟歆："知道。"

他管得太宽了。

去嘉时集团的路上，依旧是安静的。

俞璟歆不知道要跟季清远聊什么，索性开了车载音乐，这样也不算太冷场。

两人各怀心思。

没用二十分钟，汽车直接停在了嘉时集团大厦楼下。

就是这么近的距离，结婚这么久了，俞璟歆还是第一次过来。

保安看到有车直接横在大门口，赶紧跑过来示意车主开走。虽然他不认识这个车牌号，不过后面几位连号证明车主非富即贵。

没等走到汽车前，保安就看到从驾驶座下来的人是老板。

俞璟歆也解了安全带下来，她不解："不开到地下停车场？"

季清远："今天不上班，停哪儿都一样。"

俞璟歆也没多想，随他进大厦。

终于到了季清远的办公室，俞璟歆松了一口气。刚才被人一路注视着过来，她心里还有点紧张。

季清远关了门，反锁。

俞璟歆暗暗打量他的办公室，装修风格跟家里书房差不多，冷色调，简约，也不失奢华。

季清远脱了西装："我要午睡，跟我一块儿吧。"他每天起得早，中午都要睡一小时左右。

俞璟歆不知道为什么下意识地就排斥去他那个休息室："不用，我就在这儿坐坐，你睡吧。"

"你平时不午睡？"

"睡啊。"

"就今天不困？"

"……"

俞璟歆还是不愿去，她在沙发上坐下来。

季清远看着她："你又怎么了？"

俞璟歆："没怎么。"

季清远握着她的肩膀："我保证什么都不做，睡会儿吧。"

俞璟歆抬头："你别勉强我，一会儿我说出来的话又要让你扫兴。"

季清远感觉莫名其妙："那就让我扫兴吧。"

俞璟歆："……"

或许，她就不该来。

她当时只顾着跟他多待一会儿，忘了这个地方某人经常出入。其实来的半路上她就后悔了，可突然要说不来，她跟他又要吵架。

她已经厌倦了跟他冷战的日子，特别是每当他对她说那些毫无温度的话时，她就感觉他很陌生。

季清远望着她，语气不好："说吧，反正你都扫兴习惯了，还在乎多这一回？"

俞璟歆站起来："你休息吧，我回去了。"

她拿上包就要走。

季清远真想对她说"走了就别回来"，又舍不得说。

他几步追上她，抱她入怀："跟我说说，你哪根神经又搭错了，我给你重新搭一下。"

俞璟歆也努力平复自己的情绪，尽量让说出来的话没那么刺耳："你回家加班，我陪你，行不行？"

季清远："怎么突然又要回家？"

俞璟歆抿着唇，半晌后才道："家里就只有我跟你。"

季清远一开始理解成字面意思："你难不成还害怕见人？"说完，他又后知后觉。

他也烦躁，他发觉她真的……事事都找碴。他总不能因为冷文凝来过嘉时集团，就把大厦拆了重新建吧。

他就当作她很在乎他，占有欲作祟，不跟她一般见识。

"电梯我换新的，我搬到楼上办公去。"

他跟她商量："你先去床上待着行不行？床是属于你的。"他看看地板，"我也不知道哪片地板是她踩过的，你要实在介意，一会儿我背着你走。"

俞璟歆："……"

她突然释然了，她之前就是不想躺在别人躺过的床上，其他的都无所谓："都不用换，电梯不用，办公室也不用，我不介意了。"

她转身去了休息室。

她发誓，以后她再也不看那个微博小号。

但她知道，她总是忍不住，手犯贱。

季清远望着她的背影，想着他早晚有一天会被她弄出心脏病。

他也进了休息室："你到底是怎么回事？"

俞璟歆摇头："间歇性的，你不用管我。"她趴在他床上，"季清远，你让我安静会儿吧，我有点累。"

季清远"嗯"了一声，没再追根究底。其实，他也累。他不知道是什么让他坚持这么久，应该不只是爱。

过了片刻，他问她："会不会怀上了，你才闹情绪？"

俞璟歆："……你还是别说话了。"

季清远给她盖好被子："等你怀孕了，你尽管闹吧，我就当你是孕期反应，好好享受你十个月的作天作地的时光。"

俞璟歆嘴角弯了弯，之前的坏心情也一扫而空。

也许，他真的在慢慢放下过去，想跟她好好过日子。她也该放下对他的成见，和他一起孕育一个宝宝。

三个人的日子，总不会很差吧。哪怕，一开始，他并不爱她。

季清远没睡，也没离开休息室。

俞璟歆不知道自己是什么时候睡着的，睡得很安稳。

三周后，俞璟歆的生理期推迟了。她买了不少测孕纸，在洗手间待了很久才出来。她测试了好几次，都是两道杠。

她给季清远发消息：恭喜啊，你要做爸爸了。

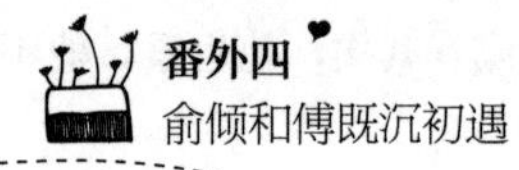

番外四
俞倾和傅既沉初遇

闷闷的一声，绿色小球从傅既沉身上反弹落地，“砰砰砰”弹跳几下，滚到了界外。

傅既沉疼得眼前一黑，他一只手捂着腹部，另一只手拿球拍撑地。这个反杀他没接住，还弄得自己如此狼狈。

俞倾忙跑过去。这么帅的男人，千年不遇，要是被伤着了，她会过意不去。

“傅总，您没事吧？”

刚才另一个陪练告诉她，他姓傅，是傅氏集团总裁。

傅既沉这才缓缓抬头。

两盘打下来，她额头上都是汗，纤长的睫毛湿漉漉的，脸颊白里透红。

她看上去像关心他，但眼神里一丝紧张都没有，眼眸里藏着几分狡黠，还有几分坏。

“不碍事。”

等那阵疼痛过去，他慢慢直起身。

离得近，俞倾要微微仰头看他。

她身高近一米七，但站在他旁边，她再次找到了小鸟依人的感觉。

这时潘秘书回到球场上。之前老板吩咐他准备小费，他就去楼上俱乐部的财务部兑换现金。可是财务部门在开会，他就等到了现在。

今天老板来这里谈事，谈完就顺便打会儿球。

他惊讶于在球场看到一个异性陪练，难怪老板让准备两份小费。

异性很难接近老板。追老板的女人太多，老板嫌麻烦，没时间处理这些感情上的事，就主动斩断所有桃花。除了必要的商务和应酬，老板这是第一次私下里跟陌生异性独处。

再看看今天的陪练，他明白了，老板也是看脸的。

美人关，自古就没几个人过得去。老板也不例外。

潘正提醒傅既沉："傅总，晚上您还有饭局。"从俱乐部回市区要两个小时，再不走说不定要迟到。

傅既沉颔首，把球拍递给俞倾，又看了她一眼，也没说什么，拿上他的私人物品回楼上浴室冲澡。

俞倾目送他的背影，直到他拐弯不见。听说傅既沉现在还是单身，不知道真假。

潘正把两个信封拿出来，一个给俞倾，一个给坐在场边的另一个陪练："辛苦你们了。"

那个陪练没要："谢谢潘秘书，我今天没陪傅总打球。"

他膝盖韧带拉伤，走路都疼，只是在这里当了回观众。他之前陪俞倾打球伤着了，但傅既沉跟他预约过，他没法子，只好让俞倾临时救场。

潘正还是把信封给了陪练，拍了拍陪练的肩膀，然后匆匆离开。

俞倾拿了一瓶水拧开，在离陪练不远处盘腿坐下。

她把自己的那份小费也给陪练："下次请客。"

陪练没驳俞倾的面子，把小费收下来。

来这个俱乐部的人，身家都不一般。俞倾因为穿着俱乐部统一的运动服被误认为是陪练，但她不可能要傅既沉给的小费。

他摸了摸两个厚厚的信封，每个里面应该是一万块钱。

这是傅既沉给小费最多的一次。大概是因为他腿伤了，接下来一段时间没法来兼职，要养家养孩子，还要还房贷，所以傅既沉就多给了不少。

他自从到这个俱乐部兼职，就一直是傅既沉的陪练，两人认识有五六年了。傅既沉话不多，有时会跟他请教球技。

大多数人过来打球只是消遣，傅既沉却是正儿八经地来打球。

俞倾也是，她跟傅既沉的球技都了得。

今天两人棋逢对手，不过俞倾略胜一筹。

“你是上海人？”陪练找话聊。

俞倾刚才在想糟心事，回神，点头：“你也是？”

打球之前她接到舅妈的电话，舅妈得知她回北京，关心了她一番。

她跟舅妈说的是上海方言。

陪练：“我老家在嘉兴。”他听得懂上海话。

她还没来得及和他聊两句，她的手机就响了，是硕与律所人事打来的电话。她起身，跟他挥挥手，摁了接听键，往门口走去。

“俞律师，非常抱歉，周一您不用过来了。关于您入职的事情，管理层还要再讨论。具体入职时间，我会和您电话联系。”

俞倾：“谢谢。”

她挂了电话，没问对方为什么突然变卦。她不用想也知道是父亲的意思。硕与的创办人是父亲的发小，父亲只需一通电话，他发小肯定照办。

父亲这么做，只是给她个警告，要是她不愿意相亲、结婚，那就不是延期入职，而是再也去不了硕与。

俞倾把手机揣兜里，在门口站了一会儿。

四点半的太阳照在身上还是火辣辣的，她拖着疲惫的身体往停车场走。

她知道父亲接下来还会干什么，无外乎是收回之前送给她的卡、车、房子，说不定那几张黑卡现在已经被父亲挂失，没法用了。

她大多数卡是在父亲名下。还好，她自己的储蓄卡里有两百多万，是母亲给她的，她还没败完。

她决定了，从家里搬出来，自己租房子，重新找工作，坚决不向父亲妥协。

七月下旬，俞倾的出租屋装修得差不多了，她那些宝贝已经提前住进去。屋里还有点装修的味道，她准备在酒店再住几天。

这段时间，她住在五星级酒店，开了套房，在最高层。

每晚，她品着红酒，欣赏北京的夜景。

她的工作也定了，在傅氏集团的法务部，下月初入职。

自从跟父亲闹翻，她再也没回家，跟父亲也没有任何联系。

手机响了，是俞璟择。

“在哪儿？”

俞倾抿着红酒：“在套房，看夜景。”

俞璟择就知道她不会亏待自己。她穷得只剩钱，他用不着担心她会委屈自己。他给她打电话是提醒她：“还有两天就是宝宝的满月宴。”

俞倾差点忘记这件事。不过她不会参加满月宴，因为到时秦家人肯定都参加，而她不想见到秦墨岭。

“我要给宝宝多少钱红包？”

俞璟择：“不用多，两百万就行。”

俞倾：“……”

她把酒杯拿开，被呛得直咳嗽。

俞璟择以为他说少了，毕竟她随便买条高定裙子、买块手表都不止这个数：“你要是觉得少就给六百万，随你。”

俞倾想说，今非昔比，两百万她都快负担不起。

可是再少，就拿不出手了。

她跟姐姐不熟悉，跟姐夫就更陌生，要是给宝宝的钱还不如她平时逛街花的钱多，实在说不过去。

之前她租了房子，还豪装了一下，现在卡里只剩两百万再加个零头，等明天去姐姐家给宝宝两百万，她剩下的钱就仅够度日。

曾经她挥金如土，现在只能吃土了。

俞璟择在挂电话前又问了一句：“厉炎卓有没有跟你联系？”

俞倾捂着心口，还沉浸在即将吃土的悲伤里：“没。怎么了？”

“没什么。”俞璟择放心了，他怕俞倾会离开北京去找厉炎卓。

挂了电话，俞倾也没了心思品酒，至于外面如星河一样璀璨的夜景，也瞬间让人觉得黯淡无光。

她把杯子里的红酒一口闷下，搁下杯子，开始收拾行李。

卡里的余额已经不足以支撑她住这么豪华的套房，明天她要打道回府，滚回她的出租屋去。

今年夏天，北京的雨天特别多，八月底，又下了一场大暴雨。

今天是俞倾入职以来最忙的一天。临下班时，主管把她叫到办公室，让她晚上赶出一份法律意见书。

这不属于她的岗位工作，但人在屋檐下，她只能应下来，即使有意见也得吞下去。

需要看的资料太多，外面又在下雨，她没法把东西带回出租屋，只能在公司加班。

她以为等她忙完，大雨就能停，谁知道，四个多小时过去，雨依旧没有要停的迹象。她再不走也不行了，时间已经太晚了。

她叫车叫了二十分钟，还是没人接单。她关上灯，拿着伞离开。法务办公区，她是最后一个下班的。

等电梯时，俞倾看向边上的总裁专梯。不知道傅既沉是在加班，还是已经回家。

来傅氏集团上班有段时间了，她一次也没遇到过他。不过跟他有关的八卦，她倒是听了不少。

到了楼下，俞倾再看手机，还是没人接单。她退出系统，决定坐地铁回去，正好还能省钱。

她撑开伞，逆风而行。

她刚走出几十米远，身后有车灯亮起，她往边上靠，又下意识地侧脸看看，生怕离得不够远，被汽车带起的积水给溅湿。哪知道，汽车在她身边缓缓停下，车窗被打开。

“上车。”

俞倾一愣，是傅既沉，他竟然还认得她。

雨大，车窗随即被关上。

俞倾对傅既沉的第一印象不错。当时在网球场，她把他打疼了，他依旧很绅士，还给了那么多小费。他知道那个陪练家庭负担重，便特意多给了小费。

俞倾从车尾绕过去，拉开副驾驶座后面的车门。

顶灯被打开，俞倾收起伞。风大，她脸上不可避免淋了雨水。她用手背擦了擦：“谢谢傅总。”

傅既沉“嗯”了一声，见她收拾妥当，他关了顶灯，问：“去哪儿？”

俞倾说了出租屋的地址，再次道谢。

傅既沉刚才看清楚了，她穿的就是他们傅氏集团的工作服，只是工作牌收起来了，他不知道她在哪个部门、叫什么名字。

俞倾表现得很乖巧，正襟危坐，一句话也不多说。

窗外，大雨倾盆，雨水像从天上倒下来，直接浇在了车窗上，外面什么都看不清。

车厢里，是好闻的清冽味道，不知道是他身上的味道还是车载香水味。

她对香味敏感，现在却闻不出这到底是什么样的香。

傅既沉打破了沉默："哪个部门，加班到这么晚？"

俞倾："哦，法务。"

傅既沉颔首，没再接话。

他靠在椅背上，闭目养神，一时不知道自己是什么心理。她那么漂亮，自然不会没男朋友。只是这么巧，他还能第二次遇到她。

这么些年，让他过目不忘，又偶尔会想起的女人，就只有她。

大概是因为，她在网球场上赢了他，还打得他差点直不起腰。

雨越来越大，能见度几乎为零。

司机在小心翼翼地往前开，平常十多分钟就能开过去的路段，现在一个小时过去，才终于挪过去。

通往出租屋那边的路况，司机不是很熟悉，特别是下雨天，不知道哪段路有积水，能不能顺利通过。

突然，汽车明显一顿，停了下来。

傅既沉睁眼："到了？"

俞倾朝窗外看，勉强看到的路边建筑表明这不是她熟悉的地方。

司机转头说："傅总，车熄火了，水太深，得赶紧下车。"

傅既沉点头。他把手机装进口袋里，卷起裤管，一直卷到膝盖上面，要是水有那么深，衣服还是会湿。

他侧脸看向俞倾，问了一个他早就想问的问题："有没有男朋友？"

不知道为何，他竟然不想听到一个字的回答。

俞倾被这个猝不及防又不合时宜的问题弄蒙。这个时候，他问这样的问题显得很奇葩。

但他是老板，她还是回答了："没有。"

傅既沉若有若无地"嗯"了一声。要是她有男朋友，他就不管她怎么下车，即便衣服湿透了，那也不是他该操心的事。

他撑伞，推门下去。

俞倾这边的车门紧靠绿化带，没法推开，她只能等着傅既沉先下车，再从他那侧车门下去。

还没下车，她就能想象出，水有多脏、多浑。她看看脚上的鞋子，心想这鞋要彻底泡汤了。屋漏偏逢连夜雨，她现在没有闲钱去买鞋子。

傅既沉站到水里，水比他预料中的要深，直接到了他大腿处。

他把手递过去："快点。"

俞倾看着他的手，愣了一下。

傅既沉没了耐心："你这个反应速度，是怎么应聘上法务部的？"

俞倾不好意思抓他的手，毕竟，他是老板。

她快速移到车边，脚还没伸下去，傅既沉就把他手里的伞塞给了她，她还没反应过来怎么回事，他已经一个公主抱把她给抱起来。

心脏"砰"的一声，像是炸开了。

俞倾两手撑伞，她不敢想象，这么深的水，他抱着她往前走，得要多大的臂力和耐力。

她看一眼他，觉得他比她第一次见到他时，更帅了。

司机走在后面，默默地看着老板的背影。

这是第一次，老板这样多管闲事。

傅既沉走了十多分钟，终于过了这段低洼路，如注的暴雨也渐渐停歇。司机没跟过来，他找了个水不太深的地方待着，还要看着车。

傅既沉一直抱着俞倾走到没水的地方，手臂快断了，他竟然还不想把她放下来。

俞倾问了他同样一个问题："傅总，你有女朋友吗？"

傅既沉垂眸看她，两人的视线在路灯下相撞，仿佛有火花四射。

他说："没有，有的话，我就不会抱你。"

俞倾撑着伞的手也累了，之前一直悬空举着，这会儿，她一只手拿伞，另一只手垂下来歇一歇。

手臂垂下来时，正好蹭到他抱着她的手。

傅既沉再次看向她，她别开脸，心道她不是故意的。

他走上人行道，这边地势高，两人像看不见一样，谁都没提路上没积水，她可以下来了，他就一直抱着她。

俞倾不经意间转头，就看到机动车道上有两辆车靠着路边缓缓行驶，比傅既沉抱着她走路的速度快不了多少。

她再往后看，隔着十多米的距离，有两个身材不算高大，穿着运动装的男人边走边四处看着。

不管是身后的人还是路边的车，都是负责傅既沉安全的。作为老板，傅既沉不可能不知道有车、有人跟着他。

他假装看不见，那她视力就更不好了。

俞倾收回视线，再看傅既沉。走了一刻钟还多，她感觉到他鼻息比之前粗重。

雨渐渐小了，一滴一滴地落在伞上，已经连不成串。

傅既沉望向她。他实在撑不住了，之前在水里走了十来分钟，体力就耗费得差不多了。他问："下来走会儿？"他用的是商量的语气。

俞倾一点都不想下去，被他抱在怀里的感觉温暖而踏实，但她也只能点头："谢谢傅总。"

傅既沉将她轻放下，现在他两手无力，连拿手机的劲都没有。

他裤子湿了，鞋就更不用说。

几米外汽车的后备厢里有他备用的衣服和鞋子。

他想都没想，放弃了去换鞋。

"路上的水不知道什么时候能退下去，没法回出租屋。"他看着她说道。

俞倾心道，北京又不是只有这一条路通往她住的地方，这条路不通，可以绕其他路啊。

她学着傅既沉"睁眼说瞎话"："看样子几个小时也退不下去。"

傅既沉有私心，不过还是想让她自己选择："太晚了，别来回折腾，你就在这附近的酒店开间房。"顿了下，又道，"要是住不惯酒店，去我那儿。随你。"

俞倾自然想去他那里。去酒店开房还得花钱，她现在银子紧张，去他那里说不定还能跟他发展发展。

他是第一个，让她有了"想跟他在一起搭伙过日子"的冲动的人。

关于他的私生活，她想了解一些。

傅既沉以为她在纠结，他不着急，等着她做决定。

俞倾抬头：“你是老板，我听你的。”

傅既沉：“……”

这是给他挖坑。

她眼神狡黠，一点都不会吃亏的样子。

他强调：“虽然我是老板，但这是我第一次私下跟自己员工相处。至于带女人回家这样的决定，我也从没做过。”

他问：“确定让我给你做决定？”

俞倾不吱声，她不能处于被动地位。

傅既沉手上慢慢有了力气，他拿过她手里那把伞，往前迈了一步，伞遮住两个人，伞柄上还有她手心的温度。

今晚，他鬼迷心窍了。他知道不该跟下属有过多的感情纠缠，也知道以后会有多麻烦，一个处理不当，就有可能把他的形象彻底毁掉。

他对她一点都不了解，除了知道她球技不错，她是傅氏集团的职工，其他一无所知。

今晚遇到之前，他对她唯一的好印象就是，潘秘书给她的小费，她给了另一个陪练。他当时在三楼，正好看到。

她不贪钱，不虚荣，凭自己的能力赚钱。

想到这儿，他自己都觉得无语，竟给她贴了这么多好人标签。

理智上，他清楚，不该跟她有牵扯，亲自送她回家都已经越界，就更别说抱她下车，现在还要带她回家去。

可感情上，他管不住自己。

傅既沉俯身，把侧脸靠近她。

俞倾呼吸一滞，她跟他的脸只有两三厘米的距离，就连刚才他抱她的时候，他们也没这样亲密。

俞倾明白傅既沉是什么意思，有些话说出来就没意思，也变了味，所以他用这样的方式让她最后确认，到底是去酒店还是跟他回家。

她转头，在他脸颊上亲了一下。

傅既沉扶着她的后脑勺，吻在她唇上。

雨淅淅沥沥，“啪嗒啪嗒”地落在伞顶。

这是他们俩之间，现在唯一的动静。

不知道是谁的呼吸更乱。

傅既沉望着她的眼："我从不带女人回家，但带回去了，我就没那么大定力。再给你一分钟时间考虑，去还是不去。"

俞倾抬手，搂住他的脖子："我不敢不去，要是不去，你不得打击报复我，把我开除？"

傅既沉："……"

典型的"得了便宜还卖乖"。

"只要我想，我就不缺女人，什么样的女人都有。"

俞倾微微一笑："那肯定没有我这样的。"她反问，"不然你为什么不带别的女人回去？"

傅既沉一时间无以反驳，他说不过她："算你赢。"

他看一眼手表："回去了。"

他抬步向汽车走去。

俞倾紧跟上去，她感觉她跟傅既沉好像认识了很久很久。

傅既沉的公寓里没有任何女性生活用品，他找了双新拖鞋给俞倾，也是男款："将就穿吧。"

他指指楼上："卧室在二楼，浴室里有洗衣机，洗完衣服直接烘干，不影响你明天穿着上班。"

脱了那双被泡透的鞋，他径直走去楼下的浴室。

俞倾什么豪宅都见过，对他公寓的装修没什么兴致欣赏，直接去了楼上。

主卧的装修以灰白为主色调，房间里的气息跟他身上的一样。看来他常住这里，因为床头柜上有几本书、水杯，还有充电器。

她放下包，直接去了浴室。打开花洒，温热的水滋润着她的每一寸肌肤。

他说他第一次带女人回家，她又何尝不是第一次挑逗一个男人，第一次跟男人回家。

她当初选择傅氏集团法务部上班，除了想找份安稳的工作，还有一点私心——想遇到他。

这场遇见，像是巧合，大概也是蓄谋已久。

回神，俞倾洗头发，用了他的洗发水，之后用了他的沐浴露，除了拿了一条新毛巾和新的洗漱用品，她连浴袍都穿了他的。

她把自己的衣服放到洗衣机里，开始吹头发。

等到她出去时，傅既沉已经洗过澡上楼。

闻声，他回头看她。

俞倾长发半干，随意地垂在身前。浴袍的衣袖太长，她卷起来，莞尔：“傅总，我睡哪儿呀？”

傅既沉：“床底。”

俞倾：“……”

傅既沉看着她，她穿着他的衣服显得娇小。

俞倾边挽着另一个衣袖，边走过去。

傅既沉一只手箍着她柔韧的腰，一只手将她颈间的长发拨到后面去。

俞倾抬眸，傅既沉低头，两唇相触。

灯熄了。

两人亲到床上去。

谁都没说话，温柔而认真地吻着对方，一切仿佛水到渠成。

傅既沉与她十指紧扣，亲着她的眼睛。

自从上次跟她打过球，他已两个月没过去。他之前一直在国外出差，最近才回来，事情多，没时间过去。

“最近有没有去俱乐部？”他想问的其实是，有没有陪别的人打球。

就她这样的美貌和好玩的性格，只要她主动示好，没人拒绝得了。

俞倾呼吸不稳：“没去。”

傅既沉：“不兼职了？”

俞倾考虑了一番，想着尽量不撒谎，撒谎撒多了，一万个谎言也圆不过来，太累。万一他细细调查她的家庭背景，总会知道她爹是谁。

她暂时还想跟他在一起，就老老实实一点，不惹麻烦。

“我本来就不是兼职。我去那里是打球，那个陪练就是因为跟我打球才受伤的。”

傅既沉瞅着身下的女人：“那你穿俱乐部的工作服干什么？”

俞倾：“那是俱乐部送的，为什么不能穿？再买衣服不得花钱？”

傅既沉：“……”

他又问：“最近怎么没去？”

俞倾如实道："没钱了，没心情去。"她自己主动交代，"我买了期货，运气不好，一直亏。"

傅既沉没多聊让她心塞的话题，低头亲着她，像是为了哄她高兴，给了她足够的亲吻，让她彻底放松下来。

这场深入交流于他们而言，是有仪式感的。

动情时，俞倾抱着他喊他名字，他也想喊她，但不知道她的名字，而这个时候问她叫什么，太煞风景。

俞倾以为结束后可以睡觉了，但傅既沉还是抱着她不松手。

"傅既沉，你再抱我一下，我要睡了。"她是提醒他，别一直抱着她，再抱一下就可以放开她了，别黏黏糊糊的，她很困。

傅既沉会错意了，觉得她在撒娇，之后，他们又来了一次。

不管是俞倾还是傅既沉，都不习惯旁边躺着一个人一起睡觉。

平静下来后，他们各睡各的。

俞倾累了，迷迷糊糊快睡着。

傅既沉没有丝毫困意，侧脸看她一眼。他半起身，把她抱在怀里，亲了她一下："你还没告诉我你名字。"

俞倾困得睁不开眼："俞倾。"说的时候含混不清。

傅既沉点点头，放开她。

原来她叫徐星。

法务部，徐星。

翌日五点钟，傅既沉醒来，多年的生活习惯使然，不管前一天睡得多晚，到了这个时间点他都会醒来。

半小时早锻炼结束，他洗过澡上楼，俞倾还没醒。

他不知道她一般几点起，给她留了字条，把他的私人手机号码写上去。

俞倾醒来时，傅既沉早已不在。她缓了片刻才想起来这是哪里。床头柜上，她的手机下面压着一张纸。

她唯一感兴趣的就是他的私人手机号，于是把这个号码输入手机保存下来。

接下来，她唯一要做的一件事就是等他联系她。

她也要好好想一下，以后要怎么定义跟他的关系，又要怎么跟他相处。

一整天下来，傅既沉看了不少于十遍手机，既没有收到朋友验证申请，也没有陌生电话打进来。也可能，她忙了，上班时间不方便联系他。

一直到晚上十点半，她的电话还是没打来。

傅既沉到家后，阿姨已经把家里整理过，跟平常无异，好像她从来没来过一样。她唯一留下的痕迹在他写号码的那张纸上——

她画了一条小鱼上去，姿态慵懒。

他不知道这条鱼代表什么意思，可能是表示“已阅”？

既然她看到了他的私人号码，那么她实在没理由不联系他。

就这样，又过去两天，她还是没给他打电话。

午休时，傅既沉给潘秘书打电话：“查一下法务部徐星的号码。”

潘秘书：“好。”

挂了电话后，他直接找到法务部花名册，但上面没有叫徐星的。巧了，整个法务部没有姓徐或许的律师。

他给老板回电话：“傅总，法务部没有叫徐星的。”

傅既沉心里咯噔一下，第一反应是，他被骗色了。

潘秘书不清楚事情的来龙去脉，问：“确定是法务部？”他又多问了一句，“徐星是男的还是女的？”

这个名字略显中性，单从名字无法确定性别。

傅既沉突然也不确定是不是法务部了。她说是法务，倒也不见得，但他实在找不出她撒谎的理由。

“女的。”隔了几秒，他又说，“上次在网球场的陪练。”

潘秘书：“……”

他不敢多问了，赶紧从系统里查，把集团，包括在这个大厦上班的所有子公司的职工都查了一遍，但就是没有符合要求的。

“傅总，我一会儿给您回话。”

傅既沉“嗯”了一声，切断通话。

在那个女人面前，他的情商和智商都成了负数，尤其是智商低得可怕。

他很确定，她是傅氏集团的员工。

那晚她从大厦出来，还跟在门口的保安挥了挥手，一看就认识。

没多会儿，潘秘书敲门进来，手里拿着平板电脑。

他把平板电脑放在老板面前：“傅总，她的确在法务部上班，叫俞倾。”

不是徐星。

傅既沉："……"

幸好潘秘书不知道那晚他把俞倾带回家了。

电子简历上有她的证件照，照片上的人跟她的名字一样，倾城。

现住址就是她那晚跟他说的那个出租屋地址，虽然是老小区，不过寸土寸金。

户籍是上海，身份证上的地址是一处有名的别墅区。

这些内容他只是扫了一眼，他最感兴趣的是她的教育经历和工作经历。她前东家的合伙人，他认识。

傅既沉存下她的手机号码，又给那个朋友打电话，连寒暄的话都省去，开门见山："认不认识俞倾？"

朋友那个律所，有几百号人，俞倾不在他那个团队，不过他知道她："怎么，你看上她了？"他话里带笑。

就算傅既沉看上了俞倾也不足为奇，当初追她的富豪和富二代可以排队。

傅既沉不答反问："能不能别废话，直接说重点？"

朋友把知道的情况都说给他听，又说："对了，她还特别能花钱，每个月发薪水那天，她再忙也要去逛街。"

挂电话前，朋友又想起来一事："听说，她对感情不上心，不然她不会到现在还单着。她一直活得很潇洒，不恋爱，不结婚。"

傅既沉："……"

不知道为什么，他总感觉，俞倾那晚得到他后就把他给抛弃了，所以才不联系他。

傅既沉等待了俞倾十六天，她还是没联系他。

其间，傅既沉出了一趟差，忙的时候他没时间去想儿女情长，闲下来就会不自觉地去看手机。

好几次，他想主动添加她为微信好友，已经把她手机号输入搜索框，又作罢。

朋友说她对感情不上心，不谈恋爱、不结婚。

他也一样，觉得爱情和婚姻都麻烦。

他不想哄女人，不想被婚姻束缚。父亲经常要哄母亲，即便到了现在这个年纪也还是，不管去哪儿都要报备，要记得各种节日和纪念日。

那种日子，他一天也没法过。

不管是他还是大哥，都想一个人过，清净。

从这一方面看，他跟俞倾好像又很合拍。

傅既沉考虑一番，而后叫来潘秘书："你找个理由把俞倾外派出去，我在楼下大厅跟她见一面。"

潘秘书惊讶到说不出话，心想着，老板终究还是没沉住气。

他应下来："好，我这就安排。"

傅既沉拿上西装下楼，一会儿他会假装从外面回来，在电梯口遇到俞倾。他要提醒她——别睡完就忘。

上下班时间，电梯口进出的人络绎不绝，这会儿却没几个人。

傅既沉先乘专梯到地下停车场，司机把车开上来，绕了一圈，然后缓缓停靠在大门口。因为这是老板的车，没人过来催促。

几分钟后，潘秘书打来电话："傅总，俞律师去等电梯了。"

"嗯，知道了。"

傅既沉算了下时间，然后推门下去。

公司前台看到傅既沉，愣了半天——因为老板很少从大厅出入，都是专车送到专梯前，没几人能遇到他。

傅既沉直奔电梯那边。一共两排电梯，他不知道她会坐哪一部，也没看到她人，于是他的脚步慢了不少。

俞倾拿着文件袋，想着一会儿要怎么跟对方谈判。

"叮咚"一声，电梯停靠。想着工作上的事，她有些心不在焉。

看到了熟悉的身影，傅既沉这才以正常的速度走过去。

迎面遇到傅既沉，俞倾显然没料到。她还算镇定。自从他家一别，他没再联系她，她就决定忘了在他公寓那晚发生的所有事。

他知道她在法务部，知道她的名字，想知道她的联系方式太容易，不联系就说明他不想继续下去。

他给她那个号码应该是要补偿她，不过真没必要。

反正，她也赚到了。

待走近，俞倾一副风轻云淡的口气，喊了一声："傅总。"

傅既沉看着她，有千言万语想说，可在这里不适合多说，只问：“你叫？”

他下意识就不想在她这里太跌份，搞得他好像多在乎她这样一个无情的女人似的。

俞倾怔了怔，那晚不是已经跟他说了吗？

原来连她的名字都没记住，这个男人，欠教训。

她露出职业化微笑：“俞倾。”顺带又告诉他是哪两个字。

傅既沉颔首，抬步前往专梯。

今天他特意提醒了她一回，这下她总能想起来跟他联系了吧。

两天过去，眼瞅着到周末了，还是没有。

周五中午，潘秘书过来汇报工作，结束后，傅既沉问他：“俞律师在工作中表现怎么样？”

潘秘书只跟俞倾打过一次交道，她给他的第一印象很好，也可能她是老板看上眼的人，他自带滤镜了。他回答道：“专业素养不错。”

傅既沉点头：“以后她负责的那部分，直接跟你对接。”

潘秘书：“好。”

傅既沉替自己“挽尊”：“俞倾跟我一样，不想恋爱，也没考虑结婚，我觉得我跟她挺合适。”

潘秘书一下不知道要怎么接话，这是老板感情上的私事，他不好过多评论。

他不清楚俞律师的感情观，但他知道老板是真的不愿被婚姻束缚。

等潘秘书关门离开，傅既沉盯着手机看了半晌。他好像突然领悟俞倾在他留言条上画的那条鱼是什么意思了——鱼的记忆只有几秒，她是暗示他，她已经将前一晚发生的事都忘了。

他打开微信，添加她为好友，备注：傅既沉。

两个小时后，俞倾才点击通过。

傅既沉的所有耐心消耗殆尽。在此之前，他没遇到过哪个女人这样敷衍他，都是他拒绝别人，从没谁拒绝过他。

他给她备注昵称“钓到猫的鱼”。

俞倾：傅总，有何指教？

傅既沉：你说呢？

俞倾想说：都记不得我名字，还有脸来声讨我。

她微笑，回复：不敢说。

傅既沉："……"

傅既沉：晚上加不加班？

俞倾：加班，因为有加班费。

傅既沉："……"

傅既沉：下班后给我打电话，一块回去，找你有事。

俞倾：嗯。

她手头还有不少合同要审，没空跟他扯闲篇：我忙了。

他的微信昵称就是他的名字，她不能让同事知道她睡过老板，于是顺手给他改了备注：疯狂勾引小美鱼的猫。

把手机丢一边，俞倾接着看合同。

一直到晚上九点，俞倾才忙完。她把所有文件入柜，关电脑下班。

她没在公司等傅既沉。要是被同事看到他俩一起，还不知道要怎么传，到时会给她的工作带来不便。她只想安安静静上班。

走出大厦，俞倾才给傅既沉发消息：我在路边等你，到时给你定位，你先不着急下楼。

傅既沉看到消息，不由得蹙眉，这个不是他该担心的吗？她倒比他还要紧张，怕被公司的人看到。但这样也好，省得他操心。

又等了十分钟，傅既沉离开办公室。

因为路边还有个等他的人，他竟然有了一丝期待。

俞倾远远就看到了那辆熟悉的车。上车前，她还左右看看，确定没有认识的人，然后赶紧打开车门坐上去。

车里，前后挡板已经降下来。

俞倾客气地打声招呼："傅总。"

傅既沉瞅着她，没吱声。他仿佛有丝不甘心："把我号码给记错了？"所以她才不联系他？

俞倾："没记错啊。"

傅既沉心口堵住，他揉了揉太阳穴，没再搭腔。

俞倾打击过他，还不忘给点糖吃："那天早上没看到你人，猜不透你是什么意思。”

傅既沉面色不像刚才那样紧绷，“嗯”了一声。都不傻，他也就懒得绕弯子了：“以后住我那儿。”

俞倾把话先说在前头：“傅总，我不婚，也不想谈恋爱，跟你在一起，保证不会给你带来额外的烦恼。”

这是她能给他的，多了，给不了。

傅既沉：“我跟你一样。”

俞倾不由得惊喜——难得看中了一个人，还跟她一样不婚。她很爽快：“住你那边也行，我只出水电费。”

她提醒他：“你以后洗澡省着用水。”

傅既沉：“……”

俞倾现在没心理负担了，她把包放一边，靠近他坐：“傅总，抱抱。”

傅既沉受不了她这样撒娇，他把她抱过来，让她坐在他腿上。

俞倾忙了一天，晚上又加班好几个小时，这会儿有点累：“我睡会儿，到了叫我。”

傅既沉看着怀里的人，觉得这样的相处，也不错。

俞倾微微抬眸，看着他的下巴：“傅总。”

“嗯？”

“你那晚之后真忘了我叫什么名字？”

“没忘。”他只是记错了，那些细节他就没再多言，事关他面子。

俞倾满意了，决定不再教训他。她眯上眼，靠在他怀里，累的时候有个这样的怀抱依靠，挺好。

“舅舅，你可别说话，你小点声，知道了吗？”宝宝还做了个“嘘”的手势，又指指俞倾，“小姨在睡觉，不能吵醒她。”

俞璟择很配合地点头，他想说：就听你一直在说话，没别人说。

宝宝要来抱弟弟回家，正好俞倾靠在沙发上睡着了。

“舅舅，小姨夫去公狮（司）了，我们快把弟弟抱回去。”宝宝又看了一眼俞倾，“舅舅，小姨没醒。”

俞璟择：“……”

俞倾被宝宝的声音吵醒，但没睁眼。

刚才，她做了一个很长的梦，梦里，她跟傅既沉刚遇到，傅既沉抱她蹚了水，她还梦到他们在公寓的第一次。

车上，她靠在傅既沉怀里，还让傅既沉要节约用水。

梦里每一个画面都如此清晰，就连他的怀抱都是温暖的。

还好，梦醒后，傅既沉还是她的，他们有了孩子，可以一辈子在一起。

她知道宝宝的心思——他又来偷小鱼苗。

她没睁眼，也想回味刚才那个梦。

今天是周末，傅既沉有个商务谈判，应该快回来了。

“舅舅，你快点。”宝宝有点着急，催促俞璟择。

小鱼苗正在睡午觉，眼睫毛不时动一下，两只小手举到小脸旁。

俞璟择小心翼翼地将小鱼苗抱起来。小鱼苗现在八个月了，长高了许多。

宝宝又看向俞倾：“舅舅，小姨没醒。”

俞璟择：“嗯，你小点声。”

他轻轻握着小鱼苗的手，生怕小鱼苗被惊醒。

小鱼苗熟悉俞璟择身上的气息，动了动，又睡安稳了。

育儿嫂把小鱼苗的奶瓶和水瓶装在包里，套在宝宝肩膀上。

宝宝激动不已，心想：这里面可都是弟弟的粮食呢。

“舅舅，我们走。”

育儿嫂给小鱼苗拿了一条抱毯，遮阳挡风。

俞璟择抱着小鱼苗去电梯口，宝宝斜背着那个小包紧跟其后：“舅舅，小姨还没醒。”他高兴得手舞足蹈，“舅妈说下班来陪弟弟玩。”

到了院子里，宝宝愣了——傅既沉的车缓缓开进来。

他认识小姨夫的车牌号，可是小姨夫不是去公狮（司）了吗，怎么回来了？

傅既沉下车，准备去逗宝宝，他已经看清了宝宝紧张的表情。

他快步走过去，弯腰，一把抱起宝宝：“来我家干什么？”

宝宝眨了眨眼，再看看自己背上的小包，里面是弟弟的奶瓶还有奶粉什么的，紧张到咬字更不清晰了：“带弟弟去上找（早）教。”

傅既沉笑出来，他放下宝宝，说：“那你们去吧。”

他跟俞璟择招呼一声，然后上楼去找俞倾。

宝宝心口不断起伏，大口呼吸，他咽了下口水，说：“舅舅，快走。”他扯着俞璟择的裤子往前拽。

俞家别墅，今天俞璟歆跟季清远也休息。

俞璟歆正在湖边吹风，顺便修指甲。工作岗位原因，她很少做指甲，只是涂个护甲油而已。

季清远午休醒了，下楼去找俞璟歆，没看到宝宝，问：“儿子呢？”

俞璟歆指指前面的别墅：“去偷小鱼苗了。”

季清远在她旁边坐下来，拿过她手里的指甲剪：“我给你修。”这种精细的活，他第一次做，小心翼翼，生怕剪到肉。

俞璟歆一下盯着他的手看，一下又看看他的侧脸。

季清远瞥她一眼：“我脸上有花？”

“有钱。”

“……”

俞璟歆问他：“下个月你能不能抽出十天时间？”

“想出去玩？”

“嗯，我跟俞倾还有邹乐箫打算到海边度假，你感兴趣吗？”

“行啊，结婚到现在，我都没陪你出去过。”

出游的前一晚，季清远才知道，他们要去旅游的地方，是蜜月时期他跟俞璟歆都独自过去的城市。那个城市对他来说，有着不是很好的回忆。

那时，他以为俞璟歆心里爱的是厉炎卓。

家里人都怪他，问他怎么出差那么久也不回来，他不知道要说什么。即便他回来，俞璟歆也不想看到他，何必让她看着心烦。

圈子里都传，他不爱俞璟歆，事实却恰恰相反，他是爱而不得的那个人。结婚第二天就被通知——他什么也不是。

俞璟歆洗过澡出来，裹着浴巾，手里拿着电吹风。

季清远回神，接过电吹风给她吹头发。

“旅游的地方是谁选的？”他问俞璟歆。

俞璟歆没听清楚：“嗯？”

季清远把风力调到最小挡：“明天要去的地方，谁选的？”

俞璟歆：“我选的。”

季清远“嗯”了一声，他不明白：“去过了怎么还去？”

俞璟歆怼他："爱天天做，你怎么还做？"

季清远："……"

他失笑："这能一样？"

他放下电吹风："你现在越来越会噎人。"说着，他在她脖子上亲了一下。

俞璟歆用胳膊肘撞他，他嘬了她一下。他又亲她的侧脸，不忘声讨她："你又开始暴力了。"

俞璟歆去了衣帽间，收拾行李。

季清远陪着她，从背后拥她入怀。

俞璟歆挑了几条长裙放到箱子里。这回是全家出游，所以她拿了一件最保守的连体裙式泳衣。

上次去那座城市旅游，她选了不少性感泳衣，但没想到是她一个人的旅行，最后一件也没用上。

季清远看着她的侧颜，蓦地想起："以后那个'凝静致远'的小号，你不用看了，它也不会再更新，之前那些都是冷文凝的闺密捕风捉影、胡乱编造的。"

俞璟歆："……"

她偷偷关注那个小号的事，还是被他知道了。

她故作漫不经心道："你怎么知道我看那个微博号？"

季清远如实说："我去问俞倾，让她帮忙，她跟我说了那个号。"

他又解释第一次跟她过二人世界，所谓的他跟冷文凝的纪念日的事："我的生活秘书泄露了我的私人安排。我都处理好了，告诉你一声。璟歆，我们俩都改改脾气，我向傅既沉学习，你跟俞倾学，有什么就直接问出来，别闷在心里。"

俞璟歆点头，答应下来。

季清远把心底的疑惑说出来："你是故意选那个地方，提醒我当初没陪你度蜜月，还是？"

他补充道："我真不知道，你好好跟我说行不行？"

俞璟歆把原本到了嘴边要呛他的话咽下，稍一沉默，而后才道："想跟你一起去，把遗憾给弥补了。"

季清远把她抱得更紧："我发现你特别有理，明明是你的错，现在倒变成了我的不对。”

他道：“其实你也算不上遗憾，那个地方我一个人去过。”

俞璟歆惊诧，扭头看他：“什么时候？”

季清远现在也不要面子了：“出差七个月那次，中间有几天假期，我不想回来看你，就去度假。你去的海边我去了，音乐会我也看了一场。”

其实，直到现在，他还是意难平：“璟歆，如果要换成结婚第二天我亲口跟你说，我爱的是别的女人，我跟你就凑合过下去，你会怎么做？你肯定一天也受不了，会跟我离婚。”

俞璟歆放下手里的衣服，转身，搂住他的脖子，看着他的眼，亲了他一下。

季清远不满意：“就这么敷衍？”

俞璟歆：“……哪敷衍了？”

季清远没吱声，无声地看着她。

俞璟歆踮着脚，学着他深吻她时的动作，也给了他一个深吻。

季清远还是没打算放过她：“四年的委屈，你一个吻就行了？”

俞璟歆：“……”

这个人吧，还得寸进尺了。她反驳：“谁不是委屈四年？”

季清远不买账：“除了我出差那七个月，其他时间都是我哄你，你哪来的那么多委屈？”说完，他把她抱起来，“我又说错话了。你有委屈是应该的，你什么都对，你这么好看。”

俞璟歆被气笑，再次主动亲了他一下。

季清远把她放下，看着她：“你说句让我心里头舒服的话，不用长篇大论的废话，一句就行。”

俞璟歆有点说不出口，别过脸：“都老夫老妻了，说什么说。”

季清远把她的脸给转过来：“俞璟歆，你这么说就是双标了。我对你就该天天保持热情，还要时不时给你惊喜，不然就是不爱你。我要敢说老夫老妻还要浪漫干什么，你跟我妹妹再加上俞倾，都能把我喷到上海弄堂去。”

他捏捏她的脸颊：“怎么换成你，你就能说老夫老妻的不需要？”

季清远低头，蹭着她：“你要是不说，就是你心里有鬼。”

俞璟歆抿着唇，说那句话太难为情，她连“想他”这样的情话都不好意思经常挂在嘴边。不过他也真的忍了四年。

她贴近他耳边："我爱你，见你第一面就喜欢上了你。"

季清远第一次感觉到了悸动是什么，他也不知道要怎么表达此时此刻的喜悦，只能用他一贯的方式。

突然间，俞璟歆两手抓住季清远的后背，猝不及防地，两人合二为一。

季清远亲着她的耳郭："我比你还要早几天，我看到你的照片就喜欢上了，见到你后就立马想把你娶回家。怕吓到你，就往后又拖了几天。不然我也不至于犯贱到天天在床上取悦你，是不是？"

俞璟歆克制着心底的雀跃："你那不叫喜欢，叫见色起意。"

季清远："嗯，就你那个是爱，是一见钟情，是很有内涵的喜欢。我很肤浅，我是渣男。"

俞璟歆笑出来。

此时，俞璟择公寓里。

邹乐箫趴在沙发上刷微博。下周有顾恒的剧播出，因为他怀里抱着个孩子，像极了超级奶爸，今天他又上了热搜——

#带娃专业户#

#你到底有几个妹妹#

#你妹妹都有娃了，你却还单着#

这两年，顾恒经常被拍到抱娃，还是不同的娃。

今天上热搜的是小鱼苗。顾恒这几天休息，把小鱼苗带出去玩了半天，结果就被拍到了。

邹乐箫刷评论刷了快一个小时，逐条翻看，不时还要留下小脚印。

"乐箫，"俞璟择在衣帽间里收拾行李，不知道邹乐箫要带几套泳衣，"你过来一下。"

邹乐箫心不在焉道："哦。"她嘴上说着，眼睛还盯着手机看。

她刚答应过，下一秒就把这件事抛到九霄云外，眼里只有顾恒的热搜。

"乐箫。"

"嗯？"

"过来。"

"哦。"

邹乐箫放下手机，小跑到衣帽间，扑在俞璟择怀里：“怎么了？”

俞璟择环着她：“刚才又刷微博了？”

“我是看评论。大家都在夸小鱼苗好看，要组团偷孩子，宝宝要睡不着觉了。”她问，“你喊我干什么？”

俞璟择指指衣柜：“带哪套？”

“长款的吧。”

邹乐箫黏着他：“我们这算是提前度蜜月吗？”

俞璟择反问：“不是去旅游？”

邹乐箫巴不得跟他多出去旅游几次：“我不是怕等到婚礼后，你没时间嘛。”

俞璟择一只手抱着她，另一只手把她要带的那套泳衣放到箱子里：“度蜜月的时间怎么也能抽出来。”

邹乐箫晃着他，把唇递过去。

俞璟择放好泳衣才看到，低头吮吸着她的唇。

邹乐箫不由得心跳加速。她跟他亲过那么多次，但再次被他亲时，还是会心动不已。

“度蜜月的话，地方我选。”

俞璟择：“你想去哪儿都行。”

邹乐箫跟他对视：“想去我上大学的那座城市。我在那儿想了你好几年。”

俞璟择把她的头摁在自己怀里：“到时陪你在那儿多待几天。”

“傅总。”

“怎么了？”

傅既沉把小鱼苗哄睡着，刚进卧室，就看到俞倾靠在床头刷手机。

俞倾把手机递给他：“我现在才有空看一眼我的期货账户。”

“赚了？”

“亏了，再不补足保证金，就要强行平仓。”

傅既沉拿过手机瞧一眼：“你找男人的运气不错，买期货的运气可不怎么样。”

俞倾：“……”

这话好耳熟。

他以前说过她挑男人的眼光不错，看包的眼光不行。

她起身，坐在他怀里："你之前收了我一百九十万，到现在都没替我打工，我要是把钱存银行，利息也能收不少。"

傅既沉睐她一眼："关键是，你能存住钱吗？"

俞倾："……"

傅既沉笑了，单手环在她身前："这几天我什么都不做，专门替你研究期货市场，尽量把你亏的钱赚回来点。"

他把她的保证金补足，又转了不少钱进去。

"睡吧，明天还要早起。"

他们乘私人飞机过去，加上育儿嫂和保镖，还有司机，一共二十多人。

俞倾现在习惯了躺在傅既沉怀里入睡。以前她觉得枕着他的胳膊睡觉会落枕，脖子难受，现在睡习惯了，反倒不习惯再枕着枕头。

"我前几天做了个梦。"

傅既沉关了灯："怎么现在才想起来说？"

俞倾："那天想跟你说的，你不是回来就把我抱到床上了吗？"

傅既沉忘了是哪天，他经常回来就把她直接抱到床上。

他们早上五点起来，要晚上才能见到，偶尔中午不忙时会通电话，忙起来时根本没时间联系。

"梦到什么了？"他问。

"梦到我们刚遇到那会儿，还梦到你抱着我在水里走。"

"还有呢？"

"你让我睡床底。"

"……"

傅既沉不承认："现实里我可没说过，别诬赖我。"

俞倾："现实里，那晚你对我说，'你贴墙上睡'。"

她一个翻身，压着他："一点都不知道怜香惜玉。"

傅既沉："后来要不是我主动找你，那晚我差点错付。"

"哈哈。"俞倾没忍住，笑了出来，"不错，会用网络哏。"

她抱紧他，几年过去，他依旧是她那个傅总。

隔天清早，天还没亮，他们已到达旅游目的地。

他们入住的是季清远朋友的酒店，因为出行的人多，所以订了酒店的一整层，打开窗就是大海，微凉的海风带着一丝海的咸味。

办理好入住手续，他们换上衣服去海边。

这会儿，最忙的人就数宝宝。他寸步不离地跟着小鱼苗，阿姨推着小鱼苗的婴儿车，他就抓着车边，走了好长一段路也不嫌累。

他自己也有儿童手推车。

“宝宝，我们坐车里好不好？”俞倾跟他商量。

宝宝摇头：“有人组团要偷弟弟，我要看好弟弟。”

俞倾：“……”

是前天的热搜，她当时跟傅既沉提了一句，说网友被小鱼苗萌到，要组团偷孩子。宝宝不懂是什么意思，以为他们真要把弟弟抱回家。

季清远怕儿子累，他一只手抱着小鱼苗，一只手抱起儿子：“这样别人就没法偷弟弟了。”

宝宝高兴坏了：“谢谢爸爸！妈妈爱爸爸！”

俞璟歆瞅向季清远，季清远戴着墨镜，对她的目光视而不见。

第一缕阳光洒下来，落在海面上，幽蓝的海水像被晕染了金黄，连天边的云都成了七彩。海浪拍打着礁石，潮水卷着浪花涌向沙滩。

他们一行人迎着太阳往前走，沙滩上留下一串串脚印。

傅既沉感觉差不多到了那个位置，看向季清远：“还要往前走？”

季清远会意：“就在这儿看会儿日出。”

他放下宝宝，把小鱼苗放在婴儿车里。

宝宝挠挠小鱼苗的手心，小鱼苗对着他咯咯笑。

小鱼苗很喜欢宝宝，小手一直挥动着。

“妈妈妈妈妈……”

小鱼苗会一长串地喊妈妈，喊爸爸也是。

“哥哥。”宝宝教小鱼苗说话。

小鱼苗眨了眨眼睛，听不懂，咧嘴笑。

傅既沉过来，抱起小鱼苗：“喊爸爸。”

“爸爸爸爸爸。”

傅既沉亲了一下儿子，俞倾也抱过儿子亲了亲，一家三口来了好几张自拍。

季清远揽着俞璟歆，他自拍了几张照片发朋友圈，配文：“清歆”一夏。

俞璟择跟邹乐箫在另一边自拍，两人抱在一起，拍了很多张。邹乐箫没发朋友圈，俞璟择发了。

玩了一会儿，傅既沉把小鱼苗放回婴儿车，示意俞倾：“你跟俞璟歆还有邹乐箫按照年龄排队。”

俞倾一头雾水：“干什么？”

傅既沉随意编了个借口：“给你们拍照。”

俞倾信了，把姐姐还有邹乐箫喊过来，几人商量着要摆什么造型。

几位男士对应着自己的媳妇而站，隔着半米的距离。

俞倾问：“是我们六个人一起拍吗？”

傅既沉：“不是。”

说完，他们三人互看一眼，然后单膝跪下。

邹乐箫双手轻轻掩面，她不需要俞璟择说什么求婚誓词，他跪下来时，她就想嫁给他了。

她红着眼眶，把手伸给他：“我愿意。”

俞璟择：“……你矜持点，我还没求婚呢。”

“反正我就是愿意啊，愿意跟你在一起，然后我们生几个孩子，你这辈子都只爱我一个人。”

“邹乐箫，你说完了，我还说什么？”

邹乐箫笑了，眼里带着点泪花：“不用说那么多，你爱我，我能天天看到你，就足够。”

傅既沉跟季清远说：“邹乐箫垫底，你以后不用觉得自己没脸了。”

季清远：“……”

俞倾和俞璟歆都是被求过婚也领了证的人，她们以为傅既沉和季清远只是凑热闹，她们也开始看热闹，俨然忘记自己身前跪着的男人。

俞璟择握着邹乐箫的手：“会让你天天看到我，你追多久的星，我就陪你追多久。特别幸运能认识你，被你爱着。我爱你。”

顿了下，他紧张得差点忘了说：“嫁给我吧。”

俞倾起哄：“拒绝他。”

邹乐箫很没出息地来了句：“我舍不得。”她擦擦眼泪，赶紧把手递给俞璟择，“快给我戴上。”

傅既沉拍拍俞倾的手背：“俞律师，看着我。”

俞倾这才收回视线：“什么事？”

傅既沉拿出一串手链：“很幸运，能遇到我的小美鱼。”

俞倾：“谢谢我的初恋傅总。”

季清远拿出的也是一串手链，跟俞倾的那串设计不同：“很幸运，遇到我的麻花精。”

俞璟歆失笑：“我更幸运，遇到我的季清远。”她把右手递给他。

俞倾这才看到，原来还有专业摄像师在录像。

傅既沉蹲着，示意俞倾：“扛着你看日出。”

季清远和俞璟择也照做，宝宝推着小鱼苗走在最前面。

他们赤脚走在海滩上，脚步很慢。

海浪涌来，宝宝的小脚上都是水，他手里拉着几个气球，高喊：“爸爸爱妈妈，小姨夫爱小姨，舅舅爱舅妈，我爱弟弟！”

喊完，他哈哈笑。

清脆的笑声在海边回荡。

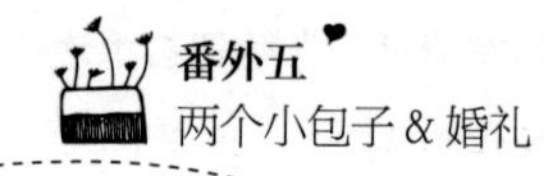

番外五 两个小包子 & 婚礼

小鱼苗四岁了，每次想到舅舅和舅妈的婚礼，他就问爸爸：“爸爸，你和妈妈什么时候结婚？”

小喵喵也凑过来：“爸爸，你快点和妈妈结婚，我要做伴娘。”

傅既沉笑了，亲了亲女儿：“你只能当花童，伴娘要阿姨来当。”

小喵喵笑着挤傅既沉的脸颊：“为什么要阿姨？我也可以，我给妈妈当伴娘，我们都很美。”

她看向哥哥：“你给爸爸当伴郎。”

“哈哈哈。”两个孩子笑出来。

傅既沉不知道他们的笑点在哪里：“我们是不是该睡午觉了？”

小喵喵撒娇：“爸爸，玩一会儿，再玩八五分钟。”

傅既沉抵着女儿的额头：“什么叫八五分钟？”

小喵喵：“这是喵星语，哥哥也听不懂，他生活在湖里。”

小鱼苗纠正：“我生活在大海，不是小湖。”

小喵喵伸出手指戳戳哥哥的脸颊：“你要是去大海，我就看不到你了，大姨夫说，大海离我们这儿好远好远。”

小鱼苗也舍不得看不到妹妹：“那我就生活在湖里。”他问妹妹，“什么叫喵星语？”

小喵喵笑了笑，眼珠子骨碌碌转：“我们喵喵能听懂的话呀。”她也不知道什么叫喵星语，妈妈说，她就是小喵喵。

妈妈还说，她是最美的喵喵。

傅既沉抱起两个宝贝：“睡觉吧，好不好？”

小喵喵：“等妈妈回来。”

小鱼苗就更不想午睡了，他还跟哥哥约好了下午玩无人机，就等着一会儿哥哥来找他。

他附和着妹妹：“我也等妈妈回来。”

傅既沉：“等你们俩睡醒，妈妈就回来了。”

小喵喵抱着傅既沉的脖子，软糯地撒娇：“爸爸，你不爱喵喵了。”

傅既沉：“……”

一言不合就是不爱她，这才三岁，以后可怎么办？

他无奈地望着女儿，她嘟着嘴巴，漂亮的眼眸让人无法拒绝她，她跟俞倾小时候简直是一个模子刻出来的，脾气也像。

他看向儿子，求助：“我们一块儿哄喵喵睡觉好不好？你给喵喵读故事。”

小鱼苗一个劲儿地点头，他很乐意：“爸爸，那我不用睡，对不对？”

傅既沉：“……”

他每天都在他们的坑里爬不出去。

他一把抱过一个孩子，只能使出撒手锏：“躺床上去，爸爸唱歌给你们听。”

傅既沉把女儿和儿子放到他们各自的床上，给他们盖好被子：“眯上眼，爸爸就唱歌给你们听。”

小鱼苗提醒道：“爸爸，你两点叫我。”

小喵喵抱着自己的小脚丫：“爸爸，你一点叫我。”她看向哥哥，因为那样会起得比哥哥早，她咯咯咯笑出来。

傅既沉一共唱了五首歌，两个孩子才慢慢睡着。

他在房间又待了一会儿。女儿小喵喵就是那次他们到海边度假时怀上的，比小鱼苗只小了一岁。他们本来想在小鱼苗会说话时举办婚礼，后来就一直耽搁下来。

俞倾说，想等两个孩子懂事，有记忆了，再举办婚礼，让他们当花童。

等他们熟睡后，傅既沉亲了儿子一下，又亲了女儿一下，这才蹑手蹑脚地走出去。

俞倾今天原本休息，但中午有客户给她打电话，她就临时去了律所，直到两点半才回来。

傅既沉午睡刚醒，洗过澡出来时，俞倾正好上楼。

“你要不要睡会儿？”他问俞倾。

俞倾摇头，走过来抱住他。他刚洗过澡，身上凉凉的，贴上去很舒服。

“喵喵有没有闹腾？”

傅既沉：“还行，她不愿意睡，非要等你回来。”

他说起婚礼的事：“他们兄妹俩在讨论要做伴郎伴娘。”

俞倾笑道：“小屁孩。”

傅既沉望着怀里的人：“你打算在几月份举办？”

俞倾现在对婚礼没那么执着，一个仪式而已。她跟傅既沉现在每天过得都像新婚，对婚礼就没那么期待。

“随你吧，你是老板，我听你的。”

傅既沉：“……我现在哪敢管你。”

俞倾仰头：“你哪天不管我？你天天管。”他管着她早起，管着她睡午觉，还管着她不许挑食。

傅既沉低头吻她：“确定让我做决定？”

俞倾搂着他的脖子：“反正你也不是第一次替我做决定了。”

傅既沉摩挲着她的下巴，他莫名想到下大雨那晚，他要带她回家，她就是这样的眼神和表情，让他决定。

“那就六月份吧。”

他遇到她的那个月，她跟他求婚的那个月，也是他们领证的那个月。

床头柜上的手机震动，有消息进来，俞倾过去拿起手机，是俞璟歆：在家吗？宝宝要过去找小鱼苗玩。

俞倾：在呢，过来吧。

她问傅既沉：“小鱼苗睡多长时间了？”

傅既沉看了一眼时间：“一个半小时。”

俞倾：“那差不多了，宝宝来找他玩无人机。”

她放下手机，去儿童房喊儿子起来。

傅既沉穿上衣服，随后也过去。

小鱼苗没有起床气，俞倾轻轻在他耳边喊他两声，他就醒来，揉揉眼睛："妈妈，你回来啦。"

他伸手抱抱俞倾。

俞倾亲亲儿子的额头："哥哥找你玩，马上就到，妈妈给你换衣服好不好？"

小鱼苗听到哥哥来了，一骨碌爬坐起来："妈妈，我自己穿。"

俞倾把他的衣服递给他："想吃什么水果？妈妈给你和哥哥准备一点。"

小鱼苗哪有心思吃东西："妈妈,我不饿,晚上再吃。"他快速穿好衣服，几乎是滚下床的。

小喵喵也醒了，不过她起床气大。"妈妈——"她软软地撒娇。

俞倾抱起女儿："还要不要睡？"

小喵喵趴在妈妈怀里："睡，妈妈抱喵喵睡。"

"好。"俞倾顺手拿了一条毛毯把她给包起来。

傅既沉正好进来，一把抓住小鱼苗："你慢点。"他又给儿子重新整理一番衣服。

"弟弟！"宝宝的声音从楼下传来。

"我来了！"小鱼苗催促爸爸，"爸爸，快点，我爱你。"

傅既沉揉揉小鱼苗的脑袋："爸爸也爱你。"他抱起儿子去洗手间洗脸。

俞倾抱着小喵喵下楼去，俞璟歆正在楼下厨房给孩子们榨果汁，闻声扭头："喵喵还在睡？"

"嗯，起床气要好久才消。"

小鱼苗终于下楼，他跟宝宝两人每人拿一架无人机跑去院子里。无人机是邹乐箫送给他们的礼物，她每年都会送最新款。

傅既沉陪他们一块儿玩，他忙的时候，季清远就抽空陪他们，无人机记录下两个院子一年四季的点点滴滴。

俞璟歆以前"十指不沾阳春水",后来学会了榨果汁,也仅仅会这一样，每次宝宝都夸她能干，说妈妈榨的果汁是世界上最好喝的果汁。

果汁榨好，俞璟歆拿到湖边木桌上，那边正好在树荫下，这个季节吹着湖风，格外享受。

俞倾抱着小喵喵也过去，喵喵趴在妈妈怀里睡得很安稳。只要俞倾不忙，喵喵都在她怀里睡，有时能睡一个下午。

俞璟歆倒一杯果汁给俞倾："现在发觉山竹汁最好喝。"

俞倾笑了："还没喝够呢？"

俞璟歆给自己也倒了一杯："喝不够，酸甜。"家里几个孩子都爱喝，俞璟择的儿子也喜欢。

俞璟择的儿子比小喵喵大两天。原本邹乐箫的预产期比俞倾晚几天，不过早生产一周，于是小喵喵成了妹妹。

小喵喵不知道从哪儿知道最小的哥哥是早产，她就自称姐姐。

"傅既沉说，想六月份举行婚礼。"俞倾跟姐姐聊起来。

俞璟歆喝着果汁："你们早该办婚礼了，越拖越不想办。"她说，"晚上等爸回来，一家人商量一下。"

俞倾亲亲女儿的额头，以前她从来不敢想的恋爱和婚姻，如今她都有了，还有了两个孩子。

婚礼的日子定了下来，是六月下旬，他们相遇的那天。

婚礼前一天，俞倾接到母亲的电话。母亲回到北京，和庞林斌一起过来的，也一同参加她的婚礼。

自从小喵喵出生，她跟母亲的关系缓和不少，母亲也比以前爱说话，经常跟她视频看小喵喵。

喵喵会说话后，母亲基本每天都要跟喵喵视频聊天，有时两人能说上一个多小时。

她也不知道她们聊什么，仿佛有说不完的话。

她想到了外婆，以前外婆就是这样疼她的。

母亲跟父亲在小喵喵的满月宴上见过面，两人还握了握手，也许，那一刻，关于过去的种种，彻底释然。

母亲如今有庞叔叔陪着，俞倾感觉得到母亲发自心底的那种喜悦和幸福。而父亲每天下班后，忙着带几个孩子，累并快乐着。

婚礼的前一晚，俞倾彻底失眠。

她之前以为自己能睡个好觉，本来就是为了仪式感举办的婚礼，应该能以平常心对待，哪知道心情还是激动。

傅既沉又不在身边，她一夜醒来好几次。

第二天早上，造型师给她化好妆，母亲也来了，怀里抱着喵喵。

“妈。”俞倾从镜子里看到了母亲。

厉冰看着女儿：“没见过比你还好看的新娘。”

喵喵还抱着奶瓶喝奶：“小美鱼是最美的妈妈。”

俞倾笑了笑，嘴角、眼底都洋溢着幸福。

十几分钟后，婚车到来。

那么多人闹腾，傅既沉好不容易才接到新娘。

在俞倾坐上婚车前，厉冰轻轻抱抱女儿：“妈妈的宝贝长大了。”

俞倾瞬间泪流满面，那些年的伤口，被这句话给治愈了。

俞璟歆站在旁边，眼睛也发红，俞倾此时的心情，她能感同身受。

她想起在她的婚礼上，母亲也掉了眼泪，那一刻，母亲对她的感情，也是真心实意的吧。

厉冰给女儿擦擦眼泪：“不哭。”

俞倾点头，她抱抱母亲，又抱了抱父亲，然后坐上车。

小喵喵和小鱼苗趁外公外婆不备，赶紧往车里爬：“妈妈，等等我们呀。”

众人大笑。

傅既沉把儿子抱到腿上，俞倾抱着女儿。

司机发动车子，缓缓驶离。

俞璟歆也准备去酒店。家里其他人早就过去忙活，季清远带着宝宝已经到了酒店，邹乐箫和俞璟择也带着孩子过去了。

她塞了几张纸巾在父亲口袋里，一早上叮嘱过好几遍，此刻再次说道：“爸，你可别哭那么厉害，那么多人看着呢。”

当初她结婚时，父亲的眼泪比她掉的还多。

俞邵鸿一边整理衬衫一边说：“放心，我这回肯定不会哭。你结婚时，我不是没经验吗，担心你吃不好、想家。俞倾不一样，就住前面，孩子都这么大了，我没什么不放心的。”

俞璟歆根本就不信，后来事实证明，父亲的话真不可信，依旧眼泪两行。

俞倾挽着父亲走上红毯时，一侧脸便见父亲在擦眼泪：“爸，你别哭。”

俞邵鸿："我这是高兴的。我家小王八蛋终于长大结婚啦！"

俞倾莞尔，眼里含着泪。

小喵喵和小鱼苗给妈妈提着长长的婚纱拖尾，傅既沉在红毯的另一头等着他们。

"爸爸。"小喵喵小声喊着。

小鱼苗开心地对爸爸挥手："爸爸。"

傅既沉终于接到俞倾："我的俞律师是最美的新娘。"

俞倾笑着："我的傅总是最帅的新郎。"

热闹的婚礼现场，此刻，他们眼中只有彼此，就像他们第一次见面时那样。